Gabriele Keiser / Wolfgang Polifka

PUPPENJÄGER

Gabriele Keiser / Wolfgang Polifka

PUPPENJÄGER

Thriller

KRIMI IM GMEINER-VERLAG

Bibliografische Information
der Deutschen Bibliothek
Die Deutsche Bibliothek verzeichnet diese
Publikation in der Deutschen Nationalbibliografie;
detaillierte bibliografische Daten sind im Internet
über http://dnb.ddb.de abrufbar.

Besuchen Sie uns im Internet:
www.gmeiner-verlag.de

Im Ehnried 5, 88605 Meßkirch
Telefon 0 75 75/20 95-0
info@gmeiner-verlag.de

1. Auflage 2006

Lektorat: Claudia Senghaas, Kirchardt
Umschlaggestaltung: U.O.R.G. Lutz Eberle, Stuttgart
unter Verwendung eines Fotos von photocase.de
Gesetzt aus der 9,5/13 Punkt GV Garamond
Druck: Fuldaer Verlagsanstalt, Fulda
Printed in Germany
ISBN 13: 987-89977-662-1
ISBN 10: 3-89977-662-3

Prolog

Camp Zohar, Israel
August 1985

Die Hitze brannte vom Himmel und die Luft schmeckte nach Staub. Dicht aneinander gedrängt saßen die Rekruten auf den Holzbänken des schlecht gefederten Militärlastwagens, der über die unbefestigte Straße holperte. Gesprächsfetzen in Arabisch und Hebräisch flogen hin und her. Allen stand die Anspannung in den verschwitzten Gesichtern.

Mirko versuchte, von seinem Nebenmann abzurücken, dessen schweißige Nähe er unangenehm spürte. Seine Kehle war wie ausgedörrt. Er glaubte, unter dem Halstuch ersticken zu müssen, und riss es herunter. Gegen den Sandstaub half es ohnehin nicht viel.

Plötzlich begann das altersschwache Gefährt zu schlingern. Bloß keine Panne, dachte Mirko. Nicht schon wieder. Bisher war noch kaum eine Fahrt durch die Wüste ohne Panne verlaufen. Doch der Lastwagen fing sich, und ohne Unterbrechung erreichten sie das Camp, über dessen Zeltdächern die weiße Fahne mit dem blauen Davidstern flatterte.

»Raus mit euch!« Leutnant Moshe Blumstein öffnete die Klappe am Ende der Ladepritsche. Mirko taumelte hoch und rieb sich das schmerzende Hinterteil. Die meisten der Rekruten waren ihm vertraut. Junge Männer in ausgeblichenen Uniformen, Staubränder unter den Helmen. Mit steifen Beinen sprang er von der Pritsche des Lasters. Sand wirbelte auf und knirschte zwischen den Zähnen.

»Appell in zehn Minuten! Aber sauber und ordentlich!«, rief Moshe. Seine weißen Zähne leuchteten in dem sonnenverbrannten Gesicht.

Zusammen mit den Kameraden rannte Mirko zu dem Zelt neben dem Tankwagen, der das Camp mit Frischwasser versorgte. Obwohl ihr Ausbildungsoffizier kaum älter war als sie, wäre keiner von ihnen auf die Idee gekommen, sich Leutnant Blumsteins Anweisungen zu widersetzen. Auch ohne Stern auf den Schulterklappen war er ihnen Vorbild und Respektsperson. Einer, der sich nicht zu schade war, bei Schanzarbeiten mit anzupacken oder dabei half, die Einsatzfahrzeuge zu warten.

Mirko wusch sich das erhitzte Gesicht und schlürfte lauwarmes Wasser aus der hohlen Hand.

»Beeilung! Wir haben nicht den ganzen Tag Zeit«, klang Moshes Stimme vom Appellplatz herüber.

In dem schmalen Gang zwischen den Zelten stieß Mirko mit Farid zusammen. Die Uzi rutschte von der Schulter und fiel scheppernd zu Boden.

»Pass doch auf«, zischte Farid. Seine Augen funkelten. Beide bückten sich gleichzeitig, stießen erneut zusammen, fielen auf die Knie und rollten sich lachend im Sand.

»Braucht ihr eine Extraeinladung?« Mosche warf einen verärgerten Blick auf seine beiden Lieblinge, die sich wie zwei kleine Jungs gebärdeten. Als Brüder bezeichneten sie sich, obwohl sie nicht ungleicher hätten aussehen können. Mirko, schmal und hellhaarig, wirkte neben dem stiernackigen dunkelhäutigen Farid zierlich wie ein Mädchen.

Mit einem Mal färbte sich die Sonne orange und Sandschleier fegten hoch. Leutnant Blumstein sah besorgt zum Himmel. »Schnell! Macht das Lager fertig!«, rief er ungeduldig.

Alle rannten los. Abdeckplanen wurden über die Fahrzeuge gezogen und die Halteleinen festgezurrt. Eine heftige Windböe fegte zwischen den Zelten hindurch. Sandkörner prasselten auf die Leinwände. Mirko kniff die Augen zusammen, während er gemeinsam mit Farid die ausgefranste Flagge vom Mast holte.

»Lass sie bloß nicht wieder fallen«, raunte er Farid zu, der sich abmühte, das geblähte Tuch ordentlich zusammenzufalten. »Du weißt, der Leutnant versteht keinen Spaß, wenn es um die Fahne geht.«

»Der ist beschäftigt«, knurrte Farid mit einem Blick über die Schulter und presste den Stoffballen gegen die Brust. Dann sah er hinauf in den verhangenen Himmel. »Vielleicht wird's ja endlich mal ein ruhiger Abend und wir können ...«

»Hinlegen!«, gellte plötzlich Mosche Blumsteins Stimme durch das Pfeifen des Windes. Draußen am Stacheldrahtverhau knatterte eine Gewehrsalve. Gleich darauf zerschnitt das Heulen einer Granate die Luft. Mirko fasste sich an die schmerzenden Ohren. Das zweite Geschoss hörte er kaum. Die schmetternde Detonation hatte ihn ertauben lassen. Plötzlich fühlte sich Mirko brutal zur Seite gerissen. Für einen Moment verlor er das Bewusstsein.

Als er die Augen wieder aufschlug, nahm er schemenhaft ein Gesicht wahr, das sich durch einen roten Schleier abzeichnete. Ein höllischer Schmerz durchzuckte ihn, als er den Kopf bewegte. Etwas lief warm über seine Stirn. Er spürte, wie die Hand seines Freundes mit einer sanften Bewegung das Blut wegwischte.

Dort, wo er eben noch gestanden hatte, klaffte ein Krater im Boden.

»Diese Schweine ...« Farids Atem ging stoßweise, wie das Hecheln eines Hundes. Seine Stimme drückte Fassungslosigkeit aus. Angst stand in seinen schwarzen Augen. »Verstehst du, Mirko? Diese Schweine wollen uns umbringen!«

Frankfurt Höchst

Die Hochhäuser ringsum verschwammen im abendlich-feuchten Novemberdunst. Hinter keiner der zahllosen Fensterscheiben brannte Licht. An einem Samstagabend wie diesem verwandelte sich das werktags so belebte Gelände in eine Geisterstadt. Eine Ausnahme machte das Verwaltungsgebäude, aus dem gedämpftes Licht nach außen drang.

In rasantem Tempo lenkte Janic Covacz den Mini Cooper auf den Parkplatz. Die hektischen Bewegungen der Scheibenwischer schränkten die Sicht ein. Eine Wasserfontäne platschte gegen den Wagenboden, als er durch eine große Pfütze fuhr.

Aisha Khan, die neben Covacz saß, spähte suchend umher. »Nichts zu machen. Da ist alles voll«, sagte sie. »Mist! Jetzt können wir auch noch wer weiß wie weit durch den Regen latschen.« Sie sah auf die Uhr. »Dabei sind wir sowieso schon viel zu spät dran.«

»Immer mit der Ruhe«, brummte Covacz, gab nochmals Gas und fuhr direkt auf das Verwaltungsgebäude zu.

Es war ihr schleierhaft, wie jemand auf die Idee kommen konnte, die Endausscheidung einer Misswahl ausgerechnet an einem solch trostlos wirkenden Ort abzuhalten. Eine Stadt in der Stadt, um die der normale Verkehr einen erzwungenen Bogen schlug. Den Industriepark kannte sie lediglich von einer Werksbesichtigung per Bus. Die Rundfahrt hatte zu ihrem Pflichtprogramm als Volontärin beim Frankfurter Tagesjournal gehört. Auf der rechten Seite des Mains, der Seite, auf der sie sich jetzt befanden, kennzeichneten dunkle Backsteinbauten den alten Werksteil. Drüben auf der Südseite, durch den Fluss getrennt, lagen die neuen Gebäude. Sie erinnerte sich, wie die ältliche Führerin voller Stolz von »unserer Firma« berichtet hatte. Zu den ›Global Players‹ gehöre sie, wie man auf Neudeutsch die international agierenden Unternehmen bezeichnete. Ein bewegtes Zittern hatte sich in ihre Stimme geschlichen, als sie von einer visionären »Ära der Pharmazie und Life Science« sprach. Erst später war Aisha klar geworden, dass damit die Bereiche gemeint waren, die im südlichen Teil des Industrieparks untergebracht waren. Dort, in diesen futuristischen Glasbauten hätte sie sich die Wahl der attraktivsten Frau Hessens eher vorstellen können. Aber man hatte dem Wunsch des Hauptsponsors entsprochen und diese Veranstaltung in dem denkmalgeschützten Industriebauwerk ausgerichtet.

Dass man die Erwartungen eines Geldgebers nicht einfach ignorierte, wusste Aisha nur zu gut. Ihre Volontärstelle beim Tagesjournal verdankte sie schließlich ebenfalls einem Fürsprecher. Nämlich ihrem Onkel Yashar und dessen Bekanntschaft mit dem Geschäftsführer der Zeitung.

Einerseits war sie froh gewesen, die Stelle zu bekommen, andererseits hätte sie sich den Start in die Journalistenkarriere auf einer etwas eigenständigeren Grundlage gewünscht. Aber ein Volontariat bei einer regionalen Tageszeitung bedeutete nun mal Schreiben lernen »von der Pike auf«. Da gehörten solche Aufträge wie der heutige dazu. Das hatte man ihr unmissverständlich klar gemacht. Fehlte nur noch, dass man sie zu einem Kaninchenzüchterverein schickte, wo man den schönsten Rammler prämierte.

Covacz hielt direkt vor dem Eingang unter dem Parkverbotsschild und stieg aus.

»Aber du kannst doch hier nicht einfach ...« Ihr Protest ging im Zuschlagen der Tür unter. Eine der Hostessen trat unter dem roten Baldachin hervor und eilte auf Covacz zu. Energisch bedeutete sie ihm, dass er hier nicht parken dürfe. Regen tropfte ihr auf das glatt gescheitelte Haar.

Nach einem kurzen Wortwechsel drückte Covacz der sichtlich überrumpelten Frau mit liebenswürdigem Lächeln die Wagenschlüssel in die Hand.

Das durfte doch wohl nicht wahr sein! Aisha linste durch die beschlagene Scheibe nach draußen und war unschlüssig, ob sie unter diesen Umständen überhaupt aussteigen sollte. Im Außenspiegel von Covacz' Mini brach sich das orangefarbene Licht der Laternen, das im feuchten Asphalt hart glänzte. Covacz kam zum Wagen zurück, öffnete die Beifahrertür und beugte sich zu ihr hinunter.

»Na, worauf wartest du noch?«

In der Hand hielt er einen Regenschirm, den er offensichtlich einer der Hostessen abgenötigt hatte. Feuchtkalte Luft schlug Aisha entgegen. Ein Windstoß fuhr ihr durch das kurze Haar. Fröstelnd zog sie die Schultern zusammen.

Manchmal wünsche ich mir zumindest einen Teil seiner Frechheit, dachte sie, als sie neben ihm zum Eingang ging. Schließlich erreicht er immer, was er will. Der rote Teppich quatschte vor Nässe unter den Sohlen ihrer Stiefeletten. Aus dem Inneren des Gebäudes drang gedämpfter Applaus. Laute Discomusik folgte. Sie tastete nach ihrem Presseausweis.

Covacz folgte ihr mit seinem Blick. »Den kannst du stecken lassen. In meiner Begleitung kommst du überall hin.« Er grinste breit und reichte der Hostess mit einer leichten Verbeugung den Schirm zurück. Aisha fühlte sich mit einer Mischung aus Argwohn und Neugier beäugt. Gemeinsame Auftritte mit Covacz konnten ganz schön peinlich sein.

In solchen Situationen fragte sie sich, was sie an Janic Covacz so toll fand. Schließlich war sie es gewesen, die ihn zu dieser Veranstaltung eingeladen hatte. Und jetzt zog er eine derartige Show ab.

Im Foyer wurde sie von Wärme und gleißendem Licht umfangen. Sofort beschlugen sich ihre Brillengläser.

»Das letzte Mal war ich als Kind hier«, sagte Covacz zu Aisha gewandt, während sie ihre Brille abnahm und trocken wischte. »Das Gebäude nennt man übrigens auch ›Tempel der Arbeit‹.« Etwas wie Ehrfurcht schwang in seiner Stimme, was Aisha verwundert zur Kenntnis nahm.

Als die Sicht wieder klar war, ließ sie ihren Blick schweifen. Der hohe Raum war beeindruckend. Er hatte etwas von einer Kirche, oder vielmehr von einer Kathedrale. Die provisorisch aufgebaute Bühne mit den roten Vorhängen und den Glitzerlichtern unter den gemauerten Spitzbögen harmonierte allerdings nicht so recht mit der sakralen Ausstrahlung des Gebäudes. Für eine weitere Kontrastwirkung sorgte die laute, rhythmische Musik sowie die Kandidatin, die gerade in einem roten Seidenkleid die Bühne betrat.

Eine Hohe Priesterin im ›Tempel der Arbeit‹, dachte Aisha belustigt.

Das lange Kleid mit dem tiefen Ausschnitt stand ihr hervorragend und umschmeichelte vorteilhaft ihre Rundungen. Aisha überlegte, ob sie selbst so etwas tragen würde. Lieber nicht, wenn sie daran dachte, wie leicht einer der schmalen Träger verrutschte. Sie bevorzugte bequeme Kleidung, in der man sich frei bewegen konnte. Allerdings, ein bisschen Eleganz durfte schon sein. Sie hatte sich für eine schlichte schwarze Hose, einen grauschwarz gestreiften Blazer und eine weiße Seidenbluse entschieden.

»Ist für uns reserviert?«, raunte ihr Covacz zu.

Sie nickte. »Müsste ganz vorn sein.«

Hintereinander schlängelten sie sich durch die dicht besetzten Reihen. Covacz steuerte auf den kleinen Tisch zu, der mit einem Presse-Schild gekennzeichnet war.

Aisha setzte sich und schaute nach oben, wo ein Conférencier im Glitzeranzug mit bemühten Bonmots die Mädchen ankündigte. Sie waren allesamt sehr attraktiv, das musste Aisha anerkennend feststellen. Keine hatte ein Pfund zu viel auf der Hüfte und jede trug mindestens Körbchengröße C. Bis auf zwei waren alle blond und langhaarig.

Aishas Blick wanderte durch den voll besetzten Saal. An den Nachbartischen saßen einige ihr bekannte Kollegen, die für die überregionale Presse tätig waren. Den Fotografen ihrer Zeitung entdeckte sie im Gedränge am Bühnenrand.

Covacz beugte sich zu ihr hin. »Kaum zu glauben, dass das hier mal die frühere Personalverwaltung der Farbwerke Hoechst war«, flüsterte er.

»Was hast du denn damit zu tun gehabt? Du hast ja wohl nicht hier gearbeitet, oder?«, fragte sie erstaunt.

Covacz schüttelte den Kopf. »Mein Vater hat mir das Gebäude mal gezeigt, weil er es so beeindruckend fand. Damals war ich noch ein Kind und er gehörte zu einer der ersten Generationen der ausländischen Rotfabriker. So nannte man früher die Arbeiter in den Farbstoffbetrieben.«

Aisha schwieg überrascht. Es war das erste Mal, dass er etwas über seine Familie erzählte. Obwohl sie sich bereits mehrere Monate kannten, wusste sie von seinem Privatleben so gut wie nichts. Sich den gut aussehenden Mann in dem dunklen Anzug, der unverkennbar aus dem Hause eines Couturiers stammte, als Sohn eines Fabrikarbeiters vorzustellen, fiel ihr schwer. Allerdings hatte sie im Laufe ihrer noch kurzen Freundschaft schnell festgestellt, dass Janic Covacz kein Mann war, auf den normale Beurteilungsmaßstäbe zutrafen. Vielleicht war es sogar das, was sie an ihm reizte.

Eine Kellnerin trat an ihren Tisch.

»Was darf ich dir bestellen?«, fragte Covacz.

»Wasser, bitte.«

Er verzog das Gesicht. »Du musst doch nicht fahren.«

»Nein, aber ich muss mich von dir fahren lassen.« Damit spielte sie auf Covacz' aggressiven Fahrstil an. Außerdem sollte er langsam wissen, dass sie keinen Alkohol mochte. Nicht aus religiösen Gründen. Ihr Vater war zwar Moslem gewesen, doch in ihrer Familie hatte die Religion nie eine große Rolle gespielt. Aisha mied Alkohol, weil sie ihn mit dem Tod ihrer Eltern in Verbindung brachte. Ein betrunkener Autofahrer hatte Aisha im Alter von sechs Jahren zur Vollwaise gemacht. Onkel Yashar, der Bruder ihres Vaters, nahm sie damals bei sich auf. Aber der eingefleischte Junggeselle konnte nicht allzu viel mit Kindern anfangen. Deshalb hatte er sie bald in einem der teuersten Internate Deutschlands angemeldet. Weit weg von Frankfurt, am Bodensee. Im Grunde genommen wusste sie, dass sie ihm nicht gleichgültig war und für ihn Familienbande etwas Heiliges bedeuteten. Wahrscheinlich verwöhnte er sie deshalb mit materiellen Zuwendungen, ganz so, als sei sie sein leibliches Kind.

Der tragische Tod seines Bruders und seiner deutschen Schwägerin, verursacht durch einen alkoholisierten Verkehrsteilnehmer, hinderte Onkel Yashar allerdings nicht daran, seinen teuren Malt Whiskey zu genießen. Er blieb weiterhin dem Alkohol zugetan. Die Pfefferminzbonbons, die er ständig lutschte, konnten diesen Verstoß gegen den Koran jedoch nur dann verheimlichen, wenn man nicht wie seine Nichte mit ersatzväterlichen Küssen bedacht wurde.

Aisha warf Janic Covacz einen prüfenden Blick zu. Er hatte nicht auf ihre Bemerkung reagiert. Seine Aufmerksamkeit galt dem Geschehen auf der Bühne.

Er war wirklich ein verdammt gut aussehender Mann, der sich seiner Wirkung auf Frauen bewusst sein musste.

Wenn sie nur ein wenig schlauer aus ihm werden würde. Anfangs hatte sie gedacht, er habe ein gewisses Interesse an ihr, jedoch ein Wangenkuss war das Intimste gewesen, das sie bisher ausgetauscht hatten.

»Mögen Sie Katzen?« Das war die erste Frage gewesen, die er an sie gerichtet hatte, als sie sich zufällig in einem Tierheim über den Weg gelaufen waren. Liebevoll kraulte er ein Kätzchen, das auf seinem teuer aussehenden Anzug bereits unzählige Haare hinterlassen hatte.

»Eher nicht«, hatte sie geantwortet und dabei an die Viecher aus ihrer Nachbarschaft gedacht. Weil diese den Garten der Villa in Königstein zum allgemeinen Katzenklo erkoren hatten, war sie nicht gut auf sie zu sprechen. Seit sie dort wohnte, hatte sie mit dem Gedanken gespielt, sich einen Hund zuzulegen, der dem Treiben baldmöglichst ein Ende bereiten würde.

Hunde waren ihr lieber als Katzen. Die hockten nur zu Hause herum und an einem Kuscheltier hatte sie keinen Bedarf, auch wenn das Kätzchen auf dem Arm des Unbekannten niedlich aussah.

Zu Hause auf ihrem Schreibtisch stand ein Foto, das ihre Eltern zusammen mit Max zeigte. Damals, als sie noch eine richtige Familie waren. Obwohl ihre Erinnerung an den schwarzbraunen Mischlingshund verblasst war, wusste sie noch genau, wie sich sein raues Fell anfühlte, in das sie so oft ihr Gesicht vergraben hatte. Außerdem wäre ein Hund bei ihrer jetzigen Tätigkeit ein idealer Begleiter, da sie für die Zeitung oft genug bis spät Abends unterwegs war.

Weshalb sie mit dem wildfremden Mann ein derart familiäres Gespräch geführt hatte, konnte sie bis heute nicht so recht nachvollziehen. Gewöhnlich trug sie ihr

Herz nicht auf der Zunge. Damals hatte sie auch noch nicht gewusst, dass es Janic Covacz' Beruf war, provozierende Fragen zu stellen.

»Es gibt kaum ein anderes Tier, das seinem menschlichen Mitbewohner auf so elegante Weise seinen eigenen Willen aufzwingt«, hatte er gesagt und sie dabei mit diesem typischen Blick mit leicht geneigtem Kopf angesehen, den sie inzwischen so gut kannte. Was er über Katzen erzählte, war allerdings genau das Gegenteil dessen, das Aisha von einem Haustier erwartete.

Nachdem er sie abschätzend von Kopf bis Fuß gemustert hatte, sagte er: »Sie brauchen keinen Hund. So eine Töle passt gar nicht zu Ihnen.«

»Woher wollen Sie denn wissen, was zu mir passt und was nicht?«, meinte sie spöttisch. Wie meisterhaft sich Covacz darauf verstand, anderen Menschen seine eigenen Anliegen als die ihren zu verkaufen, erfuhr sie erstmals an diesem Nachmittag. Ehe sie sich versah, stand sie draußen vor dem Tierheim mit einer Katze auf dem Arm.

Im Nachhinein hatte sie sich kopfschüttelnd gefragt, was da überhaupt vor sich gegangen war. Wahrscheinlich hätte er es auch mühelos geschafft, ihr solch ein unmögliches Auto anzudrehen wie er selbst eines fuhr. Wenn sie in diese kleine Kiste einstieg, hatte sie stets den Eindruck, sie säße direkt auf der Fahrbahn und das nächste Schlagloch würde sie mitsamt dem Mini verschlingen.

Auf diese Weise war sie also zu Kater Tarzan gekommen. Jane aus dem gleichen Wurf vergrößerte Covacz' Harem, der, so weit sie wusste, aus drei Katzendamen bestand. Leider musste sie bald feststellen, dass Covacz in einem wesentlichen Punkt Recht gehabt hatte: Nicht Tarzan lebte bei ihr, sondern vom ersten Tag an gab ihr der Katzenpascha das Gefühl, eine geduldete Mitbewohnerin in der eigenen Wohnung zu sein.

Diese neu geschaffenen Familienbande hatte Janic Covacz zum Anlass genommen, sich hin und wieder nach dem Befinden von Janes Bruder zu erkundigen. Beinahe so, als handele es sich bei den Viechern um gemeinsame Kinder.

In der letzten Zeit hatte Aisha sich öfter mit Covacz getroffen. Als sie den Auftrag bekam, über diesen Schönheitswettbewerb zu schreiben, fragte sie ihn, ob er sie begleiten wolle. Nachdem er erfuhr, wo die Veranstaltung stattfinden sollte, hatte er sofort eingewilligt. Jetzt ahnte sie, dass er zu diesem Ort eine besondere Beziehung hegte.

Oben auf der Bühne rüstete man sich zum zweiten Durchgang. Die Mädchen traten nacheinander in knappen Bikinis auf die Bühne. Aisha stellte amüsiert fest, dass der Anblick von nackter Haut die Aufmerksamkeit der Zuschauer deutlich steigerte. Nicht nur die der Männer, auch die Damen schauten interessiert. Wahrscheinlich verglichen sie insgeheim ihre eigenen Körper mit denen auf dem Laufsteg. Allein Covacz schien von dem gesamten Treiben unbeeindruckt. Seine Miene wirkte unverändert blasiert.

Aisha zog ihren kleinen Notizblock aus der Innentasche ihres Blazers und sann über geeignete Formulierungen für ihren Artikel nach. Winkler, der Lokalredakteur, sollte sich nicht wieder zu einer seiner kritischen Bemerkungen genötigt sehen.

»Die wichtigste Eigenschaft eines Zeitungsmannes

ist das Streben nach Objektivität, Frau Khan«, hatte er ihr mit auf den Weg gegeben. Vielleicht wollte er damit zum Ausdruck bringen, dass er diese Eigenschaft den weiblichen Mitarbeitern von vornherein absprach.

Ein massiger Mann in einem hellen Anzug drängte an ihrem Tisch vorbei. Ob sogar internationale Presse hier ist, überlegte Aisha, als sie seine arabischen Gesichtszüge bemerkte.

Deutlich stärker hätte sie allerdings interessiert, was in Covacz' Kopf vorging. Ob ihn diese gestylten Beautys in irgendeiner Weise berührten?

Als sie sich über ihren Block beugte, um ein paar Notizen zu machen, erhob er sich.

»Bin gleich wieder da«, flüsterte er ihr zu.

Warum muss ich immer eine von den Letzten sein! Ungeduldig starrte die siebzehnjährige Schülerin auf den Conférencier und wartete auf die Ansage für ihren Auftritt.

Sein lurexschimmernder Anzug hätte eher in eine Zirkusmanege gepasst! Und die lächerlichen Witze, die er unentwegt riss! Unmöglich!

Jetzt vollführte er mit der rechten Hand eine übertrieben wirkende Geste. »Bitte die nächste Kandidatin auf die Bühne«, verkündete er mit näselnder Stimme. »Meine Damen und Herren – Applaus für Vanessa Bach.«

Die Scheinwerfer begannen zu rotieren und brachten silbrige Lichtreflexe zum Tanzen. *»Like a virgin«*, ertönte es aus den Lautsprechern. Das war ihr Lied. Madonnas Song. So sehr hoffte sie, dass man ihr ihre Unsicherheit nicht anmerkte. Vorhin beim ersten Durchgang war sie gestrauchelt und hatte sich gerade noch in allerletzter Sekunde gefangen.

Mit bemüht wohlgesetzten Schritten und wiegenden Hüften ging sie über die Bühne zum Laufsteg. Immer wieder irrte ihr Blick von der gesichtslosen Masse des Publikums ab und wanderte über den Boden. Bloß nicht schon wieder stolpern! Hinfallen wäre das Ende ihrer Karriereträume. Als sie merkte, dass alles gut lief, wurde sie zusehends selbstsicherer. Leise summte sie Madonnas Song mit.

Ihr Blick streifte das kleine bräunlich schimmernde Blütentattoo an ihrem rechten Handgelenk. Unwillkürlich intensivierte sie ihr Lächeln und wiegte im Rhythmus der Musik noch ein wenig mehr die Hüften.

Auf diesen Abend hatte sie sich bestens vorbereitet. Alles sollte perfekt sein. Beim ersten Durchgang war ihre Nervosität ziemlich groß gewesen, doch mittlerweile genoss sie es, im Rampenlicht zu stehen. So lange die Scheinwerfer auf sie gerichtet waren, war die Möglichkeit, als Siegerin aus diesem Wettbewerb hervorzugehen, noch offen. Aber egal wie die Wahl auch ausging, ihr winkte ein Superjob in Dubai – das hatte man ihr beim Vorentscheid in Aussicht gestellt. Dann wäre es endlich mit der Schufterei zwischen Weinbergen und Traubenbottichen vorbei. Auf keinen Fall wollte sie enden wie ihre Eltern, die nur noch ihre Weinkelterei kannten.

Ein Leben in Glanz und Glamour schwebte ihr vor. Heute Dubai, morgen Paris und übermorgen New York. Dafür hatte sie sich im Fitnessstudio abgemüht und ihre Taille auf Wespenformat getrimmt. Stundenlang war sie mit einem dickleibigen Lexikon auf dem Kopf im heimischen Wohnzimmer auf- und abgeschritten, die blöden Bemerkungen ihrer beiden Brüder hartnäckig ignorierend.

Ihre Hand flatterte nach oben und strich das glatte Blondhaar nach hinten. Nun war sie vorn angelangt und drehte sich mit einer anmutigen Bewegung um die eigene Achse. Natürlich waren ihr die zahlreichen Blitzlichter nicht entgangen, die in regelmäßigen Abständen aufleuchteten. Schon sah sie die Schlagzeilen in den Frankfurter Zeitungen vor sich: Die neue Miss Hessen heißt Vanessa Bach!

Im erneut aufbrausenden Beifall straffte sie den Rücken. Ihr Blick streifte über die im Dunkel verschwimmenden Köpfe und die farbigen Backsteinmauern hin zum Bühnenausgang, wo die letzte Kandidatin auf ihren Auftritt wartete.

Vanessa maß ihre Konkurrentin mit kühlem Blick. Ihr Busen ist viel zu üppig und um die Hüften herum hat sie eindeutig zu viel Gewicht, stellte sie mit Genugtuung fest. Außerdem war sie nicht blond, sondern dunkelhaarig. Blond war noch bisher bei jeder der Misswahlen der Favorit gewesen. Das hatte sie akribisch verfolgt, um sich ihre Chancen auszurechnen.

Ihre Augen hatten sich inzwischen an die Dunkelheit im Saal gewöhnt. Von dieser Stelle aus konnte sie das Publikum gut beobachten. Sie registrierte ungefähr ein Dutzend Fotografen unten im Saal. Die meisten fotografierten mit schweren Apparaten und vorgestreckten Teleobjektiven. Mr. Fayman, der ziemlich vorn am Bühnenrand stand, hatte sie längst erspäht. Sie freute sich, ihn zu sehen. Er war es gewesen, der ihr beim Vorentscheid einen Vertrag in Aussicht gestellt hatte.

Es war ihr furchtbar schwer gefallen, weder mit ihren Freundinnen noch mit ihren Eltern darüber zu reden. Aber Mr. Fayman hatte ihr eingeschärft, sich in dieser Sache noch so lange bedeckt zu halten, bis alles perfekt wäre. Heute Abend sollte die Entscheidung fallen. Es wäre einfach sagenhaft, wenn es schon bald klappen würde und ihr Foto auf den Titelseiten der internationalen Modezeitschriften prangte. Mit einem koketten Lächeln und einer gekonnten Drehung wandte sie sich um und schritt über den Catwalk.

Der beleibte Mann im hellen Seidenanzug hielt sich im Halbdunkel vor der Bühne auf. Eine Weile stand er abwartend da, dann hob er die Digitalkamera ans Auge.

Als er daran dachte, dass seine Aufnahmen einer ganz anderen Welt offen standen, huschte ein Lächeln über sein Gesicht. Er ließ die Kamera sinken und sah sich um. Das nächste Mädchen im knappen Bikini betrat die Bühne. Ihre olivfarbene Haut glänzte im Scheinwerferlicht ebenso wie ihr dunkles Haar.

Wie gebannt starrte er auf ihr Gesicht mit den hohen Wangenknochen und den vollen Lippen. Bereits beim ersten Ansehen war sie ihm als außergewöhnliche Schönheit aufgefallen. Obwohl sie kaum lächelte, strahlte ihre gesamte Erscheinung eine ungeheure erotische Wirkung aus. Er fixierte sie durch das Auge der Kamera und ließ in regelmäßigen Abständen den Blitz aufflammen.

Nur widerwillig entspannte sich sein Finger, als ihm das rote Blinklicht anzeigte, dass die Kapazität der Speicherkarte ausgeschöpft war.

In seiner umfangreichen Privatsammlung würde die Dunkelhäutige einen besonderen Platz erhalten. Sie entsprach viel eher seinen eigenen Vorstellungen von weiblicher Anziehungskraft als die stereotyp aussehenden vollbusigen Blondinen. Der jungen Frau schienen die zahlreichen Blitzlichter zu gefallen, die ihretwegen aufleuchteten. Sie verzog ihren Mund zu einem Lächeln, das ihr den Reiz einer schwarzen Katze verlieh, die sich spielerisch lockend und abwehrend zugleich gebärdete.

Endlich war es ihm gelungen, die Speicherkarte auszutauschen. Mit leisem Klicken folgte das Kameraauge den wippenden Bewegungen der Pobacken, die sich unter dem knappen Höschen abzeichneten.

Den kurzen Moment der ungewohnten Erregung kostete er aus. Zu oft war er schon bei solchen Veranstaltungen gewesen. Mittlerweile empfand er bereits nach kurzer Zeit Langeweile beim Anblick all der makellosen Körper. Doch gewissenhaft erfüllte er seinen Auftrag und fotografierte unentwegt. Zoomte Gesichter herbei, machte Ganzkörperaufnahmen von vorn, von der Seite und von hinten. Bannte die jungen Körper mit ihren fohlenhaft ungelenken Posen in Bilder. Stets darauf erpicht, genau jene Bewegung zwischen mädchenhafter Unschuld und weiblicher Raffinesse zu treffen, die alle Männer gleichermaßen reizte.

Auf seinen Fotos wurde jeder einzelne Mädchenkörper zu einer Oberfläche, auf die man seine Sehnsüchte und Gelüste projizieren konnte. Niedliche Puppen zum Anschauen waren das, noch keine fertigen Persönlichkeiten. Er wusste: Nicht die Schönste würde als Siegerin hervorgehen, sondern diejenige mit dem größten Talent zur Selbstaufgabe. Eine Voraussetzung, aus der sich große Gewinne erzielen ließen.

Unsanft wurde er von jemandem angerempelt. Ein kühler, aufmerksamer Blick streifte ihn. Gleichzeitig bat eine männliche Stimme um Entschuldigung. Schnell drehte er den Kopf weg. Es war nicht gut, wenn sich später jemand an ihn erinnerte.

Der zweite Durchgang war fast beendet. Bis auf die dunkelhäutige Schöne entsprach keines der Mädchen seinem Geschmack. Aber seine persönliche Vorliebe spielte hier keine Rolle. Langes, goldschimmerndes Haar stand auf der Wunschliste seiner Auftraggeber ganz oben. Um das Angebot variabel zu halten, fotografierte er sämtliche Anwärterinnen auf den Titel der ›Miss Hessen‹.

Die junge Frau, die nun den Laufsteg betrat, kannte er bereits. Ihr Gesicht strahlte etwas unbescholten Kindliches aus. Obwohl sie jünger war als die anderen Kandidatinnen, wirkte sie ausgesprochen weiblich.

Er ließ die Kamera in die Tasche seines hellen Seidensakkos gleiten. Von diesem Mädchen hatte er bei einer anderen Gelegenheit ausreichend Bilder geschossen. Für sie gab es bereits einen Interessenten.

»Kennst du den Mann?«, fragte Aisha, als Covacz an den Tisch zurückkam.

»Wen meinst du?«

Sie wies mit dem Kopf in Richtung des Fotografen, der ihr wegen seiner arabischen Gesichtszüge aufgefallen war.

»Sollte ich?«

»Ich dachte nur, weil du mit ihm gesprochen hast.«

»Interessierst du dich für ihn?«

Sie prustete los. »Um Himmels Willen! Ich stehe nicht auf Männer mit Bauch, außerdem …«, sie warf Covacz einen spitzbübischen Blick zu, »finde ich blonde, blauäugige Männer attraktiver.« Belustigt stellte sie fest, wie sich Covacz gedankenverloren über die kurzen schwarzen Haare strich.

»Vielleicht wäre es ganz interessant zu wissen, für welche Zeitung er arbeitet«, fügte sie schnell hinzu.

»Soll ich ihn fragen?«

»Nein. So brennend interessiert mich das jetzt auch wieder nicht. Übrigens ...«, wagte sie einen Vorstoß, »wie findest du die Veranstaltung?«

Er bedachte sie mit einem spöttischen Blick. »Was willst du denn jetzt von mir hören? Ob mir eines der Mädchen besonders gut gefällt?«

»Zum Beispiel.«

Aisha war nicht entgangen, dass Hauptkommissar Janic Covacz als Schwarm sämtlicher Jungkommissarinnen galt. Aber das war nur eine von vielen Behauptungen, die über ihn in Umlauf waren. Weil sie aus seiner Art nicht so recht schlau wurde, hatte sie begonnen, über Covacz zu recherchieren. Schließlich war Recherche das erste, was eine Volontärin lernte. Das, was sie herausfand, erschien ihr spannend und widersprüchlich zugleich. Über Covacz kursierten in Frankfurt mehr Gerüchte als über die Oberbürgermeisterin.

Dem Operativen Einsatzkommando, kurz OEK genannt, sowie dessen attraktivem Leiter, eilte der Ruf des Unkonventionellen voraus. Covacz schien alles dafür zu tun, nicht als gewöhnlicher Polizist dazustehen. Seine Truppenmitglieder wählte er nach Kriterien aus, die für Außenstehende undurchsichtig blieben. Auch wunderte man sich, weshalb das OEK nicht im Polizeipräsidium untergebracht war, sondern im Höchster Bolongaropalast.

Weiterhin war Aisha zu Ohren gekommen, dass sich etliche Kommissarinnen vergeblich um eine Aufnahme in seiner Abteilung bemüht hatten. Während die einen die hohe Erfolgsquote des OEK hervorhoben, merkten kritische Stimmen an, dass man nie so genau nachvollziehen könnte, wie diese Erfolge zustande gekommen waren. Seine Neider unterstellten Covacz unlautere Methoden, gepaart mit maßloser Geltungssucht. All dies schien ihn nicht im Geringsten zu kümmern. Auch nicht, dass einige seiner Kollegen unverblümt behaupteten, er sei schwul und dulde deshalb nur Männer in seiner Abteilung.

Nicht dass Aisha eine homosexuelle Orientierung gestört hätte. Aber sie hätte gern herausgefunden, was an all diesen Gerüchten dran war.

»Nimm aus all dem, was über mich im Umlauf ist, die Mitte, dann wird es schon stimmen«, hatte er einmal lapidar auf eine vorsichtig geäußerte Frage ihrerseits geantwortet. »Ich bin weder ein Kotzbrocken noch ein Heiliger. Aber manche Kämpfe muss man ganz einfach ausfechten. Ich komme sehr gut mit mir zurecht«, hatte er schulterzuckend hinzugefügt.

»Nun sag schon, wer ist deine Favoritin, Janic?«, bat sie, nachdem er immer noch nicht auf ihre Frage eingegangen war.

»Sind sie nicht alle schön?«, meinte er und lächelte süffisant.

»Klar sind sie alle schön. Wir befinden uns schließlich auf einem Schönheitswettbewerb.«

»Sag bloß, du nimmst diesen Zirkus auch nur eine Sekunde lang ernst?« Er sah ihr tief in die Augen, während er eine Zigarettenpackung aus seiner Hosentasche zog und sich eine Zigarette in den Mundwinkel schob.

»Ich denke, du rauchst nicht mehr«, meinte sie.

»Tu ich doch auch nicht«, erwiderte er und ließ die Zigarette unangezündet im Mundwinkel hängen.

Aisha schüttelte den Kopf und sah wieder auf die Bühne, wo sich die Mädchen gerade zu einer Gruppenaufstellung formierten.

Covacz gähnte hinter vorgehaltener Hand. »Schau sie dir doch an. All diese Püppchen, die in dieser Stuten-Parade die Chance fürs Leben sehen.«

»Also ich finde schon, dass die Mädchen sehr attraktiv sind«, wandte sie ein. »Und dir würde wirklich keine einzige gefallen?«

»Meine Katzen sind mir lieber«, sagte er und grinste dabei, als habe er gerade einen tollen Witz gemacht.

Stuten, Katzen, in welchen Kategorien dachte dieser Mensch bloß? Aisha warf ihm einen warnenden Blick zu, schluckte aber die Antwort, die ihr auf der Zunge lag, hinunter. Eine Gleichsetzung von Frauen und Tieren fand sie absolut nicht cool. Dabei fühlte sie sich stets an fundamentalistische Moslems erinnert. Einige Geschäftspartner ihres Onkels hielten mit solchen Vergleichen nicht hinterm Berg. Und selbst Onkel Yashar entschlüpften manchmal ähnlich gelagerte Sprüche, obwohl er alles andere als ein religiöser Fanatiker war.

»Na ja. Die Dunkelhäutige ist nicht schlecht«, gab Covacz unvermittelt zu.

Das Mädchen, das er meinte, war ihr ebenfalls aufgefallen.

»Die hat die Grazie eines Panthers. Alle anderen erinnern mich eher an Schaufensterpuppen.«

Noch während Aisha überlegte, wie sie auf diese Bemerkung reagieren sollte, wechselte er abrupt das Thema.

»Hast du eigentlich Tarzan schon kastrieren lassen?«

»Muss ich das? Schließlich soll er doch auch was vom Leben haben«, erwiderte sie schnippisch.

Covacz verzog anzüglich die Lippen. »Du wirst es schon merken, wenn er anfängt, jede Ecke deiner Wohnung zu markieren. Glaub mir, diese Duftnoten können ganz gewaltig stinken.«

Eine üppige Dame drehte sich ruckartig zu ihnen um. Die Lippen gespitzt, drückte ihre gesamte Miene Empörung aus.

»Aber wenn dich so was nicht stört, bitte schön.« Covacz gab sich keine Mühe, leiser zu reden und hob die Achseln. Wie so oft, wusste Aisha nicht, ob er nur provozieren wollte, oder ob er das, was er sagte, tatsächlich ernst meinte.

»Ich kann ja mal zum Tierarzt gehen«, flüsterte sie und wandte ihre Aufmerksamkeit wieder der Bühne zu. Dort war man inzwischen bei der Endausscheidung angelangt.

Es war spät, als die Siegerin des Abends gekürt wurde, ein sehr junges blondes Mädchen namens Vanessa Bach. Sie strahlte vor Glück.

Aisha nahm das flache Diktafon vom Tisch. »Wartest du hier auf mich?«, wandte sie sich an Covacz. »Ich muss der neuen Miss Hessen nur ein paar Fragen stellen.«

»Ich kann dich ja schlecht nach Hause laufen lassen«, erwiderte er.

Hinter der Bühne herrschte dichtes Gedränge. Aisha hatte Mühe, sich zwischen den vielen Menschen durchzukämpfen, die offensichtlich der Siegerin gratulieren wollten. Doch die frisch gebackene Miss Hessen war nirgends zu sehen. Der Conférencier klatschte in die Hände, um sich Gehör zu verschaffen.

»Es tut mir Leid, meine Damen und Herren«, sagte er in entschuldigendem Tonfall. »Vanessa Bach musste noch einen dringenden Termin wahrnehmen. Aber die anderen Kandidatinnen beantworten gern Ihre Fragen. Und selbstverständlich stehe auch ich Ihnen Rede und Antwort.«

Na, der ist vielleicht lustig, dachte Aisha verärgert. Was soll ich denn jetzt dem Winkler vorlegen? Wo er doch ausdrücklich um ein Interview mit der neuen Miss Hessen gebeten hatte.

Prag

»Wir machen uns große Sorgen.« In den Augen der Frau glitzerten Tränen. Sie presste die Lippen zusammen. Über der hochgeschlossenen Bluse war eine dreireihige Perlenkette um ihren Hals drapiert. Die Hände hielt sie im Schoß verschränkt und warf ihrem Mann neben sich einen leidvollen Blick zu. Wieder und wieder glitten ihre Finger über die Perlen, als bete sie einen Rosenkranz. Mit einem Mal kehrte die Hand ruckartig in den Schoß zurück, wo sie eine Weile liegen blieb.

Der Mann trug einen eleganten Anzug. Das blütenweiße Hemd unter der Weste war makellos gebügelt, der Krawattenknoten saß genau in der Mitte. Sein Gesicht wirkte wie eine Maske. Doch Mirko Stern erkannte die versteckte Angst darin. Die Angst eines Mannes, der nicht zulassen wollte, dass seine Gefühle nach außen drangen. Als Botschaftssekretär der polnischen Vertretung hier in Prag darf er keine Regungen zeigen, dachte Mirko. Ob Nimjeski wirklich nicht den eigenen Sicherheitsdienst eingeschaltet hatte, wie er behauptete? Noch immer war sich Mirko nicht im Klaren darüber, ob er diesen Auftrag annehmen würde. Einerseits verspürte er nicht die geringste Lust auf einen Wettstreit mit polnischen Sicherheitsbeamten. Die würden mit hoher Wahrscheinlichkeit verdeckt agieren und könnten seine Arbeit und vielleicht sogar seine Existenz gefährden. Andererseits übte dieser Auftrag einen Reiz auf ihn aus, den er sich selbst nicht genau erklären konnte.

Er sah sich in dem mit erlesenen Antiquitäten eingerichteten Wohnzimmer um. Die großen Bogenfenster gaben den Blick über ein Gewirr von Dächern und Giebeln frei, zwischen denen zahllose Zinnen, Kuppeln und Türme herausragten. Über der Moldau lag ein graublauer Dunst, der die Silhouette der Prager Altstadt in ein unwirkliches Licht tauchte. In dieser an Mysterien so reichen Metropole fühlte Mirko sich heimischer als in allen anderen Städten, in die ihn sein bewegtes Leben bisher verschlagen hatte.

Er wandte sich Marysias Mutter zu. Mit ihrer zierlichen Statur, dem schmalen Gesicht mit den hohen Wangenknochen, den blaue Augen, die an Lavendelfelder der Provence erinnerten und der blonden Kurzhaarfrisur war sie eine schöne Frau, die eine unterkühlte Erotik ausstrahlte.

»Darf ich rauchen?«, fragte er.

Frau Nimjeski nickte. Ihr Mann stand auf und holte einen Aschenbecher aus geschliffenem Kristall, den er vor Mirko auf den dunklen Eichentisch stellte. Direkt neben das Foto von Marysia, das Mirko auf schmerzliche Weise an Ranka erinnerte. Das siebzehn- oder achtzehnjährige Mädchen lächelte offen in die Kamera. Eine Hand war erhoben und streifte das hellblonde, leicht gewellte Haar nach hinten. Eine unschuldige Geste und dennoch voller versteckter Koketterie. Marysia war es offensichtlich gewohnt, fotografiert zu werden. Sie war unzweifelhaft ein Mädchen, das die Blicke der Männer auf sich zog.

Tomek Nimjeski blieb vor Mirko stehen. »Werden Sie annehmen?«, fragte er.

Mirko zündete sich eine Zigarette an. Er sah von dem Foto zu der Frau und schließlich zu dem Mann, dann blickte er zum Fenster hinaus. Auf der Moldau glitt ein weißer Dampfer vorbei.

»Mich würde interessieren, wie Sie auf mich gekommen sind.« Allzu oft hatte man ihm gesagt, dass sein unauffälliges Äußeres und seine geringe Körpergröße keineswegs den üblichen Vorstellungen von einem erfolgreichen Privatermittler entsprachen. Er bemerkte, wie sich die beiden einen verstohlenen Blick zuwarfen.

»Sie wurden uns empfohlen. Von unseren Leuten.«

Mirko sah den Mann fragend an.

»Ich meine, von jüdischer Seite. Man hat uns auch gesagt, dass Sie fließend Deutsch sprechen.«

Mirko inhalierte tief und blies den Rauch wieder aus. »Sie wissen, dass solche Ermittlungen einiges kosten.«

»Wir sind bereit, gute Dienste angemessen zu entlohnen.« Nimjeski nahm einen braunen Umschlag aus der Innentasche seines Anzuges und legte ihn vor Mirko auf den Tisch. »Hier ist eine Anzahlung. Teilen Sie uns mit, wenn Sie mehr benötigen. Wir sind nicht unvermögend.« Er sah Mirko bittend an. Jetzt war die Angst in seinen Augen nicht mehr zu übersehen.

»Wir zählen auf Sie«, sagte er mit Nachdruck.

»Sie sind unsere letzte Hoffnung«, fügte die Frau leise hinzu.

Mirko drückte den Zigarettenstummel in dem gläsernen Aschenbecher aus und lehnte sich in seinem Sessel zurück. Dabei fuhr er sich durch das kurze, struppige Haar. Den Umschlag ließ er vorerst unbeachtet. Es sah nicht nach einem allzu schwierigen Auftrag aus, und er war sich sicher, Marysia bald ausfindig zu machen. Bisher hatte er die meisten seiner Aufträge erfolgreich erfüllen können. Warum also nicht auch diesen. Sein Blick blieb auf dem siebenarmigen antiken Silberleuchter hängen, der die dunkle Kommode an der Wand hinter dem Sofa zierte.

»Erzählen Sie mir mehr von Ihrer Tochter«, bat er.

»Marysia war ein liebes Kind, immer fügsam, der Sonnenschein unserer Familie. Eine sehr gute Schülerin und äußerst sprachbegabt. Sie hat uns nie Anlass zu irgendwelchen Sorgen gegeben«, begann die Frau.

»Das kam erst später«, warf der Mann ein.

Die Frau bedachte ihn mit einem kurzen Seitenblick und ließ sich nicht beirren. »Schon mit sechzehn hat sie Abitur gemacht, weil sie eine Klasse überspringen konnte. Das ist außergewöhnlich früh.« In ihrer Stimme schwang Stolz. Einen Moment lang schien sie vergessen zu haben, dass ihre Tochter verschwunden war.

»Sie wollte Sprachen studieren. Davon habe ich ihr abgeraten. Ein Medizinstudium hielt ich für zukunftsträchtiger«, sagte Nimjeski. »Mit ihren Noten war es kein Problem, hier an der Karls-Universität einen Studienplatz zu bekommen. Sie war eine fleißige Studentin. Und das Studium machte ihr viel Spaß.«

»Auf einmal wollte sie mehr über Deutschland wissen.« Die Frau sah ihren Mann bittend an, dann fuhr sie vorsichtig nach Worten suchend fort. »Nicht auf die Art, wie es die meisten Juden interessiert.«

»Wir glauben ... sie hatte sich in einen Deutschen verliebt«, brach es voller Unverständnis aus dem Mann hervor.

»Wissen Sie seinen Namen?«

»Nein.« Er schüttelte energisch den Kopf.

»Sie hat uns nichts davon erzählt. Wir vermuten es nur. Sie kannte unsere Einstellung dazu«, sagte die Frau.

»Jedenfalls überlegte sie, ihr Studium in Deutschland fortzusetzen.«

»Wir haben ihr das nicht ausgeredet«, fiel Nimjeski ein. Er hatte sich wieder neben seine Frau gesetzt.

»Immer öfter sprach sie davon, aus Prag wegzugehen. Das hat uns anfangs nicht gefallen.« Sie presste die Lippen zusammen.

»Es ist gut, wenn junge Leute von zu Hause weggehen. Sie müssen ihren Weg finden und sich ihr eigenes Bild über die Geschehnisse der Vergangenheit machen.« Es klang so, als wüsste Nimjeski, dass man eine solche Bemerkung von ihm erwarte. »Wir hatten ja nicht die Gelegenheit, in den Westen zu reisen, zumindest nicht mit der ganzen Familie.«

»Auf einmal konnte es Marysia nicht schnell genug gehen. Plötzlich wollte sie Hals über Kopf nach Frankfurt«, nahm die Frau ihre Schilderung wieder auf.

»Hatte diese Entscheidung etwas mit dem jungen Mann zu tun?«

Frau Nimjeski warf ihrem Mann einen Hilfe suchenden Blick zu. »Wir nehmen es an, aber wir wissen es nicht«, sagte sie nach einigem Zögern.

»Wie lange ist sie schon in Frankfurt?«

»Seit etwa einem Jahr.«

Mirko hörte den Eltern noch eine ganze Weile aufmerksam zu. Sie schlugen Fotoalben auf und schienen in der Vergangenheit ihrer einzigen Tochter regelrecht aufzuleben.

»Ich brauche ein aktuelles Foto«, sagte Mirko. »Kann ich dieses hier haben?« Ihr Einverständnis abwartend, nahm er das Bild mit der lachenden Marysia vom Tisch und steckte es in seine Brieftasche. »Dann würde ich gerne ihr Zimmer sehen. Sie hat doch noch ein Zimmer bei Ihnen?«

»Selbstverständlich.« Die Frau stand auf und ging hinaus auf den Flur. »Hier entlang«, sagte sie und stieg die knarrende Holztreppe hoch. An den Wänden des Treppenaufgangs hingen Stiche aus Prags glanzvoller Historie.

Marysias Zimmer war hell und geräumig. Mit seinen weißen Schleiflackmöbeln wirkte es jungmädchenhaft. Ein breites Bett mit Baldachin dominierte den Raum. Stofftiere und Puppen bevölkerten die Regale und den weiß-rosa gemusterten Satinüberwurf des Bettes.

Mirko trat an eine Glasvitrine, die voller Bücher stand, hauptsächlich Klassiker. Auch Originalwerke in deutscher Sprache waren dabei. Neben einem Band mit Rilke-Gedichten stand Kafkas ›Die Verwandlung‹. Er nahm das Buch heraus und begann darin zu blättern. Der aufwändig gebundenen antiquarischen Ausgabe entströmte ein muffiger Geruch. Offensichtlich war es ein Geschenk von Marysias Vater. Unter den Namen des Vorbesitzers hatte er eine Widmung für seine Tochter hinzugefügt. *»Ein Buch muss eine Axt sein für das* *gefrorene Meer in uns – Kafkas Worte zum Gedenken – Meiner geliebten Tochter Marysia zum siebzehnten Geburtstag«.*

»Sie mag Kafka sehr«, sagte die Mutter. »Sie weiß viel über ihn.«

Mirko stellte das Buch zurück in die Vitrine. »Er war ein großer Schriftsteller. Auch ich verehre ihn.« Er räusperte sich und sah sich weiter im Zimmer um. An der Wand fiel ihm ein großformatiges Foto auf, das Marysia geschminkt und in Abendrobe zeigte. Er trat näher an das professionell wirkende Portrait heran.

»Wo ist das aufgenommen worden?«, fragte er.

»Das war bei dem Top-Model-Wettbewerb im letzten Jahr in Prag. Kurz bevor sie nach Deutschland ging. Marysia kam bis in die Endauswahl.«

Wieder hörte er den unverkennbaren Stolz in der Stimme der Frau.

»Aber Siegerin wurde sie nicht«, fügte der Mann etwas kühler hinzu. »Und das war auch gut so. Sie hatte schon genug Flausen deswegen im Kopf.«

»Sie hätte das Zeug dazu gehabt. Sie ist zäh. Und sie will nach oben.« Die Stimme der Frau klang, als ob sie schon öfter mit ihrem Mann solche Diskussionen geführt hätte.

»Spinnereien«, sagte der Mann abfällig. »Sie sollte etwas Richtiges lernen. Das hat sie schließlich auch eingesehen.«

»Noch eine Frage: Wann genau haben Sie das letzte Mal von Marysia gehört?«

»Es ist lange her, dass wir miteinander telefoniert haben«, sagte Frau Nimjeski. Jetzt zitterte ihre Stimme. »Bestimmt schon fünf oder sechs Wochen. Bei ihrer

Frankfurter Adresse meldet sich niemand. Einmal war eine Frau dran, als ich anrief. Aber ich habe sie nicht verstanden, weil ich kein Deutsch spreche.« Sie hob die Schultern. »Wir haben uns natürlich an die hiesige Polizei gewandt, aber die wollten nichts unternehmen. Studentinnen im Ausland, die melden sich oft Monate nicht, haben sie uns vertröstet. Die vergessen ihre Eltern, weil es soviel Neues für sie gibt. Aber Marysia war nicht so. Bestimmt nicht. Anfangs haben wir regelmäßig miteinander telefoniert. Meist hat sie angerufen. Ein solches Verhalten entspricht einfach nicht ihrer Art.«

»Zu Chanukka hat sie sich nicht gemeldet. Deshalb hoffen wir sehr, dass sie an Weihnachten hier sein kann«, sagte der Mann. »Bis jetzt war sie über die Feiertage immer zu Hause.«

»In unserer Familie feiern wir beides, erst Chanukka und dann das Weihnachtsfest«, fügte die Frau erklärend hinzu. »Ihre Geschenke bekam sie am Weihnachtsabend.«

Mirko erschien diese Einstellung nicht ungewöhnlich. »Hat sie irgendetwas Besonderes erwähnt? Dass sie eine Reise vorhätte oder sonstige Pläne?«, fragte er, während sie wieder hinunter gingen. Er war jetzt ziemlich sicher, dass Marysias Eltern den eigenen Sicherheitsdienst der polnischen Botschaft nicht eingeschaltet hatten. Ihre Hilflosigkeit schien echt.

Beide schüttelten gleichzeitig die Köpfe, doch dann ging der Mann zu der Kommode mit dem Silberleuchter und öffnete die oberste Schublade. Er hielt Mirko eine bunte Postkarte entgegen. »Die kam im Herbst. Das war das letzte Mal, dass wir etwas Schriftliches von ihr erhalten haben.«

Die Karte zeigte einen kleinen Hafen voller Freizeitboote, überragt von zwei Fischkuttern, die neben den mit Planen abgedeckten Nussschalen wie Hochseeschiffe wirkten. Etwas weiter draußen vor dem Hafen zeichneten sich rot-weiße Farbpunkte ab. Ein Leuchtturm. Mirko drehte die Postkarte um, da die Vorderseite keinerlei Hinweis auf den Ort enthielt. Doch auch auf der Rückseite war nur vermerkt, dass es sich um eine Ostseeimpression handelte.

»Wahrscheinlich von einer Urlaubsreise.« Die Frau deutete auf die Postkarte. »Aber wir wissen nicht, wohin sie gefahren ist.«

Mirko studierte die wenigen Sätze. Schwungvoll geschrieben, füllten sie das gesamte Textfeld aus.

»Liebe Eltern, hier am Meer ist es wunderschön. Ich bin sicher, die richtige Entscheidung für meine Zukunft getroffen zu haben. Macht Euch also keine Sorgen um mich! Eure Marysia«.

An zwei Stellen war die Schrift verlaufen. Die Ränder der Tropfen konnte man noch immer ausmachen. Auch der Stempel war verwischt und ließ nur eine Ziffernfolge erkennen. Die Briefmarke stammte aus Deutschland. Unten entdeckte er die Anschrift einer Druckerei in Rostock. Rostock jedoch hatte einen wesentlich größeren Hafen.

»Die Karte würde ich gerne mitnehmen.«

Die Nimjeskis stimmten zu, obwohl ihnen anzusehen war, dass sie sich nur schwer von diesem Schriftstück trennen konnten.

»Danach hat sie sich nur noch unregelmäßig gemeldet. Das fanden wir seltsam, denn sie hat immer gerne Briefe geschrieben. Am Telefon wirkte sie verschlossen. Ganz anders als früher, und unseren Fragen ist sie ausgewichen.« Tränen rannen über die Wangen der Frau, aber sie wischte sie nicht weg. Der Mann legte seinen Arm um ihre Schulter. Mit einer sanften Bewegung schüttelte sie ihn ab. Ihre Stimme klang belegt, als sie fortfuhr: »Ich glaube, es war im Oktober, da hat sie hier zum letzten Mal angerufen. Sie bat uns um eine größere Geldsumme.«

Mirko hob fragend die Augenbrauen.

»Das war ungewöhnlich für sie, weil sie eigentlich immer sehr sparsam gelebt hat. Nicht so wie andere Mädchen. Sie hat auch kaum schicke Kleider getragen, bis auf die wenigen Male, als sie an diesen Model-Wettbewerben teilnahm. Wir kannten sie gar nicht anders als in Pullover und Jeans. Sie ... wollte nicht auffallen. Nicht eines der Kinder gut gestellter Eltern sein, das auf die anderen herabblickt ... Deshalb haben wir uns sehr gewundert, wofür sie so viel Geld brauchte.«

»Haben Sie Ihre Tochter nicht danach gefragt?«

»Doch«, ließ der Mann verlauten. »Natürlich fragt man bei einer solchen Summe nach. Aber sie sagte, das würde sie uns später erklären. Nachdem wir das Geld überwiesen hatten, kam jedoch keine Antwort mehr von ihr.«

»Nicht mal ein Dankeschön?« Mirko runzelte die Stirn.

»Nicht einmal ein Dankeschön. Das ist auch etwas, das wir nicht von Marysia gewohnt sind. Sie hat immer sehr auf Manieren geachtet. Es ist alles so merkwürdig.« Der Mann seufzte auf. »Sie hat sich sehr verändert, seit sie in Deutschland lebt. Das kann man nicht anders sagen.«

Mirko griff nach dem braunen Umschlag und steckte ihn zusammen mit der Postkarte in die Brusttasche.

»Sie hören bald von mir«, verabschiedete er sich. »Künftig bekommen Sie regelmäßig Bescheid. Entweder von mir persönlich oder von meiner Assistentin«, fügte er hinzu, bevor er sich zum Gehen wandte.

»Sorgen Sie dafür, dass Marysia wieder nach Hause kommt. Deutschland tut ihr nicht gut«, sagte Nimjeski.

Die Frau begleitete Mirko zur Tür. Als er schon fast draußen war, flüsterte sie: »Benjamin. Ihr Freund heißt Benjamin, aber den Nachnamen weiß ich leider nicht. Und dann hat Marysia einmal einen Ort namens Othmarsdorf oder so ähnlich erwähnt.«

Unten auf der Straße atmete Mirko tief ein, ließ eine Zigarette zwischen die Lippen gleiten und entzündete sie. Er stieg ein paar ausgetretene Treppen hinunter, schritt durch ein altes Sandsteintor und folgte der engen, verwinkelten Straße. An einem Brunnen mit steinernen Heiligen kam er vorbei und an puppenhaft kleinen, blau und lindgrün gestrichenen Häusern, von denen der Putz abbröckelte, bis er schließlich vor einem verschmutzten Skoda stand.

Ein Mann mit einem Rosenbündel drängte sich neben ihn. Unangenehm spürte Mirko dessen Nähe.

»Rosen kaufen?«

Mirko schüttelte unwirsch den Kopf und sah dem dunkelhäutigen Mann mit dem bettelnden Blick argwöhnisch ins Gesicht. Nach einem zögerlichen Moment fasste er in seine Tasche, nahm ein paar Münzen heraus und gab sie dem Mann. Der überreichte ihm zwei langstielige Rosen und bedankte sich überschwänglich.

Mirko legte die beiden Rosen auf den Beifahrersitz. Im Inneren wirkte das Auto gepflegt und war penibel sauber. Der Chip getunte Dieselmotor sprang sofort an. Schnell eine Lücke im fließenden Verkehr ausnutzend, reihte er sich ein.

Erst wollte er zurück zum Hradschin-Berg fahren, dann überlegte er es sich anders. Nach einer halben Stunde Fahrt kreuz und quer durch enge Straßen und Gassen stellte er den Skoda ab und griff nach einer der beiden Rosen.

In dieses noch deutlich vom Verfall gekennzeichnete Wohnviertel verirrten sich nur wenige Touristen. Lediglich im Stadtkern hatten millionenschwere Renovierungsarbeiten unter der schäbigen Patina wieder das goldene Prag früherer Zeiten hervorgezaubert. Das Paris des Ostens wurde die Stadt öfter genannt. In Mirkos Augen konnte sich Paris mit all seinen pompösen Prachtstraßen und Bauten nicht mit dem melancholischen Glanz seiner frei gewählten Heimatstadt messen. Sein Blick streifte die verwitterte Inschrift auf dem Sandsteinbogen und die zerbröckelten Ornamente, die vom Regen zernagt waren. Das Eintrittsgebet murmelnd, ging er darunter hindurch. Eine überwucherte Landschaft aus verwitterten Grabsteinen und eisernen Kreuzen mit angehängten Kränzen empfing ihn. Efeuranken kletterten an den Bäumen empor und vermittelten den Eindruck belaubter Stämme.

Dieser alte Teil des Friedhofs mit den jüdischen Gräbern lag in einem tiefen Schlaf, den niemand störte. Mirko sah nach oben. Die fahle Dezembersonne drang durch das kahle Geäst der Bäume.

Vor einer bemoosten Grabplatte machte er Halt. Vorsichtig schob er eine Efeuranke beiseite und legte einen Kieselstein auf den Marmor. Die noch geschlossene, fast schwarze Rose, deren rot geflammte Blütenblätter sich nie öffnen würden, legte er daneben. Seine Fingerspitzen tasteten über den goldenen Schriftzug. *»Ranka Stern, 1970 –1989«*.

Mit gesenktem Kopf verharrte er eine Weile in der Hocke. Kurz kam ihm in den Sinn, wie paradox das Leben manchmal sein konnte. Dann bedeckte er die Rose mit einer Efeuranke, erhob sich und ging mit schnellen Schritten zum Ausgang.

Zurück im Auto, betrachtete er nachdenklich die übrig gebliebene Rose. Ziska Zolewska fiel ihm ein. Wäre es nicht wieder einmal an der Zeit, ihr einen Besuch abzustatten?

Frankfurt Höchst

Vorsichtig drückte sie das kleine Bündel gegen ihre Brust und spürte durch den Stoff des dünnen Baumwolldeckchens die Wärme. Ein eisiger Wind fegte durch die Straßen des wenig belebten Stadtteils. Die blinkenden Sterne der Festdekoration trieften vor Nässe und versuchten vergeblich darüber hinwegzutrösten, dass in diesem Jahr Weihnachten in trübem grauen Nebel untergegangen war.

Zu Hause in Warschau hatte die Stadt um diese Jahreszeit immer ein paar Schneehauben aufgesetzt. Doch Warschau war schon lange nicht mehr ihr Zuhause. Tränen stiegen ihr in die Augen, als sie an die Winterabende zusammen mit ihren Eltern dachte. In der Zeit um

Chanukka, wenn abends die Kerzen angezündet wurden, herrschte eine feierliche Stimmung, die bis zum Weihnachtsfest anhielt. Aber seit sie in Prag wohnten, war nichts mehr, wie es einmal gewesen war. Deshalb war es gut, dass sie fort gegangen war. Allerdings hatte sie sich nie vorstellen können, dass die Dinge sich derart entwickeln würden.

Sie konnte ein aufsteigendes Schluchzen nicht unterdrücken, als sie daran dachte, dass sie die Weihnachtstage im Krankenhaus verbracht hatte. Neunzehn Jahre alt war sie, und über Nacht erwachsen geworden. Von einem Tag auf den anderen musste sie Entscheidungen treffen, die sie überforderten und von denen sie nicht wusste, ob es die richtigen waren. Es gab niemanden hier, der ihr einen Ratschlag hätte geben können.

Irgendwann, wenn alles vorbei war und sie ihr Leben wieder in Ordnung gebracht hatte, wollte sie zu ihren Eltern fahren und ihnen alles erklären. Sie hoffte so sehr, sie würden ihr Handeln verstehen und auch, dass es die einzige Möglichkeit für sie gewesen war. Momentan war es noch zu schwer, und es gab zu vieles, das sie erst einmal Schritt für Schritt allein bewältigen musste.

Energisch wischte sie sich die Rinnsale von den Wangen. Obwohl sie fröstelte, öffnete sie den weit geschnittenen roten Anorak, schob das Bündel darunter und hielt ihn mit beiden Händen an den Reißverschlusssäumen geschlossen.

Im trüben Licht der Straßenlaternen war das kleine goldbraune Blütenornament auf der Innenseite ihres Handgelenks kaum zu erkennen, das man ihr nach dem Top-Model-Wettbewerb in Prag auf die Haut aufgetragen hatte. Harmlos sah es aus, wie der Stempelabdruck einer Disco. Noch immer hatte sie die gutturale Stimme dieses Mr. Fayman im Ohr, der ihr versicherte, die Zeichnung würde nach einiger Zeit von selbst wieder verschwinden. Aber das hatte nicht gestimmt. Sie hatte sich bereits danach erkundigt, wie man diesen Stempelabdruck wieder entfernen lassen könnte.

Wie sehr hatte sich ihr Leben doch verändert! Fast schämte sie sich bei dem Gedanken, wie sie zunächst im Überschwang ihrer Hoffnungen und Träume allzu bereitwillig den vollmundigen Versprechungen von einer großen Karriere geglaubt hatte. Zu diesem Zeitpunkt hatte Benjamin ihr bereits von einer gemeinsamen Zukunft in Deutschland vorgeschwärmt. Mit Bitterkeit dachte sie daran, dass auch dieser Traum geplatzt war.

Obwohl ihre Eltern Bedenken gegen die Freundschaft mit Benjamin hegten, war sie ihm Hals über Kopf nach Deutschland gefolgt. Dann war sie schwanger geworden und wieder hatte sich alles in eine andere, unvorhersehbare Richtung verändert.

Mit einem Mal schreckte sie auf, weil sie meinte, Schritte hinter sich zu hören. Doch als sie sich umdrehte, war niemand zu sehen. Nur auf der anderen Straßenseite schlenderte ein Paar Hand in Hand nebeneinander her.

Suchend blickte sie an der Hauswand empor. Das nächste Gebäude mit dem beleuchteten Portal musste es sein. Sie ging am Haupteingang vorbei, wo sich, geschützt durch Palisaden, ein Seitenzugang befand. Das Bündel unter ihrem Anorak stieß ein leises Wimmern aus. Sie wiegte leicht ihren Oberkörper und ließ ein beruhigendes Summen ertönen. Sofort verstummte das Wimmern. Jetzt hatte sie das Glasportal erreicht. Entschlossen trat sie in den Lichtschein und kämpfte den Impuls nieder, sich wieder in die Anonymität der verlassenen Straße zurückzuziehen.

Sie ließ ihren Blick durch den Treppenaufgang schweifen, wandte den Kopf zur Seite und entdeckte eine dunkel verspiegelte Tür. Über der Tür war ein Schild angebracht, auf dem ein zufrieden nuckelnder Säugling abgebildet war. Beinahe automatisch streckte sich ihre rechte Hand nach dem Türgriff aus, während die Linke ihre Tochter fester an die Brust drückte. Eine Neonröhre flammte auf, als sie die Tür öffnete und schnell den dahinter liegenden Raum betrat. Wärme und beruhigende Stille umfingen sie. Das Fenster ging auf einen dicht bewachsenen Park hinaus. Die Straße war von hier aus nicht zu sehen.

Plötzliche Panik stieg in ihr hoch. Schon wollte sie fluchtartig nach draußen stürzen, als eine sanfte Frauenstimme aus dem Lautsprecher neben der breiten Stahlklappe mit dem Bügelgriff ertönte: »Bitte nehmen Sie Platz und kommen Sie zur Ruhe.«

Willenlos folgte sie der Stimme und ließ sich vorsichtig in dem Schalensitz nieder.

»Ihre Privatsphäre ist geschützt«, fuhr die Stimme fort. »Die Tür ist verriegelt und lässt sich nur von innen öffnen. Niemand kann Sie beobachten. Hier können Sie so lange verweilen, wie Sie möchten. – Sie haben sich diesen Schritt reiflich überlegt.«

Unter ihrem Anorak begann es zu strampeln. Vorsichtig nahm sie ihre Tochter heraus und hielt sie vor sich, damit sie ihr Gesichtchen betrachten konnte. Ein Stich fuhr durch ihr Herz, als sie Anastasia ein letztes Mal ansah und leicht über ihre feinen Züge strich. Dann stand sie entschlossen auf und öffnete mit einer hastigen Bewegung die Klappe. Wärme strahlte ihr aus dem kleinen Bettchen entgegen. Sie griff nach dem in der Mulde liegenden Formblatt und überflog die in mehreren Sprachen gedruckte Information.

Während sie las, drückte sie ihr Kind an sich. Deutlich spürte sie seine Atembewegungen. Die Buchstaben verschwammen vor ihren Augen. Kaum konnte sie den Inhalt erfassen, so sehr war ihr jetzt die Endgültigkeit ihres Tuns bewusst.

»Sie haben acht Wochen Zeit, um sich als Mutter zu erkennen zu geben«, las sie, dann huschten ihre Augen weiter. »Benutzen Sie bitte das Stempelkissen für einen Handabdruck Ihres Kindes. Dieser dient zur Identifizierung, wenn Sie sich später mit uns in Verbindung setzen möchten. Auch nach der Abgabe des Babys bieten wir Ihnen Hilfe an.«

Sie hob ihr Kind auf, drückte das rechte Händchen erst auf das Stempelkissen, dann auf das Formblatt. Anschließend rieb sie die rosige Innenfläche mit einem Tuch sauber. Anastasias Gesicht verzog sich zu einem Weinen, als sie das Kind in die Mulde legte.

Sie müssen wenigstens wissen, wie sie heißt, dachte sie. Schnell schrieb sie den Vornamen ihrer Tochter auf ein zweites Blatt und legte es neben das Baby.

Plötzlich überfiel sie das Gefühl, keine Luft mehr zu bekommen. Sie schloss die Augen, um das unglücklich wirkende Gesicht ihres Kindes nicht mehr sehen zu müssen und tastete nach dem Griff der Klappe. Mit einem metallischen Klacken rastete das Schloss ein.

Was habe ich bloß getan!, schoss es ihr durch den Kopf. Wie konnte ich so etwas nur tun?

Sie rüttelte an dem Bügelgriff, doch die Klappe blieb

fest verschlossen. Mit wirrem Blick sah sie um sich. Sie musste weg, bevor jemand kam, um ihr Kind zu holen. Als sie hastig auf die Ausgangstür zustrebte, glaubte sie, leise Musik zu hören. *»Schlaf Kindlein schlaf, dein' Mutter ...«*

Sie dachte an die Stimme ihrer Mutter und spürte förmlich ihre Arme um sich, die sie als kleines Mädchen gewiegt hatten, während sie dieses Lied summte. Zu Hause in der Heimat, die so weit weg war. Sie biss sich auf die Lippen, schluckte das brennende Würgen in ihrer Kehle hinunter und stopfte das Informationsblatt mit Anastasias Handabdruck in die Innentasche ihres Anoraks. Kaltfeuchte Luft schlug ihr entgegen, als sie die Tür aufschob. Das Licht erlosch automatisch, die Tür schnappte hinter ihr zu, als sie in das Halbdunkel der Straße trat. Der Regen hatte sich in Schnee verwandelt. Tränen rannen über ihre Wangen und vermischten sich mit den schmelzenden Schneeflocken. Der Wind riss an einer blonden Haarsträhne, die sich aus den welligen Haaren gelöst hatte und warf sie ihr ins Gesicht. Mit hängenden Schultern machte sie sich auf den Heimweg.

»Es war richtig«, sagte sie trotzig zu sich selbst, obwohl die Stimme in ihrem Inneren sich nicht beruhigen wollte und ständig schrie: Was hast du bloß getan?

»Es war richtig!« Wie eine Litanei sprach sie diesen Satz leise vor sich hin. Es gab keine andere Möglichkeit. Anastasia würde es gut haben, sie würde von einer netten Familie adoptiert werden, die keine eigenen Kinder bekommen konnte. Das hatte ihr Frau Dr. Steinbrecher versichert. Unwillkürlich tastete sie nach dem gefalteten Blatt und spürte, wie ihr Haustürschlüssel mit dem Anhänger in das Futter des Anoraks rutschte. Schon seit

Wochen wollte sie die aufgerissene Innentasche reparieren. Sobald sie zu Hause war, würde sie das endlich in Angriff nehmen.

»Guten Abend, Marysia«, sagte plötzlich jemand hinter ihr. Der Klang der Stimme ließ sie zusammenzucken.

Frankfurt Römer

Schon wieder so ein blöder Auftrag, dachte Aisha und schlug die Tür ihres schwarzen Mercedes zu. Und alles nur, weil sie in der Redaktionssitzung ihren Mund nicht halten konnte. Dort nämlich hatte einer der Redakteure lautstark verkündet: »Der Neujahrsempfang der Oberbürgermeisterin gehört in die Hände eines erfahrenen Reporters, der sich mit den politischen Hintergründen des Frankfurter Stadtparlaments auskennt.«

Daraufhin hatte sie eingewandt, dass es doch bei all diesen offiziellen Empfängen überhaupt nicht um Politik ginge, sondern nur um das Sehen und Gesehen werden. Ehe sie sich versah, hatte sie den Artikel an der Hacke und sollte auch noch dankbar für diesen angeblichen Vertrauensbonus sein.

Langsam müsste ich wissen, wie solche Konferenzen ablaufen und welche Spielchen dort gespielt werden, dachte sie. Aufträge am Samstagabend waren wenig geliebt. Da hingen die Kollegen lieber im Familienkreis vor der Glotze. Aber offen zugeben würde das keiner.

Sie seufzte, als sie an Winklers anschließende Worte dachte. Der Lokalredakteur hatte sie nach der Sitzung ordentlich ins Gebet genommen.

»Begreifen Sie das als Chance, Frau Khan. Mischen Sie sich unters Volk, das ist unsere Zielgruppe. Schreiben Sie in einfachen Worten über einfache Leute. Die Promis interessieren uns nicht so sehr. Das machen schon die anderen bis zum Überdruss. Die Leser wollen sich in unserer Zeitung wieder finden. Es ist keineswegs unser Anliegen, in Konkurrenz mit den Überregionalen zu treten.« Bei diesen Worten hatte er sie besonders intensiv angesehen. Seine obersten Hemdknöpfe standen offen. Dort glitzerte es golden auf dunkel gekräuseltem Brusthaar. Sie fragte sich, weshalb er stets diese Goldkettchen trug, mit denen er aussah wie ein Zuhälter.

»Also bitte: Weder philosophische Exkursionen noch hochgestochene Ausdrücke.«

Zum Glück hatte er ihr erspart, sie noch einmal auf die Pleite hinzuweisen, die sie bei dem Schönheitswettbewerb vor einigen Wochen erlebt hatte.

Obwohl sie mehrfach beteuert hatte, dass es nicht ihre Schuld sei, wenn die frisch gekürte Miss Hessen sich der Presse verweigere und einfach mir nichts dir nichts verschwand, hatte sie sich eine Rüge wegen des fehlenden Interviews eingefangen. Aber auch die anderen Zeitungen hatten verständnislos auf das merkwürdige Gebaren der Siegerin des Abends hingewiesen.

Sie erschauerte, als sie die Metalltür des Parkhausaufgangs öffnete. Draußen war es kälter als erwartet. Sie trug nur einen kurzen Blazer. Ihren Daunenparka hatte sie im Auto gelassen. Mit schnellen Schritten ging sie über den gepflasterten Platz. Noch vor kurzem waren hier die Weihnachtsmarktbuden aufgebaut gewesen. Die mit vielen hundert elektrischen Glühlämpchen geschmückte Weißtanne stand noch immer dort. Sie musste lächeln, als sie daran dachte, wie jemand kommentiert hatte: »Ei, des Ding sieht ja aus wie en zerrupftes Hinkel und net wie en Christbaum.« Daraufhin hatten Zimmerleute der Tanne mit künstlich eingefügten Ästen eine perfekte Form verliehen. Nach der Vollendung hatte sie einer der Männer verschmitzt gefragt: »Mir brauche noch an Weihnachtsengel, Frolleinche. Würde Sie sich freiwillich zur Verfüchung stelle?«

Ihre Reportage fiel entsprechend humorvoll aus. Und als ihr der Artikel auch noch ein Lob aus dem Mund ihres Chefs eintrug, hatte sie ihren neuen Beruf regelrecht geliebt. Doch solche Momente bildeten eher die Ausnahme.

Die Absätze ihrer Stiefeletten machten auf dem buckligen Pflaster mächtigen Lärm. Auf der Treppe, die zum Römer hinaufführte, wäre sie um ein Haar ausgerutscht. In letzter Sekunde konnte sie sich gerade noch abfangen.

»Gell, immer schön uffbasse, Mädche«, bemerkte ein dicklicher Mann, der einen Pelzmantel trug und sie unverschämt angrinste. »Sonst liegste ruckzuck uff de Bretzel.«

Aisha grinste steif zurück und lief weiter. So witzig fand sie das nun auch wieder nicht.

Von allen Seiten strömten festlich gekleidete Menschen auf das Frankfurter Wahrzeichen zu. Mit einem Mal geriet der Besucherstrom vor einer der Haupteingangstüren ins Stocken. Aus dem Stimmengewirr hörte

Aisha eine quäkende Männerstimme heraus, die empörtes Gemurmel und das wütende Blaffen eines Hundes übertönte.

»So geht's aber net, mei Gutster. Sie könne doch hier net den Verkehr uffhalte. Und Ihr Köter da kann ach net frei hier rumlaafe, der muss anner Leine gehalte werde. Mache Sie sich fort mit ihne ihrm Hundsviech.«

Neugierig geworden, drängte sich Aisha in den dichten Kreis, der sich vor der Glastür gebildet hatte. Vorn stand der Dicke im Pelzmantel, der nicht aufhören wollte, sich mit grellem Organ zu beschweren. Der musste sich wohl überall einmischen. Aisha schob sich an ihm vorbei, um zu sehen, was der Grund des allgemeinen Unmuts war.

»Erlaube Sie mal«, jaulte der Dicke auf und sah augenblicklich in Aisha eine willkommene Zielscheibe. »Ja, sin mir dann hier bei de Hottentotte, dass Sie die Leut einfach so anrempele könne?«

»Entschuldigung«, murmelte Aisha halbherzig und erblickte einen kleinen, weißbraun gefleckten Mischlingshund, der sich mit breit gespreizten Vorderpfoten auf dem Eingangspodest aufgebaut hatte. Sein eingezogener Schwanz und das heisere Kläffen verrieten, dass seine Angst größer war als sein Mut. Hinter ihm hockte eine zusammengesunkene Gestalt auf dem Boden, eine Hand bittend vorgestreckt. Der verschmutzte Mantel ließ die Umrisse des Besitzers nur ahnen. Unter dem verknautschten Hut drang ein gequältes Röcheln hervor und mischte sich in das drohende Knurren des Hündchens. Aisha trat nach vorn, worauf das Tier von neuem loskläffte. Sie zog die Hosenbeine hoch und ging vor dem Hund in die Hocke.

»Na komm, Kleiner, es will dir doch niemand was tun«, murmelte sie beschwörend und besänftigend zugleich und behielt die Arme eng am Körper, um dem Tier keine Angst einzujagen. »Ganz ruhig, mein Kleiner. Bleib ganz ruhig ...«

Der schmutzige Köter stieß ein leises Winseln aus, das wie das erschöpfte Schniefen eines Kleinkindes klang. Er senkte den Kopf und gab seine Angriffshaltung auf. Vorsichtig streckte Aisha die Hand aus und strich ihm leicht über den struppigen Kopf.

Bei der Berührung fühlte sie sich an Max erinnert. Ihren kleinen schwarzbraunen Begleiter aus früheren Tagen, der ihr stets mit gespitzten Ohren gelauscht hatte, wenn sie ihm ihre Kindersorgen anvertraute.

Die kalte Hundeschnauze stupste sie an. Die unförmige Gestalt hinter dem Tier bewegte sich. Ein bellender Husten unterbrach das Röcheln und eine heisere Stimme flüsterte: »Komm zu Herrchen, Karl-Gustav.«

Tief geduckt, den Kopf flach über dem Boden, kroch der Hund rückwärts zu seinem Besitzer, wobei er einen kläglichen Laut ausstieß. Aisha erhob sich und näherte sich der verhüllten Gestalt.

»Brauchen Sie Hilfe?«, fragte sie in verhaltenem Ton. Der Hut bewegte sich von links nach rechts. Der Mischlingshund reagierte mit leisem Fiepen und wedelte verhalten mit dem Schwanz.

»Soll ich einen Krankenwagen für Sie rufen?«

Die Gestalt schob den Hut zurück. Ein unrasiertes, eingefallenes Gesicht mit tief liegenden Augen kam zum Vorschein. Sie kämpfte gegen den Impuls an, sich zur Seite zu wenden und dem intensiven Körpergeruch aus ungewaschener Kleidung und Fusel auszuweichen.

»Nee, lassense man, gnädiges Fräulein. Es geht schon.« Ächzend und von einem erneuten Hustenanfall geschüttelt, stütze er sich auf einen Arm und rappelte sich langsam zu einer gebückten Haltung auf. Sein Atem ging pfeifend wie das Geräusch eines Ventils, dessen Dichtungen ausgeleiert waren.

»Will ja die feinen Herrschaften gar nicht stören.« Er angelte mit dem Griff eines Spazierstocks nach einer prall gefüllten Plastiktüte und schulterte das Bündel wie ein Wanderbursche. Schlurfend und ohne sie weiter zu beachten, setzte er sich in Bewegung.

»Warten Sie einen Moment«, rief sie ihm nach und griff in die Tasche ihres Blazers. Ohne nachzusehen zog sie einen zusammengefalteten Geldschein heraus und steckte ihn dem Mann zu. Als er ihr ins Gesicht sah, meinte sie, eine Spur Verlegenheit darin zu erkennen.

»Vergelts Gott«, murmelte er und griff nach dem Schein. Mit müden Schritten tappte er die Treppe hinunter. Der Hund drängte sich an die Beine seines Herrchens und verschwand fast unter dem weiten Mantel.

Aisha sah den beiden ungleichen Gestalten nach. An der rechten Hand meinte sie immer noch, die kurze Berührung der kalten Finger zu spüren. Keineswegs ein angenehmes Gefühl. Eilig ging sie zur Damentoilette, um sich die Hände zu waschen. Dabei warf sie einen prüfenden Blick in den Spiegel und drehte den Kopf hin und her. Der neue Haarschnitt wirkte noch etwas ungewohnt. »Na, willst du mit diesen Rallyestreifen den Punkern Konkurrenz machen?«, hatte Covacz' Kommentar zu den hellen Strähnen gelautet. Dann hatte er grinsend hinzugefügt: »So einfach wie du möchte ich es auch mal haben. Dir steht so ziemlich alles.« Aus seinem Munde bedeutete dies ein Riesenlob, denn was Modetrends anbelangte, war er besonders kritisch.

Sie trocknete sich die Hände ab und ging wieder nach draußen.

Der Kaisersaal im Obergeschoss des Römers glich einem Ameisenhaufen, in dem ein böser Mensch mit einem Stock für Unruhe gesorgt hatte. Nur die deutschen Kaiser, deren Bilder die Wände zierten, blickten mit ruhiger Gelassenheit auf die Nachfahren des römischen Reiches deutscher Nation. Als Aisha den Saal im Rahmen einer Stadtführung besichtigt hatte, war er ihr eher bescheiden vorgekommen, verglichen mit dem pompösen Glanz des Teheraner Palastes mit seinem Pfauenthron. Den kannte sie allerdings – ebenso wie das Heimatland ihres Vaters – nur aus Büchern.

Kellner und Serviererinnen in einheitlichem Livree mühten sich mit gefüllten Tabletts durch die dicht gedrängte Menge.

»Darf ich Ihnen ein Glas Sekt anbieten?« Der Kellner sah ihr bei dieser Frage freundlich lächelnd ins Gesicht.

»Haben Sie auch etwas ohne Alkohol?«, fragte sie.

»Das ist Orangensaft pur«, meinte er und zeigte auf eines der gefüllten Gläser.

»Danke.« Sie griff danach und schlängelte sich durch die dicht gedrängten Gruppen.

Ihr Diktafon hing einsatzbereit an einem Band um ihr Handgelenk. Mal schauen, was die Stimme des Volkes so sagte.

»Mir habbe des Büffee ausgericht«, ertönte neben ihr ein durchdringendes Organ, das sie an diesem Abend schon einmal gehört hatte.

»Mer muss schließlich wisse, wo mer politisch steht und des ach zeische«, fuhr die quäkende Stimme fort.

Aisha trat näher, um die Unterhaltung besser verfolgen zu können.

»Mir habbe viel zu viel Ausländer hier in Deutschland. Des is eins von unsere größte Probleme. Wisse Sie, wie viel allein bei uns in Frankfurt lewe? Einhundertsiebzigtausend! Des muss mer sich emal vorstelle. Und von dene sind allein siebzigtausend Muslime.« Die Augen des Mannes blieben an Aisha hängen. Er musterte sie von Kopf bis Fuß. Unter schütterem Blondhaar glänzte ein rundes Gesicht mit hochroten Wangen. Das Hemd war offensichtlich eine Nummer zu klein, denn der Kragen schnitt tief in rosiges Fett.

»Aber mane Sie vielleicht, von dene kaaft ach nur einer bei uns ein?«, sprach er weiter, wobei er Aisha nicht aus den Augen ließ. Seine Blicke versuchten, das netzartige Gewebe ihres Oberteils zu durchdringen. Aisha musste wider Willen lächeln.

»Net dass Sie jetzt denke, ich hätt was geche Ausländer. Beim beste Wille net, abber selbst unser alt eingesessene Frankfurter Kundschaft fracht dauernd nach Hammelkeule. Zwanzich Prozent wenischer Rippcher hammer desdewesche im letzten Jahr verkaaft.«

Ein auf jugendlich getrimmter Herr, dem der Dicke seine Ansichten mitteilte, nickte eifrig mit dem Kopf. Sein Wallehaar umwucherte sein Haupt wie ein kränklicher Blumenkohl. »Ja, die soziökonomischen Folgen des zunehmenden internationalen Tourismus auf die Essgewohnheiten der deutschen Bevölkerung sind nicht zu übersehen. Aber vergessen Sie doch bitte nicht, welche positiven Auswirkungen aus dieser zunehmenden Weltoffenheit resultieren«, kommentierte er.

Doch der Dicke schien ihm gar nicht zuzuhören, sondern starrte penetrant auf Aishas Busen. Die neben ihm stehende hagere Frau im Biederkleid mit Spitzenkrägelchen – offenbar seine Gattin – sah Aisha mit misstrauisch zusammengekniffenen Augen an.

»Mir in Frankfurt warn schon immer weltoffe«, fuhr der Rotgesichtige fort. »Oder warum glaube sie, habbe mir die Rindsworscht erfunne?« Er strich sich mit den Fingern durchs schüttere Haar. »Abber mir könne schon ach einiges von die Moslems lerne.«

Der Blumenkohlhaarige beugte sich interessiert vor. »Ja, da gebe ich Ihnen vollkommen Recht. Die islamische Kultur, die wir auf Grund der jetzigen Auswüchse so verteufeln, birgt noch viele Schätze, die wir in der westlichen Welt noch gar nicht erkannt haben. Denken Sie nur an …«

»Des habbe mir doch schon lang erkannt«, unterbrach der Dicke unwirsch seinen Gesprächspartner. »Des is doch in der Realität ganz einfach. Mir habbe zu wenich Kinner. Desdeweche funktioniert unser Rentensystem net mehr. Dürfte mir, wie die Moslems, drei oder vier Fraue heirate, dann wär des Problem ganz einfach gelöst.«

»Fritz-Heinrich!«, zischte seine Gattin. »Des gehört abber jetzt wirklich net hierher.«

Das meckernde Lachen ihres Fritz-Heinrich übertönte den Geräuschpegel des Raumes. Das also sind die Stimmen des Volkes, die ich einfangen soll, dachte Aisha.

Inzwischen hatte die Oberbürgermeisterin mit ihrer Rede begonnen. Sie hielt sich erfreulich kurz. Binnen einer halben Stunde hatte sie die politischen Höhepunkte des vergangen Jahres aufgelistet und im besten Lichte dargestellt. Dann sprach sie einen Toast auf das neue Jahr aus und verkündete, dass das Büffet eröffnet sei.

Obwohl Aisha hungrig war, verspürte sie wenig Lust, sich in das augenblicklich einsetzende Gedränge zu stürzen.

»Mir habbe uns viel Müh' mit dem Büffee gegebbe. Der Kaviar, der is net aus Russland, sondern aus dem Iran. Der is nämlich besser, abber ach teurer und schwerer zu krieche«, hörte sie wieder die unverkennbare Stimme hinter sich.

»Ich sachs ja, die Moslems wisse schon, was gut ist.« Seine Stimme senkte sich zu einem Raunen. »Un die Orientalinnen, die habbe des Exotische im Blut. Da könne mir deutsche Männer bloß davon träume. Des Kamasutra is ja des beste Beispiel.«

Aisha hatte Mühe, nicht laut loszuprusten.

»Haben Sie ein Nachsehen mit unserem Herrn Schreiber«, sagte plötzlich jemand neben ihr. Eine weißhaarige Dame musterte sie aus fröhlichen Augen. »Entschuldigen Sie, dass ich Sie einfach so anspreche. Aber ich habe Sie beobachtet und kann mir denken, dass Sie jetzt nicht die beste Meinung von meinen Landsleuten haben. Sie sind doch eine ausländische Mitbürgerin?«

Aisha schüttelte den Kopf. »Nein, ich bin Deutsche.«

Die Miene der Dame drückte Überraschung aus, dann verzog sie das Gesicht zu einem schuldbewussten Lächeln. »Tut mir Leid. Ich hoffe, ich bin Ihnen nicht zu nahe getreten, aber ihr apartes Äußeres ...«

Aisha lachte. »Danke. Aber Sie müssen sich nicht entschuldigen. Zum Teil haben Sie schon Recht. Meine Mutter war Deutsche und mein Vater stammte aus dem Iran. Ich bin hier in Frankfurt geboren und habe mein ganzes Leben in Deutschland verbracht.« Sie streckte der weißhaarigen Dame die Hand entgegen. »Aisha Khan.«

Die Dame ergriff ihre Hand und schüttelte sie.

»Freut mich, Frau Khan. Carmen Cavallieri. Ich bin die Gesundheitsreferentin der Stadt Frankfurt.« Sie sah Aischa forschend an. »Teppich-Khan?«

»Das ist mein Onkel«, bestätigte Aisha. »Ich bin beruflich hier.«

»Presse?«, fragte die Gesundheitsreferentin mit einem Blick auf Aishas Diktiergerät.

Aisha nickte.

Carmen Cavallieri wies mit dem Kinn in die Richtung, aus der gerade wieder die quäkende Stimme ertönte. »Herr Schreiber ist nicht so ungehobelt wie es sich anhört«, sagte sie entschuldigend. »Aber ich gebe zu, dass er manchmal den Mund ein bisschen zu voll nimmt. Er ist Inhaber einer der größten Metzgereiketten hier im Frankfurter Umland.«

Offensichtlich sah sie sich in der Verantwortung, diesen Herrn zu verteidigen. Wahrscheinlich ein Parteimitglied.

»Sein Ururgroßvater gilt als Erfinder der berühmten Frankfurter Rindswurst. Die wurde ursprünglich für die jüdische Bevölkerung der Stadt hergestellt, weil die ja kein Schweinefleisch essen durften. Trotz seines gewöhnungsbedürftigen Wesens unterstützt er in vorbildlicher Weise unsere Gesundheits- und Sozialprojekte.« Sie seufzte auf. »Wir bräuchten viel mehr Mitbürger wie ihn, die sich engagieren. Ihr Onkel, Herr Khan, gehört übrigens auch schon jahrelang zu unseren Förderern. Grüßen Sie ihn recht herzlich von mir.«

»Das werde ich gerne tun«, sagte Aisha und versuchte, ihr Erstaunen über diese ihr bisher unbekannte Seite von Onkel Yashar zu verbergen. »Um was für Projekte handelt es sich denn?«, fragte sie interessiert.

»Da haben wir in den letzten Jahren mehrere ins Leben gerufen«, antwortete die Gesundheitsreferentin. »Eines liegt mir persönlich ganz besonders am Herzen: Nämlich unsere Babyklappe.«

»Babyklappe?« Aisha sah sie fragend an.

Carmen Cavallieri lächelte. »Sehen Sie. Noch nicht einmal Sie von der Presse kennen dieses Projekt. Wir helfen damit neugeborenen Babys und wollen verhindern, dass verzweifelte Mütter Kurzschlusshandlungen begehen.«

Sie kramte in ihrer Handtasche und reichte Aisha ein Visitenkärtchen. »Ich würde mich sehr freuen, wenn Sie darüber etwas schreiben könnten. Für welche Zeitung sind Sie tätig?«

»Für das Frankfurter Tagesjournal.«

»Rufen Sie mich doch einfach mal an. Wir können jede Form der Unterstützung gebrauchen.« Sie berührte Aisha kurz am Arm. »Jetzt muss ich mich leider entschuldigen. Es gibt noch einige Gäste, um die ich mich kümmern muss.« Sie zwinkerte Aisha zu. »Es hat mich sehr gefreut, Sie kennen zu lernen, Frau Khan.«

Noch ehe Aisha antworten konnte, war Carmen Cavallieri im Gedränge verschwunden.

Anschließend kamen die Parteifreunde der Oberbürgermeisterin zu Wort. Sie würdigten die sozialen Einrichtungen, hoben die Spendenwilligkeit und Einsatzbereitschaft verschiedener Firmen hervor und lobten das vorbildliche Engagement der Oberbürgermeisterin für Not leidende Kinder in der dritten Welt.

»Selten war ein Jahreswechsel derart überschattet wie dieser«, erinnerte nun ein Redner an das fürchterliche Seebeben in Südostasien und appellierte daran, dass es mit Spenden allein nicht getan sei. Man dürfe nicht vergessen, dass die eigentliche Aufbauleistung in der betroffenen Region nur durch die tatkräftige Unterstützung eines wiedererwachenden Tourismus möglich sei.

Die Reisebüros und Charterfluglinien werden es ihm danken, dachte Aisha und konnte ein Lächeln nicht unterdrücken. Das Projekt Babyklappe wurde mehr gestreift als dass es ausführlich erwähnt wurde. Besondere Aufmerksamkeit schien das Thema jedenfalls nicht zu erregen. Sie sah auf die Uhr. Es war kurz vor zehn. Inzwischen hatte sie genügend Eindrücke gesammelt, um den gewünschten Achtzig-Zeiler zu schreiben.

Dubai

Der Prinz lehnte sich zurück und zog den mit Goldborte gesäumten Seidenumhang zurecht, den er über seiner weißen Dishdasha trug. Kurz blickte er zum Eingang und stellte befriedigt fest, dass seine unauffälligen Begleiter sich zu beiden Seiten der Tür postiert hatten. Sie verharrten unbeweglich, nur ihre Augen waren in ständiger Bewegung und verfolgten das Geschehen in der Lounge. Was sich draußen auf dem Rennplatz abspielte, schienen sie nicht wahrzunehmen. Sie waren seine Augen im Rücken und würden bedenkenlos ihr Leben für ihn einsetzen.

Beruhigt wandte er sich wieder nach vorne. Die Zuschauerränge waren dicht besetzt und ein permanentes Raunen lag über der Menge. Er griff nach der winzigen Tasse mit arabischem Kaffee, der angenehm nach Kardamom und Zimt duftete. Auch die Royal Lounge war zum Auftakt der Rennsaison gut besucht. Heute würden die dreijährigen Kamelstuten ihr Debüt auf der Sandbahn geben. Seine jüngste Stute Habibdi würde zum ersten Mal dabei sein, und er zweifelte keine Sekunde daran, dass sie den Sieg davontrug. Obwohl er mit seinem Rennstall schon mehr als zehn Jahre im Geschäft war und einige wertvolle Kamele sein Eigen nannte, hatte er noch nie ein Tier wie Habibdi besessen. Gerade den Zitzen der Mutter entwöhnt, hatte er sie als halbjähriges Fohlen auf dem Kamelmarkt in Al Ain gekauft. Für das Tier empfand er eine zärtliche Zuneigung. In Habibdi sah er mehr als ein Prestigeobjekt, wie es die meisten seiner anderen Kamelstuten waren.

Er dachte an die lächelnde Herablassung der Ausländer, wenn er versuchte, ihnen diese Liebe deutlich zu machen. Er wusste nur allzu gut, dass jemand, der nicht zum auserwählten Volk der Beduinen gehörte, diese Zuneigung nicht nachvollziehen konnte. Für die Fremden war eine Kamelstute einfach irgendein Tier. Kurzlebig und ersetzbar, und nicht ein Symbol der Wüstenkultur. Rein wie der Sand, den der Wind durch die Luft trug.

Ihm war nicht entgangen, wie die Ungläubigen ihre verächtlichen Gedanken hinter ehrfürchtiger Freundlichkeit verbargen. Sie waren von seinen Geldern, vor allem aber von seiner Schirmherrschaft und denen der anderen Emiratees abhängig. Ohne Sponsor keine Arbeitserlaubnis und keine Firmenniederlassung. Und Sponsor konnte nur ein Beduine sein wie er. Ein Sohn der Wüste, auch wenn er heute in einem voll klimatisierten Palast aus Ziegelsteinen und Beton lebte.

Es schmeichelte ihm, wenn man ihn ehrfürchtig ›Prinz Haleb‹ nannte. Obwohl er nicht zur Herrscherfamilie gehörte sonnte er sich in dem Gefühl, diesen Titel verdient zu haben. Von seinem Palast aus dirigierte er seine verschiedenen Geschäfte, deren Büros auf mehrere Hochhäuser in der Stadt verteilt waren. Bizarre Pilze aus Stahl und Glas, die aus dem Wüstensand emporwuchsen und sich scheinbar selbsttätig mit einem grünen Myecel aus Rasen und Palmen umgaben. In diesen gläsernen Auswüchsen angesehener Architekten dominierten die Fremden und Ungläubigen. Sie waren die Motoren des Fortschritts und des Wachstums, das musste er unwillig eingestehen. Er selbst betrat diese Gebäude nur ungern, denn dort war er ein Fremder unter den Fremden, die in seiner Stadt ihre Sitten und Gebräuche pflegten, als seien sie hier zu Hause. Aus den verschiedenen Ländern hatten sie ihre Ess- und Trinkkulturen mitgebracht, aber wenn sie ihren Freunden und Besuchern etwas Landestypisches zeigen wollten, tauchten sie in den wenigen Restaurants auf, die sich ihre lokale Eigenständigkeit bewahrt hatten. Rauchten dort pflichtgemäß die Wasserpfeife oder aßen das Fleisch junger Kamelhengste. Diese besondere Delikatesse schätzten die Fremden. Jedoch die Liebe zu einem weiblichen Kamel als ein besonderes Geschenk des Allmächtigen zu verstehen, das blieb den Ungläubigen versagt. Die Frage, warum für die Rennen ausschließlich Stuten eingesetzt wurden, war Beweis genug für ihre Ignoranz.

Er schnippte mit den Fingern. Der philippinische Boy, der unauffällig in der Ecke der Lounge am Tresen stand, eilte mit einer schlanken Silberkanne herbei, um ihm neuen Kaffee einzugießen. Ein Getränk, so goldgelb wie die Wüste, mit dem zarten Aroma frischer Kaffeebohnen. Nicht diese schwarzbittere Brühe, die weltweit als Kaffee bezeichnet wurde. Ein Beweis dafür, wie sich Gutes in den Händen der Ungläubigen in etwas Verkommenes verwandelte, das nichts mehr mit Genuss zu tun hatte, sondern lediglich einen pelzigen Geschmack auf der Zunge hinterließ.

Er warf einen Blick hinunter auf die Rennbahn, deren Loops sich kleeblattförmig mit verschiedenen Streckenlängen um die Gates wanden. Ungeduldig stellte er fest, dass die Vorbereitungen für das Rennen noch immer nicht abgeschlossen waren.

Ein Traktor fuhr in stumpfsinnigem Gleichmaß über die Bahn und glättete die Oberfläche des angefeuchteten Sandes. Bis zum Beginn des Rennens würde er wieder trocken sein. Die Rennkamele mit den kleinen Jockeys waren noch nicht auf ihren Startpositionen.

Ohne dem Filipino einen Blick zu schenken, griff er in die Obstschale, die dieser ihm unaufgefordert hingestellt hatte und zupfte Beeren von der grün schimmernden Weintraube. Eine Staubwolke, die sofort vom Wind zerstoben wurde, näherte sich der Start- und Zielposition direkt unter der Tribüne. Interessiert richtete er sich auf. Acht junge Kamelstuten wurden von ihren Trainern herangeführt. Hinter den Höckern saßen auf einem aus Decken geformten Sattel die Kinder-Jockeys.

Gut, dass sich Karim an seine Anweisung gehalten hatte und den jüngeren und leichteren der beiden Reiter gewählt hatte. Es war Sache des Trainers, darauf zu achten, dass keiner von ihnen älter als zehn Jahre war. Habibdi zum Sieg zu verhelfen, das war seine große Aufgabe.

Jetzt konnte der Prinz die einzelnen Tiere voneinander unterscheiden. Stolz erfüllte ihn. *Seine* Stute war unzweifelhaft die Schönste in der Gruppe derer, die den ersten Lauf bestreiten durften. Hochmütig reckte das Tier den Kopf nach oben, neigte sich zur Seite und biss die neben ihr stehende Kamelstute in den Hals. Diese wich erschrocken zur Seite und wäre beinahe gestürzt. Der kleine Jockey fiel herunter. Zwei Männer eilten sofort zu ihm und hoben das Kind wieder auf das Kamel. Diesmal versuchten sie, dem Jungen mit Klettbändern mehr Halt hinter dem Höcker zu geben.

Der von einem dunklen Bart umrahmte Mund des Prinzen verzog sich zu einem stolzen Lächeln. Habibdi war nicht nur schön, neben Ausdauer und Schnelligkeit hatte sie auch Temperament. Eine der wichtigsten Voraussetzungen für den Sieg.

Das Schreien der Trainer und Stallknechte verebbte. Langsam entwirrte sich am Startplatz der wilde Haufen aus Tierleibern, Männern und Kindern, die wippend wie festgebundene Spielzeugpuppen auf den Rücken der Kamele saßen.

Habibdis hellbraunes Fell war sorgfältig gekämmt. Beinahe weiß, mit einem leichten Safranschimmer, ließ ihr Anblick sein Herz höher schlagen. Die langen, dichten Augenwimpern seines Lieblings beschatteten wie Palmen die glänzenden Seen ihrer Augen.

Wenn er sie im Stall besuchte, ließ sie geduldig zu, dass er ihr Fell kraulte und nahm mit hoheitsvoll geneigtem Schädel die dargebotenen Datteln entgegen. Die weiche Berührung ihrer warmen, feuchten Lippen auf seiner Hand empfand er wie eine erregende Liebkosung, die er am liebsten allein genoss. Wie auf ein geheimes Kommando verzogen sich die pakistanischen und afghanischen Stallburschen, wenn sie ihn herannahen sahen. Selbst sein Trainer ließ ihn auf diskrete Weise ungestört. Nur dieser ungehobelte Tierarzt, der einzige Ungläubige, der seinen Rennstall betreten durfte, kannte keinerlei Zurückhaltung. Der polterte auch dann herein, wenn der Prinz mit seiner Stute allein sein wollte. Jedes Mal packte ihn der Zorn, wenn er sah, mit welch groben Griffen der Veterinär Habibdis Maul öffnete, um zu kontrollieren, ob die Lederhalfter, ihrem Wachstum entsprechend, erweitert werden mussten. Aber er war der beste Tierarzt in Dubai. Und da er ansonsten vorbildlich für das Wohl seines Lieblings sorgte, musste der Prinz seine Anwesenheit wohl oder übel ertragen.

Das Raunen der Menge verstummte, als die Lautsprecher mit einem kratzenden Geräusch erwachten und die Ansage für das erste Rennen bekannt gaben.

Gleich darauf fiel der Startschuss. Die unruhig schnaufenden und stampfenden Höckertiere, in den letzten Sekunden nur noch durch die straff gezogenen Halfter der Jockeys zurückgehalten, stürmten vorwärts. Angetrieben durch den begeisterten Aufschrei des dicht gedrängten Publikums auf den Rängen. Die Hälse weit vorgereckt, galoppierten die Kamele über die Gerade, um in der Kurve einen günstigen Platz auf der Innenbahn zu erreichen. Noch blieben die Jockeys passiv, versuchten nur ihre Körperbewegungen dem Rhythmus der schwingenden Tierkörper anzupassen, ehe sie in der ersten Biegung aus dem Gesichtsfeld der Zuschauer verschwanden. Drei Runden waren zurückzulegen.

Auf der gegenüberliegenden Geraden war ein Übertragungswagen stationiert. Der Prinz wandte sich dem Bildschirm zu, um das Rennen besser verfolgen zu können. Habibdi hatte einen guten Start vorgelegt. Aber noch war die Spitzenposition von einem anderen Kamel besetzt. Nur eine Körperlänge Vorsprung hatte sie vor der nachdrängenden Hauptgruppe. Dort setzte erneut das Rempeln um die Innenbahn der nächsten Kurve ein. Die Entscheidung um den Sieg würde erst in der letzten Runde fallen.

Der Prinz lockerte die verkrampften Hände, die sich beim Start zu Fäusten geballt hatten. Staub wirbelte auf, als der Tross zur zweiten Runde durch die Gerade galoppierte. Angefeuert durch das anschwellende Geschrei der Zuschauer hatte sich Habibdi weiter an den Spitzenreiter heran geschoben. Sie zeigte keinerlei Zeichen von Anstrengung.

Unwillkürlich sprang der Prinz auf, um das Geschehen besser verfolgen zu können. Erst jetzt, in der dritten Runde, wurden die Jockeys aktiv. Mit lauten Schreien und klatschenden Schlägen ihrer kurzen Peitschen trieben sie die Tiere zum Finish an. Auf der gegenüberliegenden Geraden wurde deutlich, dass sich Habibdi fast auf gleicher Höhe mit dem bisher führenden Kamel befand. Obendrein hatte sie den taktischen Vorteil der Innenposition errungen. Angespannt starrte der Prinz den Tieren entgegen, die sich jetzt mit höchstem Tempo der Zielgerade näherten. Er meinte ihr Keuchen zu hören, sah die Schaumflocken , die von den Mäulern flogen.

Habibdi würde den Sieg erringen!

Ein Schrei ging durch die Menge. Eine Peitsche klatschte. Plötzlich war der gesamte Pulk in einer Staubwolke verschwunden. Der Prinz verharrte wie gelähmt. Aus dem Staub tauchte ein Kamel nach dem anderen auf und preschte auf das Ziel zu. Allein Habibdi war nicht dabei. Als sich die Sandwolke langsam verflüchtigte, sah er ein Knäuel von Tierleibern am Boden liegen. Zuckende Körper und strampelnde Beine. Klageschreie, die beinahe menschlich klangen. Dazwischen das schrille Kreischen eines Kindes.

Er raffte die Borten seines Umhangs zusammen und stürzte zum Ausgang. Kaum nahm er die Helfer wahr, die gemeinsam mit ihm zur Unfallstelle rannten. Der Tierarzt kniete bereits neben Habibdi, bewegte einen ihrer Vorderläufe. Er betastete ihren Schädel, von dem Blut in den Sand sickerte. Mit schreckgeweiteten Augen sah der Prinz das resignierte Kopfschütteln des Veterinärs.

Der Prinz wandte sich ab und zog den goldgesäumten Umhang vors Gesicht, um seine Tränen zu verbergen. Den kindlichen Jockey, der mit seltsam verdrehten Gliedern und starren Augen neben der verletzten Kamelstute lag, nahm er nicht wahr. Er verschloss seine Ohren vor dem klagenden Ruf, den Habibdi ausstieß, als der Tierarzt den Schalldämpfer der Pistole hinter ihrem Ohr ansetzte, und schlurfte mit hängenden Schultern davon.

Die vor Hass brennenden Augen, die ihm folgten, bemerkte der Prinz nicht. Niemand achtete auf den Mann, der inmitten des Gewühls den toten Knaben aus dem Sand aufhob und aufrecht mit ihm davonschritt. Das Gesicht unter dem Turban war versteinert. So wie jetzt hatte er seinen Sohn vor zwei Jahren mehr als tausend Kilometer getragen. Ein kleiner Körper, krank und ausgemergelt. Die Hoffnung auf ein besseres Leben in diesem Land hatte ihn angetrieben. Eine Hoffnung, die sich zu erfüllen schien, als ihnen der Allbarmherzige einen neuen Platz zugewiesen hatte.

Das Kind auf seinem Arm wog leicht wie eine Feder. Eine Windböe wirbelte den Sand auf, bedeckte die rostroten Flecken und umhüllte Vater und Sohn wie die Burkha einer fürsorglichen Mutter.

Frankfurt

»Die Frankfurter Oberbürgermeisterin lädt zum traditionellen Neujahrsempfang im Römer«, begann Aisha zu diktieren, während sie den Mercedes aus dem Parkhaus lenkte. Den älteren Wagen, Onkel Yashars großzügiges Geschenk zu ihrem einundzwanzigsten Geburtstag, fuhr sie ausgesprochen gern. »Zahlreiche Vertreter aus Politik und Wirtschaft sind der Einladung gefolgt. Wie in jedem Jahr, waren auch diesmal Bürger aller Bevölkerungsschichten unter den Gästen ...«

Sie hatte sich angewöhnt, ihre Artikel während der Heimfahrt ins Diktafon zu sprechen. Das ersparte viel Zeit. Sie wählte den Weg über die Mainzer Landstraße und nicht, wie sonst, die Autobahn in Richtung Wiesbaden. Um diese Abendzeit war hier wenig Verkehr und der Artikel würde fertig auf Band gesprochen sein, bis sie zu Hause in Königstein ankam. Das Spracherkennungssystem ihres PC brauchte dann nur noch das Diktat in einen geschriebenen Text umzuwandeln, und schon konnte sie ihn per E-Mail an die Redaktion schicken.

»Besondere Erwähnung gebührt dem Engagement ...« Aisha hielt inne. Vor ihr flackerten die Umrisse der Schwanheimer Brücke in einem Meer von Blaulichtern. Sie reduzierte die Geschwindigkeit. Bestimmt ein Unfall, dachte sie. Jetzt würde sie wahrscheinlich doch länger brauchen, um nach Hause zu kommen.

Trotz des geringen Verkehrs hatte sich eine Schlange gebildet. Im Schritttempo näherte sie sich der weiträumigen Absperrung. Mehr als ein halbes Dutzend Polizeifahrzeuge mit rotierendem Blaulicht hatten einen Halbkreis gebildet, der nur eine enge Fahrspur freiließ. Sie trat auf die Bremse. Im Pulk der Polizeifahrzeuge hatte sie Covacz' Mini entdeckt. Nachts reflektierte dessen Speziallackierung das Licht, was dem Kleinwagen ein geisterhaftes neonblaues Leuchten verlieh. Tagsüber sah der Lack wie ein normales Silberblau aus. Als sie diesen Farbeffekt angesprochen hatte und sein Auto mit einem geistig verwirrten Chamäleon verglich, das anstatt sich zu tarnen unbedingt auffallen wolle, hatte er laut gelacht.

»Durch irgend etwas muss man sich ja von den Katzen unterscheiden, die des Nachts alle grau sind«, hatte er geantwortet.

Sie scherte aus der Schlange aus und hielt knapp hinter der Absperrung. Wenn Covacz hier war, handelte es sich garantiert nicht um einen Unfall. Hier musste etwas anderes passiert sein. Seine Abteilung, das OEK, bearbeitete nur außergewöhnliche Fälle. So hatte er es ihr einmal erklärt.

Sie parkte den Mercedes am Straßenrand und schlüpfte in ihren Daunenparka. Dann warf sie ihren kleinen Rucksack über die Schulter, der auf dem Rücksitz lag und alles Notwendige enthielt, unter anderem ein zweites Diktiergerät, eine Digitalkamera und eine Taschenlampe. Dinge, die sich schon oft bewährt hatten, wenn sie unterwegs war.

Der Wind, der vom Main heraufwehte und sich unter der Brücke fing, war eisig. Die Polizeifahrzeuge hatten eine Art Wagenburg vor einem der breiten Brückenpfeiler gebildet. Obwohl das Innere des Halbkreises durch Scheinwerfer taghell erleuchtet war, konnte Aisha nichts erkennen.

Langsam ging sie um die Absperrung herum. Das rotweiß gestreifte Plastikband flatterte im Wind. Eine Flamme züngelte durch den tiefen Schatten unter den rotierenden Blaulichtern, beleuchtete kurz ein Gesicht und erlosch. Zigarettenrauch wehte zu Aisha herüber. Die beiden Männer, die dort standen, trugen Zivil. Ihre Silhouetten hoben sich vor dem hellen Hintergrund ab.

»Ich möchte mal wissen, was wir noch hier sollen. Der Covacz hat wieder mal alles an sich gerissen. Soll doch seine Meute auch noch den Rest erledigen.«

Aus der Stimme des Mannes konnte Aisha eine Mischung aus Resignation und Gehässigkeit heraushören.

»Da kannst du nichts machen. Befehl von der Einsatzleitung. Wir sollen hier bleiben und ihn unterstützen.« Der andere hustete.

»Unterstützen? Wobei? Der lässt sich doch sowieso nicht in die Karten gucken.«

Aisha ging weiter. Es war ihr bereits zu Ohren gekommen, dass Covacz bei einigen seiner Kollegen nicht allzu beliebt war.

Ein uniformierter Polizeibeamter kam auf sie zu. »Gehen Sie bitte weiter«, forderte er sie auf. »Hier gibt es nichts zu sehen.«

Aisha hielt ihm ihren Presseausweis entgegen, gleichzeitig zog sie die Schultern hoch und spielte die Hilflose. Die Kleine-Mädchen-Masche zeigte fast immer positive Folgen und war in den meisten Fällen wirksamer als ein forscher Auftritt. Bei Onkel Yashar hatte sie dies ausgiebig getestet und auch Winkler, ihr Redakteur fiel manchmal darauf rein. Nur ein Mann ließ sich davon absolut nicht beeindrucken und das war Janic Covacz. Bei ihm hatte der mädchenhafte Augenaufschlag, mit dem sie jetzt den Polizeibeamten anblinkerte, noch nie eine Wirkung gezeigt.

»Wären Sie bitte so nett und würden Hauptkommissar Covacz fragen, ob die Presse zugelassen ist? Mein Name ist Aisha Khan.«

Der Polizist sah auf sie herab. Schließlich hob er das Sprechfunkgerät an den Mund. »Einsatzleitung?« Ein unverständliches Krächzen kam als Antwort. »Hier ist eine junge Dame von der Presse. Sie heißt Aisha Khan und will zu Covacz. Frag mal nach, ob der für sie zu sprechen ist.« Der Polizist wandte sich ihr wieder zu. »Sind Sie mit unserem Nationaltorwart verwandt?«, wollte er wissen.

Aisha setzte ein pflichtschuldiges Lächeln auf. Diese Frage hatte sie bestimmt schon hundert Mal gehört. »Mein Name schreibt sich etwas anders.«

»So wie Aga Khan?«

»Genauso«, bestätigte sie.

Der Uniformierte lauschte auf das Krächzen, das aus dem Sprechfunkgerät tönte. »Ja? Geht in Ordnung? Okay.« Dann zeigte er auf einen grünweißen VW-Bus. »Der Hauptkommissar ist da drin bei einer Zeugenvernehmung.« Höflich hob er das Absperrband hoch, damit sie darunter hindurchschlüpfen konnte.

Sie sah sich auf dem abgegrenzten Gelände um. Auf dem grauen Beton des Brückenpfeilers zeichneten sich die Schatten dreier Fahrzeuge ab. Ein grünweiß markierter VW Bus mit laufendem Motor, ein neutraler Lieferwagen, dessen Türen gerade geschlossen wurden, sowie ein Notarztwagen standen nebeneinander. Auf dem Boden vor dem Notarztwagen lag ein geschlossener Plastiksack, neben dem sich ein Beamter postiert hatte. Die Scheinwerfer verliehen dem Szenario den Eindruck einer Filmkulisse. Nur die Schauspieler fehlten.

Aisha zog fröstelnd ihren Parka enger um sich und ging auf den Volkswagenbus zu. Ihre Absätze hallten auf dem Pflaster. Durch die Seitenscheibe sah sie Covacz' Gesicht. Sein Kopf war zurückgelehnt, die Augen hielt er geschlossen. Von der Nase zum Mund zog sich eine tiefe Falte. Im Mundwinkel hing eine unangezündete Zigarette. Er sah angestrengt und müde aus. Hinter ihm bemerkte sie einen Mann mit dunkler Hautfarbe. Weiße Zähne blitzen in dem schwarzen Gesicht. Er schien das Gespräch mit der gegenüber sitzenden Person zu führen.

»Der Sheriff ist einer meiner besten Vernehmungsspezialisten«, hatte ihr Covacz erzählt. »Besonders bei Befragungen von notorischen Lügnern ist er für uns unverzichtbar. Er kitzelt die Antworten nur so aus den Leuten heraus.«

Sie klopfte vorsichtig an das Seitenfenster. Covacz schreckte hoch, die Zigarette fiel zu Boden. Als er sie sah, schob er sofort die Tür auf. »Hallo, Aisha.« Seine Stimme war tonlos.

Feuchte Wärme und ein überwältigender Dunst nach ungewaschener Kleidung schlug ihr entgegen, als Covacz ausstieg. Als aus dem Inneren des Busses ein leises Kläffen ertönte, lugte sie hinein. Die zusammengekauerte Gestalt auf der Bank samt dem kleinen Straßenköter kam ihr nur allzu bekannt vor. »Karl-Gustav«, murmelte sie.

»Bist du bereits mit der Pennerwelt auf du und du?« Covacz verzog das Gesicht zu einer freudlosen Grimasse und schob die Tür des Busses wieder zu.

»Was ist mit dem Mann?«, wollte sie wissen.

Covacz ging nicht darauf ein. »Was treibt dich denn unter Frankfurts Brücken?«, fragte er.

»Ich komme von einem Neujahrsempfang und war auf dem Heimweg. Dein Auto ist ja nicht zu übersehen.« Sie wies auf den Mini.

Covacz zog eine neue Zigarette aus der Tasche und schob sie in den Mund.

»Scheißkälte«, murmelte er und sah geistesabwesend an Aisha vorbei. Dabei krümmte er leicht die Schultern. Sie drehte sich um. Neben dem schwarzen Plastiksack ragte ein Unkrautbüschel aus dem Pflasterspalt. Sieht aus wie eine verdorrte Grabbepflanzung, dachte sie und versuchte, so gelassen wie möglich zu erscheinen, als sie leise fragte: »Was ist da drin?«

Sie bemerkte ein leichtes Zucken unter Covacz' Augenlid. »Ein ganz junges Ding. Der Penner dort …« Er wies mit dem Daumen rückwärts auf den Bus, »… hat sie gefunden.«

»Mord?«, fragte sie, obwohl sie die Antwort bereits kannte.

»Ja«, antwortete er knapp. Das Zucken unter seinem Augenlid verstärkte sich.

»Meinst du denn, dass er damit etwas zu tun hat?« Mit dem Kinn wies sie auf den VW-Bus. »Der saß nämlich heute Abend vor dem Eingang zum Römer. Da hat man ihn weggescheucht.«

»Wann war das?« Covacz hatte ihr aufmerksam zugehört.

»So gegen Acht.« Sie sah auf ihre Armbanduhr. »Also vor ungefähr zweieinhalb Stunden.«

»Dann ist ausgeschlossen, dass er der Täter ist. Das Mädchen ist schon länger tot. Nicht zu vergessen, dass es von der Innenstadt bis hierher eine ziemliche Strecke ist«, antwortete Covacz. »Er hat zwar von Anfang an behauptet, er hätte die Tote nicht angerührt, aber er hatte einen zusammengefalteten Zwanzig-Euro-Schein bei sich. Viel Geld für jemanden wie ihn.«

»Den Geldschein hat er von mir«, antwortete Aisha schnell.

»Sicher? Er hat irgendwas von einer guten Fee unterm Weihnachtsbaum gebrabbelt. Aber so blau wie der ist …«

In Aishas Gesicht schlich sich ein Lächeln. »Gute Fee? Na ja, so kann man's auch sehen.«

Covacz pochte gegen die Tür des Busses. »Lass ihn laufen, Sheriff. Es hat sich eine Entlastungszeugin gemeldet.«

Erneut wurde die Tür geöffnet und der Obdachlose in seinem weiten Mantel torkelte heraus. In der Hand hielt er eine Zwei-Liter-Flasche Rotwein. Als er Aisha erblickte, zog er den Hut und machte eine tiefe Verbeugung.

Covacz knurrte ihn an. »Du kannst abhauen. Das hast du dieser Dame hier zu verdanken. Aber du bleibst in Frankfurt. Klar?«

»Klar, Chef! Ich hab doch da hinten meinen Winterpalast.« Der Mann murmelte ein »Küss die Hand, gnädiges Fräulein« und schlurfte davon. Der Mischlingsköter folgte ihm, nicht ohne Aisha einen dankbaren Blick zuzuwerfen.

Covacz sah ihm kopfschüttelnd nach. »Armer Schlucker«, murmelte er. »Seine Bleibe hat er da hinten in einem der Schrebergartenhäuschen.«

»Das stelle ich mir nicht sonderlich gemütlich vor«, meinte Aisha. »Und was ist mit der Toten passiert?«, wollte sie wissen.

Covacz zeigte auf den Bus. »Komm doch mit rein. Hier draußen holt man sich ja den Tod.«

Aisha stieg ein und begrüßte den Mann, der von Covacz ›Sheriff‹ genannt wurde.

»Wie geht's?«, fragte sie.

Er starrte sie einen Moment lang an. Dann wandte er den Blick von ihr ab und stützte den Kopf in die Hände. »Ich habe schon mal schönere Nächte erlebt«, murmelte er.

Aisha spähte nach draußen, während Covacz von innen die Tür zuschob. Inzwischen war ein Leichenwagen eingetroffen. Zwei Männer in dunklen Anzügen hoben den schwarzen Sack auf eine Bahre und schoben ihn in das Bestattungsfahrzeug. Im grellen Licht der Scheinwerfer sah diese Prozedur gespenstisch aus.

»Da war ein wahrer Metzger am Werk«, ließ der Sheriff verlauten.

Aisha spürte, wie ihr Mund trocken wurde. Von Metzgern hatte sie an diesem Abend bereits genug gehört.

»Was hat er ihr denn ... angetan?«, fragte sie vorsichtig.

Covacz räusperte sich. »Man hat sie totgeschlagen. Der Schädel ist geborsten wie eine Eierschale.«

Im Bus roch es immer noch streng. In Aishas Magen breitete sich ein flaues Gefühl aus. »Hättest du vielleicht einen Kaffee für mich, Janic?«, fragte sie.

Er nahm einen Plastikbecher aus der Halterung neben dem Sitz, öffnete die Thermoskanne und goss ihr ein. Aisha stellte erstaunt fest, dass seine Hände leicht zitterten. Der Fall schien ihm ziemlich nahe zu gehen. Vielleicht war es aber auch wegen der Kälte.

Sie nahm einen vorsichtigen Schluck. Der heiße Kaffee vertrieb ein wenig das flaue Gefühl.

»Der Täter muss ihr irgendwo aufgelauert haben. Wahrscheinlich auf der Straße, wie die Schmutzspuren ihrer Kleidung andeuten«, berichtete Covacz weiter. Seine Stimme klang kühl und monoton. »Dann hat er sie hierher unter die Brücke transportiert. Wir gehen davon aus, dass er über keine ausgeprägten Ortskenntnisse verfügt, sonst hätte er sich einen einsameren Platz ausgesucht.« Covacz schenkte sich ebenfalls einen Kaffee ein.

»Was meint ihr damit, dass da ein Metzger am Werk war?«, fragte Aisha beklommen.

»Sie hat einen Schnitt in der Kehle, von einem Ohr zum andern«, sagte der Sheriff.

Unwillkürlich fasste Aisha sich an den Hals.

»Und er hat ihr eine Hand abgetrennt, was er bei der anderen ebenfalls versucht hat«, ergänzte Covacz.

»Das ist ja grauenhaft«, entfuhr es Aisha. »Warum tut man denn so was?« Die Kunststoffpolsterung des Sitzes fühlte sich kalt an wie Schlangenhaut.

»Offenbar wollte der Täter die Identität der Frau unkenntlich machen. Wir nehmen an, dass er dabei gestört worden ist. Sonst hätten wir jetzt einen Torso ohne Kopf und Hände.«

Draußen fuhr gerade der Leichenwagen fort. Irgendjemand schaltete die Scheinwerfer aus. Im fahlen Licht der Straßenbeleuchtung wirkte alles noch trostloser. Vorsichtig stellte sie den leer getrunkenen Kaffeebecher neben sich auf den Sitz, den sie in ihrer Hand zusammengepresst hatte. Das leichte Klacken, mit dem er in seine ursprüngliche Form zurücksprang, tönte überlaut. Sonst war nur der Atem der beiden Männer ihr gegenüber zu hören.

Covacz bedachte sie mit einem langen Blick unter halb gesenkten Augenlidern. »Ich weiß gar nicht, ob ich dir das alles erzählen soll.«

Sie ging nicht auf seine Bemerkung ein. »Hat denn der Obdachlose nichts gesehen?«

»Er behauptet, nein. Als er hier ankam, lag das Mädchen angeblich genauso da, wie wir sie vorgefunden haben.«

Er sah sie einen Moment lang an, als ob er durch sie hindurch sehen wollte, irgendwie geistesabwesend. »Sie hat eine auffällige Kaiserschnittnarbe, die noch recht frisch ist. Vielleicht liegt das Neugeborene irgendwo hilflos herum.«

»Und? Warum unternehmt ihr dann nichts?«

»Wir wissen weder, wie das Opfer heißt, noch kennen wir ihre Adresse.« Mit einer müden Geste fuhr er sich über die Stirn. »Wahrscheinlich ist sie Studentin. In ihrer Hosentasche steckte ein abgerissener Zettel mit der Adresse der Uni-Bibliothek. Vielleicht hilft uns der weiter.«

»Ich könnte was darüber in der Zeitung schreiben«, bot Aisha an und warf einen schnellen Blick auf die Uhr. »Wenn ich mich beeile, erscheint es bereits morgen in der Sonntagsausgabe.«

Covacz sah den Sheriff an und nickte. »Ja, das könnte etwas bringen.« Mit einem Mal schien die Lethargie von ihm abzufallen. »Also pass auf, du erwähnst Folgendes«, begann er lebhaft.

»Warte mal einen Moment«, unterbrach sie ihn, während sie ihr Diktafon aus dem Rucksack nahm und es einschaltete. »Jetzt kannst du loslegen.«

»Du schreibst, dass wir die verstümmelte Leiche eines Mädchens unter der Schwanheimer Brücke gefunden haben. Keine Detailangaben über die Verletzungen. Alter der Toten: circa siebzehn bis achtzehn Jahre. Dann weist du explizit darauf hin, dass es Anhaltspunkte auf die Person des Täters gibt.« Er führte seinen Becher an den Mund und trank einen Schluck. Das Zittern seiner Hände hatte sich beruhigt.

Aisha sah ihn zweifelnd an. »Gibt's die denn?«

Covacz verzog die Lippen zu einem schmalen Lächeln. »Die gibt es natürlich nicht. Aber damit setzen wir den Täter unter Druck, falls er das liest.«

»Aha.«

»Sie kann ja vielleicht auch das da erwähnen.« In der rosa Innenfläche der Hand des Sheriffs lag ein Schlüssel, an dem ein Anhänger in Form eines »M« hing. »Das gehörte der Toten.«

»Sonst habt ihr nichts gefunden?«

»Leider nicht. Sie ist garantiert vom Täter gefilzt worden. Den Schlüssel hat er wahrscheinlich nur deshalb übersehen, weil er ins Jackenfutter durchgerutscht ist.«

Covacz nickte und griff in die Brusttasche. Dort zog er einen Packen Polaroidfotos heraus. Eines davon reichte er Aisha. »Das Bild hier solltest du ebenfalls veröffentlichen. Das wird auch auf der Pressekonferenz verteilt werden.«

Aisha betrachtete das Foto. Die Umrisse einer ornamentalen Figur waren im trüben Licht nur schwer zu erkennen. »Was ist das?«

»Ein Stempelabdruck oder eine Art Tattoo. Das hatte das Mädchen auf der Innenseite des Handgelenks.«

»Und du meinst, das hilft euch bei der Identifizierung der Toten?«

»Hoffentlich. Wenn sie wirklich Studentin an der Frankfurter Uni war, dann könnte das Tattoo jemandem aufgefallen sein.«

»Soll ich sonst noch was erwähnen?«

Covacz schüttelte den Kopf. »Keine weiteren Einzelheiten.«

»Okay. Dann werde ich mich mal auf den Weg in die Redaktion machen. Danke, Janic.« Sie schwenkte das Diktafon hin und her.

Der Sheriff öffnete ihr die Tür. Trotz der Kälte fand sie

die feuchtkalte Nachtluft angenehm. Hinter sich hörte sie Covacz murmeln. »Trommel die Truppe zusammen, Sheriff. Wir dürfen keine Zeit verlieren.«

Othmarsdorf

Mirko Stern sog ein letztes Mal an der Zigarette, bevor er den Stummel fallen ließ. Dann betrat er das Reisebüro im Bahnhof. Die gelangweilt aussehende junge Frau setzte sofort ein berufsmäßiges Lächeln auf. »Guten Tag. Was kann ich für Sie tun?« Dabei wies sie einladend auf den Stuhl vor ihrem Schreibtisch.

Mirko setzte sich. »Mich interessiert das Objekt auf dem Plakat im Fenster.«

Ermunternd klimperte sie mit den Augen. »Sie meinen, unser Leuchtturm-Special? Ja, das ist etwas ganz Besonderes.« Sie zog einen Prospekt hervor und begann zu blättern. »Das Angebot haben wir erst seit letztem Sommer im Programm. Da war die Nachfrage sehr groß. Aber jetzt im Winter ist es ziemlich ruhig.«

Mirko warf einen Blick auf den abgebildeten rot-weißen Leuchtturm, der auf einer kleinen Felseninsel mitten im Wasser lag und als *»Domizil zwischen Wind und Wellen«* angepriesen wurde.

»Der Turm ist schon über hundert Jahre alt. Aber die Ausstattung ist natürlich auf modernem Standard. Ein wenig rustikal, aber sehr originell«, begann sie geschäftsmäßig zu werben. »Wenn Sie erst mal da sind, wollen Sie nicht wieder weg.«

Sie drehte den Prospekt um und legte ihn so, damit

Mirko die Beschreibung sehen konnte. »Es ist alles da, was Sie brauchen. Sehen Sie: Es gibt zwei breite Doppelbettkojen in getrennten Schlafräumen. Zwar etwas klein, aber sehr fein, und ...«, sie warf Mirko einen verschwörerischen Seitenblick zu, »... sehr romantisch. Vor allem für verliebte Paare.«

Mirko verzog keine Miene und überflog die Beschreibung. *»Deutschlands einsamstes und originellstes Urlaubsquartier«*, stand über dem Kurzbericht. *»Hier sind Sie garantiert ungestört.«*

»Der Mietpreis pro Woche beträgt sechshundert Euro?«, fragte er.

Die junge Frau nickte. »Das ist zwar nicht ganz billig, aber es ist ein Endpreis. Inklusive aller anfallenden Kosten. Auch der Überfahrt. Die wird von uns organisiert.« Sie verzog den Mund. »Zum Hinschwimmen ist es ein bisschen weit.«

Mirko rang sich ein Lächeln ab. »Könnte ich die Überfahrt auch selbst arrangieren?«

»Haben Sie denn einen Bootsführerschein?«

Er legte das geforderte Dokument vor sie hin. »Dann dürfte das kein Problem sein, Herr ...«, die Frau warf einen Blick auf den Führerschein, »... Star.«

»Wäre eine Buchung für zwei Wochen möglich?«, wollte er wissen. Er war sicher, innerhalb dieses Zeitraums alles erledigt zu haben.

»Ich denke doch«, murmelte sie und begann, die Tastatur ihres Computers zu bedienen. »Für zwei Personen?«

»Nein, für eine.«

»Ach.« Sie sah ihn zweifelnd an. »Für eine einzelne Person bietet der Leuchtturm nicht gerade viel Abwechslung.«

»Das ist genau, was ich suche. Ich brauche Abgeschiedenheit und Ruhe für meine Recherchen.«

»Sind Sie Schriftsteller?« Nun betrachtete sie Mirko mit unverhohlenem Interesse.

»So was Ähnliches«, murmelte er. »Zwei Wochen wären ideal. Vielleicht auch weniger. Ich kann das momentan noch nicht so genau absehen.«

»Tja, lassen Sie mich mal sehen. Doch, ja, es steht weiter keine Buchung an. Jetzt im Winter ...«

»Ich müsste natürlich beweglich sein«, fiel er ihr ins Wort. »Können Sie mir auch ein kleines, seetüchtiges Boot besorgen?«

»Ja, die ehemalige Lotsenbarkasse, die wird ausschließlich zum Übersetzen der Feriengäste eingesetzt. Und da Sie ja selbst fahren wollen ...«, sie stockte einen Moment und richtete den Blick auf den Computerbildschirm. »Ich kann Ihnen einen Sonderpreis anbieten.«

Mirko winkte ungeduldig ab. »Ich würde gern morgen früh schon losfahren. Meinen Sie, dass Sie bis dahin alles fertig haben?«

»Normalerweise ist der Wechsel samstags. Aber ich denke ... doch ja, wir werden das für Sie ermöglichen.«

Er blätterte acht Einhunderthundert-Euro-Scheine vor sie auf den Tisch. Seinen Personalausweis legte er daneben.

»Einer unserer Mitarbeiter wohnt hier im Haus. Ich werde ihm Bescheid geben.« Die junge Frau griff nach dem Ausweis. »Michael Star, Berlin, Tauentzienstraße. Die Adresse stimmt noch, Herr Star?«

Mirko bestätigte dies.

»Bitte sehr.« Zusammen mit seinem Personalausweis reichte sie ihm den Quittungsbeleg über die Anzahlung. »Den Rest können wir später abrechnen.«

Er verstaute die Papiere in der Brusttasche seiner Jacke. »Bis morgen früh dann.« Er stand auf und wandte sich zum Ausgang.

»Es wird alles fertig sein. Auch das Boot. Ich selbst werde nicht da sein. Aber der Mitarbeiter wird Sie einweisen«, rief sie hinter ihm her.

»Entschuldigung, ich habe noch etwas vergessen.« Mirko blieb auf halbem Weg stehen und drehte sich um. »Können Sie mir eine Autovermietung empfehlen?«

»Avis, das ist unser Vertragspartner. Das Büro ist gleich zwei Häuser weiter.« Sie sah auf die Uhr. »Aber Sie müssen sich beeilen. Die machen gleich zu.«

Mirko verließ dankend das Reisebüro. Er bedauerte, seinen Skoda nicht dabeizuhaben. Aber das Risiko, dass jemand den Wagen mit dem tschechischen Nummernschild mit ihm in Verbindung bringen könnte, war ihm zu groß gewesen. Deshalb hatte er es vorgezogen, ihn in der Tiefgarage neben dem Rostocker Bahnhof stehen zu lassen. Sein Gepäck hatte er nur wenige Meter bis zum Busterminal transportieren müssen. Nicht einmal ein Taxifahrer würde sich an ihn erinnern. Ohne Eile schlenderte er jetzt die Straße zum Hafen hinunter und hielt nach einer Autovermietung Ausschau. Avis würde er meiden.

Königstein

»Tarzan, du bist ein Idiot!«

Ein jämmerliches Maunzen war die Antwort. Aisha stand kopfschüttelnd vor der Kletterwand und sah hinauf zum obersten Ende, wo der kleine Kater sich festklammerte und kläglich um Hilfe schrie.

»Soll ich dich vielleicht von da oben runterholen, oder was stellst du dir vor?«

In der Nacht waren heftige Sturmböen über das Gelände rund um die Villa hinweggefegt. Sie wollte überprüfen, ob die Plane, mit der die Sicherungsvorrichtung ihrer Kletterwand abgedeckt war, standgehalten hatte.

Noch immer hatte sich der Wind nicht gelegt. Er rüttelte an den Ästen der alten Bäume, die das Grundstück umsäumten und zerrte an dem Plastik. Fröstelnd zog sie die Schultern zusammen und rieb sich die Arme. Sie war noch nicht ganz wach. An diesem Sonntag hatte sie frei. Doch seit sie mit Tarzan die Wohnung teilte, war an Ausschlafen nicht mehr zu denken. Spätestens um sieben Uhr am Morgen kratzte er an ihrer Schlafzimmertür. Oder er landete gleich mit einem Sprung auf ihrer Bettdecke und miaute so lange, bis sie aufstand und ihn ins Freie entließ. Dabei hätte er einfach das Katzenklo benutzen können. Doch das ignorierte er hartnäckig.

Auch die Wagners, das ältere Paar, das die untere Etage der Villa bewohnte, blieben von seinen morgendlichen Lärmattacken nicht verschont.

»Ist ja schlimmer als mit einem Kleinkind«, hatte Cosima kopfschüttelnd gemurmelt, während Richard meinte: »Da gibt's eine ganz einfache Lösung, Aisha. Pass auf: Ich bau eine Katzenklappe in deine Terrassentür und dann kannst du wieder ausschlafen. Ich bin ja sowieso früh wach und kann ihn dann füttern.« Er freute sich sichtlich über das Leben im Haus und verwöhnte Tarzan mit allen möglichen Leckerbissen.

Aber auch Cosima hatte den Kater inzwischen lieb gewonnen und verzieh ihm seine Eigenheiten.

Richard Wagner hieß wirklich so. »Wie der große Komponist«, pflegte er jedes Mal stolz zu sagen. Cosima allerdings trug den Namen Mathilde. Ein Vorname, der Aisha nie gefallen hatte. Seitdem sie etwas über Cosima Wagner gelesen hatte, nannte sie Mathilde Wagner fortan nach der Frau des Komponisten.

Aisha kannte die beiden seit ihrer frühen Kindheit. Damals, als ihre Eltern und Onkel Yashar noch die Königsteiner Villa bewohnten. Richard war Chauffeur gewesen und Cosima hatte ihrem Onkel den Haushalt geführt. Auch um den großen Garten, der die Villa umsäumte, hatten sich die beiden gekümmert. Aisha bezeichnete das ältere Ehepaar oft als ihre adoptierten Großeltern, die es sich nicht nehmen ließen, sie wie ein Enkelkind zu umsorgen.

Richard war handwerklich sehr geschickt, auch beim Bau der Kletterwand hatte er ihr geholfen. Gewöhnlich hielt er seine Versprechen, doch mit der Katzenklappe war es deshalb noch nichts geworden, weil er sich seit vierzehn Tagen mit einem Bandscheibenvorfall herumquälte.

Aisha gähnte. Die Nacht war ziemlich kurz gewesen. Bis zum frühen Morgen hatte sie im Redaktionsbüro verbracht.

Der Kollege vom Schlussdienst war ziemlich erstaunt gewesen, als sie mitten in der Nacht mit ihrer Story ankam. Aber als er hörte, worum es ging, meinte er sofort, das Thema sei interessant genug für die Titelseite.

Aisha hatte tatsächlich erwirkt, dass die Druckmaschinen angehalten wurden. In fliegender Eile hatte sie gemeinsam mit ihrem Kollegen alles umgestaltet. Eine halbe Stunde war es im Redaktionsbüro wie in einem Tollhaus zugegangen. Dann stand das geänderte Layout.

»Tote unter Schwanheimer Brücke«, war der Artikel betitelt. Unter dem Namen ihres Kollegen war auch Aishas voller Name erwähnt. Es war das erste Mal, dass sie an einem Aufmacher beteiligt war.

Dieser Erfolg war ihr durchaus ein paar Stunden entgangenen Schlafs wert gewesen. »Wenn sich alles so verhält, wie Sie sagen, sind wir die ersten, die über den Fall berichten«, hatte der Redakteur händereibend gesagt.

In Gedanken sah sie sich schon als Starreporterin, die zukünftig regelmäßig an der Gestaltung der ersten Seite mitwirkte. Aus diesen euphorischen Überlegungen wurde sie abrupt von Tarzans erneutem Hilfeschrei gerissen.

»Blödes Vieh«, knurrte sie, während sie sich die Frage stellte, weshalb ein solch wendiges Tier mühelos eine Kletterwand erklimmen konnte, aber unfähig war, den Weg nach unten aus eigenen Stücken zu bewältigen. Tarzan kam ihr vor wie ein hilflos blökendes Schaf, das sich in den Bergen verirrt hatte.

Aisha hob die Plane an, zog den Fanggurt nach unten und prüfte die Gängigkeit des dünnen Sicherungsseils. Auch im Winter hielt sie sich mit dem Klettern fit. Ihr Sportlehrer im Internat hatte stets behauptet: »Es gibt kein schlechtes Wetter, es gibt nur ungeeignete Kleidung.« Aber dieses momentane nasskalte Wetter konnte den Spaß ziemlich trüben. Zumal es nicht ganz ungefährlich war: Die Finger wurden schnell klamm, die Muskeln verhärteten sich, ganz zu schweigen von der Feuchtigkeit, welche die künstlichen Mulden und Buckel der Wand mit einem glitschigen Film überzog.

Tarzan beobachtete sie mit weit aufgerissenen Augen. Die Griffmulden fühlten sich halbwegs trocken an, aber die beiden Gurte, die wie das Geschirr eines Drachenseglers zwischen ihren Schenkeln anlagen, waren eiskalt. Sie hatte lediglich einen Trainingsanzug übergezogen und fühlte das kältestarre Nylongewebe unangenehm auf ihrer Haut. Glücklicherweise war das Grundstück so dicht bewachsen, dass sie auch jetzt im Winter keiner ihrer Nachbarn beobachten konnte. Wahrscheinlich würden sie sie für verrückt erklären.

Tarzan machte einen Buckel und stieß einen Klagelaut aus, bei dem er alle Zähne zeigte.

»Ich komm ja schon! Nun sei mal nicht so ungeduldig«, rief sie zu ihm hinauf. Sorgfältig prüfte sie jeden Griff, jeden Fußhalt, und bewegte sich langsam nach oben. Freeclimbing ist keine Sportart für Hektiker, dachte sie und musste lächeln, weil sie Onkel Yashars besorgtes Gesicht vor sich sah. Damals, als sie ihm während eines seiner seltenen Besuche in der Sporthalle des Internats ihr Können vorgeführt hatte.

»Ist das wirklich was für Mädchen?«, äußerte er zurückhaltend. Vielleicht machte er sich Gedanken darüber, inwieweit sich dies auf ihre Jungfräulichkeit auswirken könnte. Auch spätere vorsichtige Fragen zielten in diese Richtung, ohne dass er allzu deutlich geworden wäre – was Aisha insgeheim amüsierte.

Noch ein Griff, noch ein Zug, bei dem sie ihr gesamtes Körpergewicht mit einem Arm nach oben hievte, dann hatte sie das obere Ende der Wand erreicht. Ein Sonnenstrahl tastete sich durch die kahlen Äste der mächtigen Eiche, an deren Stamm die Kletterwand befestigt war. Tarzans gelbgrüne Augen waren so nah, dass sie erkennen konnte, wie sich seine Pupillen im Licht verengten. Sie streckte die freie Hand aus und lockte ihn. Doch der Kater ignorierte die dargebotene Hand und landete mit einem Satz auf ihrer Schulter. Durch den dünnen Stoff des Trainingsanzuges spürte sie seine Krallen, als er über ihren Rücken rutschte. Mit wenigen Sätzen war er am Boden angelangt und verschwand, ohne sich um seine Retterin zu kümmern.

»Scheißvieh«, schrie sie hinter ihm her. Dann ließ sie sich fallen. Trotz der starken Metallfeder, die ihren Sturz wenige Zentimeter über dem Boden abbremste und sie wieder ein Stück nach oben schnellen ließ, schnitten die Gurte tief in ihre Schenkel ein. Sie konnte sich lebhaft die blauen Striemen vorstellen, die dieses Manöver unter ihrer Haut hinterlassen würde. Morgen sehe ich aus, als hätte ich an einer Sado-Maso-Performance teilgenommen, dachte sie, als sie aus den Sicherungsgurten stieg. Sie verstaute wieder alles unter der Abdeckplane und folgte Tarzan, der über die Außentreppe auf der Terrasse verschwunden war. Als sie am Küchenfenster der Wagners vorbeikam, wurde ein Flügel geöffnet und Cosimas rundes, freundliches Gesicht erschien. »Na, der Tarzan hält dich ja ordentlich auf Trab«, rief sie. »Willst du mit uns frühstücken?«

Aisha lächelte. »Wer könnte deinem Kaffee schon widerstehen?« Cosima brühte den besten Kaffee, den man sich vorstellen konnte und das ganz ohne modernes Zubehör.

Frau Wagner wedelte mit der Sonntags-Zeitung. »Du bist ja richtig berühmt.«

Aisha hörte das Telefon läuten. »Ich komme nachher«, sagte sie zu Cosima und rannte in ihre Wohnung. Keuchend nahm sie den Hörer ab.

»Ihr Artikel hat voll eingeschlagen, Frau Khan«, hörte sie den Redakteur sagen. »Es haben sich bereits einige Anrufer gemeldet.«

Ihr Herz schlug ein paar Takte höher. »War denn was Brauchbares dabei?«, fragte sie außer Atem.

»Sie kennen das ja.« Es kam häufig vor, dass Leser in der Redaktion anriefen und sich wichtig machen wollten, indem sie vorgaben, etwas gehört oder gesehen zu haben. Da durfte man die Erwartungen nicht allzu hoch schrauben. »Aber die Aussage von einem Herrn Wang scheint mir ziemlich brauchbar zu sein.«

Bereits eine knappe halbe Stunde später hörte sie Covacz' Mini in der Einfahrt der Villa. Sie hatte ihn sofort nach dem Telefonat mit der Zeitung angerufen. Worum es sich handelte, hatte sie nicht preisgegeben. Anschließend hatte sie in aller Eile geduscht und sich angezogen.

Sie schnappte ihren Rucksack, der auf dem antiken Stuhl in der Diele lag und polterte die hölzerne Treppe hinunter. Prompt öffnete sich die Wagnersche Wohnungstür und Cosima streckte ihren Kopf heraus. »Wo willst du denn hin, Kind? Du wolltest doch mit uns frühstücken«, äußerte sie in vorwurfsvollem Ton.

»Keine Zeit«, rief Aisha über die Schulter zurück, obwohl der Kaffeeduft, der aus der Wagnerschen Wohnung drang, eine fast magische Anziehungskraft auf sie ausübte.

»Aber Kind, du kannst doch nicht einfach ...«

Die Haustür fiel hinter ihr ins Schloss und schnitt den Rest des Satzes ab. Manchmal gebärdeten sich die Wagners schlimmer als echte Großeltern. Aber Aisha wusste, dass sie es nur gut meinten.

Covacz war ausgestiegen. Wie immer war er tadellos gekleidet. Über einem dunklen Anzug trug er einen schwarzen Kaschmirmantel. Sein Blick schweifte abschätzend über die Fassade der alten Villa. Es war das erste Mal, dass er hierher kam.

»Nicht schlecht, so ein Domizil für eine Zeitungsvolontärin«, sagte er. »Zahlt das Tagesjournal solche üppigen Gehälter?«

»Gehört alles meinem Onkel«, antworte Aisha, obwohl es nicht ganz stimmte. Die Villa wie auch die Importfirma für antike Orientteppiche war der gemeinsame Familienbesitz ihres Onkels und ihrer verstorbenen Eltern. Doch das alles zu erklären hätte zuviel Zeit in Anspruch genommen.

Covacz öffnete ihr die Beifahrertür. »Und wo soll es jetzt hingehen?«

Frankfurt Gallusviertel

»Also wenn du mir nicht bald verrätst, wer sich bei eurer Zeitung gemeldet hat, dann kannst du gleich wieder aussteigen. Ich bin doch nicht dein Chauffeur«, knurrte Covacz.

»Ich sag's dir schon rechtzeitig. – Fahr erstmal in

Richtung Bahnhof«, dirigierte sie ihn, nachdem er die Autobahn verlassen hatte. Ihr gefiel es, dass sie ausnahmsweise die Fäden in der Hand hielt. Sonst war es immer umgekehrt.

»Aisha, wir haben die ganze Nacht versucht, rauszukriegen, wie die Tote heißt. Bisher ohne Erfolg«, sagte er mit zusammengepressten Zähnen. Sein Kinn stach kantig hervor. »Alles, was wir wissen, ist, dass es hier irgendwo einen wenige Wochen alten Säugling gibt, der sich vielleicht die Seele aus dem Leib brüllt. Also lass gefälligst deine Scheißspielchen.«

Aisha schluckte. Covacz' Stimme ließ sie frösteln. Bei seinen heftigen Worten wurde ihr der Ernst der Lage bewusst. Unvermittelt tauchte der schwarze Sack mit dem anonymen Inhalt vor ihren Augen auf und wurde vom Bild eines hilflosen Babys überblendet.

»Wir fahren zu einem Tattoostudio in der Kaiserstraße«, sagte sie. »Der Besitzer hat die Tätowierung erkannt.«

Covacz trat ein wenig mehr auf das Gas. Er antwortete nichts und seine Miene ließ kaum eine Gefühlsregung sichtbar werden. Dieser Mann gab ihr immer wieder Rätsel auf. So gut wie niemand nannte ihn Herr Covacz. Selbst aus dem Mund derer, die ihn nicht mochten, klang die fehlende Anrede keineswegs respektlos. Auch sie fand, dass das harte, knappe »Covacz« besser zu ihm passte als sein sanft klingender Vorname Janic.

Doch je länger sie ihn kannte, umso mehr gewann sie den Eindruck, dass die Härte, die man ihm nachsagte, nur Tarnung war. Ebenso wie die Designerklamotten, die er mit Vorliebe trug. Aber so cool und abgebrüht wie er immer tat, war er gar nicht. Das war ihr am gestrigen

Abend aufgefallen. Winzige Irritationen, wie das Zittern seiner Hände, oder jetzt die leichte Vibration in seiner Stimme, weil er sich um ein hilfloses Baby sorgte – das ließ ihn äußerst sympathisch erscheinen.

»Entschuldigung«, murmelte sie und sah ihn an. »Mir war wohl wirklich nicht so klar, worum es im Grunde geht.«

»Schon okay«, sagte er leichthin. Er hielt an einer roten Ampel und trommelte mit den Fingern auf das Lenkrad. In dem Seitenblick, den er ihr kurz zuwarf, meinte sie etwas wie Anerkennung herauszulesen.

Wenig später parkte Covacz den Mini in der Kaiserstraße. Aisha verirrte sich selten in das Bahnhofsviertel. An diesem Sonntagmorgen vermittelten die in der Sündenmeile verbliebenen Sexclubs und Peepshows mit ihren großformatigen unbeleuchteten Werbungen einen verlassenen Eindruck. Sicher sah das am Abend ganz anders aus. Das Gebäude, vor dem sie jetzt standen, war ein gewöhnliches Bürohaus und beherbergte eine Investmentgesellschaft, eine Versicherungsagentur und mehrere Wohnungen, wie anhand der Klingelschilder zu erkennen war. Im obersten Geschoss befand sich Wangs Tattoostudio.

Aus der Ferne erklang sonntägliches Kirchengeläut. Die Zugangstür war unverschlossen. Aisha folgte Covacz, der mit großen Schritten die Treppe hinauf strebte. Leicht außer Atem kam sie oben an. Die pastellfarbenen Wände des Flurs waren mit gerahmten großflächigen Tattoo-Motiven dekoriert. Aisha sah sich interessiert um. Sie war noch nie in einem Tattoostudio gewesen.

Für diesen Trend hatte sie sich nie recht begeistern können, obwohl sich viele Mädchen aus ihrem Bekanntenkreis ein Tattoo hatten setzen lassen. Ein stilisiertes, kunstvoll ineinander verwebtes Muster, das rankende Blüten nur ahnen ließ, fand sie ausgesprochen interessant. Das Foto daneben stellte einen chinesischen Drachen dar. Er schlängelte sich über den Rücken einer jungen Frau, seine krallenbewehrten Hinterbeine schienen sich auf die Rundung der Gesäßbacken zu stützen.

»Es soll tatsächlich Leute geben, die so was als Kunst betrachten«, meinte Covacz kühl.

»Studio James Wang, Tattookünstler & Piercing«, stand am Eingang. James Wang hatte am Sonntag geöffnet. Sie folgte Covacz durch die Tür. Eine kleine Gestalt wuselte eilfertig auf sie zu und wünschte ihnen mit freundlicher Bassstimme einen wunderschönen guten Tag.

Die Stimme, die einem mächtigen Riesen zur Ehre gereicht hätte, entsprang einem eingesunkenen Brustkasten, der von schmalen Schultern eingefasst war. Ein weißer Kittel täuschte ärztlichen Nimbus vor. Der magere faltige Hals schien Mühe zu haben, das Vogelköpfchen zu tragen. Dicklinsige Brillengläser hingegen erweckten den Eindruck eines kurzsichtigen Frosches, der hilflos nach Nahrung Ausschau hielt.

Aisha musste sich zwingen, ihre Augen von der grotesken Gestalt loszureißen und das Männchen nicht allzu auffällig anzustarren.

»Herr Wang?«, fragte Covacz.

»Der bin ich«, antwortete der Mann mit dröhnendem Bass. »Was kann ich für Sie tun, meine Herrschaften?«

Covacz zückte seinen Ausweis und stellte sich vor. Dann legte er ein Bild auf die Glastheke. Die klinische Ausstattung des Raumes erinnerte Aisha an das Behandlungszimmer eines Zahnarztes. Fotos und Motivzeichnungen, die offenbar als Tattoovorlagen dienten, bedeckten die Wände. Zwei Stühle bildeten die einzige Sitzgelegenheit, davor stand ein kleiner Tisch, auf dem die Sonntagsausgabe des Frankfurter Tagesjournals lag.

»Sie haben die Tätowierung in der Zeitung wieder erkannt?«

Aisha sah Covacz über die Schulter und ärgerte sich darüber, dass er kein Wort über ihre Anwesenheit verlor. Die Fotografie, die er auf die Theke legte, zeigte ein Mädchengesicht mit halb geschlossenen Augen. Sie erschrak ein wenig, als ihr klar wurde, dass es sich dabei um die Tote aus dem Leichensack handeln musste. Offenbar war das Foto retuschiert, denn die Schnittwunde am Hals, von der Covacz erzählt hatte, war nicht sichtbar.

Das Männchen beugte sich tief über das Bild und betrachtete es nachdenklich. »Sie ist tot, nicht wahr?«, konstatierte Wang. »Mich hat kürzlich eine junge Dame aufgesucht. Das könnte die hier gewesen sein.« Er hob den Vogelkopf. »Eine sehr schöne Frau. Der Tod hat ihr die Schönheit geraubt.« Seine Mundwinkel zuckten.

Covacz zog einen Polaroidabzug aus der Jackentasche und legte ihn daneben. »Sind Sie sicher, dass es diese Tätowierung war?«, fragte er.

Herr Wang nickte eifrig. »Ja, ja, ganz sicher. An diese Zeichnung erinnere ich mich sehr genau.«

»Kennen Sie den Namen der jungen Frau?«, kam Covacz sofort auf den Punkt.

»Das leider nicht.«

»Wann war sie bei Ihnen?«

Wangs Stirn legte sich in tiefe Furchen. »Das war vor ein paar Wochen. Sie machte einen ziemlich verstörten Eindruck. Ich glaube zwar nicht, dass das etwas mit ihrem Anliegen zu tun hatte. Aber wer weiß? Ich sollte es vielleicht nicht unerwähnt lassen.« Er nahm die dicklinsige Brille ab und wischte mit einem Tuch über die Gläser.

»Inwiefern verstört?«, hakte Covacz nach.

»Nun ja. Als ob sie Angst vor etwas habe. Aber vielleicht hatte das auch nur mit ihrer Schwangerschaft zu tun. Die war schon ziemlich weit fortgeschritten.«

»Und was wollte sie von Ihnen?«, fragte Aisha, wofür sie einen missbilligenden Blick von Covacz erntete.

»Sie wollte wissen, ob ich das Tattoo an ihrem Handgelenk entfernen könnte. Ehrlich gesagt, habe ich mich darüber gewundert, so unauffällig wie das war. Aber es schien ihr wichtig zu sein.«

»Kommt es oft vor, dass Sie Tätowierungen entfernen sollen?«

Er setzte die Brille auf und nickte. »Die Leute wissen doch überhaupt nicht mehr, was sie wollen. Erst entscheiden sie sich für irgendeine Scheußlichkeit, die nicht groß und bunt genug sein kann, und dann fragen sie, wie man das wieder wegbekommt.« Kopfschüttelnd hob er die Schultern. »Aber was soll man machen? Man muss schließlich leben. Dabei gibt es großartige Hautzeichnungen, nach den Vorlagen berühmter Künstler. Das sind wahre Kunstwerke, bei denen die Körperproportionen des Trägers mit den Ornamenten des Künstlers verschmelzen und etwas vollkommen Neues entsteht.« Während er sprach, stach er mehrfach mit einem knochigen Finger in die Luft. »Ein Unikat, wie das der großen Meister, das sich nicht vervielfältigen lässt.« Jetzt lächelte er listig.

Aisha hörte ihm interessiert zu.

»Ich habe ein paar Semester Dermatologie studiert. Na ja, was soll ich sagen, das Studium hat mich eher gelangweilt, aber heute kann ich die medizinischen Kenntnisse über die Beschaffenheit der Haut gut gebrauchen.« Herr Wang kratzte sich gedankenverloren am Kinn. »Erst dachte ich, es handelt sich hierbei ...«, er klopfte mit einem Finger auf das Polaroidfoto, »... um ein Hennatattoo. Ein solches wird auf die Haut aufgetragen und verschwindet nach einiger Zeit wieder. Doch das war es nicht.« Er glotzte angestrengt durch seine Brille. »Die Ränder waren nicht scharf umrissen, sondern zeigten ein leichtes Auslaufen der braunen Farbe. Eigentlich ein recht aparter Effekt. Ich fragte die junge Dame, wo sie das Tattoo hat machen lassen, aber sie druckste nur herum. Sie sagte, sie hätte es bereits seit mehr als einem Jahr und es sei immer noch unverändert. Obwohl man ihr versprochen hatte, es würde mit der Zeit verblassen. Daraufhin habe ich es mir genauer angesehen, denn das hörte sich alles recht nebulös an.«

»Und? Was war es, wenn es kein Hennatattoo war?« Aisha blickte an Covacz vorbei. Bisher hatte ausschließlich er die Fragen gestellt. Aber sie hatte schließlich auch das Recht, Erkundigungen einzuziehen.

»Nun, wenn ich ehrlich bin, muss ich zugeben, dass ich dergleichen noch nie gesehen habe. Dabei dachte ich, es gäbe keine Technik, die ich nicht sofort beurteilen kann.« Wieder unterbrach er sich und kratzte ausführlich das faltige Doppelkinn.

»Äh, ja«, nahm er den Faden wieder auf. »Die Technik

war zwar ungewöhnlich, aber das Motiv nicht sonderlich künstlerisch.« Er sah skeptisch von Covacz zu Aisha, als erwarte er Widerspruch.

»Wie meinen Sie das?«, wollte Covacz wissen.

James Wang wiegte den kleinen Vogelkopf. »Meine Spezialität sind die asiatischen Meister der Neuzeit, die diese alte Kunst wieder aufgegriffen haben. Es gibt da eine gewisse Ähnlichkeit.«

Nun nahm er das Polaroidfoto in die Hand und hielt es nahe vor seine Brille. »Es könnte sich um eine abstrahierte Orchideenblüte handeln, was zusammen mit dieser Linienführung und den Punkten darüber ...«, er tippte auf den Kern der Blüte, »arabische Schriftzeichen ergibt.« Er sah erst Covacz, dann Aisha ins Gesicht. »Ganz sicher bin ich mir nicht. Ich meine, etwas Ähnliches schon mal gesehen zu haben. Aber ich kann mich partout nicht mehr erinnern, in welchem Zusammenhang.«

»Können Sie sich vorstellen, was die Zeichen bedeuten?«, hakte Covacz nach.

»Leider nein. Dazu reichen meine Kenntnisse nicht aus.«

Aisha merkte, wie sie langsam ungeduldig wurde. Sie wunderte sich, dass Covacz die ganze Zeit über so ruhig und gelassen blieb und scheinbar interessiert den ausschweifenden Erklärungen dieses merkwürdigen Männchens zuhörte.

»Mir ist bekannt, dass sowohl in der asiatischen als auch in der arabischen Kultur solche Zeichen vorkommen. Man verwendet sie, um damit etwas Bestimmtes auszudrücken, und zwar in der Verbindung von traditionellen Werten mit Erfolg und Reichtum ...« Plötzlich schien ihm etwas einzufallen. »In vielen fernöstlichen Ländern werden auch heute noch so genannte Unterschriftsstempel benutzt. Anstelle einer persönlichen Signatur unterzeichnet man mit seinem Stempelabdruck. Ja genau, an einen solchen Stempel hat mich das Symbol erinnert.«

Durch seine dicken Gläser hindurch sah er Aisha auf eine Weise an, als nähme er sie zum ersten Mal wirklich war. Sein Blick bekam etwas Verträumtes, während seine Augen über ihr Gesicht und ihren Körper schweiften.

»Würden Sie sich einmal umdrehen, junge Frau?«, bat er.

»Ich? Wieso?«, fragte sie irritiert, kam aber folgsam seinem Wunsch nach.

»Nun, auf Ihrem Körper käme ein besonderes Tattoo sehr gut zur Geltung. Ich hätte da etwas nach den Entwürfen des großen Meisters Haruto Nakosama anzubieten, dem Wiedererwecker der …«

»Hat diese junge Frau, die bei Ihnen war, irgendetwas hinterlassen, das uns weiterhilft? Eine Adresse oder eine Telefonnummer?«, unterbrach ihn Covacz ungehalten.

»Da muss ich Sie leider enttäuschen.« Herr Wang schüttelte den Kopf. »Sie sagte zwar, sie wolle noch mal vorbeikommen, um einen Termin mit mir zu vereinbaren. Aber sie hat sich nicht mehr gemeldet.«

Mit einem Mal schien es Covacz ziemlich eilig zu haben. Er bedankte sich bei Herrn Wang und drehte sich abrupt zur Tür. Ohne weiter auf Aisha zu achten, verließ er das Studio. Sie folgte ihm, irritiert über seinen plötzlichen Aufbruch.

Covacz stand draußen im Flur und sprach in sein Handy. »Auf dem Zettel in ihrer Hosentasche war doch deutlich eine Nummernfolge zu erkennen. Wieso ist denn da nicht mehr herauszuholen?« Er lauschte in den Hörer. »Und diese Ausgabe kann man nicht ausleihen?

Nur im Lesesaal, sagst du? ... Gut, kann man nichts machen. Und die Stempelfarbe, mit der die Jackentasche innen verschmiert war?« Er bedachte Aisha mit einem kurzen Seitenblick. »Auch nichts? Nein. Die Befragung hier hat auch nicht viel gebracht. Ja. Du sagst es. Bis später dann.« Er drückte auf den Ausknopf und steckte das Handy in die Tasche.

»War das der Sheriff?« Sie sah ihn fragend an.

Er nickte und fuhr sich über die Stirn. »Ich hatte mir ziemlich viel von diesem Zettel aus der Unibibliothek versprochen. Sie haben zwar herausgefunden, was für ein Buch diese Nummernfolge hat. Aber es handelt sich um eine bibliophile Ausgabe, die nur im Lesesaal eingesehen werden kann.«

»Was für eine Ausgabe war es denn?«, erkundigte sie sich.

»Irgendwas von Kafka. Ein Briefwechsel.«

»Dann war sie vielleicht Germanistik- oder Literaturstudentin«, überlegte Aisha.

»Möglich.« Covacz sah an ihr vorbei auf das Foto mit den nackten weiblichen Pobacken, deren Rundung durch die Krallenfüße des Fabeltieres auf interessante Weise betont wurden. Mit einem Mal bemerkte sie, dass er müde aussah. Seine Haut war fahl. Die Bartstoppeln sprossen, und unter seinen rot geäderten Augen hatten sich dunkle Ringe gebildet. Sie fragte sich, wie viele Stunden er letzte Nacht geschlafen hatte.

»Ich hoffe, du kommst jetzt nicht auf die Idee, deinen süßen Arsch mit etwas Derartigem verschandeln zu lassen«, sagte er, den Blick immer noch auf die Abbildung geheftet.

»Wie bitte?« Sie glaubte, sich verhört zu haben.

»Die Seekarte liegt in der Führerkabine, der Leuchtturm ist markiert. Aber es geht sowieso immer nur geradeaus.« Der Angestellte des Reisebüros deutete auf die Hafenausfahrt, hinter der sich am Horizont der rot-weiße Turm abzeichnete. »Sie sind sicher, dass Sie alleine zurechtkommen?« Deutliche Zweifel standen in dem Gesicht des jungen Mannes. »Wenn ich noch etwas für Sie tun kann ...«

Mirko schüttelte den Kopf und griff nach dem Schlüsselbund, der ihm mit leichtem Zögern entgegengestreckt wurde. »Danke für Ihre Hilfe. Den Rest schaffe ich alleine.«

»Okay, dann wünsche ich Ihnen noch einen angenehmen Aufenthalt. Wenn irgendetwas sein sollte, die Rufnummer unseres Reisebüros ist im Sprechfunkgerät gespeichert. Ein Knopfdruck genügt. Auch, falls Sie mal die Hafenmeisterei oder den Seenotrettungsdienst brauchen sollten. Was wir natürlich nicht hoffen wollen. Aber man kann ja nie wissen.« Er lächelte verhalten und tippte grüßend mit dem Zeigefinger an den Mützenschirm, bevor er sich umdrehte und die Hafenmole verließ.

Mirko stieg in den grauen Kombi, den er gestern bei einer kleinen Hinterhoffirma angemietet hatte, fuhr auf einen der reservierten Parkplätze nahe der Mole und stellte das Fahrzeug dort ab. Wagenpapiere und Mietvertrag nahm er an sich. Auch sie waren auf den Namen Michael Star ausgestellt. Michael Star aus Berlin. Das würde eventuelle Nachforschungen gründlich erschweren.

Er schlenderte gemächlich zum Boot zurück, wobei

er sich eine Zigarette anzündete. Während er beobachtete, wie die Glut sich langsam in das Papier fraß, ließ er die Ereignisse der letzten Tage noch einmal Revue passieren.

Unmittelbar nachdem er den Auftrag der Nimjeskis angenommen hatte, war er nach Deutschland aufgebrochen. In dem heruntergekommenen Haus in der Frankfurter Innenstadt, das ihm als Adresse genannt worden war, hatte er weder Marysia noch sonst jemanden angetroffen. Ihm war lediglich aufgefallen, dass Marysia ihren Geburtsnamen Dombrowska verwendet hatte.

Zwei Tage lang hatte er das Haus observiert. Ohne Erfolg. Auch eine Durchsuchung der Wohnung hatte nichts Konkretes ergeben, wenn man von einigen Fotos und einem Notizbüchlein absah. Das Gesicht des jungen Mannes, der auf besitzergreifende Weise den Arm um Marysia gelegt hatte, ließ sich gut einprägen. In dem Notizbuch entdeckte er auch dessen Adresse. Benjamin Neidhöfer wohnte in Othmarsdorf, einem Ort an der Ostsee unweit der polnischen Grenze.

Er notierte sich auch alle anderen Eintragungen. Wenn sich alles so verhielt, wie er vermutete, dann war Marysia jetzt bei ihrem Freund in Othmarsdorf, und es dürfte nicht allzu schwierig sein, sie dort ausfindig zu machen.

Bevor Mirko die Wohnung verließ, achtete er peinlich darauf, keine Spuren zu hinterlassen. Sicher war sicher. War es Zufall, dass ihm kurz darauf Moshe Blumstein mitgeteilt hatte, Farid Moussa würde sich voraussichtlich in der nächsten Zeit in Stettin aufhalten? Das polnische Stettin war nicht allzu weit von Othmarsdorf entfernt. Mirko glaubte nicht an Zufälle. Die ›Krake‹, wie Farid seit seinem Untertauchen genannt wurde, war einer der Gründe, warum er den Kontakt zu Moshe aufrechterhielt, obwohl er den Dienst schon vor Jahren quittiert hatte.

Der Name Farid Moussa setzte eine Reihe schmerzhafter Erinnerungen frei. Erinnerungen an Ranka, seine kleine Schwester und daran, was dieser Bastard ihr angetan hatte. Im Laufe der letzten Jahre hatte Mirko einen Teil seiner eigenen Rechercheergebnisse an seinen früheren Verbindungsoffizier in Israel weitergegeben. So waren nun einmal die Regeln im Geschäft. Ohne die Hilfestellung des Dienstes hätte er Farid niemals wieder gefunden.

Mirko zündete eine neue Zigarette an und sah hinunter auf das Boot. Die Fender rieben sich mit leisem Knirschen an der Kaimauer. Dieser mitten im Meer gelegene Leuchtturm bot ihm ungeahnte Möglichkeiten. Nicht nur, dass er dort draußen völlig ungestört war, es würde auch keinerlei Überraschungsbesuche geben.

Das Boot erlaubte ihm, sich frei und relativ unbemerkt zwischen Deutschland und Polen zu bewegen. Das war nicht die schlechteste Ausgangsposition für sein Vorhaben. Er lachte leise vor sich hin. Aber zuerst würde er sich um seinen Auftrag kümmern. Zumal er fest damit rechnete, dass sich dieser Fall bald aufklärte und er sich dann ganz der anderen Angelegenheit widmen konnte.

Kurz rief er sich Marysias Gesicht in Erinnerung, das wie eine Mischung aus Nicht-mehr-Kind und Noch-nicht-Frau wirkte. Ein zartes, fast durchscheinendes Gesicht mit elegant geschwungenen Wangenknochen. Wenn er ihr Foto in die Hand nahm, schien sie ihn aus lavendelblauen Augen direkt anzulächeln. Ein Strahlen lag in ihrem Blick, das von innen heraus kam. Und eine gewisse Erwartung. So lächelte nur jemand, der mit sich zufrieden war. Jemand, dem das Glück vergönnt ist und dem die Welt ein geheimnisvoller Ort war, an dem es viel zu entdecken gab. Je öfter er das Foto betrachtete, umso mehr fiel ihm auf, wie sehr ihn dieses Lächeln an das seiner Schwester erinnerte, als sie noch ein Kind war. Obwohl es keine direkte Ähnlichkeit gab.

Er blickte nach oben und betrachtete den Himmel. Er war klarblau, nur einige Quellwolken waren zu sehen. Behände kletterte er die rostigen Stufen der Eisenleiter hinunter, nachdem er die Bugleine auf das Vorderdeck geworfen hatte. Mit der Heckleine hielt er das Boot fest und sprang auf Deck. Die niedrige Tür des Führerhauses war unverschlossen. Mit seiner geringen Körpergröße musste er sich kaum ducken. Nachdem die Kontrolllampe erloschen war, sprang der Dieselmotor sofort an und das Schlürfen der Lenzpumpe setzte ein. Er schob den Fahrthebel nach vorn und das Boot entfernte sich langsam tuckernd von der Kaimauer.

Hier im Hafenbecken war das Wasser ruhig, etwas weiter draußen würde sich das ändern, obwohl nur eine schwache Dünung die Oberfläche der Ostsee bewegte. Vom Leuchtturm bis zur polnischen Grenze waren es nur wenige Seemeilen und selbst mit diesem alten Kahn konnte er bei ruhigem Seegang in etwas mehr als einer Stunde auf der anderen Seite sein.

Er erreichte die beiden Außenkais des kleinen Hafens und schob, nachdem er den Bug auf den fernen Punkt an der Kimm ausgerichtet hatte, den Fahrthebel auf volle Kraft. Der Bootskörper erzitterte und beschleunigte auf höchste Geschwindigkeit. Ein kurzer Blick auf die Öldruckanzeige, die Kühlwassertemperatur und den Drehzahlmesser sagte ihm, dass sich der Diesel trotz seines biblischen Alters in einem guten Zustand befand.

Immer mehr fiel die Küstenlinie hinter ihm zurück. Die Konturen des hundertjährigen Leuchtturms hoben sich deutlich vom Horizont ab. Die weißschäumende-Brandung markierte die rundgeschliffene Felsenklippe.

Der Tidenhub hier an der Küste betrug maximal sechzig Zentimeter. Jetzt bei höchstem Wasserstand war die kleine Felseninsel nicht viel größer als die Parzelle eines Reihenhauses, und die brüchige Mole auf der seeabgewandten Seite hatte ungefähr die doppelte Länge des Lotsenbootes.

Er warf die Fender aus und reduzierte die Fahrgeschwindigkeit, bis das Boot einen halben Meter von der Kaimauer entfernt zum Stillstand kam. Sanft schaukelte es hin und her. Das Deck befand sich auf gleicher Höhe mit der notdürftig ausgebesserten Oberfläche des kleinen Kais, was ihm das Entladen erleichtern würde. Mit einem Satz sprang er hinüber, zog das Boot an die Mauer und schlang die Leinen um den angerosteten Poller.

Die beinahe zehn Zentimeter dicke Metalltür am Fuße des Leuchtturms ließ sich überraschend leicht öffnen. Dumpfe, feuchte Luft schlug ihm entgegen. Über sich hörte er ein leises Knattern. Schnell erklomm er die steilen Stufen. Er brauche sich um nichts zu kümmern, hatte man ihm im Reisebüro versichert. Alles sei in bestem Zustand. Das Versorgungsschiff würde erst wieder nach seinem Aufenthalt anlegen.

Die Betonstufen gingen in lackierte Metalltritte über,

die unter seinen Schritten hallten. Als er die Seitentür auf dem nächsten Absatz öffnete, schwoll das Knattern an. Hier lag der Technikraum. Er warf einen kurzen Blick auf das Stromaggregat, die verschiedenen Pumpen und die Schalttafel mit der Hauptsicherung. Dann schloss er die Metalltüre hinter sich und das ratternde Geräusch wurde sofort wieder leiser.

Im Wohnbereich angekommen, sah er sich forschend um. Er öffnete eines der bullaugenähnlichen Fenster, um frische Seeluft hereinzulassen. Der Raum war warm und trocken. In einer abgeteilten Nische entdeckte er das Sprechfunkgerät, das noch aus dem Vor-Handy-Zeitalter stammte. Das untere Stockwerk, in dem sich eine Küchenecke befand, war mit dem oberen durch eine Wendeltreppe verbunden. Oben befanden sich Bad und Toilette sowie die beiden halbrunden Schlafräume, deren Wände verspiegelt waren. Er dachte daran, dass die Frau im Reisebüro dies als romantisch bezeichnet hatte.

Auf die oberste Plattform führte an der Außenwand eine steile Eisenleiter. Mirko erkundete den verglasten Rundlauf, der um den blind gewordenen Reflexionsspiegel lief. Von hier oben wirkte das im Wasser liegende Neun-Meter-Boot wie ein Spielzeug. Lediglich die Möwen, die es neugierig umkreisten, ließen seine wahren Proportionen ahnen.

Er griff nach der Zigarettenpackung und nahm mit Befriedigung wahr, dass sich sein Atem kaum beschleunigt hatte, obwohl er im schnellen Tempo die etwa dreißig Meter Höhe von der Mole bis zur Plattform erklommen hatte. Er beeilte sich mit dem Gepäck. Den letzten Karton schleppte er nach oben, als die Sonne schon tief stand.

Nachdem er die Vorräte in der Küche einsortiert hatte, startete er seinen Laptop und stellte die Verbindung ins Internet her. Der kleine Zusatzchip aus Moshes elektronischer Werkstatt würde seine Spuren im weltweiten Netz unkenntlich machen. Eine hilfreiche Vorsichtsmaßnahme vor neugierigen Überwachern. Zufrieden sah er auf den Bildschirm, als die gewohnte Maske erschien. Er hatte schon befürchtet, dass es in dieser abgelegenen Gegend Schwierigkeiten mit der Verbindung geben könnte.

Nun konnte er sich jederzeit mit seinem Büro in der Keplerova am Hradschin-Berg in Verbindung setzen. »Internationale Unternehmensberatung und Ermittlungen«, stand dort auf dem Schild neben dem Eingang in Tschechisch und Englisch. Drei zusätzliche Fremdsprachen beherrschte er fließend. In einigen weiteren konnte er sich gut verständigen, dazu gehörte auch Polnisch. Er wählte seine Büro-Nummer. Dana war sofort am Apparat.

»Alles in Ordnung?«, fragte er seine Mitarbeiterin.

»Klar, Chef. Wo sind Sie jetzt?«

»In Othmarsdorf an der Ostsee. Das liegt in Deutschland. Hat sich in der Zwischenzeit jemand gemeldet?«

»Moshe Blumstein wollte Sie sprechen.«

»Und?«, fragte er lauernd. »Was wollte er?«

»Es ging um die polnischen Staatsanleihen. Ist wohl dringend. Am besten, Sie rufen ihn gleich zurück.«

»Mach ich«, sagte er. Dana hielt Moshe für seinen Anlageberater und wusste nichts von den Kontakten zum israelischen Geheimdienst. Dennoch traute er Dana zu, durch irgendeine unbedachte Bemerkung herauszufinden, um wen es sich bei Moshe Blumstein in Wirklichkeit handelte. Deshalb zog er es vor, Gespräche mit Moshe immer selbst in die Wege zu leiten.

»Die Eltern von dieser Marysia haben auch wieder angerufen. Sie wollten wissen, ob es etwas Neues gibt.«

»Und was haben Sie ihnen gesagt?«

Sie lachte leise. »Dass Sie auf eine heiße Spur gestoßen sind und dass sie Geduld haben sollen. So wie Sie es mir aufgetragen haben.«

»Sagen Sie auf keinen Fall, wo ich bin, niemandem. Hören Sie, Dana.«

»Geht klar. Wie lange werden Sie weg sein?«

»Höchstens zwei Wochen. Vielleicht bin ich aber schon früher zurück.«

Seine Assistentin vertrat ihn zu Hause in seinem Büro, bis er seine Angelegenheiten hier geklärt hatte. Dana war klug, zuverlässig, absolut verschwiegen und niemals um ein Argument verlegen, wenn es darum ging, die Interessen der kleinen Firma zu vertreten. Er hielt es dennoch für besser, wenn sie nicht über jedes Detail Bescheid wusste.

Noch hatte er nicht mit Benjamin Neidhöfer gesprochen. Aber er wusste, wo er ihn finden würde. Er wählte Moshes Rufnummer. Sein ehemaliger Verbindungsoffizier, inzwischen zum Leiter der Auslandsabteilung Europa-Asien aufgestiegen, war sofort am Telefon.

»Mirko hier, ich höre, es gibt Neuigkeiten.«

»Das kann man so sagen«, antwortete leicht verzerrt die sonore Stimme am anderen Ende der Leitung. Ein Effekt, an den sich Mirko nie so recht gewöhnt hatte, obwohl er wusste, dass dies eine Begleiterscheinung der abhörsicheren Leitung war, die sein Gesprächspartner benutzte. »Wir wissen jetzt aus gesicherter Quelle, wo sich die Krake in den nächsten Tagen aufhalten wird.«

»Eure Vermutung war also richtig?«, fragte Mirko mit

mühsam beherrschter Stimme. Erst vor kurzem hatte der Dienst herausgefunden, dass sich Farid Moussa in Prag niedergelassen hatte. Es zog Mirko den Magen zusammen, wenn er daran dachte, dass sich sein Erzfeind beinahe zwei Jahre lang in seiner unmittelbaren Nähe befand, ohne dass er davon die geringste Ahnung hatte.

»Die Krake ist ziemlich viel unterwegs. Zurzeit ist er noch in Poznan. Aber schon morgen wird er in Stettin eintreffen. Meine Männer haben gute Arbeit geleistet. Wenn ich daran denke, wie lange wir an ihm schon dran sind.« Moshe lachte unfroh. »Er mimt den seriösen Geschäftsmann.«

»Du glaubst doch nicht im Ernst, dass einer wie der jemals seriös wird.« Mirko schnaubte verächtlich und notierte Hotel und Adresse. Er erinnerte sich daran, wie Farid direkt nach der Militärausbildung Geschäftskontakte geknüpft hatte, die ihn allen früheren Kameraden entfremdet hatten. Anfangs hatte Mirko durch seine Schwester Ranka erfahren, wo sich sein Freund aufhielt. Dann waren auch diese Informationen versiegt. Bis er auf unglückselige Weise wieder auf Farids Spur gestoßen war und sich die freundschaftliche Erinnerung in glühenden Hass verwandelte. Die ›Krake‹ wurde Farid Moussa genannt, weil er sich immer mehr in den Tiefen undurchsichtiger Geschäftsverbindungen verkrochen hatte. Seitdem war er wie von der Erdoberfläche verschluckt gewesen und selbst der Dienst hatte nicht gewusst, wo er sich aufhielt. Zumindest hatte man Mirko dies so mitgeteilt. Nun hieß es, Farid sei Geschäftsführer einer Exportfirma für medizinische Geräte.

»Das ist doch sicher nur Tarnung.« Mirkos Tonfall klang verächtlich.

»Mag sein. Aber diese Firma existiert, und er ist als Handlungsbevollmächtigter im Prager Handelsregister eingetragen. Das haben wir nachgeprüft.«

Mirko wusste, dass Moshe ihm nicht die ganze Wahrheit offenbarte, aber er konnte dessen Beweggründe nachvollziehen. Er war persönlich in die Angelegenheit involviert und außerdem kein Angehöriger des Dienstes mehr. Zwei gute Gründe für den Strategen Blumstein, ihm nur soviel Informationen zukommen zu lassen, wie es das Nützlichkeitsprinzip vorschrieb. Und beileibe kein Grund für Mirko, an Moshes Freundschaft zu zweifeln.

»Ein aktuelles Foto gibt es auch. Ich werde es dir mailen.«

»Nicht nötig. Ich finde diesen Bastard aus Tausenden heraus!«, zischte Mirko.

»Ich weiß, mein Freund«, antwortete Moshe sanft. »Aber er hat sich ein wenig verändert. Er ist deutlich älter geworden und hat ein paar Kilo zugenommen. Es ist auch zu deiner eigenen Sicherheit.«

»Nun gut«, lenkte Mirko ein.

»Noch etwas: Auf Reisen benutzt er falsche Papiere. Alle Buchungen lauten auf Achmed Fayman.«

»Dann dreht er doch mit Sicherheit irgendein krummes Ding.«

Moshe erwiderte nichts darauf. Mirko beendete das Gespräch. Eine seltsame Erregung hatte ihn ergriffen, als er sein Mail-Programm öffnete und die von Moshe angekündigte E-Mail anklickte. Der Anhang enthielt eine leicht verschwommene, aber gut erkennbare Aufnahme seines Erzfeindes. Moshe hatte Recht. Er sah tatsächlich verändert aus. Nicht nur, weil er fett geworden war. Früher hatte ein kurzer Vollbart die Mundpartie umrahmt, jetzt war sein Gesicht glatt rasiert, so dass die wulstigen Lippen auffielen. Farid stand in einer Gruppe von Menschen und hatte das Gesicht der Kamera zugewandt. Woher die Aufnahme wohl stammte? Moshe hatte es nicht erwähnt, aber das war auch nicht wichtig. Entscheidend war, dass er Moussa zweifelsfrei erkannte, wenn er in Kürze vor ihm stehen würde.

Mirko verspürte ein inneres Zittern. Die Erregung des Jägers hatte ihn erfasst. So nah war er seiner Beute noch nie gekommen. Er öffnete seinen wasserdichten Reisekoffer. Daraus entnahm er ein paar Bücher, die er auf die Konsole neben dem Bett stapelte. Die Kleidung hängte er in den Schrank. Den deutschen Personalausweis und die zugehörigen Papiere legte er auf den kleinen Tisch. Mit einer Drehung des Schlossmechanismus öffnete er ein verstecktes Fach am Boden des Koffers und nahm die beiden flachen Ordner heraus. Der eine trug einen dicken roten Stempelaufdruck: *»Streng vertraulich! Nur für den internen Gebrauch bestimmt!«* Für jeden, der sein Gepäck inspizierte, war das Geheimfach leicht zu finden. Genau diesen Zweck sollte es auch erfüllen. Mirko wusste nur zu gut, dass die Freude darüber, versteckte, vertraulich scheinende Papiere gefunden zu haben, eine gründlichere Durchsuchung abwenden konnte.

In den beiden Ordnern befanden sich Informationen über Entwicklung und Einsatz von Biochips, die er aus verschiedenen Fachzeitschriften zusammengestellt hatte. Aber nur ein Fachmann würde erkennen, dass die Papiere absolut nichts Geheimes enthielten.

Mit einer Münze in dem Schlitz drehte er die dicken Nieten, mit denen die beiden Rollen an den Kofferschalen befestigt waren. Die Drehung legte das eigentliche Versteck im Koffer frei. Extrem flach, bot es lediglich Platz für einige Dokumente, was ihm vollauf genügte. Mehrere Pässe unterschiedlicher Länder, die dazugehörigen Führerscheine und jeweils ein passender Satz Kreditkarten befanden sich darin. Kreditkarten waren beinahe genauso essenziell wie die dazugehörigen Personaldokumente.

Ein Fachmann konnte über die einzelnen Buchungsvorgänge den Weg eines Reisenden kinderleicht über den gesamten Globus verfolgen. Seine Kreditkarten, ausgestellt von Banken in verschiedenen Großstädten Europas, waren ein sicherer Weg, solche Datenspuren zu vermeiden. Die verschiedenen Namen und Pässe waren das Abschiedsgeschenk Moshes gewesen, der ihn nach seinem Ausscheiden aus dem Dienst als freien Mitarbeiter halten wollte.

Nachdem er seine Dokumente sorgfältig mit Klettband befestigt hatte, verschloss er den Koffer und legte sich aufs Bett. Obwohl er erneute Lust auf eine Zigarette verspürte, widerstand er der Versuchung. Seine Augen wanderten zu den Spiegelflächen, bis sein Blick verschwamm. Fast meinte er, Marysias warmes Lächeln darin zu sehen.

Er dachte an die Gesichter und Körper der Frauen, die er geliebt hatte. Allzu viele waren es nicht gewesen. Überhaupt war es lange her, dass er mit einer Frau zusammen gewesen war. Viel zu lange. Plötzlich wurde seine Sehnsucht nach einem weiblichen Körper, der sich an seinen schmiegte, übergroß. Er versuchte, den Gedanken daran zu verdrängen. Wie er ihn immer verdrängt hatte, weil ihn etwas anderes viel mehr beschäftigt hatte.

Wieder angekommen in der Wirklichkeit, streifte sein Blick den Stapel Bücher, den er mitgebracht hatte. Der Band mit Kafka-Erzählungen lag obenauf. Bewundernd dachte er daran, wie es Kafka gelungen war, eine grausame Mischung von schärfster Realität und unirdischen Fantasien auf eine Weise darzustellen, die ihn stets aufs Neue faszinierte. Besonders in einer dieser Erzählungen, ›In der Strafkolonie‹, sah er seine eigenen Tagträume gespiegelt wie nirgends sonst.

Vor seinen Augen liefen die altbekannten Bilder ab, die ihn von Zeit zu Zeit heimsuchten. Das Zeltlager inmitten der Wüste. Junge Männer in kakifarbenen Hemden und Hosen, die geschulterte Uzi beinahe ein Teil ihrer Körper. Flirrende Hitze. Ein gellender Schrei in der Dämmerung, aufgeregte Stimmen, das laute, metallische Klacken der Maschinenpistolen, die heruntergerissen und durchgeladen werden. Die Detonationen der Mörsergranaten und unmittelbar darauf die hell ratternde Antwort einer Uzi. Farid wirft ihn zu Boden. Die Luft wird von der Explosion zerrissen. Sand, Felsbrocken und Metallteile pfeifen wie Geschosse umher. In die Erde hat sich ein flacher Krater gegraben, genau an der Stelle, wo sie beide kurz zuvor gestanden haben. Mirko wird ohnmächtig. Als er wieder zu sich kommt, sieht er die Löcher in der olivfarbenen Zeltplane, wie leere Augenhöhlen, die mit Farids angstgeweiteten Pupillen verschmelzen. Mirko spürt das warme Blut, das ihm über sein Gesicht läuft. Ein Splitter hat ihn am Kopf getroffen, ein paar Zentimeter oberhalb des rechten Auges. Moshe, die Hand auf eine blutende Schulterwunde gepresst, starrt auf den Krater. Es dauert eine Weile, bis Mirko erfasst, dass Farid ihm das Leben gerettet hat.

Der Angriff ist genauso schnell vorbei wie er begonnen hat. Die meisten von ihnen sind unverletzt oder haben nur ein paar Kratzer abbekommen. Aber die zwei Außenposten liegen tödlich getroffen am äußeren Stacheldrahtverhau. Wut und Angst treibt sie zu einer gnadenlosen, nächtlichen Hetzjagd durch die Wüste. Gegen Morgen stellen sie den feindlichen Kommandotrupp. Die felsigen Ausläufer der Berge sind eine unzureichende Tarnung. Dem Einzigen, der sich ergibt, zertrümmert Farid mit dem Kolben seiner Maschinenpistole den Hinterkopf. Mirko will ihn davon abhalten. Der Mann liegt doch hilflos am Boden! Aber nichts kann Farid aufhalten. Mirko beobachtet, wie Mosche sich abwendet. Seine Gesichtsfarbe unter dem hellbraunen Helm ist aschfahl.

»In meinem Krieg gibt es keine Gefangenen.« Mit unbewegter Miene spuckt Farid neben dem Toten aus und wischt den Kolben seiner Uzi mit Sand ab.

Mirko verscheuchte die Bilder und erhob sich abrupt vom Bett. Aus dem Kühlschrank nahm er zwei Dosen Bier, griff einen der herumstehenden Aschenbecher und stieg damit nach oben. Dort riss er eine der Dosen auf und nahm einen tiefen Zug.

Es hatte sich herumgesprochen, dass er ein guter Detektiv war. In letzter Zeit kam es häufiger vor, dass er Personen aufspüren sollte. Meist nichts sonderlich Aufregendes. Aufträge, die schnell erledigt waren. Die ihm ein bescheidenes Einkommen sicherten. Richtig Geld verdiente er auf andere Art.

Vorzugsweise für westliche Firmen eruierte er Hintergrunddaten über lokale Unternehmen oder er handelte im Auftrag von Versicherungsgesellschaften. Seine Arbeit bestand darin, Polizei- und Zollbehörden auf den Zahn zu fühlen, die allzu oft Blindheit gegenüber tausender »importierter« Luxusautos vortäuschten, weil sie an den Diebstählen kräftig mitkassierten. Ziska Zolewska war ihm eine Verbündete innerhalb der Polizeiorganisation. Sie dachte ähnlich wie er und wollte sich nicht damit abfinden, dass der Übergang vom Kommunismus zur Demokratie mit geduldeter Korruption gleichzusetzen sein sollte.

Zwangsläufig bewegte er sich häufig in einer Grauzone, in der Recht und Unrecht nicht klar voneinander getrennt waren. Aber er hatte sich schon lange abgewöhnt, in solch eindeutigen Kategorien zu denken. Für ihn war es auch nichts als ein fairer Deal, wenn er hin und wieder Informationen an Moshe weitergab. Neben finanziellen Zuwendungen verschaffte ihm sein ehemaliger Ausbilder und Vorgesetzter Einblick in Daten, die einem gewöhnlichen Privatermittler nicht zugänglich waren.

Von unten strich ein kühler Luftzug durch die offen stehende Tür und erinnerte ihn daran, dass er das Bullaugenfenster im Wohnbereich schließen musste. Draußen war es inzwischen dunkel geworden.

Das Sturmfeuerzeug klickte, rauschend tauchte die fahlblaue Gasflamme den kleinen Raum in geisterhaftes Licht, dann leuchtete das beruhigende Glühen der Zigarettenspitze auf. Tief sog er den Rauch ein, der den Geschmack der Einsamkeit auslöschen würde. In der Dunkelheit konnte er das Meer draußen nur ahnen, aber er wusste, irgendwo dort hinten in der dunstigen Ferne lag Stettin.

Frankfurt Höchst

Aisha trat aus der Fahrstuhltür und sah sich suchend auf dem Gang um. Rechts war eine Tür mit dem Hinweis, dass das Betreten der Frühgeborenenabteilung nur nach Rücksprache mit dem Pflegepersonal und in keimfreier Schutzkleidung gestattet war. Neben der linken Tür befand sich ein Schild mit der Aufschrift »Prof. Dr. Uta Steinbrecher, Fachärztin für Gynäkologie und Geburtshilfe«. Zielstrebig lief sie darauf zu und klopfte an.

Drinnen rührte sich nichts. Sie wartete einen Moment. Irgendwo musste ein Fenster offen stehen. Fröstelnd zog sie die Schultern zusammen und erinnerte sich daran, wie ungemütlich kalt es gestern in ihrem Wohnzimmer gewesen war. Trotz seiner Bandscheibenbeschwerden hatte sich Richard daran gemacht, die versprochene Katzenklappe in die Terrassentür einzubauen.

Aisha hatte vom Sofa aus beobachtet, wie Tarzan um die neue Einrichtung herumschlich. Vorsichtig schubste er mit der Pfote die Klappe an und wich erschrocken zurück, als sie nachgab. Doch nach ein paar weiteren Versuchen verhielt er sich so, als habe er sein Leben lang nichts anderes getan als durch eine Katzenklappe ein- und auszugehen.

Während sie den Kater beobachtete, war ihr wieder die Babyklappe eingefallen. Dieses Projekt, von dem Carmen Cavallieri beim Neujahrsempfang berichtet hatte. Aisha stand auf, schaltete den Computer ein und stellte die Internetverbindung her. Dann gab sie den Begriff ›Babyklappe‹ in die Leiste der Suchmaschine ein. Über die vielen Links war sie einigermaßen überrascht.

›Anonyme Geburt‹ und ›Ethische Probleme des

Lebensbeginns‹ lauteten weiterführende Stichworte. Während sie ein paar der Links anklickte und die Texte überflog, kam ihr das Baby der Toten in den Sinn. Und Covacz' bisher vergebliche Bemühungen, das Kind so schnell wie möglich zu finden. »Ein so junger Säugling schafft es gerade mal achtundvierzig Stunden ohne Nahrung. Dann wird es lebensbedrohlich«, hatte er gesagt, und es klang so, als ob er sich persönlich dafür verantwortlich fühlte.

Es war noch immer äußerst wenig, was man von der Toten wusste. Sie war jung und sie war hübsch. Und sie hatte ein Kind geboren. Vielleicht war das Kind nicht gewollt. Womöglich hatte sie von der Babyklappe gewusst. Die Kaiserschnittnarbe allerdings war ein eindeutiger Hinweis dafür, dass das Kind mit ärztlicher Hilfe auf die Welt gekommen sein musste.

Kurz entschlossen wählte Aisha Carmen Cavallieris Privatnummer. Sie war tatsächlich zu Hause. »Natürlich erinnere ich mich an Sie, Frau Khan! Nein, Sie stören mich überhaupt nicht«, antwortete sie, nachdem Aisha ihr Anliegen geschildert hatte.

»Frau Professor Steinbrecher kann Ihnen vielleicht weiterhelfen. Sie ist eine engagierte Verfechterin der anonymen Geburt und bestens informiert. Allerdings hat sie nicht so gute Erfahrungen mit der Presse gemacht. Wundern Sie sich also nicht, wenn Frau Steinbrecher sich vielleicht ein wenig – nun sagen wir – unkooperativ verhält. Man hat ihr wegen ihrer unkonventionellen Methoden schon einmal mit einer Strafanzeige gedroht und sie vor eine ärztliche Ethikkommission geladen. Seitdem ist sie noch vorsichtiger geworden.«

»Das kann ich gut verstehen«, meinte Aisha.

»Sie können sich in jedem Fall auf mich berufen. Das wird Ihnen erst mal die Tür öffnen.«

Tatsächlich war die Erwähnung von Carmen Cavallieris Namen so etwas wie ein Sesam-öffne-dich gewesen. Jedenfalls hatte es keine Schwierigkeiten gegeben, einen Termin zu bekommen. Doch auf Aishas wiederholtes Klopfen hatte bisher niemand geantwortet. Vielleicht war sie ein wenig zu früh.

»Entschuldigung, dass ich Sie habe warten lassen.« Eine flott aussehende ältere Dame kam um die Ecke. Offensichtlich die Sekretärin. »Ich musste nur mal kurz weg. Kommen Sie doch gleich mit herein. Frau Khan, nicht wahr?« Sie lächelte Aisha an, während sie die Tür öffnete und die Besucherin hereinbat.

»Gehen Sie ruhig schon durch«, verwies sie auf das angrenzende Büro, das durch eine Verbindungstür von dem Vorzimmer getrennt war.

Die groß gewachsene schlanke Frau, die sich hinter dem Schreibtisch erhob, war deutlich jünger als sich Aisha eine Professorin vorstellte. Unter dem kurzen weißen Kittel trug sie eine Klinikhose und eine hellblaue Bluse. Die blonden Haare waren mit einer Spange auf dem Hinterkopf festgesteckt. Als sie Aisha die Hand reichte, verströmte sie einen leichten Geruch aus einer Mischung von Gardenie und Desinfektionsmittel. Frau Steinbrecher forderte sie mit einer freundlichen Geste auf, Platz zu nehmen.

Aishas Blick fiel auf eine kleine Tonskulptur auf dem Schreibtisch. In die Höhlung zweier Hände geborgen ruhte ein schlafender Säugling. Ein seliges Lächeln lag auf dem Gesicht des Kindes.

»Das ist eine wunderschöne Skulptur«, sagte sie leise

und spürte gleichzeitig, wie etwas in ihrem tiefsten Inneren durch den Anblick berührt wurde.

»Leben ist etwas sehr Kostbares. Das sollten wir nie aus den Augen verlieren«, sagte die Ärztin.

»Da bin ich absolut Ihrer Meinung«, bestätigte Aisha.

»Die Künstlerin ist uns und unserer Arbeit sehr zugetan. Aber …«, ihre Stimme wurde geschäftsmäßig, »was kann ich für Sie tun, Frau ..., wie war noch mal Ihr Name?« Ihr Blick war freundlich, kühl und abwartend.

»Aisha Khan. Vom Frankfurter Tagesjournal. Ich hatte Ihrer Sekretärin bereits gesagt, dass ich auf Empfehlung von Carmen Cavallieri komme, Frau Professor Steinbrecher.«

»Ach bitte, lassen Sie doch den Professor weg«, fiel ihr die Ärztin ins Wort. »Die Presse hat nicht immer freundlich über unsere Projekte berichtet«, fuhr sie fort. Eine leichte Unmutsfalte bildete sich zwischen ihren schmalen Augenbrauen. »Wir müssen uns ziemlich oft den Vorwurf anhören, dass wir es den Frauen zu leicht machen würden, ihre Kinder wegzugeben. Auch, weil wir ihnen mit der Möglichkeit der anonymen Geburt einen ganz und gar unbürokratischen Lösungsweg anbieten. Aber das ist schlichtweg Humbug. Keine Frau, die neun Monate schwanger war, trifft leichtfertig eine solche Entscheidung. Wichtig ist allein die Tatsache, dass die Kinder gesund auf die Welt kommen und eine Lebensperspektive erhalten, anstatt in einem Mülleimer zu landen.« Ihre Stimme klang müde, als habe sie schon viel zu oft mit diesen Worten ihr Gegenüber zu überzeugen versucht.

»Ich finde es großartig, was Sie leisten«, beeilte sich Aisha zu versichern.

»Sie wollen also einen Artikel über unsere Arbeit schreiben?«, fragte die Ärztin sachlich.

»Ja, aber ich habe noch ein dringenderes Anliegen, bei dem Sie mir vielleicht weiterhelfen könnten«, tastete Aisha sich vor. »Eines, bei dem es um das Leben eines Kindes geht.«

Frau Steinbrecher hob die Augenbrauen. »Und das wäre?«

»Ich weiß nicht, ob Sie darüber informiert sind, dass man unter der Schwanheimer Brücke eine junge Frau tot aufgefunden hat.«

»Ich bin noch nicht zum Zeitungslesen gekommen.« Frau Steinbrechers Blick war wach. Die Unmutsfalte zwischen den Augenbrauen war verschwunden. »Was ist mit der Toten? Hatte sie einen Unfall?«

Aisha schüttelte den Kopf. »Sie ist ermordet worden. Ihre Identität ist noch nicht geklärt. Und die Polizei sucht jetzt fieberhaft nach einem Baby. Weil die Tote eine frische Kaiserschnittnarbe hat.«

Die Ärztin schwieg einen Moment. »Wieso glauben Sie, dass ich Ihnen da weiterhelfen könnte?«, fragte sie schließlich.

Aisha schlug die Augen nieder. Plötzlich kam sie sich dumm vor. Vielleicht waren ihre Gedankengänge vollkommen abwegig. Das Mädchen konnte überall entbunden haben. Dann schob sie ihre Zweifel beiseite und zog den Polaroidabzug mit dem Tattoo aus ihrer Jackentasche.

»Dieses Foto haben wir in der Zeitung abgedruckt. Vielleicht kommt es Ihnen irgendwie bekannt vor?«

Die Ärztin griff nach dem Abzug. In Sekundenschnelle veränderten sich ihre Gesichtszüge. Ihre Augenbrauen begannen leicht zu zucken. Die Schultern fielen herab. Sie ließ das Bild sinken und strich sich über die Stirn.

Die ganze Zeit hatte Aisha ihr Mienenspiel gespannt beobachtet. Sie spürte, wie sich ihr Pulsschlag beschleunigte.

»Haben Sie ein Foto von der jungen Frau?«, fragte die Ärztin tonlos.

Aisha schüttelte bedauernd den Kopf. »Die Polizei hat leider keines freigegeben.« Sie hatte Covacz danach gefragt, doch der hatte abgewunken. »Das ist nichts für die Öffentlichkeit.«

Eine Weile herrschte Stille. Dann holte die Ärztin tief Luft. »Dieses Ornament befand sich am Handgelenk der jungen Frau, nicht wahr?«, fuhr sie leise fort. »Dem Baby geht es gut. Da können Sie ganz beruhigt sein.« Sie hatte wieder zu ihrem neutral-freundlichen Tonfall zurückgefunden.

Aishas Herz schlug bis zum Hals. Ihre Intuition hatte sie nicht getäuscht. »War die junge Frau bei Ihnen?«, wollte sie wissen.

»Es tut mir Leid, Frau Khan. Aber die Einzelheiten darf ich Ihnen nicht mitteilen ...«

»Die Schweigepflicht, ich weiß. Mich interessiert auch nur, ob Sie den Namen der jungen Frau kennen.« Erwartungsvoll starrte Aisha der Ärztin ins Gesicht.

Frau Steinbrecher sah sie eine Weile ausdruckslos an, was Aisha ungeduldig registrierte. Wie gerne hätte sie gewusst, was in der Ärztin vorging. Als diese schließlich nickte, war sie erleichtert.

»Ich danke Ihnen.« Aisha erhob sich. Dann hielt sie einen Moment inne. »Ich, äh ... ich muss das allerdings an die Polizei weitergeben.«

»Das ist mir klar.« Auf den Lippen der Ärztin erschien ein Lächeln.

»Ich würde gern noch einmal wiederkommen, um Sie ausführlicher zu interviewen, Frau Steinbrecher«, meinte Aisha, etwas forscher geworden. »Ist das möglich?«

»Wann immer Sie mögen.«

Beim Hinausgehen betrachtete sie noch einmal die kleine Tonskulptur. Selten hatte sie das Beschütztwerden auf eine solch liebevolle Art dargestellt gesehen.

Die Ärztin reichte ihr die Hand. »Ich habe kürzlich Ihren Onkel kennen gelernt. Ein feiner Mann. Die Ähnlichkeit ist unverkennbar.«

Aisha drehte sich nochmals um. »Ich werde ihm Grüße von Ihnen ausrichten«, sagte sie.

Draußen vor der Tür zog sie ihr Handy aus der Jackentasche.

»Das ist verboten, junge Frau!« Eine Schwester, die den Flur entlang kam, wies mit spitzem Finger auf das Handy.

»Oh, Entschuldigung.« Schnell lief Aisha die Treppe hinunter bis vor die Eingangstür des Klinikgebäudes und wählte Covacz' Nummer.

»Janic, ihr braucht nicht mehr länger nach dem Baby zu suchen«, sagte sie atemlos. »Ich habe es gefunden.«

Dubai

Die Hitze des Tages war gewichen. Der Mann mit dem sonnenverbrannten Gesicht unter dem Turban hob den

Kopf und starrte auf das rote Licht, das wie von Geisterhand gehalten über dem riesigen Betonklotz schwebte. Seit Tagen schon verfolgte er die Spur des Prinzen. Hierher hatte ihn sein Weg geführt. Zu diesem Gebäude aus Beton, das wie ein Fremdkörper aus dem Wüstensand wuchs. Ein scharfkantiger Würfel, der die geschwungenen Linien der Sandkämme störte.

Sein Hass brannte so rot wie die stilisierte Blüte, die zwischen den blinkenden Sternen in den Nachthimmel ragte. Ein kühler Wind aus Nordosten wehte herüber. Vielleicht kam er von den tausend Kilometer entfernten Gebirgszügen seiner Heimat Afghanistan, wo die Macht der Taliban im Bombenhagel untergegangen war.

Wieder dachte er an seinen toten Sohn. An dessen verlorene Zukunft. Den langen, beschwerlichen Weg über Pakistan nach Dubai. Ein Weg über steinige Bergpfade und durch schroffe Felswände hindurch – immer auf der Hut vor Militärpatrouillen. Wie oft war er den bettelnden Augen seines Sohnes ausgewichen, in denen der Hunger stand.

Der Allmächtige hatte ihm die Kraft verliehen, die Strapazen der Flucht zu überstehen. Er hatte seinen Sohn am Leben erhalten. Der Allbarmherzige würde ihm auch die Kraft und Geduld geben, auf den alles entscheidenden Augenblick zu warten. Daran glaubte der Mann fest. Nicht der Allmächtige hatte das Leben dieser reinen Seele gefordert, sondern die menschliche Kreatur, die den Betonklotz mitten in der Wüste errichtet hatte. Der Mann, der sich Prinz nannte, von dessen verlogenem Großmut so viele Menschen abhängig waren.

Der Prinz allein war für den Tod seines Sohnes verantwortlich. Nicht eine Sekunde lang hatten dessen Tränen dem Knaben gegolten. Keines Blickes hatte er ihn, den Vater, gewürdigt, als er seinen Sohn aufhob, der mit verrenkten Gliedern im Staub gelegen hatte. Nur um die Kamelstute hatte er geweint. Ihr Leben galt ihm mehr als das eines Kindes, das für einen Wettkampf geopfert worden war.

Das war ein Verbrechen, das gesühnt werden musste! Der Mann mit dem Turban sah es als seine Pflicht an, Leben für Leben zu fordern, Vergeltung, wie es die uralten Gesetze seiner Heimat Afghanistan verlangten.

Er lauschte in die Nacht, sah die langen Schatten, die das fahle Mondlicht warf. Alle Geräusche waren ihm vertraut. Neben ihm zeichnete ein Wüstenwaran mit seinem langen, abgeplatteten Schwanz bogenförmige Linien in den Sand. Als er die Kalaschnikow neben sich legte, verschwand der Waran mit einem leisen Fauchen in einer Felsspalte.

Jetzt vernahm er das leise Klicken der chitingepanzerten Beine eines schwarzen Nachtskorpions. Im Zusammenspiel mit dem unermüdlichen Singen des Windes, der durch vereinzelte dürre Grasbüschel strich, ergaben all diese Geräusche eine eigentümliche Melodie. Nur das verhaltene Dröhnen und Rauschen, das von der weitläufigen Fabrikanlage zu ihm herüberschallte, störte die leisen Klänge der Wüste.

Auch daran hatte er sich gewöhnt. Seit Tagen hatte er abwechselnd den Wüstenpalast des Prinzen oder den Betonklotz beobachtet, der im Sonnenglast wie eine Fata Morgana wirkte. Dann schien es, als flössen sprudelnde Wasserströme über die kahlen Wände, versickerten im Boden und ließen die Fabrik im Inneren weiter wachsen.

Allzu gern hätte er gewusst, was hinter den fensterlosen Wänden vor sich ging. Was war derart wertvoll, dass man es mit einem doppelt Mannshohen elektrischen Zaun schützen musste?

Er tastete nach dem Beutel, der einen leichten Bittermandelgeruch ausströmte. Beruhigt fühlten seine Finger die Umrisse der Gegenstände, mit denen er seit langer Zeit vertraut war und die ihm Macht verliehen.

In der Ferne schwoll das Brummen eines schweren Lastwagens an. Lichter tauchten wie gelbe, suchende Augen in der Dunkelheit auf, beleuchteten das kerzengerade Band der Straße, das sich durch den Sand zog. Das Brummen wurde leiser und die roten Rücklichter verloren sich in der Ferne. Die Stille, in der er selbst das Rieseln des Sandes zu hören glaubte, kehrte zurück. Er rührte sich nicht.

Zum wiederholten Mal überlegte er, wie er den Zaun überwinden könnte. Nicht nur die blinkenden Hochspannungsleitungen bedeuteten ein Hindernis. Zusätzlich erschwerten dicht gezogene Rollen aus Stacheldraht eine Annäherung. Er wusste, welche Art von Wunden die messerscharfen Sichelschneiden des Drahtes hinterließen. Die Festungen in den Bergen Afghanistans waren ähnlich geschützt gewesen, und er hatte Männer gesehen, die an diesen Verletzungen elend zugrunde gegangen waren.

Ob das Gelände um die Fabrik herum zusätzlich mit Landminen gesichert war? Deren Heimtücke fürchtete er noch mehr als den Stacheldraht. Es würde nicht einfach sein, diesen Schutzwall zu überwinden. Aber er war sicher, mit der Hilfe des Allmächtigen würde er einen Weg finden.

Erneut erregten grelle Scheinwerfer seine Aufmerksamkeit. Diesmal war es kein Lastwagen. Eine schwarze Luxuslimousine bog von der Hauptstraße ab, näherte sich dem hell beleuchteten Wachgebäude und hielt vor dem geschlossenen Tor. Er richtete sich auf und griff nach dem Beutel neben sich. Gebannt starrte er auf das Fahrzeug des Mannes, der den Tod seines einzigen Sohnes zu verantworten hatte.

Frankfurt Höchst

»Und?«, fragte Aisha voller Ungeduld, als Covacz zusammen mit dem Sheriff nach einer knappen halben Stunde aus Frau Steinbrechers Büro trat. Es war ihr äußerst schwer gefallen, draußen vor der Tür zu warten. Aber so freundlich die Steinbrecher zu ihr gewesen war, genauso hartnäckig hatte sie darauf bestanden, alles weitere ausschließlich mit der Polizei zu besprechen.

»Wie war's? Was habt ihr rausgefunden?«

»Diese junge Frau ist ziemlich neugierig.« Der Sheriff, der Covacz wie ein schwarzer Baum überragte, grinste. Seine Zähne leuchteten in dem ebenholzschwarzen Gesicht. Jesaja Hunter hieß er mit richtigem Namen.

Anfangs hatte sie ihn mit »Herr Hunter« angesprochen, doch mit der Zeit nannte sie ihn der Einfachheit halber Sheriff, wie es Covacz und seine Kollegen ebenfalls taten.

»Was ist, warum gibt mir denn keiner eine Antwort?«, fragte sie, als die beiden an ihr vorbei den Flur hinunterschlenderten.

»Was meinst du wohl, warum die Professorin nur mit uns sprechen wollte?« Auf Covacz' Gesicht erschien ein ironisches Lächeln. »Damit sie alles am nächsten Tag in der Zeitung nachlesen kann?«

»Dann behalte ich in Zukunft ebenfalls meine Rechercheergebnisse für mich«, konterte sie. »Darf ich euch darauf hinweisen, dass ihr ohne mich immer noch in eurem Bolongaropalast herumbrüten würdet?«

Der Sheriff warf ihr einen Seitenblick zu, von dem sie nicht wusste, ob er ihr zustimmte oder sich klammheimlich über sie amüsierte.

»Wie bist du eigentlich darauf gekommen, bei dieser Ärztin nachzuforschen?«, fragte Covacz. »Woher hattest du diese spezielle Information?«

»Man hat eben so seine Quellen«, bluffte sie.

»Und warum hast du diese Quellen nicht bereits gestern erwähnt? Das hätte uns viel Zeit und Grübelei erspart.«

»Aber ich wusste doch nicht ...«, setzte sie an.

»Come on, Chief. Babe hat gute Arbeit geleistet. Da hat sie Lob und keinen Tadel verdient.« Der Sheriff sah Covacz mit ernster Miene an. Trotzdem hörte Aisha aus seinen Worten einen leicht amüsierten Unterton heraus, der sie verunsicherte. Schlimm genug, dass sie aus Covacz oftmals nicht schlau wurde. Aber der Sheriff schien seinem ›Chief‹ in dieser Hinsicht in nichts nachzustehen und wie sie dieses ›Babe‹ verstehen sollte, war ihr auch nicht klar.

Ein Handy klingelte. Der Sheriff trat etwas abseits, um zu telefonieren.

»Janic, meinst du nicht, dass ich mit in ihre Wohnung kommen könnte?«, versuchte Aisha ihr Anliegen in schmeichlerischem Ton vorzutragen.

»Wie kommst du darauf, dass wir jetzt zu ihrer Wohnung fahren wollen?«

»Das ist ja wohl klar. Oder?«

»Ich weiß wirklich nicht, ob das so eine gute Idee ist, Aisha.«

»Hast du denn so wenig Vertrauen zu mir?«

Er sah sie mit ernstem Blick über das niedrige Dach des Minis hinweg an. »Nun, ich will ganz offen sein. Das ist keine Frage des Vertrauens, sondern der Erfahrung. Du bist Volontärin, dein Kompetenzbereich ist ziemlich eingeschränkt. Ich weiß, wie leicht man da in Versuchung gerät, mit Interna brillieren zu wollen, über die man verfügt, die aber nicht für die Öffentlichkeit gedacht sind. Ich habe mit der Presse schon einiges in dieser Richtung erlebt. Ich weiß also, wovon ich rede.«

Sie biss sich auf die Lippen. »Und wenn ich dir hoch und heilig verspreche ...?«

Der Sheriff wandte sich wieder den beiden zu. »Ich muss zurück ins Büro. Da gibt's irgendwelche Schwierigkeiten mit unserer neuen Netzwerkinstallation«, unterbrach er das Gespräch. »Du kannst doch bestimmt alleine auf Babe aufpassen? Damit sie nichts anstellt.« Grinsend wies er mit dem Daumen auf Aisha. »Oder brauchst du mich noch, Chief?«

Covacz schüttelte den Kopf. Aisha sah dem Sheriff nach, wie er auf seinen knallgelben Porsche zuschlenderte. Ein Baby, das man im Blick behalten musste! So sah er sie also.

Unschlüssig blieb sie neben dem Mini stehen.

Covacz kam um das Auto herum und öffnete die Beifahrertür. »Nun steig schon ein.«

Aisha quetschte sich schnell auf den Sitz und schnallte

sich an, während er auf die andere Seite ging und sich ans Steuer setzte. Seine demonstrativ bekundeten Höflichkeitsbezeugungen, die oft im Widerspruch zu seiner wortkargen Art standen, irritierten sie nicht zum ersten Mal.

Covacz lenkte den kleinen Wagen vom Parkplatz des Klinikgeländes in Richtung der Königsteiner Straße. »Um noch mal auf deine Frage zurückzukommen: Ich könnte mir durchaus eine Zusammenarbeit mit dir vorstellen. Jeder Polizist weiß Kontakte zur seriösen Presse zu schätzen. Und dein heutiges Ergebnis ist ein toller Fortschritt für unsere Arbeit.«

Aisha errötete ein wenig unter seinen Worten. Ein Lob von Covacz hatte eine besonders stimulierende Wirkung auf sie, auch deshalb, weil er nicht gerade verschwenderisch damit umging.

»Allerdings geht das nur unter einer Bedingung.«

Wusste sie es doch. Bei ihm durfte man sich nie zu früh freuen! »Und die wäre?«

»Ich bekomme jede Zeile vor dem Druck zu sehen.«

»Na hör mal! Immerhin gibt es so was wie Pressefreiheit.«

»Dann kannst du es vergessen.«

»Ich meine, meinen Text kannst du natürlich sehen«, lenkte sie hastig ein. »Aber was mein Chef daraus macht, ist eine andere Sache. Das krieg ich erst dann zu Gesicht, wenn es im Druck ist. Manchmal bastelt der meine Sätze derart um, dass ich sie überhaupt nicht mehr wieder erkenne. Was meinst du, wie sauer ich darüber bin.«

Er warf ihr einen schrägen Blick zu. »Mir geht es nicht darum, ob du dich wegen irgendwelcher Formulierungen aufregst, sondern dass du nichts ausplauderst, was nicht ausgeplaudert werden soll. Oder kann dein Chef Gedanken lesen?«

»Natürlich nicht.« Sie lachte etwas unsicher. »Dann sehe ich da eigentlich kein Problem.«

»Okay. Lassen wir es auf einen Versuch ankommen.«

Innerlich stieß Aisha einen Freudenschrei aus. Nach außen versuchte sie, einen möglichst gelassenen Eindruck zu machen.

»Allerdings bestehe ich darauf, dass du mit offenen Karten spielst.«

»Aber das tue ich doch!«

»Wirklich? Und wer ist deine ominöse Quelle, die dir den Steinbrecher-Tipp gegeben hat? «

»Das Referat für Gesundheit und Soziales der Stadt Frankfurt«, murmelte sie widerstrebend.

Covacz knurrte etwas, das wie »Scheibenkleister« klang. »Das hätte uns auch einfallen können«, setzte er hinzu.

Er gab Gas. Wenig später parkte er den Mini in einer Seitenstraße des Sachsenhäuser Viertels. Sie folgte ihm in Richtung eines Mehrfamilienhauses, dessen Außenfassade dringend renovierungsbedürftig wirkte. An einige Klingeln waren kaum leserliche Pappschilder geheftet, an manchen fehlte der Name ganz. Covacz studierte die einzelnen Schilder, bis er schließlich irgendwo klingelte. Noch immer wusste Aisha nicht, wie die Tote hieß.

Als niemand öffnete, drückte er gegen die verwitterte Haustür, die nur angelehnt war. Im Flur schlug ihnen ein muffiger Geruch nach abgestandener Kellerluft entgegen.

»Nicht gerade ein fürstliches Domizil«, murmelte er. »Wir müssen hoch in den dritten Stock.«

Aisha folgte ihm über ausgetretene Treppenstufen. Im Holzgeländer fehlten einzelne Sprossen. Das gesamte Haus machte einen ziemlich verwahrlosten Eindruck.

Oben an der Tür war ein Schild mit drei verschiedenen Namen angebracht. Neidhöfer, Scherhag und Dombrowska. Covacz zog einen Schlüssel aus der Tasche, an dem ein goldfarbenes ›M‹ baumelte und steckte ihn ins Schloss. Sie erinnerte sich: Es war der Schlüssel, den man bei der Toten gefunden hatte.

Im Inneren wirkte die Wohnung wesentlich netter als man von dem düsteren, verwohnten Treppenhaus vermutet hätte. An der Wand im Flur hing ein großes gerahmtes Foto, das ein Panorama der Prager Altstadt mit einer der Moldaubrücken zeigte. Die erste Tür rechts führte in die Küche. In der Spüle stand eine benutzte Kaffeetasse, auf dem Tisch lag eine Zeitung. Die Ausgabe eines Konkurrenzblattes, das mit einem Tag Verzögerung die Abbildung des Tattoos brachte. Aisha stellte mit einer gewissen Genugtuung fest, dass die Aufmachung des Artikels über die Tote unter der Schwanheimer Brücke beinahe identisch mit der der Sonntagsausgabe des Frankfurter Tagesjournals war. Sie streckte die Hand danach aus.

»Du fasst hier drin absolut nichts an. Ist das klar, Aisha?«

»Mann, das ist doch bloß eine Zeitung«, antwortete sie.

»Hier gelten die Arbeitsregeln der Polizei. Ich dachte, das sei klar.«

Nicht zum ersten Mal kam sie sich in seiner Gegenwart vor wie ein Schulkind, das gerade von seinem Lehrer gemaßregelt worden war.

»Ich habe keine Lust, unserem Sicherungsteam hinterher erklären zu müssen, wie deine Fingerabdrücke in die Wohnung gelangt sind«, fügte er hinzu.

In diesem Moment hörte sie Schritte die Treppe hochkommen, die vor der Tür haltmachten. Blitzschnell zog Covacz Aisha hinter die Küchentür und legte den Finger der linken Hand auf die Lippen. In seiner Rechten war, ohne dass sie die Bewegung wahrgenommen hatte, eine Pistole aufgetaucht. Erschrocken spähte sie durch den schmalen Spalt zwischen Türblatt und Rahmen.

An ihrem Rücken fühlte sie Covacz' Wärme. Sie spürte, wie sich seine Brust hob und senkte. In seiner unmittelbaren Nähe fühlte sie sich auf merkwürdige Weise in Sicherheit. In dem Riffelglas der Türeinlage erschien ein Schatten. Kurz darauf wurde ein Schlüssel in das Schloss der Wohnungstür geschoben. Durch den schmalen Spalt beobachtete Aisha mit angehaltenem Atem, wie sich die Wohnungstür langsam öffnete. Etwas polterte. Unwillkürlich drückte sich Aisha noch näher an Covacz. Sie spürte ihr Herz bis zum Hals klopfen.

Eine Plastiktüte war auf den Boden gefallen und wurde mit einem Fußtritt ins Innere der Wohnung befördert. Eine blasse, dunkelhaarige Frau erschien und ließ die Wohnungstür zufallen. Sofort bückte sie sich, um die Tüte aufzuheben. Aisha bemerkte an der Bewegung hinter sich, dass Covacz die Pistole wegsteckte. Er löste sich von Aisha und trat einen Schritt vor.

»Darf ich Ihnen helfen?«, fragte er leise. Die Frau stieß einen spitzen Schrei aus, taumelte gegen die Wand und ließ die Tüte erneut fallen.

Covacz hob beruhigend die Hand. »Haben Sie keine Angst. Ihnen passiert nichts. Wir sind von der Polizei.«

Die junge Frau schloss den Mund und schluckte mühsam. »Mein Gott«, stammelte sie und starrte Covacz aus weit aufgerissenen Augen an. »Haben Sie mich vielleicht erschreckt! Wie sind Sie denn hier hereingekommen?«.

Covacz hielt den Schlüssel mit dem baumelnden »M« hoch. »Kommt Ihnen der bekannt vor?«

»Ja, aber ...« Etwas forscher geworden, straffte sie die Schultern. »Zeigen Sie mir erst Ihren Ausweis«, forderte sie Covacz mit belegter Stimme auf, während sie gleichzeitig einen misstrauischen Blick auf Aisha warf.

Er hielt ihr seine Polizeimarke hin. »Mein Name ist Covacz und das ist Frau Khan«, erklärte er, ohne zu erwähnen, dass Aisha nicht von der Polizei war. »Und wer sind Sie?«

»Teresa Scherhag. Ich ... ich wohne hier.« Die junge Frau sah mit flackerndem Blick von einem zum anderen. Die dunklen Schatten unter den Augen gaben ihr ein leicht krankhaftes Aussehen, das kurze braune Haar trug sie hinter die Ohren geklemmt. Am rechten Ohrläppchen baumelte ein bunter Glasperlenohrring.

»Wieso sind Sie denn schon hier? Ich war doch gerade erst auf Ihrer Dienststelle.« Sie bückte sich und sammelte die Sachen ein, die aus der Plastiktüte gerollt waren.

»Was wollten Sie denn dort?«, fragte Covacz.

»Na, wegen Marysia.«

Marysia hieß die Tote also. Nun wusste Aisha endlich den Namen.

Teresa Scherhag stieß die Tür zur Küche auf, stellte die

Plastiktüte ab und zeigte auf die Zeitung. »Hier steht's doch, dass man sich melden soll.«

Sie ließ sich auf einen Stuhl fallen. »Marysia ist ...«, sie schluckte und warf Covacz einen ängstlichen Rehblick zu, »... war meine Mitbewohnerin. Es war ein ziemlicher Schock für mich, als ich heute Morgen die Zeitung aufschlug.«

»Sie ist bereits am Samstagabend getötet worden. Haben Sie nicht bemerkt, dass sie die ganze Zeit nicht da war?«

»Ich war nicht hier. Schon vor Weihnachten bin ich nach Nürnberg gefahren. Zu meinen Eltern. Ich bin extra früher zurückgekommen. Die Vorlesungen beginnen ja erst nächsten Mittwoch.«

»Warum extra?«

»Weil das Kind Ende Dezember kommen sollte. Da konnte ich Marysia doch nicht so lange allein lassen.« So wie sie den Namen aussprach, hörte er sich wunderschön an, wie die Klangfolge einer kleinen Melodie. »Ich wollte erst gar nicht weg, weil ich so ein komisches Gefühl hatte. Und wenn ich hier geblieben wäre, wäre das vielleicht alles nicht passiert.« Sie hob den Blick. Aisha sah die Trauer darin. »Aber meine Eltern haben gebettelt, ich sollte in den Ferien zu ihnen kommen. Sie sind schon alt und mein Vater ist krank. Man weiß ja nie, ob es nicht das letzte Weihnachten ist. Da bin ich eben gefahren.«

»Draußen an der Tür steht ein dritter Name. Gibt es noch andere Mitbewohner?« Covacz lehnte sich an den altmodischen Küchenschrank. Aisha sah sich unschlüssig um, bevor sie sich auf die Vorderkante eines der Küchenstühle setzte.

»Das dritte Zimmer gehörte Benjamin, aber der wohnt nicht mehr hier.«

»Benjamin Neidhöfer?«, fragte Covacz. Offenbar wußte er um wen es ging .

»Ja. Das war Marysias Freund. Oder vielmehr Ex-Freund.«

»Der Vater des Kindes?«

Teresa nickte und stand auf. »Ich glaube, ich koche uns erst mal einen Kaffee. Ist das in Ordnung?« Ohne eine Antwort abzuwarten, ließ sie Wasser in einen Kessel laufen und stellte die Herdplatte an. »Entschuldigen Sie, ich bin noch ganz durcheinander. Ich bin gestern sehr spät wiedergekommen«, berichtete sie, während sie mit nervösen Handbewegungen Pulver in einen Filter füllte. »Ich hab mich schon gewundert, wo Marysia ist, obwohl ...« Sie biss sich auf die Lippen. Tränen traten in ihre Augen. »Ich kann das noch nicht ganz verkraften, dass sie ...« Mit einer Hand wischte sie eine Träne weg. »Ich mache mir solche Vorwürfe. Ich hätte hier bleiben sollen. Aber wer konnte so was auch ahnen«, murmelte sie. Ihr Kinn zitterte.

Aisha bemerkte, dass Covacz jeder ihrer Bewegungen folgte. Sie nahm den Kessel vom Herd und ließ das Wasser zischend über das Pulver laufen. Sofort erfüllte ein angenehmes Aroma die Küche. Genau wie Cosima ihren Kaffee brüht, dachte Aisha.

Als das Mädchen eine der Schranktüren öffnete, trat Covacz höflich beiseite.

»Milch gibt es leider keine. Ich war zwar einkaufen, hab sie aber vergessen«, sagte sie entschuldigend, während sie die drei gefüllten Kaffeebecher und einen Zuckerpott auf den Tisch stellte. Dann setzte sie sich wieder.

»Sie sagten vorhin, Sie hätten ein komisches Gefühl

gehabt. Was haben Sie damit gemeint?«, fragte Covacz, während er zwischen Aisha und Teresa Platz nahm.

Aisha erinnerte sich an Herrn Wangs Worte, der ebenfalls davon gesprochen hatte, dass die junge Frau mit dem Blütentattoo Angst gehabt hatte.

Die Angesprochene zuckte die Schultern. »Ich weiß auch nicht. Sie war in letzter Zeit ziemlich nervös. Ein paar Mal hat sie behauptet, dass es merkwürdige Anrufe gegeben hätte, oder dass ihr jemand gefolgt sei. Ich wollte das nicht so richtig glauben, denn sie hatte schon immer ein bisschen zu viel Fantasie.« Teresa hielt den Becher in beiden Händen, als ob sie sich daran wärmen wollte. Dann hob sie ihn zum Mund und trank vorsichtig einen Schluck Kaffee. »Manchmal hatte ich den Eindruck, dass sie ihren Kafka und die Realität gehörig durcheinander brachte.«

Aisha warf Covacz einen schnellen Blick zu, als der Name ›Kafka‹ fiel, aber er beachtete sie nicht.

»Ständig hatte sie ein Buch von dem vor der Nase. Wegen ihrer anstehenden Magisterarbeit.«

»Sie hat Germanistik studiert?«

»Ja. Sie hatte zwar mit Medizin angefangen, ist aber dann auf Germanistik umgestiegen.«

»Draußen im Flur hängt ein Bild von Prag. War Marysia Tschechin?«, wollte Covacz wissen.

»Sie war Polin. Aber ihre Eltern leben in Prag.«

»Haben Sie die Adresse der Eltern?«

Teresa schüttelte den Kopf. »Tut mir Leid. Marysia hat kaum von ihrer Familie gesprochen. Sie war auch sonst immer sehr zugeknöpft.« In ihrer Stimme schwang ein kleiner Vorwurf mit.

»Und dieser Ex-Freund. Wo ist der jetzt?« Covacz

verrührte zwei Löffel Zucker in seiner Tasse und trank eine paar Schlucke.

»Oben im Norden. Seine Eltern haben in Othmarsdorf ein Bistro oder so was Ähnliches. Das ist direkt an der Ostseeküste. Nahe der polnischen Grenze.«

»Wann ist er ausgezogen?«

»Ostern ist er zu seinen Eltern gefahren. Danach ist er nicht wieder zurückgekommen. Seine Sachen sind immer noch hier.« Sie wies mit dem Daumen in Richtung Flur, wo sich offenbar Benjamins ehemaliges Zimmer befand.

»Marysia war nicht die Erste, die er irgendwo aufgelesen hat und einfach hier einquartierte«, fuhr sie mit bitterer Stimme fort.

Das hörte sich ganz so an, als sei Teresa ebenfalls mit Benjamin liiert gewesen, dachte Aisha. Sie hätte gern ein paar Zwischenfragen gestellt, doch Covacz' Auftreten hielt sie davon ab.

»Mit Marysia war es genauso wie mit den anderen. Nur dass sie schwanger geworden ist. Das hat ihm absolut nicht in den Kram gepasst. Da ist er einfach abgehauen. So sehe ich das wenigstens.« Mit einer nervösen Bewegung strich sie das dünne Haar hinters Ohr. »Das einzige, was ihn wirklich interessierte, war sein Motorrad. Die Maschine hat er gehegt und gepflegt. Ständig war er damit auf Achse.«

»Hat Marysia überlegt, nach Prag zurückzugehen? Zu ihrer Familie?«

»Ich glaube nicht, dass sie viel Unterstützung von ihren Eltern bekommen hat. Finanziell schon. Aber sonst? Freunde hatte sie hier so gut wie keine. Außer mir gab's, glaub ich, niemand.«

Eine Weile herrschte Schweigen.

Covacz stand auf. »Haben Sie etwas dagegen, wenn ich mir Marysias Zimmer ansehe?«

»Natürlich nicht.« Teresa erhob sich und ging hinaus auf den Flur. Aisha folgte den beiden.

In dem freundlichen hellen Zimmer war es ziemlich warm. An den Fenstern hingen geblümte Gardinen. Alles war ordentlich aufgeräumt, das Bett war gemacht, nichts lag herum. Auf dem Schreibtisch neben einem Stapel mit Büchern lag eine Babyrassel. Ein Beißring mit einer silbernen Ente daran. Außer diesem Spielzeug deutete nichts in dem Raum darauf hin, dass die Bewohnerin ein Kind gehabt hatte.

»Es ist das schönste Zimmer in der WG«, sagte Teresa. »Und es wäre Platz genug gewesen für sie und das Baby.«

Aisha trat vor ein großes, gerahmtes Foto, das eine äußerst attraktive junge Frau mit langen, blonden Haaren in einem blauen Abendkleid zeigte. Ein professionelles Foto.

Teresa war hinter sie getreten. »Sieht sie nicht toll aus?«, sagte sie leise.

Aisha drehte sich zu ihr herum. »Wissen Sie, wo das Foto aufgenommen wurde?«, fragte sie. Mittlerweile hatte sie die Rolle der stummen Beobachterin gründlich satt.

»Das stammt von einem Model-Wettbewerb, an dem sie teilgenommen hat.«

Covacz hatte ihnen beiden den Rücken gekehrt. Er machte sich am Schrank zu schaffen.

»Hat sich Marysia oft an solchen Wettbewerben beteiligt?«, fragte Aisha.

»Früher wohl schon. In letzter Zeit nicht mehr. Sie hat davon gesprochen, dass sie mal eine Zeit lang mit einer Modelkarriere geliebäugelt hat. Aber die Branche war ihr wohl doch zu oberflächlich. Auch hat sie da so ein paar komische Typen kennen gelernt, die ihr nicht ganz geheuer waren.«

Covacz drehte sich zu ihnen um. In der Hand hielt er einen länglichen Plastiksack. Er hob die milchige Schutzhülle hoch, unter der ein leuchtend blaues Abendkleid zum Vorschein kam. Es war das Kleid, das Marysia auf dem Foto trug. Die aufgestickten Pailletten schimmerten wie silberglänzende Fischschuppen auf dem seidigen Stoff.

»Hat sie so was öfter getragen?«, wollte Covacz wissen.

Teresa schüttelte den Kopf. »Das Kleid stammt aus der Zeit, als sie gemodelt hat. Sie lief meistens in Jeans rum. Im Winter trug sie immer selbst gestrickte Norwegerpullover.« Ein wehmütiges Lächeln trat auf ihre Lippen. »Sie war so ein richtig verfrorenes Hühnchen. In der Wohnung konnte es ihr nicht warm genug sein.«

Aisha betrachtete das Kleid fasziniert. »Das ist mit Sicherheit nichts von der Stange.«

»So etwas würde auch dir hervorragend stehen.« Covacz hatte leise gesprochen, so dass Teresa es nicht hören konnte. Sie war gerade dabei, einen kleinen Karton zu öffnen, aus dem sie ein Paar winziger Basketballstiefelchen nahm.

»Die habe ich für das Baby gekauft«, sagte sie mit zitternder Stimme. »Wie ist sie denn ... gestorben?«

»Erschlagen«, antwortete Covacz knapp.

»Ich verstehe das nicht. Sie hat doch niemandem was getan. Und dann auch noch hochschwanger.«

»Das Kind war schon auf der Welt. Wussten Sie das nicht?«

Teresa sah erstaunt auf. »Woher denn? Sie hat ja kaum noch mit mir geredet. Obwohl ich ... Wo ist denn das Kind?«

»Es geht ihm gut.«

»Ihm? Ist es ein Junge?« Ihr Blick irrte zu Aisha, die sich zunehmend unwohl in ihrer Rolle als schweigende Zuhörerin fühlte.

»Ein Mädchen«, antwortete Covacz.

»Ein Mädchen ist es also geworden«, sagte Teresa leise.

»Marysia hat ihr den Namen Anastasia gegeben.«

Aisha sog diese Informationen auf wie ein Schwamm.

»Anastasia Dombrowska. Genauso hieß ihre Großmutter. Das hat sie mir mal erzählt.« Teresa strich sich mit einer fahrigen Bewegung durchs Haar. »Wir hätten das Baby zusammen groß ziehen können. Vieles hätte anders sein können, wenn Marysia nur ein wenig zugänglicher gewesen wäre.« In ihren Augen schimmerte es feucht. Aisha bemerkte, dass sie lange, gebogene Wimpern hatte. Wenn sie sich ein wenig besser zurecht machen würde, wäre sie ein hübsches Mädchen, dachte sie. Gleichzeitig wurde ihr bewusst, dass Teresa nur wenig jünger war als sie.

Covacz sah sie eindringlich an. »Gab es außer Benjamin vielleicht noch einen anderen Freund oder Liebhaber? Oder eine Clique, in die sie geraten ist?«

»Nein, nein. So viel ich weiß, gab es für sie nur Benjamin«, meinte Teresa. »Er war ihre große Liebe. Zumindest hielt sie ihn dafür.« Teresa verzog missbilligend das Gesicht. »Dabei hätte sie jeden haben können. Sie war ausgesprochen hübsch. So, dass sich jede Frau neben ihr wie ein Mauerblümchen vorkommen musste.«

Covacz hatte beide Hände in den Hosentaschen seines Anzugs versenkt. Er fragte wenig, ließ Teresa einfach erzählen. Irgendwann sagte er: »Wann wollte Benjamin Neidhöfer zurückkommen?«

Teresa hob die Schultern. »Wahrscheinlich gar nicht mehr. Höchstens, um seine Sachen abzuholen. Mit dem Studium hat er es auch nie so genau genommen.«

»Könnte es sein, dass er vor kurzem hier war? Während Sie weg waren?«

Sie schüttelte den Kopf. »Das glaub ich nicht.« Dann bemerkte sie Covacz' intensiven Blick. »Wie? Sie meinen doch nicht ... nein, das ist absurd. Sie denken doch nicht, dass Benjamin der Mörder von Marysia ist ...?«

Othmarsdorf

Graue Wolkenberge lagen drückend über dem flachen Land. Die Luft war diesig und roch nach Salz. Den Kragen seines Trenchcoats hochgeschlagen, die Hände in den Manteltaschen, schlenderte Mirko durch das ehemalige Fischerstädtchen mit seinen windschiefen, reetgedeckten Klinkerhäusern, vorbei an einem Brunnen mit wasserspeienden Fischen. Die gepflasterte Straße lag da wie ausgestorben. Ab und an warf er

Blicke in wenig einladende Schaufenster. Viele Geschäfte hatten geschlossen, es gab kaum Kunden um diese Jahreszeit. Ein Seitenweg führte hinunter an den Hafen, wo einige kleinere Boote ankerten. Er ging ein Stück die betonierte Uferstraße entlang, die von Hotels und Pensionen gesäumt war. Man konnte sich schlecht vorstellen, dass hier im Sommer Hochbetrieb herrschte.

In dieser Region war die Ostseeseite hügelig. Einzelne grasbewachsene Dünen bildeten eine wellige Linie, an manchen Stellen fiel die Küste steil ins Meer. Unten am Strand hatte sich Treibholz angesammelt, das wie bizarre, gebleichte Knochen aus dem Sand ragte. Bleifarbene Wellen schwappten träge an den Strand.

Mirko atmete tief die salzige Luft ein und genoss den Spaziergang. Langsam wurde sein Kopf klar. Etwas weiter östlich war der Weg nicht mehr befestigt. Die Gegend sah verwahrlost aus. Eine bröckelige Betonmauer mit Hakenkreuzschmierereien umgrenzte ein weitläufiges Grundstück, das von einem hohen Zaun umgeben war. Daneben stand eine halb zerfallene Windmühle. Nach ein paar hundert Metern erreichte er den von sturmgebeugten Kiefern gesäumten Parkplatz, wo er den gemieteten Kombi geparkt hatte. Er stieg ein und fuhr die wenigen Kilometer zur Kogge, dem Strand-Bistro, das den Eltern von Benjamin Neidhöfer gehörte.

Die Kogge lag direkt am Wasser. Der verlängerte Bootssteg, an dem ein Holzkahn dümpelte, diente offenbar im Sommer als Seeterrasse. Ein paar Stufen führten hinauf zum Eingang. Es war später Nachmittag, die Dämmerung setzte gerade ein.

Im Lokal waren nur drei Tische besetzt. Er wählte

einen einzelnen Platz am Fenster, von dem er einen guten Überblick auf die Theke hatte. Dahinter polierte ein junger Mann Gläser. Es war der Mann auf den Fotos. Benjamin Neidhöfer. Marysias Freund.

Mirko sah sich um. Das Lokal war originell dekoriert. An den naturbelassenen Backsteinwänden hingen zwischen alten Schiffslaternen Stiche mit Segelschiffen. Manche Bilder zeigten Stationen des Seeräubers Störtebecker, der auf der nahe gelegenen Insel Usedom immer wieder Unterschlupf vor den Häschern der Hanse gefunden hatte. Die mahagonifarbene Theke, um die eine messingglänzende Reling führte, hatte die angedeutete Form eines Schiffsrumpfes, mit einer bunt lackierten Galionsfigur am Bug.

Draußen vor dem Fenster erstreckte sich der weitläufige Strand. Am Horizont waren einige vorgelagerte kleine Inseln und Halbinseln an blinkenden Lichtern zu erkennen. Weiter hinten verwischten sich die Grenzen zwischen Meer und Land. Ein aufkommender Wind zerrte heftig an den Krüppelkiefern unten am Uferweg.

Der junge Mann hinter der Theke sah kurz auf, kam an Mirkos Tisch und legte ihm die Speisekarte hin. Mirko musterte ihn unauffällig. Er hatte breite Schultern und trug die Haare modisch zurückgegelt. Er wirkte nicht unbedingt so, als ob er diesen Job gerne machte. Seine lange Kellnerschürze reichte bis zum Boden. Das Hemd war an den Ärmeln hochgekrempelt, blond behaarte Unterarme mit kräftigen Händen sahen darunter hervor.

Mirko bestellte ein Bier.

»Benjamin, kommst du mal?«, ertönte eine befehlende weibliche Stimme aus dem Hintergrund. Daraufhin wandte er sich wortlos um und verschwand im Nebenraum.

Obwohl er keinen richtigen Hunger verspürte, studierte Mirko die Speisekarte. Die Auswahl war klein, es gab hauptsächlich Fischgerichte und Salate. Nach einer Weile kam Benjamin zurück an seinen Tisch, um das Bier zu bringen.

»Könnte ich Sie einen Moment sprechen, Herr Neidhöfer?«

»Sie kennen meinen Namen?«, fragte er überrascht und setzte sich höflich lächelnd zu Mirko an den Tisch.

»Es geht um Marysia Nimjeski. Oder, wie sie sich meistens nennt: Marysia Dombrowska.« Mirko nahm ein verächtliches Zucken im Mundwinkel des Anderen wahr, dessen Gesicht sich sofort verschloss.

»Spioniert sie mir nach oder was?« Obwohl er nicht sonderlich laut sprach, war der Tonfall unüberhörbar aggressiv.

Mirko blieb ruhig. »Ich will nur wissen, wo sie ist. Mehr nicht. Und da Sie mit ihr befreundet sind, dürfte diese Frage nicht so schwierig zu beantworten sein.« Er sah sein Gegenüber abwartend an.

»Ich habe nichts mehr mit ihr zu tun.« Benjamin beäugte ihn misstrauisch. »Woher wissen Sie das denn überhaupt? Dass wir mal befreundet waren, meine ich?«

»Das Bier ist frisch vom Fass, wie ich sehe.« Mirko hob sein Glas und prostete Benjamin zu, bevor er ein paar kräftige Schlucke trank. »Die Nimjeskis machen sich Sorgen um ihre Tochter.« Er stellte das Glas ab und wischte sich den Schaum vom Mund.

»Wieso suchen Sie sie hier? Sie wohnt in Frankfurt und studiert dort an der Uni.«

»Ich weiß. Da ist sie aber nicht.

»Hören Sie, ich will mit der Frau nichts mehr zu tun haben. Die nervt. Und es interessiert mich nicht im geringsten, wo sie ist.«

Mirko sah ihn mit zusammengekniffenen Augen an. »Und sie ist nicht rein zufällig hier bei Ihnen?«

»Das hätte sie wohl gern!« Der Andere schnaubte. »Die Frau ist wie eine Klette. Aber ich lass mich doch von so einer nicht an die Kette legen. Wer bin ich denn?« Benjamin schüttelte den Kopf. »Und wer sind Sie überhaupt? Polizist?«

Mirko trank schweigend sein Glas leer.

»Wenn Sie sie sehen, bestellen Sie ihr einen schönen Gruß von mir. Sie soll mich in Ruhe lassen. Die Sache zwischen uns ist aus und vorbei.«

Mirko sah dem jungen Mann nach, der sich sofort wieder hinter der Theke zu schaffen machte. Doch im Gegensatz zu vorher waren seine Bewegungen unkoordiniert. Er griff nach einem Pilsglas. Kurz darauf hörte man ein Klirren. »Mist verdammter«, schimpfte er und bückte sich, um die Scherben aufzusammeln.

Mitten in der Nacht erwachte Mirko von einem lang anhaltenden Tosen. Er blinzelte und musste sich einen Moment lang orientieren. Dann fiel ihm wieder ein, wo er war. Gleichzeitig wurde ihm bewusst, dass das wilde Geheul nicht aus dem Traum kam, aus dem er abrupt erwacht war, sondern von draußen.

Er stand auf, ging zu dem Bullaugenfenster und sah hinunter auf die aufgewühlte See. Ob Benjamin Neidhöfer ihn angelogen hatte? Mirkos Besuch hatte ihn jedenfalls ziemlich durcheinander gebracht. Regen und Wind peitschten gegen das Glas. Nur schemenhaft konnte er im fahlen Mondlicht die aufgetürmten Wellen erkennen, die auf die kleine Felseninsel zurollten. Für einige Sekunden verschwand die Mole vollständig unter einem Berg weiß schäumender Brandung, als wolle sie die gesamte Anlage mit sich reißen. Nur der kurze Mast des Lotsenbootes ragte heraus. Schließlich tauchte das Boot wieder aus den sich überschlagenden Wassermassen auf. Die Fender und die zusätzliche Halteleine, die er vorsorglich angebracht hatte, hielten es in sicherem Abstand von der Molenwand. In der Luft lag ein Singen und Dröhnen. Der Leuchtturm schwankte unter dem Ansturm von Wind und Wellen. Doch dies war sicher nur eine Sinnestäuschung. Der Turm trotzte schließlich seit hundert Jahren jedem Wetter, so würde er auch diesen Sturm unbeschadet überstehen. Das Boot machte ihm mehr Sorgen. Hoffentlich hielt es den mannshohen Wellen stand. Aber momentan konnte er sowieso nichts anderes tun als abzuwarten.

Das beleuchtete Zifferblatt seiner Armbanduhr zeigte zwei Uhr am Morgen. Er hoffte inständig, dass sich der Sturm bald wieder legte, denn für den heutigen Tag hatte er die Überfahrt nach Stettin geplant. Doch wie es aussah, würde er einen weiteren Tag warten müssen. Wenn der Seegang hier im geschützten Sund schon so hoch war, wie mochte es dann erst weiter draußen, in der zur Ostsee hin offenen Uckerbucht aussehen?

Unruhig ging er zurück zum Bett und schlüpfte unter die Decke. Doch er konnte nicht mehr einschlafen. Zu vieles ging ihm durch den Kopf. Er schaltete das Licht ein, nahm eines der Bücher vom Stapel und blätterte darin. Es war der Band mit Erzählungen von Franz Kafka. Mirko schlug das Buch in der Mitte auf, genau dort, wo der Anfang von ›In der Strafkolonie‹ abgedruckt war. Fast öffnete sich das Buch selbsttätig an dieser Stelle, wo es so oft aufgeschlagen worden war.

Seine Blicke glitten über die Zeilen, sogen sich an einzelnen Wörtern fest. Hundertmal schon hatte er diese Sätze gelesen, sie waren ihm in Fleisch und Blut übergegangen. Dennoch versicherte er sich immer wieder aufs Neue der Worte, die da standen. Wie beim Studium der Thora in seiner Jugend.

»Dem Verurteilten wurde das Gebot, das er übertreten hatte, mit Nadeln auf den nackten Leib geschrieben. Ein Filzstück wurde ihm in den Mund geschoben, damit er nicht schreien konnte. Er sah, wie sich die komplizierte Maschinerie langsam in Bewegung setzte, wie die Nadeln unerbittlich schrieben, wie aus kleinen Kanülen spritzendes Wasser das Blut fortspülte.«

Er sah die Bilder vor sich. Darstellungen voller Gewalt. Als er schluckte, meinte er, Blutgeschmack im Mund zu spüren. In seinen Gedanken wurde Farid Moussa, der Mann, der sich Achmed Fayman nannte, eins mit dem Gefolterten in Kafkas Novelle. Angeschnallt auf dem Bett lag er vor ihm, die Augen geweitet vor Schreck und winselnd vor Angst.

Genugtuung erfüllte Mirko. Bald schon würde es so weit sein und er würde diesem Menschen Auge in Auge gegenüber stehen. Die Anspannung in ihm wurde übermächtig. Am liebsten hätte er sich sofort auf den Weg gemacht.

Frankfurt Bockenheim

Aisha öffnete die Tür des Konferenzzimmers und wollte sich unauffällig auf ihren Platz drücken. Doch Winkler hatte sie bereits entdeckt.

»Ach, Frau Khan ist auch schon da.« Er rückte die Lesebrille gerade und sah mit demonstrativem Blick auf seine Armbanduhr. »Sicher gibt es einen ganz wichtigen Grund für Ihre Verspätung.«

Sie fühlte sich vor der versammelten Mannschaft vorgeführt und wollte zu einer Entschuldigung ansetzen, doch er wedelte ungeduldig mit den Händen, sie solle sich endlich setzen. Die Goldkettchen an seinem Armgelenk klirrten.

Der Grund für ihre Verspätung zur Redaktionskonferenz war ein Anruf von Covacz, der ihr vorgeschlagen hatte, am heutigen Abend an einer internen Sitzung seines OEK-Teams teilzunehmen. Es gebe einige interessante Entwicklungen, die nicht nur ihren aktuellen Fall beträfen.

Erst war sie völlig perplex über dieses unerwartete Angebot gewesen. Dann hatte sie begonnen, ihn mit Fragen zu löchern und dabei völlig die Zeit vergessen. Als sie schließlich den Hörer aufgelegt und auf die Uhr gesehen hatte, hatte sie einen ziemlichen Schreck bekommen. Winkler legte Wert auf absolute Pünktlichkeit. Jeder, der gegen dieses unausgesprochene Gebot verstieß, bekam einen Rüffel. Passierte dies mehrmals, war man gebrandmarkt und stand auf seiner persönlichen schwarzen Liste. Dies wusste sie nur allzu gut. Dann musste man sich doppelt anstrengen, um die Minuspunkte wieder auszumerzen.

Ihr Blick wanderte über die Gesichter ihrer Kollegen. Wie sie beflissen lauschten und sich eifrig Notizen machten. Obwohl er manchmal mit seinem üppigen Goldschmuck wie ein Zuhälter daherkam, wurde Winkler von jedem in der Runde respektiert. Nicht wenige fürchteten ihn sogar. Im Allgemeinen vermied man es tunlichst, es sich mit ihm zu verscherzen.

Sylvia, die Kollegin, die Aisha gegenübersaß, zwinkerte ihr mit verschwörerischem Blick zu. Sie trug die dunklen Haare zu einem lockeren Pferdeschwanz hochgebunden. »Man muss ihn nehmen wie er ist«, sagte dieser Blick mit leicht hochgezogener Augenbraue. »Im Grunde ist er ja ganz umgänglich.«

Aisha setzte eine schuldbewusste Miene auf und gab vor, konzentriert Winklers Ausführungen zu lauschen, doch ihre Gedanken schweiften immer wieder ab. Was Covacz wohl gemeint hatte mit diesen angedeuteten »interessanten Entwicklungen«?

Sein Vorschlag, an einer internen Sitzung mit seinen Männern teilzunehmen und deren Vorgehensweise einmal hautnah mitzuerleben, war ein überraschendes Angebot, auf das sie nicht zu hoffen gewagt hatte. Er schien es tatsächlich ernst zu meinen mit einer Zusammenarbeit.

Die Chance, in einer Abteilung wie dem OEK Mäuschen spielen zu dürfen und zu erleben, wie dort gearbeitet wurde, bot sich nur wenigen Journalisten.

Winkler würde für eine solche Gelegenheit seine Großmutter verkaufen, dessen war sie sich sicher. Dass Covacz bedingungslos alle Fäden in der Hand halten und gnadenlos über das bestimmen würde, worüber sie schreiben durfte, war allerdings die Kröte, die sie wohl oder übel schlucken musste. Das hatte sie aus seinen Bemerkungen am Telefon herausgehört.

»Momentan geht es rund bei uns. Das ist immer so in dieser Phase der Verbrechensaufklärung. Da wird oft bis spät in die Nacht gearbeitet. Aber es kommen auch wieder andere Zeiten«, hatte Covacz' Kommentar gelautet, als sie sich über die späte Uhrzeit der Teambesprechung wunderte.

»Sie übernehmen bitte die Sache mit der neuen ›Miss-Hessen‹-Wahl, Frau Khan«, hörte sie Winkler in ihre Gedanken hinein sagen.

Aisha schreckte auf, als ihr Name genannt wurde.

»Das haben Sie ja beim letzten Mal ganz gut hingekriegt.« In seiner Stimme schwang Ironie mit.

Sie spürte, wie ihr das Blut in die Wangen stieg. Eine neuerliche ›Miss Hessen‹-Wahl? Hatte sie was verpasst? Der Rüffel von Winkler war Aisha noch in unguter Erinnerung. Er hatte kein Verständnis für eine zickige Schönheitskönigin gezeigt, die vor der Presse geflüchtet war. Aisha hätte sich damals einfach ein Interview aus den Fingern saugen sollen, dann wäre er sicher zufrieden gewesen.

Verdammt, warum muss ich mich bloß immer mit solchem Käse abgeben, fragte sie sich.

»Wieso gibt es denn eine neue Misswahl?«, wollte sie von Sylvia wissen, während sie nebeneinanderher den Flur entlang gingen. »Weißt du darüber Bescheid?«

Sylvia nickte. »Der Erstgewählten wurde überraschend der Titel aberkannt«, sagte sie. »Hast du das nicht mitbekommen?«

»Ich habe momentan andere Probleme als Misswahlen«, sagte sie. »Glaubst du wirklich, dass das die Leser interessiert?«

Sylvia lachte. »Klar, deshalb berichten wir doch so eifrig darüber. Hahnen- und Hennenkämpfe interessieren das Volk. Das war schon immer so.«

Aisha seufzte und setzte sich an ihren Schreibtisch. Als erstes rief sie auf dem PC ihren alten Artikel vom November auf. Neben dem Text war ein Foto, das die damalige ›Miss Hessen‹ mit strahlendem Lächeln in eleganter Abendrobe zeigte. Vanessa Bach hieß sie. Eine siebzehnjährige Schülerin aus dem Rheingau.

Das außergewöhnlich hübsche Mädchen mit blondem Haar und feinen Gesichtszügen war ihr noch gut im Gedächtnis. Von dem Mordopfer Marysia Dombrowska gab es ein Bild in einer ähnlichen Pose und im Abendkleid. Eines von der Sorte, von der Covacz gemeint hatte, Aisha würde so etwas ebenfalls gut stehen.

In der heutigen Ausgabe des Tagesjournals war ein stark retuschiertes Foto von Marysia Dombrowska veröffentlicht worden. Covacz hatte sich nach längerem Zögern doch entschlossen, das Bild für die Presse freizugeben. Den kurzen Begleitartikel hatte Aisha verfasst. Sie war wirklich gespannt auf diese Sitzung heute Abend. Das war allemal interessanter als über langweilige Schönheitswettbewerbe zu berichten.

Sylvia legte ihr ein paar Blätter auf den Schreibtisch. »Hier sind deine Infos für die Neuwahl.«

»Sag mal, ist das denn schon mal vorgekommen, dass einer frisch gewählten Miss Hessen der Titel aberkannt wird?«, fragte Aisha.

»Du wirst dich wundern, was alles vorkommt.« Sylvia lachte. »Ich mach mich jetzt vom Acker. Schönen

Abend noch«, rief sie ihr über die Schulter zu, bevor sie die Tür hinter sich schloss.

Aisha überflog das Fax. Dann fuhr sie den Computer herunter und schaltete ihn aus. Sie warf noch einen letzten prüfenden Blick auf den Schreibtisch, ob sie auch nichts vergessen hatte, und war im Begriff zu gehen. Einem plötzlichen Impuls gehorchend, setzte sie sich noch mal hin und schlug das Telefonbuch auf.

Vanessa Bach stammte aus Hochheim, einem Ort im Rheingau. Sie war Schülerin und lebte bei ihren Eltern, die ein Weingut besaßen. Das wusste sie noch aus den damaligen Presseinformationen. Bachs gab es zwar in der Gegend viele. Aber nur zwei, die etwas mit Wein zu tun hatten. Sie probierte die erste Nummer und fragte nach Vanessa.

»Da habbe Se sich verwählt, Fräuleinche«, sagte die Stimme, die offensichtlich zu einem älteren Herrn gehörte. Im Hintergrund waren Fernsehgeräusche zu hören.

»Ein Vanessa habbe mir hier net.«

»Dann entschuldigen Sie bitte.«

Bei der zweiten Nummer war ein verhaltenes Zögern die Antwort. »Wer spricht dort, bitte?«, wollte eine leise weibliche Stimme wissen. Sie vermutete, dass es Vanessas Mutter war.

»Aisha Khan vom Frankfurter Tagesjournal. Ihre Tochter hat mir ein Interview gegeben und ich hätte noch ein paar Fragen«, gab sie vor. »Ist sie zu Hause?«

»Wann haben Sie mit ihr gesprochen?« Die Frauenstimme klang mit einem Mal höchst lebhaft.

»Das ist schon eine ganze Weile her«, antwortete Aisha vorsichtig und wunderte sich, als die Frau in hemmungsloses Schluchzen ausbrach.

Othmarsdorf

Erst kurz vor Mittag hatte sich der heftige Wind gelegt, dennoch wartete Mirko noch eine Weile, um sicher zu sein, dass der Seegang auch draußen in der Bucht nachgelassen hatte.

Als er die Treppen herunterstieg, klatschten kleine Wellen an die Felseninsel. Er sprang in das Boot und startete den Motor. Es dauerte eine Weile, bis ihm das schlürfende Geräusch anzeigte, dass die Lenzpumpe das eingedrungene Wasser aus der Bilge entfernt hatte. Das Boot mochte alt sein, aber der Schiffsbauer hatte sein Handwerk verstanden. Mirko kuppelte die Antriebswelle ein und nahm Fahrt auf. Ein Schwarm kreischender Möwen begleitete ihn.

Er hatte nicht erwartet, dass sich die See so schnell beruhigen würde. Dennoch schaukelten die seitlich anrollenden Wellen das kleine Lotsenboot wie ein Spielzeugschiff hin und her, als er die Bucht verließ. Um nicht vom Kurs abgetrieben zu werden, musste er den Einschlag des Steuerruders ständig korrigieren. Er warf einen Blick auf die Seekarte, um zu sehen, wo die polnischen Hoheitsgewässer eingezeichnet waren. Der Motor dröhnte und der Wind trieb Dieselabgase durch die geöffnete Dachluke in die Kajüte, aber er wollte sie nicht schließen. Das Geräusch der Wellen und die heruntertropfenden Gischtspritzer, die zwischen den Bodenrosten verschwanden, gaben ihm das Gefühl, eins zu sein mit dem Boot und dem Meer. Die grellfarbigen Warnbojen, die auf die zahlreichen Sandbänke hinwiesen, zwangen ihn, die Fahrtgeschwindigkeit zu reduzieren. Wie in Zeitlupe glitt das Ufer an ihm vorbei. Flache, dunkelgraue Silhouetten, die sich kaum vom grauen Himmel abzeichneten. Nebelfetzen, die wie gestrandete Wolken wirkten und ihm die Orientierung erschwerten. Mit einem Mal glaubte er, in den nebligen Schleiern ein Gesicht zu sehen. Seine Schwester Ranka streckte die Hand nach ihm aus. So deutlich sah er sie vor sich, dass er an sich halten musste, diesem Trugbild nicht zu erliegen. Ranka war schon lange tot, und der Mensch, der sie auf dem Gewissen hatte, hieß Farid Moussa.

Er dachte an die Zeit, als er entdeckt hatte, was für ein mieses Spiel dieser angebliche Freund mit Ranka und ihm getrieben hatte. Unendlich lange hatte Mirko auf diesen Tag gewartet. Immer wieder hatte er sich vorgestellt, was er mit Farid anstellen würde, sollte er ihn eines Tages zwischen die Finger kriegen. Jetzt, da die Gespenster seiner Vergangenheit greifbar nahe waren, schien die Zeit stillzustehen. Er ermahnte sich, ruhig zu bleiben.

Bojen torkelten wie grinsende Wassergeister zwischen den Wellen. Weit hinten tanzte ein Lichtkegel über die Wasseroberfläche. Offensichtlich der Suchscheinwerfer eines polnischen Grenzbootes. Er hoffte, dass das Boot zu weit entfernt war, um ihn zu entdecken. Tatsächlich verlor sich der tastende Strahl bald im Dunst. Unbehelligt passierte er wenig später die Grenze und nach einer weiteren halben Stunde entdeckte er die Leuchtmarkierungen der kleinen Hafeneinfahrt.

Er beschleunigte das Boot noch einmal, öffnete die Bodenklappe und schloss den Absperrhahn für den Dieselkraftstoff. Er gratulierte sich zu seiner genauen Einschätzung, als der Motor kurz vor dem angesteuerten Liegeplatz noch einige stotternde Umdrehungen vollführte, bis er schließlich ganz aussetzte. Die letzten Meter trieb das Boot langsam an den Kai heran. Niemand würde auf die Idee kommen, dass er diesen »Motorschaden« absichtlich herbeigeführt hatte.

Sein Anlegemanöver war nicht unbemerkt geblieben. Die Außenbeleuchtung der kleinen Hafenmeisterei flammte auf. Er verstaute alle vorbereiteten Gegenstände in der Jackentasche, machte das Boot fest und sprang auf den Anlegesteg.

»Problem mit Maschine?«, empfing ihn ein gedrungener Mann im Overall. Mirko hoffte, dass er der einzige offizielle Repräsentant Polens in diesem verschlafenen Sportboothafen war. Unter diesem Gesichtspunkt hatte er seinen Ankunftsort ausgewählt. Nahe genug bei Stettin gelegen, um ihm eine lange Autofahrt zu ersparen, aber so klein, dass er nicht damit rechnen musste, ein gut besetztes Zoll- und Grenzpolizeibüro vorzufinden. Seine Papiere und die vorgetäuschte Motorpanne würden zwar jeder normalen Kontrolle standhalten, aber es war ihm am liebsten, wenn er offiziell gar nicht erst erfasst wurde.

»Scheißmotor kaputt, aber kein großes Problem«, probierte er sich in der Rolle eines frustrierten deutschen Touristen, für den ihn der Hafenmeister halten sollte. Als Beweis hielt er eine Glühkerze in die Höhe, die er in der Werkzeugkiste an Bord gefunden hatte. Seinen deutschen Pass hatte er für dieses Szenario bereits präpariert.

Der Mann im Overall sah auf die Uhr. »Soll ich morgen reparieren?«

»Wunderbar, vielen Dank, aber ich muss erst in Szczecin neues Teil besorgen.« Gezielt stolperte er über die Aussprache des polnischen Namens von Stettin, wie man es von einem deutschen Touristen erwartete.

»Polizei, anmelden?«, stellte Mirko die für ihn viel wichtigere Frage und hielt dem Mann seinen Pass entgegen. Ohne Kommentar nahm dieser den Pass entgegen und winkte Mirko in das kleine unordentliche Büro, aus dessen offen stehender Tür die Wärme wie Watte herausquoll. Mirko folgte ihm und rieb sich demonstrativ die Hände, um anzudeuten, wie sehr er die stinkende Wärme genoss, die der kleine Ölofen verbreitete. Der Hafenmeister, der Verwalter, Reparaturservice und wahrscheinlich auch Grenzkontrolleur in einer Person darstellte, trat an den mit Papieren und Maschinenteilen überladenen Schreibtisch und blätterte in Mirkos Pass.

»Wie lange hier bleiben?«, fragte er, ohne sich umzudrehen.

»Höchstens zwei Tage.« Mit aufmerksamem Blick wartete Mirko auf eine Reaktion.

Der Andere nickte und drehte sich um, dabei grinste er verständnisinnig und meinte: »Ich erledigen alles für Sie. Wenn aus Szczecin zurück mit Teil, wir sehen uns Motor an.«

Mirko griff nach seinem Pass. Den angebotenen selbst gebrannten Wodka lehnte er mit einer bedauernden Geste ab.

Bereits eine Stunde später saß er auf dem durchgesessenen Fahrersitz eines klapprigen Lada Kombi und fuhr in Richtung Stettin. Die Hundert-Euro-Note in seinem

Pass hatte die erhoffte Wirkung gezeigt. Der Hafenmeister, offensichtlich ein Organisationstalent, hatte für einen weiteren Geldschein einen Schwager herbeizitiert, der rein zufällig dieses Auto am nächsten Tag nicht brauchte. Die als Pfand hinterlegte Rolex, ein täuschend echt aussehendes Imitat, würde Mirko als Geschäftskosten verbuchen. Wäre sie echt gewesen, hätte ihr Wert den des Autos weit überstiegen. Der Hafenmeister sowie dessen Schwager hatten dies erkannt und ihn äußerst zuvorkommend behandelt.

Mirkos halsbrecherische Fahrt über holprige Nebenstraßen führte allmählich in die trostlos wirkende Stadt. Der Lada ächzte bei jeder Unebenheit. Die Geräusche und die kaum noch spürbare Federung ließ Mirko an holprige Fahrten in altersschwachen Militärtrucks denken.

Sekundenbilder leuchteten auf. Eindrücke von glühend heißen Tagen und Nächten unter einem Sternenhimmel, dessen klare Kälte bis ins Mark drang. Er erinnerte sich an endlose Besprechungen und Datenanalysen, deren Sinn und Bedeutung er erst viel später erfasst hatte. An erste flüchtige Einblicke in Maßnahmen, die nicht unbedingt militärischer Natur waren. Das Einsickern der Erkenntnis, dass es Organisationen auf beiden Seiten gab, die verdeckt operierten. Dass es Soldaten gab, die keine Uniform trugen, oder deren Uniform eine Tarnung war, hinter der sich etwas anderes verbarg.

Moshe Blumstein, sein Ausbildungsoffizier, war ein solcher Soldat gewesen. Obwohl jeder um die Rolle des Mossad und die Effektivität seiner angegliederten Dienste wusste, wurde dieser Name nie ausgesprochen.

Vielleicht war dies einer der Gründe, weshalb die gut getarnten Mitarbeiter kaum je Spuren hinterließen. Es war ihnen gelungen, viele der jahrzehntelang gesuchten KZ-Schergen zu enttarnten und sie unbemerkt außer Landes zu bringen, um sie einem Gericht in Israel zu überantworten. Mit solchen und ähnlichen Bravourstücken hatte sich der Dienst weltweite Achtung, aber auch Feindschaften eingehandelt. Damals war Farid Moussa noch einer der ihren gewesen.

In seiner Erinnerung sah Mirko, wie sich sein ehemaliger Freund und seine Schwester Ranka verliebte Blicke zuwarfen. Eine Tändelei, die Mirko mit einem Anflug von Eifersucht beobachtete. Die Eltern, noch tief den kulturellen Zwängen des Balkans verhaftet, konnten ihren Unmut über die Freizügigkeiten des neuen Heimatlandes nur unzureichend verstecken. Mirko hatte sich oft gefragt, ob sie die Flucht nach Israel je bereut hatten. Ausgesprochen hatten sie dies jedoch nie.

Während der Militärzeit waren Farid Moussa und er enge Freunde gewesen. Oft hatten sie sich als Brüder bezeichnet, die füreinander die Hand ins Feuer gelegt hätten. Wie groß war Mirkos Entsetzen gewesen, als er Farids Verrat erkennen musste. Seitdem hatte Mirkos Hass viel Zeit gehabt, zu wachsen. Für ihn gab es keinen Zweifel, dass Farid Ranka in seinen Sumpf hinuntergezogen hatte. Nach und nach hatte er erfahren, dass seinem ehemaligen Freund kein Geschäft zu schmutzig war. Drogenhandel, illegale Waffenlieferungen in Krisengebiete, überall hatte Farid die Hände im Spiel. Gefasst wurde er allerdings nie.

Mirko bremste scharf, als eine schwarz gefleckte Katze im Kegel der verschmutzten Scheinwerfer auftauchte.

Kurz leuchteten ihre gelben Augen auf, dann verschwand sie im Gestrüpp auf der anderen Straßenseite.

Er parkte den Lada in einer der Seitenstraßen im Zentrum der Altstadt unweit des Oderufers und schlenderte ein Stück durch die engen Gassen und Sträßchen. Sein Weg führte an der angestrahlten Jacobikirche vorbei, deren hochragender Bau seit Jahrhunderten – allen Zerstörungsversuchen zum Trotz – das Stadtbild beherrschte.

Unter einer Straßenlaterne in der Nähe des Rossmarktbrunnens hielt er kurz an und zog den Stadtplan aus der Tasche. Es war immer gut, sich wie ein Tourist zu verhalten. Da erweckte man keinerlei Argwohn. Er verglich die Straßennamen. Das Hotel musste in unmittelbarer Nähe liegen. Noch ein kurzes Stück weiter und er stand in einem schmalen Durchgang genau gegenüber dem Hotel Metropol.

Von hier aus konnte er den Eingang gut überblicken. In diesem Hotel sollte sich Farid Moussa laut Moshe Blumsteins Auskunft mehrere Tage lang unter dem Namen Achmed Fayman aufhalten. Mirko dachte daran, dass Moshe die Krake lange Zeit als eine Randfigur eingeschätzt hatte. Eine Art Laufbursche zwischen der ehemaligen Tschechoslowakei, Polen und allen möglichen arabischen Gruppierungen. Als er sich vor zwei oder drei Jahren aus diesem Bereich zurückgezogen hatte, war er für Moshe nicht mehr interessant gewesen. Seine Spur war verloren gegangen. Erst kürzlich war man in Prag wieder auf ihn gestoßen.

Mirko war klar, dass Moshe ihm den Hinweis von Moussas derzeitigem Aufenthalt nicht ohne Hintergedanken zugespielt hatte. Ob der Dienst wirklich nicht gewusst hatte, dass Mirkos Widersacher seit geraumer

Zeit in der gleichen Stadt lebte wie er? Er schob die Frage beiseite. So war nun mal das Geschäft. Ein Geheimdienst gab nur die Informationen preis, die etwas eintrugen.

Mirko zündete sich eine Zigarette an und sog gierig daran. Die Gelegenheit, es Farid Moussa endlich heimzuzahlen, war ihm ein längeres Warten wert. Dennoch merkte er, wie die Ungeduld ihn antrieb, irgendetwas zu tun, um der Anspannung in seinem Inneren ein Ende zu bereiten. Aber er wusste genau, dass sich geduldiges Ausharren eher auszahlte als vorschnelles Lospreschen.

Die Glut der Zigarette erreichte das braune Filtermundstück. Scheiß Raucherei, dachte er und ließ den Stummel in den Rinnstein fallen. Schon Dutzende Male hatte er versucht, sich dieses Laster abzugewöhnen, aber jedes Mal war er nach wenigen Tagen rückfällig geworden. Es war diese totale Abhängigkeit, die ihn störte und durch die er unwillkürlich Spuren hinterließ. Ganz davon zu schweigen, dass es Situationen gab, in denen ihn der Geruch einer brennenden Zigarette oder die in der Nacht aufleuchtende Glut verraten konnte. Aber gerade dann, wenn er den Wunsch nach einer Zigarette unterdrücken wollte, zerrte die Sucht in ihm und befahl ihm mit eindringlicher Flüsterstimme, erneut zur Packung zu greifen.

Plötzlich wurde der Hoteleingang von einem Lastwagen verstellt. Ein Lastwagen, der den Aufdruck einer Messefirma aus Warschau trug. Er verfolgte, wie Männer ausstiegen, die Klappen öffneten und in hektischer Geschäftigkeit Gerätschaften in das Hotel trugen. Kurz darauf fuhr ein Getränkelieferant vorbei und bog in den hoteleigenen Parkplatz ein, dicht gefolgt von einem Sendewagen des staatlichen polnischen Rundfunks.

Offenbar waren dies Vorbereitungen für eine Großveranstaltung, die im Hotel stattfinden sollte. Das konnte ihm nur recht sein, der Trubel lenkte die Leute ab und kein Mensch würde ihm Beachtung schenken.

Er zog den Reißverschluss der blauen Segeltuchjacke zu und steckte sich erneut eine Zigarette zwischen die Lippen. Gerade als er sie anzünden wollte, trat ein Mann durch die Drehtüre. Er trug einen hellen Anzug. Einen Moment lang blieb er vor dem Hoteleingang stehen, um in einen dunklen Wollmantel zu schlüpfen.

Mirkos Herz schlug höher. Der Mann war fett und hatte arabische Gesichtszüge. Obwohl er sich stärker verändert hatte, als Mirko dies für möglich gehalten hatte, wusste er sofort, dass es Farid Moussa war. Mit dem glatt rasierten Gesicht und den wulstigen Lippen wirkte er zwar fremd, aber die Körperhaltung war noch dieselbe wie früher. Auch der leicht schleppende Gang. Ein Gesicht konnte man verändern, aber bestimmte Eigenarten entzogen sich der eigenen Kontrolle und waren nur sehr schwer auszumerzen.

Ohne die Zigarette anzuzünden, ließ Mirko das Feuerzeug wieder in der Hosentasche verschwinden. Der Mann war vor dem Hotel kurz stehen geblieben, hatte sich umgesehen und war dann schnellen Schrittes die Straße hinuntergegangen. Mirko glaubte, sein Ziel zu kennen. Ein türkisches Restaurant, nur hundert Meter vom Hotel entfernt. Er lächelte, als er seinem Erzfeind langsam auf der anderen Straßenseite folgte. Starre Lebensgewohnheiten waren der Tod aller Tarnung. Die Lehre Mohammeds befahl ihren Anhängern, ausschließlich Restaurants aufzusuchen, die den Gästen weder unreines Schweinefleisch noch das Fleisch von nicht geschächteten Tieren vorsetzten. Auch wenn Farid nicht blindlings dem Koran gehorchte, so hatte er doch einiges davon verinnerlicht.

Von solchen Fesseln fühlte Mirko sich frei. Er glaubte an keinen Gott mehr.

Als der Mann auf der anderen Straßenseite im Inneren des Restaurants verschwand, verharrte Mirko unter einem überdachten Hauseingang. Es war beinahe halb elf. Für einen Araber eine angemessene Zeit zum Abendessen. Mindestens eine halbe Stunde würde Farid in dem Restaurant verbringen. Ihm blieb also genug Zeit. Mirko nahm die ungerauchte Zigarette wieder aus der Packung. Als er die Flamme entzündete, gab es ein zischendes Geräusch. Dann lief er eilig die Straße hinunter.

Frankfurt Höchst

Der Sheriff nickte Aisha kurz zu, als sie das Besprechungszimmer betrat. Sie sah sich neugierig um. Bisher kannte sie in diesem Flügel des Bolongaropalastes nur Covacz' Büro.

Das Besprechungszimmer war ausgesprochen nüchtern, wenn man von den stuckverzierten Decken und den Kronleuchtern absah. Der Tisch, der sonst in der Mitte des Raumes stand, war an die Wand geschoben, was man unschwer an den Abdrücken im Teppichboden feststellen konnte. Wie eine Theaterkulisse waren mehrere Stellwände aufgebaut, an die Fotos, Skizzen, Landkarten und ein Stadtplan von Frankfurt gepinnt waren. Einige

Männer standen davor und studierten aufmerksam die Aushänge. In der Mitte leuchtete die weiße Fläche einer Projektionsleinwand. Davor waren in einem Halbrund mehrere Stühle angeordnet. Workshopatmosphäre, dachte Aisha verwundert. Sie hatte keinerlei Vorstellung, wie das OEK-Team arbeitete.

Um so wenig wie möglich Aufmerksamkeit zu erregen, nahm sie auf einem Stuhl am Rande Platz.

Als Covacz den Raum betrat, setzten sich die Männer unaufgefordert in das Halbrund und sahen ihrem Chef erwartungsvoll entgegen. Es war offensichtlich, dass Covacz sich in der Rolle des Oberhauptes gefiel. Fast ein wenig wie König Artus, der von seinen treuen Rittern der Tafelrunde ehrfürchtig umringt wird, dachte Aisha spöttisch. Und an seiner Seite der Sheriff, sein dunkelhäutiger Lancelot.

Allerdings setzte Covacz sich nicht, wie erwartet, auf den freien Stuhl in der Mitte, sondern nahm ebenfalls im Halbrund Platz. Es war der Sheriff, der sich lässig in das Zentrum des Kreises setzte.

»Ich möchte euch Aisha Khan vorstellen«, begann der Sheriff, nachdem Covacz ihm auffordernd zugenickt hatte. Mit seiner großen schwarzen Hand wies er in ihre Richtung. Nacheinander nannte er die Namen der Mitarbeiter, die bis auf wenige Ausnahmen fremdartig klangen. Sie schienen aus den unterschiedlichsten Nationen zu stammen. Schlagartig fielen Aisha wieder die Gerüchte ein, die über das OEK in Umlauf waren. »Lauter Exoten aus allen möglichen Ländern. Kein einziger normaler Polizeibeamter ist in der Meute von diesem Covacz.«

Die Männer sahen allerdings vollkommen normal aus,

nur der Sheriff fiel durch seine überdurchschnittliche Größe und seine dunkle Hautfarbe auf.

»Frau Khan ist Mitarbeiterin beim Frankfurter Tagesjournal und wird sozusagen die Vorgaben für unsere Pressearbeit liefern.«

»Ich verstehe nicht ganz«, sagte Peter Langer, ein gedrungener Mann mit Oberarmen wie ein Bodybuilder. »Ist das nicht die Aufgabe unseres Pressesprechers im Präsidium?« Er hatte sich direkt an Covacz gewandt, der neben ihm saß.

»Ich will die Arbeit unseres Pressesprechers keineswegs aushebeln«, antwortete Covacz ruhig. »Aber in diesem Fall sollten wir versuchen, die Presse für unsere Arbeit einzusetzen. Frau Khan wird alles, was an die Öffentlichkeit geht, zuallererst mit mir oder dem Sheriff absprechen. Auf diese Weise können wir gezielte Informationen einsetzen und so erheblich schneller agieren. Außerdem verhindern wir, dass Interna nach draußen gelangen, die unsere Ermittlungen gefährden könnten. Ich würde mich freuen, wenn ihr euch dieser Ansicht anschließen könntet.«

Der Sheriff, in seiner Rolle als treuer Lancelot, unterstützte die Aussage seines Chefs mit einem nachdrücklichen Kopfnicken. Allseitiges Gemurmel war die Folge.

Aisha fühlte sich ausgesprochen unwohl. Nicht nur deshalb, weil sie plötzlich von sechs Augenpaaren gleichzeitig fixiert wurde, sondern auch, weil sie sich von Covacz' überraschender Ankündigung in die Enge getrieben fühlte.

Es war klar, dass ein gut recherchierter Artikel über aktuelle Geschehnisse im Kollegenkreis eine stärkere Resonanz auslöste als die kärglichen Informationen eines Polizei-Pressesprechers. Das hatte er sich ja fein ausgedacht! Sie einerseits zu ködern und andererseits als den verlängerten Pressearm der Covacz-Truppe einzusetzen.

Sie wusste, dass das OEK trotz aller negativen Gerüchte spitzenmäßige Fahndungserfolge für sich verbuchte. Nicht nur in Frankfurt, überall auf der Welt hatte die ›Covacz-Meute‹ – wie die Sondereinheit öfter abfällig bezeichnet wurde – Kriminelle in aller Herren Länder aufgespürt. Manchmal in völlig entlegenen Gebieten. Warum sollte sie vom Erfolg dieser Truppe nicht profitieren?

»Glaub ja nicht, dass wir die Ergebnisse einfach so aus dem Ärmel schütteln«, hatte Covacz ihr einmal erläutert. »Meine Männer arbeiten akribisch und ich kann mich hundertprozentig auf sie verlassen. Manchmal dauert die Vorbereitung Jahre, bis wir endlich zuschlagen können. Und deine Pressekollegen stellen es nachher so dar, als ob wir grade mal eben losgezogen wären, einen Verbrecher zu schnappen. Wie viel Arbeit dahinter steckt, sieht man oft gar nicht. Aber wir geben niemals auf. Auch dann nicht, wenn eine Situation noch so ausweglos erscheint. Das ist das ganze Geheimnis.«

Dein Geheimnis, Janic Covacz, ist, dass du ein ausgesprochen geschickter Taktiker bist, der andere Menschen perfekt für seine Interessen einspannen kann, dachte sie. Sie merkte, dass der Sheriff ihr aufmunternd zulächelte, während die übrigen Teammitglieder sie noch immer unverhohlen musterten. Erwarteten die jetzt, dass sie eine Rede hielt? Mit dem Tenor, dass es ihr eine Ehre sei, als einzige Frau in dieser erlauchten Männerrunde von handverlesenen Spitzenermittlern sitzen zu dürfen?

»Ist sicher nicht die schlechteste Idee, über ein trojanisches Pferd innerhalb der Presse zu verfügen.« Der Mann, der ihr gegenübersaß, sah mit seinem Riesenschnauzer aus wie ihr türkischer Gemüsehändler. Seine braunen Augen funkelten. Örkan Kesim hieß er. Aisha merkte, wie ihr das Blut in die Wangen stieg.

»Okay, it's your turn, Babe«, forderte der Sheriff sie auf. Er zog eine Grimasse. Sein Gesicht bestand nur noch aus rollenden Augen und weißen Zähnen. Die anderen Teammitglieder lachten.

Aisha ärgerte sich, dass ihr keine schlagfertige Antwort einfiel. Stattdessen fühlte sie sich wie ein Hühnchen, das krampfhaft seinen Platz auf der Stange behauptete, unter der sich eine Schar lauernder Füchse zusammengerottet hatte.

Sie warf Covacz einen Hilfe suchenden Blick zu, doch der antwortete nur mit einem Grinsen, dessen Botschaft eindeutig war. »Wenn du das nicht aushältst, dann bist du hier am falschen Platz«, stand in seinem Gesicht geschrieben.

Der Sheriff erhob sich, ging auf sie zu und reichte ihr die Hand. »Willkommen im Team, Aisha«, sagte er laut. Aus lauter Verlegenheit stand sie ebenfalls auf. Im Sitzen überragte sie der Sheriff so weit, dass sie den Kopf hätte in den Nacken legen müssen, um zu ihm aufzuschauen. Wie auf ein Kommando hin streckten sich ihr weitere Männerhände entgegen. Das »Willkommen in unserer Runde, Aisha!« aus den verschiedenen Mündern klang herzlich und gab ihr das schöne Gefühl, dazuzugehören.

Covacz war ebenfalls aufgestanden. »Lasst uns anfangen, Männer«, hörte sie ihn sagen.

Der Sheriff startete den Beamer, der unter der Decke

angebracht war und zeigte eine ganze Reihe von Mädchenbildern.

Aisha war überrascht. Sie hatte erwartet, dass man sich in der heutigen Sitzung mit dem ungeklärten Mord an Marysia Dombrowska befassen würde.

Die Mädchen auf der Leinwand waren allesamt blond und außergewöhnlich hübsch. Einige trugen festliche Abendkleider, andere freizügige Bademoden. Alle schenkten dem Fotografen ein strahlendes Lächeln.

»Bei diesen vermissten Mädchen – oder vielmehr jungen Frauen – müssen wir von einem Serienzusammenhang ausgehen«, begann der Sheriff zu erläutern. »Die Handschrift ist jedes Mal dieselbe. Diese Fälle haben wir aus hunderten von Vermisstenanzeigen herausgefiltert, und es ist nicht auszuschließen, dass noch weitere hinzukommen. In allen Fällen – bislang sind es acht – zeigt sich eine besondere Gemeinsamkeit: Sie stellen den gleichen Frauentypus dar. Blond, helle Haut, helle Augen. Wir halten es für nicht sehr wahrscheinlich, dass es sich dabei um eine Zufälligkeit handelt.«

»Wo wurden die Vermisstenmeldungen aufgegeben? In Deutschland?«, stellte jemand eine Zwischenfrage.

»Die Mehrzahl dieser Mädchen ist im Ausland verschwunden. In Deutschland gibt es bislang drei Fälle, die in die Serie hineinpassen könnten. Die anderen Fälle beziehen sich auf Österreich, Polen, Ungarn und die Tschechoslowakei. Eine weitere Gemeinsamkeit ergibt sich aus der Tatsache, dass die Mädchen ohne wie auch immer geartete Vorankündigung von heute auf Morgen spurlos verschwunden sind. Weder Eltern noch Freunde oder sonst jemand hat dafür eine Erklärung.«

»Es sind also definitiv keine Ausreißerinnen?«

Der Sheriff schüttelte den Kopf. »Die meisten leben noch bei ihren Familien und sind wohl behütete Töchter. Wir haben erste Kontakte zu den Ermittlungsbehörden der jeweiligen Länder geknüpft. Allerdings ist da noch einige Überzeugungsarbeit zu leisten, denn die Ergebnisse solcher Computeranalysen werden nicht überall gleichermaßen anerkannt.«

Aisha hatte die langsam wechselnde Bilderfolge aufmerksam betrachtet und versucht, sich die Gesichter einzuprägen. Mit jedem neuen Foto hatte sie das Gefühl, dass ein Echo in ihr ausgelöst wurde. Ein Echo von etwas Unbekanntem, das am Rande ihres Bewusstseins der Entdeckung harrte. Plötzlich erschien ein Gesicht auf der Leinwand, das sie kannte.

»Das ist Vanessa Bach«, rief sie laut aus.

»Ganz recht«, sagte der Sheriff, der nicht von Aishas Bemerkung überrascht zu sein schien. »Einer von den genannten drei Fällen in Deutschland, die in das Raster passen.«

Mit klopfendem Herzen sah Aisha in Covacz' Richtung, aber der hatte fest den Blick auf das Foto auf der Leinwand geheftet.

»Das ist der neueste Fall in diesem Zusammenhang. Vanessa Bach stammt aus dem Rheingau und wurde zur derzeitigen Miss Hessen gekürt. Gut zwei Wochen nach der Wahl verschwand sie spurlos. Genau wie die anderen Mädchen. Und zwar am fünfzehnten Dezember. Das ist jetzt vier Wochen her. Seitdem gibt es kein Lebenszeichen von ihr.«

»So ganz stimmt das nicht«, wandte Aisha zögerlich ein.

»Wieso?« Covacz und der Sheriff hatten die Frage gleichzeitig gestellt.

»Die Eltern haben kürzlich eine Ansichtskarte aus Prag erhalten. Darin schrieb Vanessa, dass es ihr gut gehe. Eine Absenderangabe war nicht auf der Karte. Natürlich machen sie sich die schlimmsten Sorgen. Sie können sich überhaupt nicht vorstellen, was ihre Tochter dazu bewogen hat, nach Prag zu fahren. Jetzt, so kurz vor dem Abitur.«

Aisha hatte den Eindruck, alle starrten sie an.

»Woher weißt du das?«, fragte Covacz.

»Ich habe mit der Mutter gesprochen. Im Rahmen einer Recherche für einen Artikel. Du warst doch mit mir zusammen auf dieser Misswahl ...« Hilflos brach sie ab.

»Okay, Männer«, sagte Covacz, »das wird als neue Faktenlage berücksichtigt. Peter« – er wandte sich an den gedrungenen Mann mit dem Bodybuilding-Oberkörper – »du besorgst die Ansichtskarte von den Eltern und lässt einen Schriftvergleich durchführen. Das wäre die erste Spur eines Lebenszeichens, die eines der Mädchen nach seinem Verschwinden hinterlassen hat.«

Peter Langer nickte und sah Aisha anerkennend an.

»Gute Arbeit, Babe«, sagte der Sheriff.

Diesmal lachte niemand. Wenn sie es sich recht überlegte, klang dieses ›Babe‹ aus seinem Munde gar nicht so herablassend oder kleinkindhaft wie sie es im ersten Moment empfunden hatte.

Covacz, in dessen Mundwinkeln ein Lächeln lag, gab dem Sheriff ein Handzeichen, fortzufahren.

Auf der Leinwand erschien das Foto von Marysia Dombrowska im blauen Abendkleid. Es war der Abzug, der in ihrem Zimmer in der Wohngemeinschaft gehangen hatte und inzwischen auch in der Zeitung abgedruckt worden war.

»Ob unsere Computeranalyse Hinweise auf den Tod von Marysia Dombrowska geben kann, wissen wir nicht mit Sicherheit. Aber einige Parallelen lassen einen solchen Zusammenhang vermuten.«

»Was ist denn mit diesem Benjamin Neidhöfer, dem Ex-Freund der Toten?«, wollte Aisha wissen, die sich nun im Kreis der Männer ein wenig sicherer fühlte.

Covacz machte Örkan Kesim ein aufforderndes Zeichen.

»Ich habe mit den Kollegen in Othmarsdorf gesprochen«, antwortete der. »Sie haben den mutmaßlichen Kindsvater vor Ort vernommen. Der junge Mann hat ein Alibi. Er arbeitet zurzeit in einem Bistro, das seinen Eltern gehört und das trifft auch für den Zeitpunkt der Tat zu.«

»Was mir besonders merkwürdig erscheint«, hob nun der gedrungene Peter Langer an, »ist die Tatsache, dass im Fall Dombrowska bis heute keine Vermisstenanzeige vorliegt. Auch nicht in Tschechien, wo das Mädchen herkommt. Laut Aussage der Prager Kollegen gibt es dort kein Ehepaar Dombrowska, deren Tochter in Deutschland studiert. Wohingegen die Zeugin Scherhag ausgesagt hat, der Vater ihrer Mitbewohnerin sei eine höher gestellte Persönlichkeit. Gerade dann müsste bei den lokalen Behörden ein entsprechender Vorgang bekannt sein. Diesen Widerspruch verstehe ich ehrlich gesagt nicht so ganz.«

Die Flut an Detailinformationen, die Covacz' Männer einer nach dem anderen vortrugen, rauschte an Aishas Ohren vorbei. Einzelne Steinchen eines Mosaiks, ohne dass ein zusammenhängendes Muster zu erkennen war.

Dann stand Covacz unvermittelt auf. »In einer halben Stunde treffen wir uns wieder. Bis dahin hat jeder mindestens einen Vorschlag, wie und wo wir weitermachen.« Er wandte sich an Aisha. »Aus diesen Vorschlägen bauen wir einen Maßnahmen- und Aktionskatalog zusammen, den wir Punkt für Punkt abarbeiten. Diese Prozedur wiederholen wir jeden zweiten Tag, immer basierend auf den neuesten Erkenntnissen. Oder, wenn es sein muss, auch jeden Tag. Solange, bis wir brauchbare Ergebnisse haben.«

Die einzelnen Teammitglieder erhoben sich und gingen nacheinander aus dem Raum. Nur Covacz blieb zusammen mit Aisha zurück.

»Bist du der Meinung, Benjamin Neidhöfer kommt als Hauptverdächtiger nicht mehr in Frage?«, wollte sie wissen.

»Du hast gehört, was Örkan Kesim gesagt hat«, antwortete er.

»Wollt ihr das denn nicht überprüfen?«

»Wozu? Das haben die Kollegen vor Ort doch bereits geklärt.«

Aisha sah ihn nachdenklich an. »Was hältst du davon, wenn ich nach Othmarsdorf fahre?« Die Idee war ihr im Moment gekommen und je mehr sie darüber nachdachte, umso besser gefiel sie ihr.

»Du?« Das klang sehr skeptisch.

»Ja, ich. Ich bin Journalistin, mich interessieren Menschen und ihre Beweggründe. Nicht nur die Fakten.« Sie redete sich in Eifer. »Selbst wenn Benjamin unschuldig ist, erfahre ich wenigstens ein wenig mehr darüber, was für ein Mensch Marysia war.«

Covacz zuckte die Achseln. »Wenn du meinst.« Sein Blick ruhte auf ihr.

»Wie kamst du eigentlich darauf, Vanessa Bachs Eltern anzurufen?«, wollte er jetzt wissen.

Sie tippte sich gegen die Stirn. Ihre Augen funkelten. »Du wirst es nicht glauben, Covacz. Aber auch Frauen können logisch denken.«

Stettin

Zweimal fuhr Mirko die Straße auf und ab, bis sich endlich ein Fahrzeug aus der Schlange der geparkten Autos löste und er den Lada zwischen dem Restaurant und dem Hotel abstellen konnte. Er öffnete die kleine Reisetasche auf dem Rücksitz, rollte den präparierten Plastikbeutel zusammen und steckte ihn in die Jackentasche. Der Plastikwulst mit den eingewickelten Papiertaschentüchern fühlte sich unangenehm kalt an. Er stieg aus, ließ das Fahrzeug unverschlossen und wartete neben dem Eingang des Restaurants. Nach einer Weile entzündete er eine Zigarette, sog gierig daran und blies den Rauch in die Dunkelheit. Seine Geduld wurde nicht lange auf die Probe gestellt. Als Moussa auf die Straße trat, wurde Mirko von einer Wolke aus Knoblauch und Raki gestreift. In der Dunkelheit fiel die helle Hose unter dem Mantel auf.

Die Straße war inzwischen menschenleer. Geräuschlos folgte Mirko dem Araber mit wenigen Schritten Abstand. Entweder fühlte sich sein ehemaliger Freund vollkommen sicher, oder der Alkohol hatte seine Wahrnehmung getrübt. Jedenfalls sah er sich kein einziges Mal um.

Eine solche ignorante Selbstsicherheit grenzt schon an Dummheit, dachte Mirko. Wer in diesem Geschäft überleben wollte, musste ständig auf der Hut sein. Überall konnten Feinde lauern. Der schlimmste aller Gegner war jedoch Selbstüberschätzung.

Wenige Meter vor dem geparkten Lada zog Mirko den Plastikbeutel aus der Tasche, entrollte ihn und war mit einigen schnellen Sätzen dicht hinter Farid. Alarmiert durch das Geräusch der Schritte war dieser im Begriff, sich umzuwenden. Aber Mirko war schneller. Blitzartig stülpte er Farid Moussa den Beutel über den Kopf und zog die Schlaufen zu. Ein erstickter Schrei ertönte unter der Tüte. Die prankenartigen Hände fuhren wild nach oben, und zerrten an dem Plastik. Mit einem harten Ruck riss Mirko einen Arm seines Opfers nach hinten und ließ eine Kunststoffschlinge über dessen Unterarm gleiten. Dann packte er die andere Hand, die hilflos ins Leere griff, und schob sie ebenfalls in die Schlaufe. Ein kräftiger Zug am losen Ende verwandelte die Schlinge des Kabelbinders in eine stabile Fessel. Farid stieß unter dem Plastik würgende Laute aus. Seine Füße keilten aus wie die Hufe eines Pferdes beim Rodeo. Schließlich sackte er wie eine Stoffpuppe in sich zusammen und stürzte zu Boden. Bewegungslos lag er im Rinnstein. Nur das Geräusch der sich aufblähenden Plastiktüte zeigte, dass er noch atmete.

Schnell öffnete Mirko die Heckklappe des Lada, fasste Farid um die Brust und schob ihn auf die Ladefläche. Die herunterhängenden Beine stopfte er hinterher und knallte die Klappe zu. Er sah sich um, die Straße war noch immer wie leer gefegt. Sein Blick wanderte über die Häuserfassaden. Auf beiden Seiten waren sämtliche Fenster geschlossen. Niemand war zu sehen.

Schwer atmend ließ er sich hinter das Lenkrad fallen, startete den Motor und fuhr los. Nach wenigen Minuten hatte er den unbeleuchteten Parkplatz eines Supermarktes erreicht, den er zuvor erkundet hatte. Er hielt das Fahrzeug an und öffnete die Heckklappe. Als er seinem Opfer die Plastiktüte vom Kopf zog, schlug ihm intensiver Chloroformgeruch entgegen. Die Tüte samt den getränkten Tüchern warf er in einen der Müllcontainer am Straßenrand. Dann beugte er sich über den unbeweglich daliegenden Mann. Die Augen waren geschlossen, sein Atem ging flach, aber regelmäßig. Mit dem Zeigefinger hob Mirko eines der Augenlider und richtete den Strahl der Taschenlampe direkt auf die Iris. Befriedigt registrierte er die Kontraktion der Pupille. Zum Glück trägt er keinen Bart mehr, dachte Mirko, während er den Mund seines Gefangenen mit einem breiten Klebestreifen verschloss. Von Farid kam keinerlei Gegenwehr. Beinahe friedlich schien er zu schlafen. Bevor Mirko losfuhr, breitete er eine Decke über den leblosen Körper.

Hoffentlich geriet er jetzt nicht in eine Polizeikontrolle. Allerdings war das nicht sehr wahrscheinlich in dieser gottverlassenen Gegend. Aber man konnte ja nie wissen, besser, er hielt sich genau an die vorgeschriebene Geschwindigkeitsbegrenzung.

In der Zufahrt zum Hafen blieb er kurz stehen. Das Licht in der Hafenmeisterei war erloschen. Die Laternen am Anfang der Molen bildeten die einzigen Lichtquellen. Er schaltete die Scheinwerfer des Autos aus und ließ es bis an das Ende der Mole rollen. Direkt neben dem Lotsenboot hielt er an. Er stieg aus und sah sich um. Keine Bewegung weit und breit. Nur das metallische Klappern der Stahltaue war zu hören. Ab und zu das Knarren von Holz und das Schwappen des Wassers an der Kaimauer. Die Wellen brachen die Reflexe des schwachen Mondlichts auf der Wasseroberfläche.

Mirko stieg an Bord und schloss die Kajütentür auf. Immer noch lag die Mole wie ausgestorben im düsteren Licht des Peitschenmastes, der windschief das Ende des Hafenbeckens markierte. Mit einem Sprung gelangte Mirko zurück auf die Steinplatten des Kais, ging um den Lada herum und öffnete die Hecktür. Er wickelte die verrutschte Decke um den menschlichen Körper und wuchtete das mächtige Bündel über die Schulter. Sofort tauchte eine schmerzliche Erinnerung auf. Er hatte Farid schon einmal auf dem Rücken getragen, doch verglichen mit heute, war er damals ein Leichtgewicht gewesen. Während der gemeinsamen Ausbildung im Camp hatte sich dies abgespielt und war lange her. Die Übung hieß »Bergen von Verletzten«. Unbekümmert wie sie waren, hatten sie das alles nicht so ganz ernst genommen.

Nicht mehr daran denken, ermahnte er sich.

Tief sank das Heck ins Wasser, als er mit Farid auf dem Rücken das Deck betrat. Blitzschnell klammerte er sich mit der freien Hand an der Reling fest, um nicht das Gleichgewicht zu verlieren. Vor der Kajütentür ließ er den schweren Körper zu Boden gleiten und zerrte ihn ins Innere. Dort zog er ein Bündel Kabelbinder aus der Tasche. Während er dem Mann die Füße fesselte und die zusammengebundenen Hände mit dem Stahlrohr der Sitzbank verband, durchströmte ihn ein großes Gefühl von Genugtuung.

Schnell zog er die Vorhänge der Kajüte zu, verschloss sie von außen und setzte sich in den Lada. Er fuhr das

Auto vor bis zu dem kleinen Büro, schloss es ab und warf den Schlüssel in den Briefkasten. Sollten sich der Hafenmeister oder dessen Schwager an der Rolex erfreuen. Es war ein gutes Imitat.

Eilig kehrte Mirko zum Anlegeplatz zurück. Er öffnete das Absperrventil der Kraftstoffleitung und nach mehrmaligem heiseren Röcheln sprang der Dieselmotor an. In der Stille der Nacht erschien es Mirko wie ein lautes Aufbrüllen, das im Hafenbecken widerhallte. Aber auch nachdem er die Leinen gelöst und das Boot abgestoßen hatte, rührte sich nichts. Der Hafenmeister hatte offenbar einen guten Schlaf.

Aufatmend steuerte Mirko die Barkasse mit niedriger Geschwindigkeit auf die Ausfahrt zu. Erst als der Schall nicht mehr von den Betonanlagen zurückgeworfen wurde, beschleunigte er allmählich und spähte aufmerksam nach den Markierungen der Fahrrinne. Nach einer halben Stunde spürte er an den Bewegungen des Bootes, dass er die Flussmündung verlassen hatte und sich auf dem Uckersund befand.

Den neuen Kurs richtete er nach dem grünlich leuchtenden Kompass aus. Das Boot vollführte beinahe eine neunzig Grad Wende, die ihn zurück zur Küste außerhalb der Odermündung bringen würde. Das Gebiet hatte er zuvor genau auf der Seekarte studiert. Dort erwartete ihn eine ausgedehnte Sumpf- und Schilflandschaft, die ihm ideal für seine weiteren Pläne schien.

Mit zusammengezogenen Augenbrauen betrachtete er die dunkle Gestalt, die immer noch bewegungslos hinter ihm am Boden lag. In spätestens zehn Minuten würde die Wirkung des Chloroforms nachlassen. Mit leisem Lachen dachte Mirko daran, wie er die neugierigen Fragen des Drogisten beantwortet hatte. Nicht nur das effektivste, sondern auch das umweltfreundlichste Mittel zur Bekämpfung von Kakerlaken hatte er verlangt. Erst nachdem ihm mehrere Insektenvernichtungsmittel vorgelegt wurden und er jedes Mal besorgt den Kopf wiegte, bestand er auf Chloroform. Der Verkäufer würde diesen versponnenen Sonderling, der Ungeziefer auf umweltfreundliche Weise den Garaus machen wollte, sicher im Gedächtnis behalten. Aber darum war Mirko nicht bange.

Farid begann leise zu ächzen. Mirko beschleunigte das kleine Schiff auf höchste Geschwindigkeit. Erst als er ein Würgen hinter sich vernahm, legte er das Steuerruder fest und reduzierte die Geschwindigkeit auf niedrigste Fahrt. Mit einem Plastikeimer in der Hand riss er Farid das Klebeband vom Mund. Sofort landete ein Schwall unverdautes Abendessen in dem Eimer. Farid begann in arabischer Sprache zu fluchen. Offenbar hatte er noch nicht realisiert, wer für seine missliche Lage verantwortlich war.

Mirko verließ mit dem Eimer die Kajüte und spülte ihn draußen mehrfach mit Seewasser aus. Dann kehrte er an das Cockpit des Bootes zurück und konzentrierte sich darauf, das Boot in den Schilfgürtel zu lenken, der sich nur undeutlich von dem dunklen Nachthimmel abhob. Gegenüber den wiederholten Anrufen seines Gefangenen stellte er sich taub. Das mehr als mannshohe Schilf bot eine gute Tarnung. Zudem musste er hier nicht befürchten, in dem flachen Wasser unvermutet auf ein Boot der Grenzbehörden zu stoßen.

Ab und zu drang das Wispern aneinander reibender

Schilfhalme durch das gedämpfte Tuckern des Motors. Das Boot dümpelte langsam vorwärts.

Jeden Moment befürchtete er, auf Grund zu laufen oder die Schiffschraube könnte sich im Wurzelwerk festfressen. Doch alles ging gut und endlich öffnete sich die raschelnde Wand zu einer kleinen Bucht. An deren Ende glaubte er im Mondlicht die Mündung eines Kanals zu entdecken.

Ein flüchtiger Gedanke zuckte ihm durch den Kopf. Wie einfach wäre es, Farid Moussa den Fischen zum Fraß vorzuwerfen. Doch das wäre eine viel zu gnädige Strafe für diesen Bastard.

Mirko schaltete den Motor ab, ging nach draußen und verschraubte die beiden Holzstangen miteinander, mit denen er das Boot vorwärts stakte.

Seine Augen hatten sich an die Dunkelheit gewöhnt. Schon lange zuvor hatte er alle Lichter an Bord gelöscht. Immer deutlicher zeichneten sich aus den Schatten Umrisse heraus. In seiner unmittelbaren Nähe erklangen Geräusche, die er nicht zuordnen konnte. Erneut wurde das Gurgeln des sich langsam vorwärts bewegenden Bootes von Würgelauten unterbrochen.

Mit leisem Plätschern stakte er im flachen Wasser weiter vorwärts. Die Holzstangen stießen bereits in eineinhalb Meter Tiefe auf schlammigen Grund. Nun konnte er die geduckte Ölweide erkennen, die sich wie eine winzige Insel inmitten der Bucht erhob. Mit einem sanften Stoß bohrte sich der Bug in das aufgeweichte Ufer.

Als er bis zu den Knöcheln im Morast versank, fluchte er, weil er nicht an Gummistiefel gedacht hatte. Er zog das Boot so nahe wie möglich heran und befestigte die

Bugleine an dem verkrüppelten Baum. In seinen Schuhen quatschte unangenehm eiskaltes Wasser.

In der Kabine hatte sich Farid stöhnend auf den Rücken gewälzt. Mit einem schnellen Schnitt durchtrennte Mirko die Fußfesseln und riss ihn hoch. Taumelnd kam der übergewichtige Mann auf die Beine, knickte wieder ein und wäre erneut zu Boden gefallen, hätte ihn Mirko nicht mit eisernem Griff festgehalten. Er stieß sein Opfer aus der Kajüte und drängte ihn in Richtung Bug. Offensichtlich konnte Farid inzwischen seine Umgebung wahrnehmen, denn als er die Spitze des Bootes erreicht hatte und die kleine Insel vor sich sah, lehnte er sich in einer Abwehrbewegung zurück.

»Hier kannst du verrecken, du elendes Schwein«, zischte Mirko und versetzte Farid einen brutalen Stoß. Mit einem Aufschrei stürzte der Araber über Bord und landete auf dem Boden der Insel. Mirko sprang hinterher und zog ihn hoch. Schwarzer Schlamm tropfte aus Farids Gesicht. Er spie aus und vollführte mit den auf den Rücken gefesselten Armen eine heftige Bewegung, als wolle er sich den Schmutz aus dem Gesicht wischen. Mirko drehte ihn um und zwang ihn in eine Sitzhaltung, den Rücken gegen den Baumstamm gelehnt und befestigte einen Kabelbinder um Kehle und Stamm. Wollte sich Farid nicht selbst erdrosseln, musste er in dieser Position wohl oder übel verharren.

Erneut verschloss Mirko seinen Mund mit einem Klebestreifen. Ohne ein Wort löste er die Halteleine des Bootes, versetzte dem Boot mit dem Fuß einen Stoß und sprang hinterher. Mit der Stange stakte Mirko den Kahn tiefer in den Kanal hinein und ließ Farid Moussa auf der Insel zurück. Eine Nacht mutterseelenallein, an den Händen gefesselt und mit einer Schlinge um den Hals, würden seine Widerstandskraft erlahmen lassen.

Mirko merkte, dass er am ganzen Körper zitterte. Es hatte ihn viel Mühe gekostet, sich seinem Erzfeind nicht zu erkennen zu geben. Nur zu gern hätte er ihm seinen jahrelang angestauten Hass ins Gesicht gebrüllt, nur um die Angst in dessen Augen aufflackern zu sehen. Doch jetzt war er froh, dass er sich beherrscht hatte.

Außer Sichtweite der Insel legte Mirko die Stange ins Boot und warf den Treibanker über Bord. Im schlammigen Untergrund würde er bei der kaum spürbaren Strömung im Kanal das Boot in dieser Stellung halten.

Nachdem er sich in der Kajüte die nassen Schuhe und Strümpfe ausgezogen hatte, riss er mit zitternden Händen eine Dose Bier auf, entzündete eine Zigarette und hüllte sich in eine Decke. Die Bank in der Kajüte war schmal und erinnerte ihn an die Militärzelte im Camp, als Farid und er auf Feldbetten geraucht und sich die halbe Nacht Geschichten erzählt hatten. Damals war Mirko hungrig nach guten Geschichten gewesen. Voller Hingabe hatte er den Worten des Freundes gelauscht und sich an seinem Optimismus, was ihrer beider Zukunft und die des israelischen Staates anging, erfreut. Wenn er dies mit der heutigen Situation verglich, kam ihm die Absurdität des Lebens so richtig zu Bewusstsein.

Mit einem Mal fühlte er die Eiseskälte an den Fußsohlen. Aber dann dachte er: Immer noch besser als mit dem Arsch im kalten Morast zu sitzen. In kleinen Schlucken trank er das Bier und sog an der Zigarette. Obwohl er seit mehr als zwölf Stunden nichts gegessen hatte, verspürte er keinen Hunger. Er lauschte dem Rascheln der Schilfhalme, dem Knarren des Bootsrumpfes, hörte gluckernde Wellen gegen die dünne Wandung schlagen und spürte, wie seine Erregtheit langsam abebbte. Farid war weit genug vom offenen Wasser weg. In der Dunkelheit würde ihn niemand entdecken können. Morgen bei Tagesanbruch würde er ihn auf das Boot zurückholen.

Er hatte ein flaues Gefühl im Magen. Schlimmer aber war, dass seine rotierenden Gedanken ihm keine Ruhe ließen. Immer wieder tauchten die gleichen Fragen auf, die er sich so lange versagt hatte. Morgen endlich war der Zeitpunkt gekommen, Farid zur Rede zu stellen. Doch im nächsten Moment überlegte er, was er mit den Antworten anfangen würde.

Wie auch immer, es war abzusehen, dass der jahrelange Alptraum ein baldiges Ende fand. Im Moment jedoch sehnte er sich nach nichts als nach einem ruhigen Schlaf ohne böse Träume, die ihn so oft wie gerädert aufwachen ließen.

Dubai

»Fahren Sie langsamer«, wies der Prinz den Chauffeur seiner Limousine an, der sofort das Tempo drosselte. Er lehnte sich in die Polster zurück und starrte auf die nur durch die Scheinwerfer beleuchtete Straße. Kerzengerade zog sich das schwarze Band scheinbar endlos durch die Wüste.

Es war erst das zweite Mal, dass er seit Habibdis Versagen sein Anwesen verließ. Die Enttäuschung, dass die Kamelstute seine Erwartungen nicht erfüllt hatte, hatte ihn tiefer getroffen als ihr Tod durch die Kugel des Tierarztes.

Seine weit verzweigten Geschäfte führte er ohnehin von seinem Wüstenpalast aus, der am Stadtrand von Dubai lag. Die Zeiten, in denen das Öl zu Waffen wurde, hatte er reichlich ausgeschöpft. Nun suchte er nach neuen Perspektiven. Seiner Meinung nach war der Handel mit Rohöl trotz der soliden Gewinne eine Frage der Zeit. Ein Versiegen des schwarzen Goldes war absehbar. Also genau der richtige Zeitpunkt, seine Anteile zu veräußern, ehe sie an Wert verloren. In Zukunft mochten sich andere dem zwar lukrativen, aber zunehmend Aufmerksamkeit erregenden Geschäft des Waffenhandels widmen.

Das Drogengeschäft wollte er ebenfalls abstoßen, bevor sich die politischen Verhältnisse in Afghanistan so weit stabilisierten, dass er befürchten musste, seinen Einfluss zu verlieren. In erster Linie wollte er aber das Risiko minimieren, bevor die CIA oder der Mossad auf ihn aufmerksam wurden. Er wusste um die unerbittliche Zähigkeit, mit der sich diese Wanzen festbissen, wenn sie erst einmal Blut gerochen hatten. Auf keinen Fall sollte es ihm so ergehen wie den Kolumbianern. Die glaubten sich sicher im Geschäft mit dem weißen Pulver, doch ihr Sturz durch Infiltration mit amerikanischen Agenten war nur eine Frage der Zeit.

Der Entschluss, den er bereits vor zwei Jahren getroffen hatte, war ihm nicht leicht gefallen. Das Geschäft mit dem Tod, gleich in welcher Form, gehörte von jeher zu den lukrativsten. Vor allem für jene, die wie er lediglich Anweisungen erteilten.

Den Ausstieg hatte er nicht zuletzt deshalb eingeleitet, um sich ganz auf den Aufbau seines neuesten Unternehmens konzentrieren zu können. Sein Ziel war es, die hohen Gewinne aus den alten Geschäften mit bewährten Methoden rein zu waschen. So wie er es immer gehandhabt hatte.

Der Neuanfang konnte dann mit sauberem Geld erfolgen. Das Ganze war wie eine Zwiebel aufgebaut: Schicht um Schicht umgaben die offiziellen legalen Geschäfte einen kleinen Kern, dem sein echtes Interesse galt. Ein Kern, der eine fantastische Idee zur Wirklichkeit werden ließ.

An dieser Wirklichkeit arbeitete nur eine handverlesene Gruppe von streng überprüften Technikern. Die Leitung lag in den Händen von Dr. Aham, der die notwendigen Spezialkenntnisse für dieses Projekt mitbrachte. Dessen Verschwiegenheit konnte er sich absolut sicher sein. Ab und an ließ sich der Prinz in seiner Fabrik sehen. Meist am Abend, wenn er den emsig arbeitenden Ägypter allein in der Forschungsabteilung antraf.

Der Chauffeur hatte das gedrosselte Tempo beibehalten. Kein Scheinwerfer vor und hinter ihnen störte den kurzen Moment des Genusses, als das rötliche Licht scheinbar aus dem Nichts am Horizont auftauchte. Der vage Schimmer entfaltete sich zu einem leuchtenden Rubin, der den Kamm der Sanddüne krönte und zeichnete allmählich die Umrisse einer tiefrot leuchtenden Orchidee in den Himmel. Eine Blüte wie eine schöne Frau, die sich dem näher kommenden Geliebten langsam öffnet.

Die Orchidee war das Symbol der Zukunft. Der blau leuchtende Firmenname VIRGIN FLOWER GROUP war das Wahrzeichen seines neuartigen Unternehmens. Der Kontrast der Farben war nirgendwo in dieser Reinheit zu beobachten wie unter dem Wüstenhimmel. Hier, wo kein feuchter Dunst und keine trüben Abgase ihre Leuchtkraft beeinträchtigte, erlöschte sogar das Flimmern der Sterne rundherum.

Obwohl ihm viel irdischer Besitz gehörte, war er jedes Mal aufs Neue von diesem Anblick, der die weitläufige Anlage krönte, fasziniert. Mit Stolz dachte er daran, welch große Wandlungen sich in der Stadt, die ihm seit seiner Kindheit vertraut war, vollzogen hatten. Inzwischen wurde Dubai weltweit als die wichtigste Drehscheibe für den Import und die Verteilung westlicher Güter in die umliegende arabische Welt angesehen. In einer Welt, die mit unvorstellbarem Reichtum gesegnet war, gab es natürlich auch Armut. Aber mit den Armen waren nun mal keine Geschäfte zu machen. Die Reichen wollten das Leben auskosten, gerade weil sie wussten, dass ihre Vorbestimmung im Buch des Lebens sie wie alle Menschen zum Sterben verurteilt hatte. Das war der Wille des Allmächtigen, dem sich jeder unterwerfen musste.

Nur in wenigen Regionen der Welt gab es wie hier modernste Kliniken und Krankenhäuser, die erst vor wenigen Jahren eingerichtet worden waren und deren technischer Standard höchstes Niveau erreichte. Sie verfügten über hervorragend ausgebildetes Personal, meist Ausländer zwar, aber das war der Preis, den man für diese rasante Entwicklung zu zahlen hatte.

Die modernen Ausstattungen und Geräte, die seine Firma einführen ließ, stammten aus Europa und bildeten die äußeren Häute der Zwiebel, in deren Kern eine wunderbare Zukunft schlummerte.

Die gepanzerte Luxuslimousine bog von der Hauptstraße auf die Zufahrt der Firma ab. Direkt neben der

Straße zog sich der mit Stacheldraht bewehrte Zaun rund um den gesamten Gebäudekomplex. Er sah, wie ein Insekt in der Hochspannungsleitung verglühte.

Hin und wieder warf er einen Blick in den monatlichen Sicherheitsreport, obwohl ihn dies wenig interessierte, schließlich hatte er dafür eigens einen Experten eingestellt.

Ein Wächter hatte bei Annäherung des Fahrzeugs das Eingangsgebäude verlassen und stand abwartend neben dem Schlagbaum. In der Hand hielt er eine Maschinenpistole. Das hohe Eisentor hinter ihm war noch geschlossen.

Die Fahrzeuge des Prinzen waren zwar jedem der Wächter bekannt, aber sie hatten Anweisung, sich persönlich davon zu überzeugen, wer im Wagen saß. Niemand sollte unkontrolliert das Firmengelände betreten. Jegliche Ausnahme hatte er unterbunden, denn Ausnahmen waren die Quelle von Nachlässigkeit und Schlamperei, die sich unbemerkt wie Motten in einem Teppich einnisteten. Der Schaden wurde meist erst sichtbar, wenn es zu spät war.

Der Wächter trat auf den Wagen zu, woraufhin der Fahrer die Seitenscheibe herunterließ. Die Miene des Wächters drückte Besorgnis aus. »Ich möchte Sie auf etwas aufmerksam machen, mein Prinz. Wir haben die Befürchtung, dass ein Spion sein Unwesen treibt.«

Deutsch-Polnisches Grenzgebiet

Ohne einen Funken Mitleid sah Mirko in das verwüstete Gesicht seines ehemaligen Freundes. Über Nacht war der schmutzig-braune Schlamm getrocknet. Seine Augen waren geschlossen.

Mirko befestigte die Halteleine des kleinen Schiffes an dem Stamm, der den Araber die ganze Nacht in eine unbewegte Sitzstellung gezwungen hatte. Erst als das Boot gesichert war, schnitt er den Kabelbinder durch, der sich in Farids fetten Hals eingegraben hatte. Dessen Kopf fiel ruckartig nach vorn auf die Brust und verdeckte die Tränenspuren, die sich durch die bröckelige Schlammmaske gegraben hatten. Sein Unterkiefer zitterte haltlos und sein Körper vibrierte in unkontrollierten Bewegungen. Obwohl die Januarnacht überraschend mild gewesen war, hatte auch Mirko unter der dünnen Decke in der Kajüte gefroren.

Farids Mantel und Kleidung hatten sich mit Wasser voll gesogen. Ab und zu lief ein Beben durch seinen fetten Leib, wie Erschütterungen, die den bevorstehenden Ausbruch eines Vulkans ankündigten. Mirko fasste Farid fest unter das Kinn, zwang ihn, den Kopf zu heben. Noch immer hielt er die Augen geschlossen, doch Mirko sah, wie seine Lider zuckten.

»Sieh mich an, du Bastard«, zischte er mit rauer Stimme nahe an dessen Gesicht. Er sprach Hebräisch, die Sprache, die sie früher benutzt hatten. Sein Gegenüber zeigte keinerlei Reaktion.

Mirko ließ Farids Kopf los und zündete sich eine Zigarette an. Unendlich oft hatte er sich den Augenblick der Rache in den unterschiedlichsten Szenarien ausgemalt. Aber so hatte er sich ihr Zusammentreffen nicht vorgestellt. Am liebsten hätte er Farid um Gnade winselnd am Boden liegen sehen. Doch das vor ihm kauernde menschliche Wrack schien ihn noch nicht einmal wieder zu erkennen.

Mirko beugte sich zu ihm hinunter und begann, seine Kleidung zu durchsuchen. Die feuchtklammen Manteltaschen waren bis auf ein zusammengeknülltes Stofftaschentuch leer. Ebenso die Taschen des Sakkos. Erst als er nach innen griff, wurde er fündig. Die durchweichte lederne Brieftasche enthielt ein Bündel Dollarnoten – er schätzte, etwa tausend Dollar – und eine Auswahl verschiedener Kreditkarten. Schon wollte er alles wieder zurückschieben, als er bemerkte, dass eine der Hüllen, in denen die Kreditkarten steckten, ein dickeres Format aufwies.

Er zog sie heraus. Mit seinen schmutzigen Fingern wollte er die beiden Hartplastikteile anfassen. Obwohl er die Aufschrift nicht erkennen konnte, war er ziemlich sicher, worum es sich handelte: Speicherkarten, wie sie für elektronische Kameras oder ähnliche Geräte verwendet wurden.

Vorsichtig tupfte er das Kunststoffetui mit einem Papiertaschentuch ab und steckte die Datenträger ein. Farid hatte die gesamte Prozedur über sich ergehen lassen, ohne sich zu bewegen. Sein Atem ging röchelnd und sein Kopf hing herab, wie der einer Marionette, deren Fäden man durchtrennt hatte.

Die Luft war kühl. Ein leichter Wind strich raschelnd durch den Schilfwald. Mirko sah sich aufmerksam um, doch bis auf das leichte Neigen der Halme war keine Bewegung auszumachen. Mühsam tastete er nun Farids schlammsteife Hosentaschen ab. Seine Finger fanden sie leer bis auf den Hotelschlüssel, der sich durch einen großformatigen Anhänger verriet und einige Münzen, die lose in den Taschen steckten. Eine Waffe trug er nicht bei sich. Die Geldbörse, die Mirko nur mit großen Schwierigkeiten aus der Gesäßtasche ziehen konnte, war ebenfalls völlig nass. Auch sie enthielt nichts, was ihm weiterhelfen würde. Die durchweichte Papiermasse im hinteren Fach waren vom Morastwasser miteinander verklebte Zlotyscheine. Noch einmal glitten Mirkos Finger über den Körper seines Widersachers, als er in einer der Manteltaschen, die er vorher übersehen haben musste, etwas ertastete. Vorsichtig zog er den Gegenstand heraus. Es war eine Metallhülse mit Schraubverschluss. Als er sie öffnete, knirschte Erde in dem Gewinde. Er blies es sauber und ließ den Inhalt auf den geöffneten Handteller gleiten. Eine fertig aufgezogene Einmalspritze, gefüllt mit einer wasserklaren Flüssigkeit. Die Kanüle war durch eine grüne Plastikmanschette geschützt.

»Was ist das?«, herrschte er Farid an und hielt ihm die Spritze vors Gesicht. »Nimmst du das Zeug jetzt selbst oder wozu schleppst du es mit dir herum?«

Farid hob nicht einmal den Kopf.

Mirko schob die Spritze zurück in das Röhrchen und ließ es zu den Datenträgern in seine Tasche gleiten. Verächtlich sah er auf den Mann herab, der noch immer zusammengekauert am Boden hockte. Die Nacht musste für ihn die Hölle gewesen sein. Aber das war kein Vergleich zu dem Leid, das er vielen Menschen willentlich zugefügt hatte.

»He, ich rede mit dir.« Mirko versuchte, Farid aus seiner Trance zu reißen, indem er ihn schüttelte. Als er spürte, wie das eisige Wasser seine Schuhe durchdrang, entschloss er sich, Farid zurück auf das Boot zu bringen. Ihn dort zur Rede zu stellen war in jedem Fall sicherer als hier, wo sie im Morgenlicht leicht entdeckt werden konnten. Er sah sich um und versuchte, sich zu orientieren. Zwischen seinem jetzigen Standort und der Grenze lag höchstens eine Entfernung von einem Kilometer. Wie dicht die Grenzüberwachung zwischen Polen und Deutschland war, konnte er nicht einschätzen. Als sich das Schilf erneut bewegte, fuhr Mirko erschrocken herum. Eine Ente oder ein anderer Wasservogel verschwand mit leisem Plätschern unter der Wasseroberfläche. Erleichtert sah er hinauf zum Himmel, dessen Morgengrau sich langsam in ein blasses Blau verwandelte. Falls ein Helikopter der Grenzpolizei zu einem Routineflug ansetzte, nahm man sie vielleicht als verdächtiges Objekt wahr. Zwar hatte er das Boot heute Morgen flüchtig mit Schilfblättern bedeckt, aber er war nicht sicher, ob die Tarnung ihren Zweck erfüllen würde. Er spürte, wie Nervosität und auch etwas wie Angst langsam Besitz von ihm ergriff.

Grob packte er Farid an der Brust und versuchte, ihn hochzuziehen. Der aber sank sofort mit einem Stöhnlaut zurück auf den Boden und blieb dort in einer gebetsähnlichen Stellung liegen. Das schlammverschmierte Gesicht war zur Seite gedreht. Mirko kämpfte gegen die Verlockung an, ihn einfach mit einem Fußtritt ins Wasser zu befördern. Rechtzeitig gemahnte er sich zur Besonnenheit, packte sein Opfer um den Brustkorb, schleifte ihn zum Boot und legte ihn auf dem Deck ab. Dann zerrte er Farid in die Kajüte und ließ ihn auf die Bank fallen, wo er vornübergebeugt sitzen blieb.

Auf dem kleinen Propangaskocher erhitzte er Mineralwasser und brühte zwei Tassen Pulverkaffee auf. Mirko verspürte keine Lust, Farid das Getränk einzuflößen.

Er überlegte, ob er ihm die Handfesseln durchtrennen sollte, denn in seinem desolaten Zustand stellte er kaum eine Gefahr dar.

Als Mirko die Kabelbinder an den Händen durchschnitt, fielen Farids Arme kraftlos nach vorn. Mit einem Mal kam Bewegung in den massigen Körper. Er rieb sich stöhnend die Handgelenke. Die Tasse, die Mirko neben ihn auf die Bank gestellt hatte, führte er zitternd zum Mund.

»Warum tust du das, Mirko?«, flüsterte er heiser, nachdem er gierig ein paar Schlucke getrunken hatte. Ein braunes Rinnsal aus Kaffee und Schlamm floss über sein dreckverschmiertes Kinn.

Die Nennung seines Namens traf Mirko wie ein Schock. »Das weißt du ganz genau«, presste er zwischen den Zähnen hervor.

Es entstand eine längere Pause.

»Ich bin nicht Schuld an Rankas Tod«, kam es schließlich gequält aus dem Mund des Arabers. »Das ist es doch, was du mir vorwirfst, oder?«

»Du elender Lügner.« Mirko versetzte Farid einen wütenden Stoß. Kurz überlegte er, ob er ihn nicht wieder fesseln sollte, doch die zitternde Gestalt konnte noch nicht einmal die Tasse halten, ohne dass der Kaffee überschwappte.

»Weißt du, wie lange ich auf diesen Augenblick gewartet habe, du Scheißkerl?« Er versetzte Farid mit dem Knie einen Stoß gegen den Oberschenkel. Der bewegte mühsam die schmutzverkrusteten Lippen. »Es war ein Unglück ... Das musst du mir glauben. Ein tragisches Unglück ... Ich wusste doch selbst nicht, wie schlimm es um sie stand.« Farid keuchte und versuchte, zur Seite zu rücken, um weiteren Stößen auszuweichen.

»Unglück?«, höhnte Mirko. »Du willst dich doch nur herausreden. Du hast sie kaltblütig ermordet. Du hast ihr die Drogen beschafft. Du hast sie süchtig gemacht, weil du genau gewusst hast, dass sie sonst nicht bei dir geblieben wäre.« Mirko schrie seine geballte Wut auf die gebeugte Gestalt hinunter. »Und als sie dir lästig wurde, hast du sie beseitigt. Du bist schlimmer als eine Ratte. Ich sollte dich totschlagen!«

»Beim Leben meiner Mutter, ich habe Ranka nichts getan.« Farids Stimme hatte an Kraft gewonnen. Beschwörend fuhr er mit immer noch gesenktem Kopf fort. »Es tut mir unendlich Leid, was passiert ist. Aber es ist nicht meine Schuld. Wirklich nicht. Ich habe genauso um deine Schwester getrauert wie du. Monatelang konnte ich keine Nacht schlafen, ohne dass mir ihr Gesicht im Traum erschienen ist.«

Mirko musste sich mit Gewalt zurückhalten, um ihm nicht ins Gesicht zu treten. Er ballte die Fäuste und schwieg. Dieses elende Exkrement wagte es tatsächlich, das Andenken an Ranka zu beschmutzen.

Zum ersten Mal hob Farid den Kopf und sah ihn an. »Es ist nicht so, wie du denkst, Mirko. Warum glaubst du mir nicht? Wir waren doch einmal Brüder.«

Mirko blickte schweigend und voller Verachtung auf ihn herab. Auf einmal trat ein listiger Ausdruck in Farids Augen, den selbst die abblätternde Maske aus Morast nicht ganz verbergen konnte.

»Es nützt dir überhaupt nichts, mich umzubringen. Glaubst du wirklich, ich wäre so dumm und würde mich nicht absichern? Meine Leute sind ganz in der

Nähe. Wenn mir etwas passiert, sind deine Tage gezählt.«

»Du Mistkerl willst mir drohen?« Mirko schlug ihm mit der Faust auf den Kopf.

»Sie werden dich finden, und dein Freund Moshe wird dir dann auch nicht helfen können«, ächzte der Andere und hob abwehrend die Hände. Seine Handgelenke waren blutverkrustet. Zornig schlug Mirko die Hände beiseite. Er wollte Farids Gesicht sehen, das Gesicht des Mörders seiner Schwester. Um Vergebung sollte er betteln, die er ihm aber niemals gewähren würde.

»Wir alle machen Fehler ...«, keuchte Farid. »Auch du hast nicht immer korrekt gehandelt, Mirko. Das was du mit Moshe ausgeheckt hast, war auch nicht immer ganz sauber.« Seine Stimme wurde zu einem heiseren Raunen. »Denk doch an früher. Hast du das denn vergessen? Was wir alles gemeinsam gemeistert haben. Damals, als wir eine unzertrennliche Einheit waren, du und ich. Mirko und Farid.« Er streckte die Hand aus. »Lass uns unter Brüdern diese absurde Feindschaft beenden.«

Eine Sekunde lang war Mirko versucht, die ihm entgegengestreckte Hand zu ergreifen. Es war so, wie Farid sagte. Sie waren wie Brüder gewesen. Bis zu dem Zeitpunkt, als Mirko in den Dienst eintrat und Farid sich irgendwelchen Geschäften zuwandte, über deren Hintergründe damals niemand etwas wusste. Auch Ranka nicht, die sich in den gut aussehenden Araber mit den dunklen Augen verliebt hatte. Sie war Farid gefolgt, als er den Kibbuz verließ. Dass er plötzlich über sehr viel Geld verfügte, war, so hoffte Mirko, nicht das Ausschlaggebende gewesen.

Mirko hatte seine Schwester genauso vermisst wie die

Eltern, die beide bei einem Bomben-Attentat ums Leben kamen. Er sah es als seine Verpflichtung an, sich um seine jüngere Schwester zu kümmern. Als er sie endlich gefunden hatte, war sie nur noch ein menschliches Wrack. Er hatte sie mit nach Prag genommen. Von dort war sie erneut verschwunden. Als er sie zum letzten Mal wieder sah, lag sie mit einem Tuch bedeckt in einem kahlen Raum auf einem Tisch aus Edelstahl. Sie hatten ihm nur ihr Gesicht gezeigt, nicht aber ihren geschundenen, von den Spuren der Sucht entstellten Körper.

Für Mirko gab es nur einen einzigen Schuldigen. Der hieß Farid Moussa. Er allein war für Rankas Drogensucht und ihren Tod verantwortlich. Nichts war mehr übrig geblieben von dem vertrauten, freundschaftlichen Gefühl, das er einmal für ihn empfunden hatte. Da war nur noch Hass. Ätzender, zersetzender Hass. Und jetzt glaubte dieses üble Subjekt, es könne all dies mit einer simplen Geste der Versöhnung beiseite schieben. Voller Verachtung spie er Farid an.

Dessen Gesicht blieb zunächst unbewegt, dann nahm es einen wehleidigen Zug an. »Du hast also die guten Zeiten einfach vergessen.« Seine Stimme klang traurig. Er schniefte und wischte sich mit einer müden Bewegung über Augen und Nase.

»Mir kannst du nichts mehr vormachen. Du bist ein bigottes, verdammtes Arschloch, Farid Moussa oder wie auch immer du dich nennen magst.«

»Hör zu, Mirko«, fuhr der Andere beschwörend fort. »Es ist doch nur die Politik, die uns trennt. Steht denn wahre Freundschaft nicht über all diesen Dingen? Diese Scheißpolitik!«, stieß er voller Abscheu hervor und nahm mit bebenden Händen einen weiteren Schluck aus der Kaffeetasse. »Die zu nichts anderem führt als gute Freunde zu entzweien.«

»Lass die Politik aus dem Spiel. Du hast meine Schwester auf dem Gewissen!« Mirkos Stimme überschlug sich. Trotz seiner Erregung nahm er durch den Gestank von Urin, Schweiß und Fäkalien den unverkennbaren Geruch der Angst wahr, den der Mann vor ihm verströmte. Mirko tastete nach den Zigaretten in seiner Tasche und versuchte, sich zu beruhigen. Der Zorn hatte ihn unbeherrscht und blind gemacht. Auf keinen Fall durfte er unvorsichtig werden.

»Wenn du dich schon nicht mehr auf unsere Freundschaft besinnst, Mirko, dann mache ich dir einen Vorschlag, ein Geschäft ...« Farids bemühtes Lächeln verkam zu einer schmerzvoll leidenden Grimasse.

»Ich höre«, antwortete Mirko verhalten und heuchelte Interesse. So schwer ihm das auch fiel. Denn natürlich wollte er etwas über die Hintergründe des vorgeschlagenen Geschäftes erfahren. Das war schließlich Moshes Forderung gewesen. Der Preis für die Information, wo sich Farid aufhielt.

Mechanisch wischte sich der Araber erneut über das Gesicht. Brauner Staub rieselte auf den Lattenrost am Boden. Aus seinem Mundwinkel rann ein Blutfaden. Er verschränkte die Hände über der Brust, um das unkontrollierte Zittern seines Körpers zu unterdrücken.

»Meine Geschäftsfreunde und ich, wir bauen gerade ein hochinteressantes Geschäft auf. Etwas, das wirklich Zukunft hat.« Er unterbrach sich kurz und sah Mirko mit den treuherzigen Augen eines Hundes an, der sich seinem Herrn bedingungslos unterwirft.

»Ich denke, du bist Geschäftsführer einer Import- und Exportfirma.«

»Ja, sicher. Aber ich bin auch Agent in einer anderen Sache.«

»Welcher anderen Sache?«

»Es ist eine reine Vermittlungssache. Absolut sauber. Und sie wird gut bezahlt. Wir bieten attraktiven, jungen Frauen eine einmalige Chance in Dubai. Das ist die Drehscheibe der modernen arabischen Welt, musst du wissen.«

Mirko sah sein Gegenüber mit zusammengekniffenen Augen an. »Du bist ein gottverdammter Mädchenhändler geworden? Und das nennst du sauber? Das sieht dir ähnlich.«

»Nein, ganz bestimmt nicht. Es ist etwas völlig anderes und dient einem höheren Zweck. Unsere Kunden sind äußerst vermögend und diesen Mädchen eröffnen sich Karrierechancen, von denen sie sonst nur träumen können.«

Mit einem Mal explodierte Mirkos Brustkorb, das Steuerrad bohrte sich tief in seinen Rücken. Wie eine Kanonenkugel war Farid auf ihn losgeschnellt. Dessen gesenkter Kopf traf ihn wie ein Rammbock. Mirko schnappte nach Luft, aber nur ein pfeifender Ton entwich seinem Mund. Sterne tanzten vor seinen Augen. Er rutschte langsam zu Boden. Wie von Zauberhand hatte Farid plötzlich einen schwarzen Gegenstand in der Faust. Ein dicker Kabelstrang, der klatschend auf das Armaturenbrett des Bootes traf. Mirko zwinkerte mit den Augen, um die Schwärze zu vertreiben. Sah das dämonische Grinsen über sich. Etwas pfiff an seinem Ohr vorbei, sein linker Arm schien wie abgetrennt. Er rollte sich auf dem Boden zusammen. Eine neuerliche Explosion, diesmal in der linken Schulter. Nur schemenhaft nahm er den schwarzen Umriss des Kabels wahr. Den nächsten Schlag spürte er einen Bruchteil von Sekunden früher, bevor er getroffen aufstöhnte.

Othmarsdorf

Das Brummen des Motors erinnerte Aisha an Tarzans zufriedenes Schnurren. Sie liebte solche Fahrten über Land. Es bereitete ihr ein leicht gehobenes Gefühl, bequem in den Ledersitz zurückgelehnt, Onkel Yashars Erbstück einmal länger auszufahren als die kurze Strecke von Königstein nach Frankfurt. Schalten musste sie selten. Der Fünfzylinder Diesel verkraftete klaglos untertouriges Fahren und beschleunigte, wenn auch träge, das Fahrzeug wie ein Schiff auf hoher See.

Am Anfang, kurz nach der Führerscheinprüfung, war es ihr oft peinlich gewesen, mit solch einem großen Wagen gesehen zu werden. »Aisha mit dem dicken Benz«, spöttelten ihre Freundinnen. Aber wenn sie sie einlud, mitzufahren, sagte keine nein. Der Komfort eines solch gediegenen Wagens war eben nicht zu unterschätzen. Obwohl auch Covacz schon mal eine Bemerkung in Richtung »Solche Autos fahren normalerweise Opas mit Hut« hatte fallen lassen. Das Einzige, was sie an dem Auto störte, war die Farbe. Das Schwarz erinnerte sie zu sehr an einen Leichenwagen.

Sie trat ein wenig auf das Gaspedal und fuhr in eine von Pappeln bestandene Allee, die wie ein brauner Trichter in der Ferne zu einem magischen Punkt zusammenzulaufen schien.

Wie die Pfähle eines Riesenzaunes ragten die kahlen Bäume in den Himmel, flogen an ihr vorüber und warfen ein optisches Stakkato aus Licht und Schatten auf ihr Gesicht. Ihre Augen flackerten im Rhythmus des stetigen Hell-Dunkel-Wechsels. Sonnenlicht, Baumschatten, Sonnenlicht, Baumschatten.

»I want to get away, I want to fly away, yeah, yeah …«, röhrte Lenny Kravitz aus den Lautsprechern und verstärkte den von dem rasanten Lichtwechsel ausgehenden Effekt, der sie hypnotisch in die Gerade hineinsog. Sie sang den Refrain mit. Ihr Herzschlag verstärkte sich. Es war ein tolles Gefühl, über die schnurgerade Straße zu gleiten. Obwohl die Fahrt schon über vier Stunden andauerte, spürte sie keinerlei Müdigkeit.

Der Tacho zeigte hundertdreißig Stundenkilometer an. Wieder einmal erlag sie der Fehleinschätzung zwischen realer Geschwindigkeit und dem ruhigen Lauf des Benz. Lächelnd dachte sie an das nervöse Gehoppel, das Covacz' Mini auf dem von Schlaglöchern zerstörten Asphalt vollführen würde.

Die Straße war kaum befahren. Nur gelegentlich begegnete ihr ein anderes Fahrzeug. Weit konnte es nicht mehr sein bis Othmarsdorf, höchstens noch fünfzehn bis zwanzig Minuten.

Vielleicht war es völliger Blödsinn, hierher in den Nordosten zu fahren. Natürlich war Winkler alles andere als begeistert gewesen, als sie ihm ihr Vorhaben unterbreitete. »Und wer soll den Artikel über die neuerliche Miss Hessen-Wahl schreiben?«, hatte er gefragt. »So weit ich mich erinnere, habe ich Ihnen diese Aufgabe zugeteilt.«

»Bis dahin bin ich längst wieder zurück«, antwortete

sie. Und wenn nicht, wird sich sicher jemand anders für diesen Käse finden, hatte sie ihm Stillen hinzugefügt.

»Tun Sie, was Sie nicht lassen können«, hatte er schließlich resigniert eingeräumt. »Aber Spesen gibt's dafür nicht.«

Okay, dann würde sie diese Tour eben als Quasi-Urlaub ansehen. Nur gut, dass sie nicht auf Winklers Almosen angewiesen war. Kurz ließ sie das Seitenfenster herunter und atmete gierig die kalte Luftwelle ein, die hereindrang. Fast meinte sie, das Meer riechen zu können. Als Kind war sie einmal an der Ostsee gewesen. Ein Urlaub zusammen mit ihren Eltern, an den sie zwar eine sehr vage, aber angenehme Erinnerung hatte. Jedenfalls freute sie sich auf die Dünen-Landschaft und den scharfen Wind, der die Haare zauste. Das Seitenfenster schnurrte wieder nach oben und dämpfte das Pfeifen des Fahrtwindes. Kurz tippte sie die Bremse an, als eine Warnung vor einer Haarnadelkurve mitsamt einer Geschwindigkeitsbegrenzung an ihr vorüberflog, die sie großzügig übersah.

Gerade wollte sie wieder beschleunigen, als ein Blitz ihren Rückspiegel erhellte und sie den grünweißen Kotflügel eines Polizeikombis hinter sich verschwinden sah.

»Ooops!« Erschrocken stieg sie in die Bremse, obwohl sie wusste, dass es zu spät war. Die fünfunddreißig Stundenkilometer, mit denen sie jetzt aus der Kurve herauskroch, kamen ihr immer noch viel zu schnell vor. Ihre übermütige Laune war schlagartig verflogen.

Ein paar hundert Meter weiter wurde sie von den grünen Sittenwächtern erwartet, die sie mit der rotweißen Kelle in eine Parkbucht zwischen den Pappeln winkten.

Sie ließ den Wagen ausrollen und stellte den Motor ab. Langsam schlenderte der Mann auf sie zu, als wolle er ihr ausreichend Gelegenheit geben, ein schlechtes Gewissen zu entwickeln. Sie tastete nach den Wagenpapieren und ließ erneut das Seitenfenster herunter. Hier roch es nicht nach Meer, sondern es stank nach frischer Gülle.

»Führerschein und Wagenpapiere bitte.«

Aisha versuchte, das Gesicht unter dem tief gezogenen Mützenschirm zu erkennen, wurde aber von der Sonne geblendet.

»Darf ich aussteigen?«

Der Beamte, an dessen gelbbrauner Hose sie in Augenhöhe einen Schmutzfleck entdeckte, trat einen Schritt zurück, nickte gönnerhaft und studierte aufmerksam ihre Fahrzeugdokumente. Sie schätzte ihn um die Dreißig.

»Frau Khan.« Sein Blick wechselte zwischen Aisha, dem schwarzen Mercedes und den Papieren hin und her. »Sie wissen, dass Sie zu schnell gefahren sind?« Er verzog den Mund. »Sie sollten mit dem Auto Ihres Vaters vorsichtiger umgehen, junge Frau. Wie schnell ist da was passiert.« In seinem Gesicht war allzu deutlich zu lesen, was er dachte: junges Ding hat sich Papas Auto für eine Spritztour ausgeliehen und hat sich ein wenig überschätzt.

Aisha nickte schuldbewusst und bemühte sich, möglichst zerknirscht zu wirken, um ihm keinen Anlass zu geben, sich in irgendeiner Weise provoziert zu fühlen. Aus steuerlichen Gründen war der Wagen immer noch auf Onkel Yashar zugelassen, und sie wurde meist jünger eingeschätzt als sie war, besonders seit sie die Haare kürzer trug. Als Kompliment empfand sie das nicht unbedingt. Jetzt ärgerte sie sich über sich selbst, dass sie sich so vom Geschwindigkeitsrausch hatte übermannen lassen.

Wie teuer der Spaß wohl werden würde? Sie tastete in ihrer Jackentasche nach ihrem Portemonnaie. Wie üblich hatte sie nur wenig Bargeld dabei, und eine Kreditkarte würden die Polizisten wohl kaum akzeptieren.

»Kommen Sie bitte mit«, forderte sie der Uniformierte auf.

Eingeschüchtert folgte sie ihm zum Einsatzwagen, in dem ein zweiter Beamter in schwarzer Lederjacke saß. Das Rauschen und Knacken aus dem Sprechfunkgerät, das er in der Hand hielt, zerschnitt die mittägliche Stille.

»Ich gebe ja zu, dass ich ein wenig zu schnell gefahren bin. Aber ich hatte es eilig«, sagte sie entschuldigend, als er den Kopf hob und sie fragend ansah. Er war wesentlich älter als derjenige, der sie angehalten hatte. Sein Gesicht sah zerfurcht aus. Die Mundwinkel hingen herab.

»Das sagen alle«, antwortete er, ohne die Stimme zu heben.

Sein jüngerer Kollege reichte ihm Aishas Papiere und blieb abwartend stehen.

»Haben Sie etwas getrunken?«, lautete die nächste Frage. Der ältere Polizist wirkte wie ein träger Frosch, der in scheinbar gleichgültiger Haltung darauf wartete, das längst erspähte Beutetier zu schnappen.

Sie schüttelte den Kopf. »Ich trinke nie Alkohol.«

Er sah sie abschätzend an. »Und Sie tragen immer ein Kopftuch. Und Deutschland ist ihr geliebtes Heimatland«, murmelte er vor sich hin.

»Bitte?«

»Entschuldigung, das hat der Kollege nicht so gemeint.« Der Polizist, der sie als erster angesprochen hatte, warf dem Älteren einen missbilligenden Blick zu.

»Ich bin Deutsche«, sagte sie laut in dessen Richtung. »Auch wenn ich vielleicht ein wenig anders aussehe.«

»Nichts für ungut.« Der jüngere und offensichtlich auch wohlwollendere der beiden, lächelte schief und gab ihr die Papiere zurück. »Gute Fahrt!«

»Wie? Das war alles?«

Er schob die Mütze etwas zurück. Dichte braune Locken kamen darunter hervor. »Sie sollen nicht mit einem allzu schlechten Eindruck vom Osten wieder nach Hause fahren. Aber bitte, tun Sie mir den Gefallen und fahren Sie langsamer. Damit Sie wieder heil in Ihr schönes Frankfurt am Main zurückkehren.«

Aisha atmete erleichtert auf. »Vielen Dank für Ihr Entgegenkommen.«

Sie hatte bereits mit Schrecken an Onkel Yashars vorwurfsvolle Kommentare gedacht. Immer wieder gemahnte er sie daran, vorsichtig mit seinem ehemaligen Geschäftswagen umzugehen. Wobei nie so ganz deutlich wurde, ob er mehr um ihr Wohl oder um das des Wagens besorgt war. Zu seinen Gunsten wollte sie aber annehmen, dass es ihre Unversehrtheit war, die ihm am Herzen lag.

Die letzten Kilometer bis zum Ortsschild von Othmarsdorf legte sie im gemächlichen »Opa-mit-Hut-Tempo« zurück. Obwohl es unwahrscheinlich war, dass sie noch ein zweites Mal in eine Verkehrskontrolle geriet.

Direkt am Ortseingang wurde sie von einem roten Motorrad überholt. Der Fahrer tippte mit einer eindeutigen Fingerbewegung gegen den gleichfarbigen Helm, während er die schwere Maschine auf der Hauptstraße beschleunigte. Aisha sah ihm kopfschüttelnd nach, wie er viel zu schnell mit aufheulendem Motor verschwand.

Deutsch-Polnisches Grenzgebiet

Sein Arm brannte wie Feuer und schien gleichzeitig gelähmt. Mühsam versuchte er auf die Beine zu kommen, als ihn eine neuerliche Schmerzwelle durchflutete. Er biss die Zähne zusammen und richtete sich keuchend auf. Die Kabinentür hing schräg in den Scharnieren. Mit dem rechten Arm hielt er sich am Türrahmen fest, zog sich weiter hoch und trat an die Reling. Brechreiz quoll in ihm empor. Er beugte sich über das niedrige Geländer und spie ins Wasser.

Er wischte sich über den Mund und suchte das schlammige Wasser mit den Augen ab. Das Schilfufer rund um die Bucht war unbewegt. Weit und breit keine Spur von Farid. Als er sich umwandte und nach der Stange fasste, mit der er das Boot durch das Schilf gestakt hatte, zuckte wieder ein scharfer Schmerz durch seinen Arm. Die Stange entglitt seinen Händen. Etwas lag auf dem Boden des Bootes. Er hob es auf und wog es in der rechten Hand. Ein Stück Starkstromkabel. Einen Zentimeter Durchmesser, vierzig Zentimeter lang, mit schwarzem Plastik ummantelt, biegsam, aber so schwer wie eine Eisenstange. Dieses hinterhältige Schwein musste das Kabel irgendwo verborgen gehabt haben, schoss es Mirko durch den Kopf. Wieso hatte er das nur übersehen können?

Mühsam tastete er wieder nach der Holzstange und

begann mit zusammengebissenen Zähnen, den Grund der Bucht abzutasten. Bei jeder Bewegung zuckten schmerzhafte Wellen durch seinen Körper. Plötzlich stieß er auf Widerstand. Hier musste das Wasser zwei Meter tief sein. Eine dicke Blase schoss wie der Körper einer Qualle aus der Tiefe des trüben Wassers empor und zerplatzte mit leisem Schmatzen an der Oberfläche. Fauliger Schwefelgeruch stieg ihm in die Nase.

Wie hatte er auch nur einen Moment lang die Gefahr vergessen können, die von Farid Moussa ausging? Dieses elende Stück Scheiße hatte ihn einfach überrumpelt! Mirko schämte sich fast, wenn er daran dachte, dass er seinem Erzfeind die Hand reichen wollte und wie dieser den kurzen Moment aufkommender Versöhnungsbereitschaft schamlos ausnutzte! Sentimentale Erinnerungen hatten ihn eine Sekunde lang unvorsichtig werden lassen. Eine Sekunde, die ihn fast das Leben gekostet hätte. Hätte er nicht den Kopf instinktiv zur Seite gerissen, läge er jetzt mit eingeschlagenem Schädel in der Schilfbucht. Da brauchte er sich gar nichts vorzumachen.

Er schüttelte den Kopf. Warum hast du Farid nicht wieder gefesselt? Weil du immer noch an einen Rest von Ehrgefühl geglaubt hast.

Was warst du bloß für ein Naivling!

Dabei hätte er es besser wissen müssen. Schon damals bei der Nahkampfausbildung im Camp hatte Farid ein besonderes Gespür dafür entwickelt, wie sich alltägliche Gegenstände in Waffen verwandeln ließen.

Mirko erinnerte sich daran, wie Farid einmal seinem Trainingspartner mit einem Kugelschreiber beinahe ein Auge ausgestochen hatte. In diesem Teil der Ausbildung war er ihnen allen überlegen gewesen. Nicht an Körperkraft, sondern an Brutalität. Selbst Moshe, der die ihm anvertrauten Rekruten nicht gerade zur Zimperlichkeit ermunterte, hatte diese Rücksichtslosigkeit erschreckt. Das Überraschungsmoment ausnutzen, wenn der Gegner sich scheinbar sicher fühlt – das hatte Farid im Camp oft genug vorgeführt.

»Jeden Vorteil gnadenlos nutzen«, das war sein Motto gewesen. Wie oft er wohl später diese Fähigkeit eingesetzt hatte, einen Menschen schnell und geräuschlos zu töten, ohne Spuren zu hinterlassen?

Als die Mittagssonne ihren höchsten Punkt erreichte, gab Mirko seine Suche auf. Nun war er sich ziemlich sicher, dass Farid ertrunken war. Vielleicht hatte eine Strömung den Leichnam mit sich geführt. Krabben, Aale und anderes Getier würden schnell für seine Unkenntlichkeit sorgen. Mirko konnte förmlich sehen, wie scherenförmige Kiefer Fetzen aus blass gewordener, welliger Haut rissen, wie wässerige Blutschleier immer neue Fresser herbeilockten. Bald würden Sand und Schlick diesen Haufen Unrat mit einer dicken Schicht bedecken und für immer verschwinden lassen.

Wer hatte eigentlich Farid Moussa zuerst als Krake bezeichnet? Mirko konnte sich nicht mehr genau daran erinnern, ob es Moshe gewesen war. Zutreffend war die Bezeichnung allemal, denn Farid vereinigte viele negative Eigenschaften dieses Tiefseejägers in sich. Dass Farid nicht schwimmen konnte, hatten nur die wenigsten gewusst. Auch darin hatte er seine Kameraden, wie in so vielem, getäuscht.

Trotz des Schmerzes in der Schulter erfüllte Mirko

eine lange nicht gespürte Leichtigkeit, als er das Boot aus dem Schilfgürtel ins Haff stakte, heraus aus dem Netz des ineinander verflochtenen Wurzelwerks der Schilfpflanzen.

Er startete den Motor und steuerte auf kürzestem Weg den Leuchtturm an. Unbehelligt erreichte er seine Fluchtburg und vertäute beide Leinen an der kleinen Mole. Das Boot müsste dringend gereinigt werden, dachte er. Überall hingen faserige Teile der Schilfhalme auf dem Kajütendach und dem Deck. Auch seine Schuhe waren nass und verdreckt und quietschten bei jedem Schritt. Hemd und Hose waren vom Morast verschmiert. Wie früher nach einem Manöver im dicksten Schlamm.

Die anschließende Dusche tat ihm gut. Das heiße Wasser vertrieb Farids Gestank und lockerte die Muskeln. Nachdem er Schulter und Arm vorsichtig abgetastet hatte, war er überzeugt, dass nichts gebrochen war. Die Schmerzen waren zwar immer noch stark, aber nicht so schlimm, als dass man sie nicht aushalten konnte. Zwei dunkle Streifen unter der Haut zeigten deutlich, wo ihn das Kabel getroffen hatte. Noch immer konnte Mirko es kaum glauben, dass Farid keine Sekunde gezögert hätte, ihm den Schädel einzuschlagen. Er, der ihm einmal das Leben gerettet hatte.

Mirko rollte ein wenig die Schulter, um gegen das Gefühl der Taubheit anzukämpfen. Dabei begutachtete er die Gegenstände, die er seinem Todfeind abgenommen hatte. Jetzt bedauerte er, dass er das Bündel Dollarnoten nicht behalten hatte. Bargeld war besser als der Einsatz von Kreditkarten und auf dem Meeresgrund nützten die Geldscheine niemandem etwas.

Die Röhre mit der Einwegspritze legte er beiseite.

Wahrscheinlich eine Dosis Heroin oder irgendeine andere Droge, vielleicht auch nur ein Betäubungsmittel. Das würde sich bald feststellen lassen.

Mirko klemmte sich eine Zigarette zwischen die Lippen, nahm eine der Speicherkarten in die Hand und reinigte sie sorgfältig. Dann schob er sie in den seitlichen Schlitz seines Laptops. Er sah, dass auf der Karte eine Ansammlung von Grafikfiles gespeichert war. Bevor er die Fotodatei öffnete, startete er sein Virenschutzprogramm. Sicher war sicher.

Auf dem Bildschirm erschien das Portrait einer jungen Frau. Ein exotischer Typ, dunkelhaarig und mit einer Haut wie Milchkaffee. Sie war elegant gekleidet und ihre erotische Ausstrahlung war enorm. Das nächste Foto zeigte die gleiche Frau im Ganzkörperformat von hinten, wobei der Fotograf ihrem wohl proportionierten Po ein besonderes Augenmerk geschenkt hatte. Das Aufnahmedatum lag mehrere Wochen zurück.

Bild für Bild öffnete er. Doch es schien sich hierbei um nichts weiter als um eine endlose Reihe junger, attraktiver Frauen zu handeln. Wahrscheinlich die Mädchen, die nach Farids Worten in Dubai die Chance ihres Lebens erhalten sollten. Mirko schnaubte. Er konnte sich lebhaft vorstellen, worin diese angebliche Chance bestand. Und es war ihm ebenfalls klar, weshalb Farid Dubai favorisierte. Das Scheichtum am Golf gehörte zu den reichsten Metropolen der Welt.

Noch einmal betrachtete er alle Bilder. Diesmal konzentrierte er sich auf mögliche verborgene Botschaften. Bis auf die kaffeebraune Schönheit, waren alle Frauen blond waren. Ihre Kleidung war in einigen Fällen beinahe identisch. Das ließ vermuten, dass es sich um eine

Art Contest handelte, bei dem sie fotografiert worden waren. Manchmal meinte er sogar einen Laufsteg zu erkennen. Jeweils vier Portraits fasste er zusammen, um sie gleichzeitig auf dem Monitor zu betrachten. Seine Augen huschten hin und her. Der Hintergrund war meist undeutlich, aber einzelne Details unterschieden sich voneinander. Einmal war es eine Wand aus farbigen Ziegeln, ein anderes Mal eine üppige Blumendekoration, die auf den Bankettsaal eines großen Hotels schließen ließ. Das Ambiente mutete in allen Fällen europäisch an. Zu Dubai ließ sich keinerlei Verbindung herstellen.

Wahrscheinlich hatte Farid gelogen. Ob Moshe wusste, warum sich die Krake in Stettin aufgehalten hatte? Mirko sah auf die Uhr. Die Zeitdifferenz betrug nur zwei Stunden, er konnte also auch noch später anrufen, wenn er alles andere kontrolliert hatte. Er war Moshe ohnehin einen Bericht über den aktuellen Stand der Dinge schuldig. Bevor er sich die zweite Speicherkarte anschaute, übertrug er den gesamten Inhalt auf die Festplatte seines Laptops.

Diesmal konnte er sich noch weniger einen Reim darauf machen, was Farid mit diesen Bildern vorgehabt hatte. Eine endlose Sammlung von Mädchengesichtern lächelte ihm entgegen. Mirko war nicht ganz sicher, ob einige von ihnen mit den Portraits aus der ersten Bilddatei identisch waren. Jedenfalls war ein Mädchen hübscher als das andere. So viel geballte Attraktivität ließ auch Mirko nicht kalt. Wenn er nur wüsste, was Farid mit dem Angebot für die Mädchen gemeint hatte. Den Gedanken an Menschenhandel oder Prostitution verwarf er sofort wieder. Dafür wirkten die Bilder viel zu brav. In diesem Gewerbe waren mehr nackte Haut und eindeutigere Posen gefragt.

Wenn er es recht bedachte, ging von diesen Mädchen eher etwas Jungfräuliches aus. Moderne Madonnen mit naivem Augenaufschlag. In gewisser Weise erinnerten sie ihn an Mutter-Gottes-Gemälde italienischer Renaissancekünstler.

Mehrere der Aufnahmen klickte er an. Dabei fiel ihm auf, dass es von jedem Mädchen zwei Ausführungen gab. Einmal erschien das Gesicht im Profil und daneben eine Frontalaufnahme. Er öffnete Portrait um Portrait, ohne auf etwas Markantes zu stoßen. Plötzlich erstarrte er.

Sein Verstand weigerte sich, zu akzeptieren, was seine Augen sahen. Einen solchen Zufall konnte es einfach nicht geben! Aber es war kein Zweifel möglich: Auf dem Monitor blickte ihm Marysia entgegen!

Er stand auf und ging zu seinem Koffer, nahm das Foto heraus, das ihm die Nimjeskis überlassen hatten. Kleidung und Frisur waren anders, aber es war unverkennbar Marysia.

Wie kam Farid an dieses Foto, und woher zum Teufel kannte er das Mädchen? Gab es womöglich eine ähnliche Aufnahme von seiner Schwester Ranka? Wer wusste schon, wie lange Farid sein schmutziges Geschäft betrieb? Schnell sah er die letzten Portraits durch. Irgendwie war er erleichtert, dass Ranka nicht dabei war.

Was hatte es mit all diesen Bildern nur auf sich? Wer waren die anderen Mädchen? Er fuhr sich über die Stirn, dabei spürte er wieder die Schmerzen im Arm. Noch einmal widmete er sich Marysias Portrait. Diesmal verschob er es auf dem Bildschirm mehrmals nach unten und nach oben. Erst beim zweiten Hinsehen entdeckte er in der rechten unteren Ecke etwas, das wie ein verwischtes Ornament wirkte. Er stellte die maximale Vergrößerung ein. Schwach, beinahe ohne Kontrast auf dem dunklen Hintergrund hoben sich zwei Elemente ab. Bei dem vorderen mochte es sich um eine Art stilisierte Blüte handeln, aber was die unregelmäßige Linie darunter darstellen sollte, konnte er nicht erkennen. Er kippte den Monitor des Laptops vor und zurück, bis er glaubte, den besten Sichtkontrast zu haben. Kaum leserlich, aber unzweifelhaft ein Schriftzug. Die ersten drei Buchstaben waren identisch, aber nicht deutlich genug, um sie zu erkennen. Die beiden folgenden Worte interpretierte er mit viel Fantasie als VIRGIN FLOWER oder so ähnlich, dann folgte ein drittes kürzeres Wort.

Nacheinander öffnete er einige der anderen Bilddateien. In jeder fand er ähnliche Zeichen, aber er konnte sie immer noch nicht richtig entziffern. Schon wollte er aufgeben. Bei dem letzten Versuch machte sein Herz einen Sprung. Die drei Buchstaben waren klar und deutlich zu entziffern: »www« – World Wide Web.

Es handelte sich um eine Internetadresse. Sein Kopf schwirrte, die Schmerzen in der Schulter waren vergessen. Er hatte eine Fährte aufgenommen. Wie es den Anschein hatte, eine viel versprechende Fährte. Und so unglaublich es schien, die Nachforschungen über Marysia, die er in den letzten Tagen zugunsten seines Rachefeldzuges gegen Farid Moussa vernachlässigt hatte, zeigten eine überraschende Wende. Es gab eine unvorhergesehene Verbindung zwischen Marysia und der Krake. Nun galt es nur noch herauszufinden, worin diese bestand. Er wischte seine feucht gewordenen Hände an den Oberschenkeln ab, entzündete eine Zigarette, griff nach dem Handy und startete mit der anderen Hand sein E-Mail-Programm.

Schnell tippte er Moshes Nummer ein, die in seinem Gedächtnis gespeichert war. Erst ertönte das Freizeichen, dann setzte der leichte Halleffekt ein und gleich darauf meldete sich eine weibliche Stimme.

»International Services, Tel Aviv.«

»Ich möchte gern mit Ihrem Fachberater für polnische Staatsanleihen sprechen.« Das war der Code, den sie für die »Operation Krake« vereinbart hatten.

Es dauerte nur wenige Sekunden, bis die Verbindung hergestellt war.

»Mirko?« Trotz der leichten Tonverzerrung erkannte er Moshes Stimme. »Gibt's was Neues?«

»Die Krake ist auf dem Grund gelandet«, sagte er.

Am anderen Ende herrschte einen Moment lang Schweigen. Moshe hatte den Inhalt dieser kurzen Meldung sehr gut verstanden. Trotz der geschützten Leitung auf der Gegenseite konnte man nie ganz ausschließen, dass Mirkos Handy abgehört wurde.

»Du solltest ihn nur im Auge behalten«, kam schließlich eine zögerliche Antwort, aus der unmissverständlich ein Vorwurf heraus zu hören war.

»Ich weiß.« Mirko schilderte in kurzen Worten, was passiert war. Auch dass Farid ihm gedroht hatte, ließ er nicht unerwähnt. Dabei verwendete er Umschreibungen, die einem Außenstehenden nichts verrieten.

»Du kannst dir denken, dass ich über diese Entwicklung nicht glücklich bin«, sagte Moshe, dem Mirkos Codeworte vertraut waren. »Wir müssen jetzt versuchen, das Beste daraus zu machen. Was ist mit dem Material, das er bei sich hatte?«

»Auf den ersten Blick sieht es so aus, als habe er sich als Blumenhändler betätigt. Allerdings – ich weiß nicht so genau … es sind sehr ausgewählte Blumen. Ich schick dir mal die Bilder. Vielleicht kannst du mehr damit anfangen.«

»Gut.«

»Und dann gibt es da noch eine interessante Internet-Adresse. Die ist möglicherweise nicht vollständig, aber das dürfte für euch kein Problem sein.«

»Vielleicht ist uns die Anschrift bereits bekannt? In spätestens zwei bis drei Stunden hast du die Antwort. Du bist noch in deinem Seehotel?«, vergewisserte sich Moshe über Mirkos Standort.

»Ja.«

»Ich denke, es ist besser, du bereitest so schnell wie möglich einen Lift vor.«

»Das habe ich auch schon überlegt.«

»Vielleicht trifft die Ankündigung zu und du könntest tatsächlich Besuch bekommen. Richte dich darauf ein.«

»Das werde ich.«

Moshes deutlich geäußerte Befürchtung löste einen unbestimmten Druck in Mirkos Magengegend aus. Es war ein Unfall, versuchte er sich zum wiederholten Male zu beruhigen. Doch falls ihn Farids Gefolgsleute aufspüren sollten, würde man ihm erst gar keine Gelegenheit zum Reden geben.

Nachdem er das Telefonat mit Moshe beendet hatte, bereitete er die Mail vor. Der Datenkonverter seines Laptops verwandelte das Bildmaterial in unleserliche Hieroglyphen. Moshes Leute wussten, wie sie mit solchen Sendungen umzugehen hatten.

Es dauerte nur ein paar Minuten, bis Moshe sich wieder telefonisch meldete. Er konnte Mirko bereits die komplette Internetadresse mitteilen. »Diese Homepage enthält einen verschlüsselten Zugang. Der dürfte nur Insidern zugänglich sein«, sagte er. »Du unternimmst in diesem Fall nichts mehr. Das ist allein unsere Angelegenheit.« Seine Worte klangen nicht unfreundlich, doch Mirko kannte ihn gut genug, um zu wissen, dass dies ein unmissverständlicher Befehl war.

Aber Mirko war nicht sicher, ob er diesem Befehl auch Folge leisten würde.

Dubai

Der Uniformierte verbeugte sich. »Dr. Aham erwartet Sie bereits, mein Prinz. Ich soll Ihnen ausrichten, dass die Maschine pünktlich eintreffen wird.«

Der Prinz machte eine ungeduldige Handbewegung. Er wollte endlich die Einfahrt passieren. Das letzte Mal hatte man ihn aufgehalten, um ihm von einem angeblichen Spion zu berichten. Nur weil man Löcher in der Nähe des Zaunes gefunden hatte. Irgendwelche Wüstentiere waren das gewesen. Und das hatte man als Sicherheitsrisiko angesehen. Mit solchen Kleinigkeiten wollte er nicht belästigt werden. Schließlich gab es dafür einfache Lösungen: Die Tiere abschießen, oder besser noch, vergiftete Köder auslegen und die Löcher wieder zuschütten.

»Soll ich Dr. Aham Bescheid geben?«, fragte der Wächter, während die Torgitter mit leisem Knirschen zur Seite glitten. Der Prinz nickte und gab seinem Chauffeur eine knappe Anweisung, weiter zu fahren.

Die Limousine beschleunigte und erreichte schnell den lang gezogenen Gebäudekomplex. Eines der Hallentore öffnete sich auf ein Blinkzeichen hin, und der Wagen fuhr in die Halle. Noch während sich das Tor hinter der Limousine schloss, flammte draußen die Flugfeldbeleuchtung auf.

Der Prinz wartete, bis ihm der Fahrer die Tür öffnete. Dann stieg er aus und ging direkt in den wenige Schritte entfernten Personenlift. Sein Ziel war die Forschungsabteilung im obersten Stockwerk.

Der handflächengroße Schriftzug neben den Druckknöpfen leuchtete auf: »Enter Identity«. Von Anfang an hatte ihn die englischsprachige Anweisung gestört. Es fiel ihm schwer, anzuerkennen, dass sich Englisch und nicht Arabisch als Weltsprache durchgesetzt hatte. Auch war es ihm unverständlich, dass die Entwickler dieses Sicherheitssystems nicht in der Lage gewesen waren, eine Anzeige in arabischen Schriftzeichen anzubieten. Eine Unfähigkeit, die auch auf die meisten Hersteller der Medizingeräte zutraf. Das einzige, was es in arabischer Sprache gab, waren Manuals in einer unzureichenden Übersetzung, aber bei Bedienungselementen und Software musste immer auf die englische Version zurückgegriffen werden.

Wollte er internationale Geschäfte machen, musste er sich zwangsläufig der ungeliebten Sprache der Amerikaner bedienen. Dies hatte in ihm den Entschluss reifen lassen, einen amerikanisch klingenden Firmennamen zu wählen: VIRGIN FLOWER GROUP. Wenigstens knüpfte das Blütensymbol an seinen arabischen Wurzeln an. »Wenn du einen Feind nicht besiegen kannst, verbünde dich mit ihm!« Dieser uralten Weisheit war er gefolgt. An seiner Einstellung hatte dies nichts verändert.

Er drückte die flache Hand auf den Bildschirm. Sofort bewegte sich der Fahrstuhl nach oben. Dr. Aham erwartete ihn bereits mit öligem Lächeln.

»Welche außerordentliche Freude, Sie zu sehen, mein Prinz. Sie kommen genau zum rechten Zeitpunkt. Die Maschine ist gerade im Landeanflug.«

Widerwillig ergriff der Prinz die ausgestreckte Hand, um sie sofort wieder loszulassen. Er schätzte solche Gebärden bei seinen Untergebenen nicht. Aber der Ägypter war nicht nur ausgesprochen empfindlich, sondern wusste genau um seinen Wert.

»Wie viele kommen heute?«, fragte der Prinz, obwohl er die Zahl genau im Kopf hatte.

»Drei. So wie es vereinbart war«, antwortete Dr. Aham. »Wir sind bestens vorbereitet.« Er wies auf drei große Gabelstapler-Fahrzeuge, die neben dem Lastenaufzug standen. Dann wandte er sich in Richtung der Schleuse, die den Eingang der Forschungsabteilung sicherte. Die Türen öffneten sich mit einem pneumatischen Zischen, nachdem die Handflächen der beiden Männer auf einem Kontrollschirm abgetastet worden waren. Nur einer ausgesucht kleinen Gruppe von hoch spezialisierten Technikern war es erlaubt, sich in diesem Teil des Gebäudes aufzuhalten.

Im Inneren der Schleuse lagen sterile Kittel und Schutzhauben bereit. Der Prinz folgte Dr. Aham in den Kontrollraum. Einer der Monitore gab das Bild einer Überwachungskamera am Flugfeld wieder. Obwohl die Triebwerke des kleinen Jets noch liefen, war es still in dem Raum. Die Forschungsabteilung war hermetisch abgeschlossen. Kein Laut, kein Tageslicht, und vor allem nicht die glühende Hitze der Sommermonate konnten in die kühlen Räume eindringen.

Die drei unteren Etagen des Gebäudes bildeten den offiziellen Teil der Firma. Hier lagerte wertvolles medizinisches Gerät. Die perfekt ausgestellten Einfuhrdokumente wurden von den Zollbeamten stets gelobt. Nie gab es Verzögerungen oder Ungereimtheiten und deshalb auch so gut wie keine Kontrollen. Das hatte seiner Firma einen untadeligen Ruf eingetragen.

Nach der Entzollung wurden die Geräte direkt an die verschiedenen Kliniken ausgeliefert, wo sie von Technikern und Ingenieuren der Herstellerfirmen installiert und in Betrieb genommen wurden. Die VIRGIN FLOWER GROUP war nicht einfach eine Importfirma für hochwertige Medizingeräte, sie leistete den Gesamtservice bis zur betriebsbereiten Übergabe.

Mit Spannung verfolgte der Prinz an der Seite von Dr. Aham den Entladevorgang des kleinen Jets. Die Heckklappe wurde abgesenkt und der erste Gabelstapler, der wie ein überdimensionaler Käfer mit erhobenen Zangen in Warteposition verharrt hatte, rollte die Rampe hinauf. Das Innere des Laderaums war hell beleuchtet. Man konnte erkennen, wie der Bordingenieur das Energieversorgungskabel von den Containern löste und sofort an den Stapler anschloss. Erst dann wurde die Palette angehoben. Auf dem Boden des Flugfeldes angekommen, rollte er in Richtung Hallentor, um seinem Nachfolger Platz zu machen.

Die Kanten der Holzcontainer waren mit Aluminiumprofilen verstärkt. Die inneren Hohlräume waren, wie der Prinz wusste, mit stoßabsorbierenden Materialien aufgefüllt. Der einzigartige Inhalt rechtfertigte diese aufwändigen Transportbehälter.

Er wandte sich vom Monitor ab und ging hinaus zur Lastenschleuse. Hier wartete bereits ein weiteres Stapelfahrzeug mit blubberndem Gasmotor. Die Fahrer hielten sich in sklavischem Gehorsam an die Sicherheitsanweisungen, wozu der sekundenschnelle Wechsel der Energieversorgung gehörte.

Außer Dr. Aham und ihm wusste niemand um den wahren Inhalt der Ladung. Offiziell waren mit dem heutigen Flug drei betriebsbereite Herz-Lunge-Maschinen eingetroffen.

Der Prinz beobachtete, wie der Ägypter das Schleusentor öffnete und das Äußere der Kisten auf mögliche Beschädigungen prüfte.

»Ist alles in Ordnung?«, wollte er wissen.

Der Ägypter nickte.

Heute war für den Prinzen ein besonderer Tag. Zum ersten Mal hatten sie drei Einheiten demselben Flug anvertraut. Trotz der immensen Kosten für die Chartermaschinen hatte er bisher auf Einzellieferungen bestanden. Zu wertvoll war das Material, das hier transportiert wurde.

»Was wäre passiert, wenn es einen Stromausfall gegeben hätte?«, fragte er. »Wäre dies mit einem Verlust einhergegangen?«

Dr. Aham schüttelte den Kopf. »Nach menschlichem Ermessen nicht. Der Hersteller garantiert, dass die Batterien die Notfunktion mindestens zehn Minuten aufrechterhält. Selbstverständlich ist jede der Chartermaschinen mit einem unabhängigen Stromaggregat ausgestattet. Ich werde nichts zulassen, was unsere kostbare Fracht gefährden könnte.«

»Sie haben jede Einzelheit bis ins letzte Detail bedacht, Dr. Aham. Das ist sehr gut.« Der Prinz deutete eine Verbeugung an. Obwohl er keine besondere Hochachtung für Dr. Aham empfand, begegnete er seinem Angestellten mit äußerlicher Würde. Der Ägypter war zu wichtig für dieses Projekt und seine Spezialkenntnisse waren unverzichtbar. Obendrein war er ein fähiges Organisationstalent mit hohem Sicherheitsdenken. Das rechtfertigte sein exorbitantes Gehalt und die zukünftige Gewinnbeteiligung. Aber die Pläne des Prinzen gingen bereits einen weiteren Schritt in die Zukunft.

Auf Dr. Ahams Gesicht erschien ein selbstzufriedenes Lächeln. »Ich bin unendlich dankbar, dass ich dieses Projekt leiten darf, Prinz Haleb. Wer sonst hätte mir die Gelegenheit gegeben, meine Fähigkeiten unter Beweis zu stellen?«

Der Prinz neigte leicht den Kopf.

Als die dritte Palette im Labor untergebracht war, warf er einen kurzen Blick auf den Monitor der Außenkamera. Die Triebwerke des Jets wurden gerade für den Start hochgefahren.

Gemeinsam mit Dr. Aham schritt der Prinz über den Gang und betrat das erste Labor. Ein Techniker, der mit den gleichmäßig klickenden Geräten auf der Palette beschäftigt war, hob kurz den Kopf, um den Prinzen mit einem ehrfürchtigen »Salam Aleykum« zu begrüßen. Der aufwändige Verpackungscontainer und die Füllmaterialen waren bereits entfernt. Auch hier herrschte totale Stille, nur das leichte Keuchen der Maschinen war zu hören.

Die Augen des Prinzen huschten zwischen dem Verbindungsschlauch und dem Monitor hin und her, wo sich regelmäßige grafische Kurven abzeichneten. Alles sah höchst zufrieden stellend aus.

»Sämtliche Werte sind optimal«, bestätigte Dr. Aham.

»Wann werden die Vorbereitungen abgeschlossen sein?«

Der Ägypter sah auf seine Uhr. »In etwa einer Stunde.«

So lange musste er sich noch gedulden. Dann durfte der Prinz endlich den Inhalt der Container in Augenschein nehmen.

Othmarsdorf

Grün und rot spiegelten sich die Positionsleuchten im schwarzen Wasser, als Mirko das Lotsenboot an seinem angestammten Platz im Hafen von Othmarsdorf festmachte. In der Dämmerung hatte er das Auslaufen der beiden Fischkutter beobachtet und ihnen nachgesehen, wie sie das Haff durchquerten.

Früher war Othmarsdorf ein Städtchen gewesen, das hauptsächlich vom Fischfang lebte. Heute setzte man mehr auf den Tourismus. Wie andernorts starben die Fischer aus. Die beiden Kutter standen zum Verkauf, das hatte er in der Lokalzeitung gelesen.

Mirko zündete sich eine Zigarette an. Mit der rechten Hand wühlte er in der Hosentasche nach dem Autoschlüssel. Die linke Schulter schmerzte noch immer bei jeder unbedachten Bewegung. Argwöhnisch ließ er seinen Blick über den Parkplatz schweifen. Der Mietwagen stand noch an seinem Platz. Ringsum war nichts Außergewöhnliches auszumachen. Er wartete noch eine Weile, dann ging er schnell zu dem Wagen und schloss ihn auf. Die Innenbeleuchtung blieb dunkel. Das zeigte ihm, dass sich niemand am Auto zu schaffen gemacht hatte, denn er schaltete sie grundsätzlich aus. Er stieg ein und schloss die Tür, nahm aus dem Handschuhfach die beiden Sicherungen, öffnete die Abdeckung unter dem Armaturenbrett und drückte sie in ihre vorgesehene Position. Jetzt war der Wagen wieder startbereit, doch er zögerte immer noch.

Marysias Konterfei in Farids Bilddateien beunruhigte ihn aufs Äußerste. War er zuvor davon ausgegangen, dass es sich bei der Suche nach dem Mädchen um einen gewöhnlichen Fall handelte, beschlich ihn jetzt immer mehr die Gewissheit, dass ihr Verschwinden eine völlig andere Ursache hatte als bisher angenommen. Wenn er ehrlich war, befürchtete er aufgrund der neuerlichen Erkenntnisse das Schlimmste.

Angst saß ihm im Nacken. Eine Angst, die immer mehr Besitz von ihm zu ergreifen drohte.

Wenn die Krake wirklich nicht allein operierte, dann war er hier nicht mehr sicher und es war höchste Zeit, zu verschwinden. Ein Gedanke schoss ihm durch den Kopf, der ihn schaudern ließ. Was, wenn diese Leute Marysia gefangen hielten? Eine Entführung hatte er bisher nicht in Betracht gezogen, weil sich niemand bei den Nimjeskis gemeldet hatte.

Er wollte noch mal diesen Benjamin aufsuchen. Es musste einfach einen Zusammenhang geben. Selbst wenn Marysias Freund nicht wirklich in die Sache involviert war, hatte er vielleicht eine wichtige Beobachtung gemacht.

Mirko startete den Motor und verließ den Parkplatz. Erst als er die Straße erreichte, schaltete er das Licht ein. Immer wieder sah er in den Rückspiegel, ob ihm auch niemand folgte. Farids Drohung hallte wie ein Echo in seinen Ohren. Seitdem er offiziell aus dem Dienst ausgeschieden war, hatte er nicht mehr damit gerechnet, die Zielscheibe eines Liquidationskommandos zu werden.

Über den Himmel zuckte ein fernes Wetterleuchten. Mirko bog auf die von kleinen Sanddünen umgebene Straße ein und stellte den Wagen vor der Kogge ab. Immer wahrscheinlicher erschien ihm der Gedanke, dass Farid für eine Organisation moderner Sklavenhändler gearbeitet hatte. Solche Leute kannten keine Gnade. Jeden, der sich ihnen in den Weg stellte, räumten sie beiseite.

Von Moshe war keine Unterstützung mehr zu erwarten. Das hieß, dass er von nun an auf sich gestellt war. Seine Angst um Marysia, aber auch die Besorgnis um seine eigene Sicherheit wuchsen mit jedem Schritt.

Aisha sah sich in dem Pensionszimmer um, das man auf die Schnelle für sie hergerichtet hatte. Zurzeit waren Urlaubsgäste eher eine Seltenheit, das hatte sie bei einem ersten Spaziergang durch den Ort festgestellt. Othmarsdorf wirkte wie ausgestorben. Und hier, in der Pension Seeblick, war sie der einzige Gast. In dem gemütlichen Zimmerchen gab es zwar weder Minibar noch Telefon, aber immerhin einen Fernseher.

Nachdem sie ihre Sachen ausgepackt und in den Schränken verstaut hatte, zog sie ihren Mantel über und verließ die Pension. Ihre Wirtin hatte gemeint, dass man zur Kogge am schnellsten zu Fuß gelange.

Unterwegs begegnete ihr keine Menschenseele. Es wehte ein scharfer Wind, der schaumige Wellen an den Strand trieb. Der Sand war mit Seetang übersät, dazwischen lagen tote Quallen, die wie zusammengeknüllte Plastiktüten aussahen. Alles wirkte wenig einladend. Kein Wunder, dass es um diese Jahreszeit niemand in diese Gegend zog.

Bereits nach wenigen Minuten hatte sie den Aufgang zur Kogge erreicht. Auf dem Parkplatz zwischen den Dünen stand Auto an Auto. Verwundert stellte sie fest, dass das Strandbistro auch außerhalb der Saison ein beliebter Treffpunkt zu sein schien. Sie trat ein und sah sich um. Nur an der Theke waren noch einige Plätze frei.

Sie kletterte auf einen Hocker. Interessiert betrachtete sie eine Galionsfigur mit üppig ausladenden Brüsten und aufgemalten Brustwarzen inmitten der Schiffsantiquitäten, mit denen der Raum dekoriert war. Marysias Freund, der hinter der Theke stand, erkannte sie sofort. Er wurde von einer Schar junger Mädchen umlagert, die ihn unverhohlen anhimmelten. Ein gut aussehender, sympathisch wirkender junger Mann, wie sie zugeben musste.

Er wandte sich ihr zu. »Was darf ich Ihnen bringen? Ein Pils?«

Während er sprach, öffnete er den Zapfhahn und füllte mit routinierten Bewegungen mehrere Gläser. Dabei funkelte er sie mit einem charmanten Lächeln an und ließ seine ebenmäßigen Zähne sehen. Amüsiert fing Aisha seine Blicke auf.

»Kein Bier, danke. Ich hätte gern eine Cola light.«

Er zwinkerte ihr zu. »Kommt sofort, schöne Scheherazade.«

Das war also Benjamin Neidhöfer. Immer zu einem

kleinen Flirt aufgelegt. Sie beobachtete ihn, wie er hinter dem Tresen hantierte. Über dem offenen, jungenhaften Gesicht trug er sein Haar modisch wie Igelstacheln gegelt. Nach Teresa Scherhags Schilderung hätte sie sich ihn etwas anders vorgestellt. Allerdings, sein Gehabe passte zu ihrer Beschreibung. An Selbstbewusstsein mangelte es ihm jedenfalls nicht. Er gefiel sich offenbar in der Rolle des Charmeurs, der die Othmarsdorfer Damenwelt becircte.

»Darf's auch etwas zu essen sein?«, fragte er, als er die Cola vor sie hinstellte.

In diesem Moment spürte sie, wie hungrig sie war. Außer dem Frühstück am Morgen hatte sie noch nichts gegessen.

»Können Sie mir etwas empfehlen?«

»Allerdings. Mein Lieblingsgericht: Krabben Othmarsdorfer Art. Die sind weit bis ins Umland berühmt.« Wieder lachte er auf diese lausbubenhafte Art.

»Ist das mit Schweinespeck?«, erkundigte sie sich. »Das esse ich nämlich nicht.«

»Natürlich gehen wir auf besondere Wünsche besonderer Gäste ein«, schmeichelte er. »Wenn's recht ist, nehmen wir statt Speck ein kalt gepresstes Olivenöl. Dazu gibt's einen kleinen Salat«, warb er weiter. »Bei uns wird alles noch selbst gemacht, auch das Dressing. Und die Krabben sind ganz frisch, nicht irgend welche Tiefkühlware.«

»Sagen Sie bloß, Sie haben sie selbst gepult?« Aisha lachte.

Er fiel in ihr Lachen ein. »Das nun gerade nicht.« Er sah sie mit schräg geneigtem Kopf abwartend an.

»Also gut, dann bringen Sie mir die Krabben.«

»Kommt sofort.« Er ging zurück zu den Mädchen

und sagte im Flüsterton etwas zu ihnen. Eine von ihnen drehte den Kopf und sah argwöhnisch in Aishas Richtung. Eigentlich schon merkwürdig. Seine ehemalige Freundin war tot und der Kerl ließ mit keiner Miene erkennen, dass ihn dies berührte.

Neben ihr, durch einen freien Platz getrennt, saßen zwei Männer in Geschäftsanzügen. Ihre dunkle Haut und das schwarz gekräuselte Haar erinnerten sie ein wenig an den Sheriff. Ins Gespräch vertieft, beugten sie sich über Papiere. Wo sie wohl herkommen mochten? Wohl nicht aus den USA. Sie tippte eher auf Ägypten. Vielleicht aber auch Nordafrika oder Arabien. Onkel Yashar würde es wissen, er hatte oft mit Geschäftspartnern aus jener Region zu tun.

Während sie auf ihr Essen wartete, versuchte sie, herauszufinden, in welcher Sprache sie sich unterhielten. Wegen der Kehllaute tippte sie auf Arabisch. Sie warf einen unauffälligen Blick auf die Unterlagen, welche die beiden aufmerksam studierten. Darauf konnte sie die Schnittzeichnung eines Schiffes mit Mast erkennen.

»Hier, bitte, die Krabben speziell für Sie. Ohne Speck. Mit Olio Vergine.« Er grinste. »Genau Ihren Wünschen entsprechend. Lassen Sie es sich gut schmecken«, raunte er ihr mit Schmalzstimme zu.

Sie lächelte ihn an. Wann hatte sie das letzte Mal geflirtet? Es schien eine Ewigkeit her zu sein. Allerdings, ob dieser Möchtegern-Casanova wirklich so ein geeignetes Objekt darstellte?

Geschickt servierte er das gusseiserne Pfännchen mit knusprig gebraten Krabben, stellte ein Körbchen mit Baguettescheiben daneben und eine kleine Schüssel Salat.

»Bon appétit, Mademoiselle«, wünschten die beiden

dunkelhäutigen Männer neben ihr mit höflich-freundlicher Zurückhaltung. Man sprach also auch französisch.

»Merci, Messieurs«, bedankte sie sich.

Die Krabben schmeckten genauso lecker wie sie aussahen. Die cremige Soße über dem Salat hob den Geschmack der Kräuter hervor. Das Weißbrot war noch warm und krümelte beim Hineinbeißen. Sie nickte Benjamin anerkennend zu. Er hatte nicht übertrieben. Es schmeckte wirklich ausgezeichnet.

Mirko betrat das Strand-Bistro und verharrte einen Moment am Eingang. Er erschrak, als er am Tresen zwei dunkelhäutige Männer in schwarzen Anzügen sitzen sah. Sollten ihm Farids Gefolgsleute bereits auf den Fersen sein? Vielleicht wäre es besser, sofort wieder zu verschwinden. Doch die beiden beachteten ihn nicht. In ein Gespräch vertieft, deuteten sie abwechselnd auf die vor ihnen liegenden Papiere.

Mirko steuerte den einzigen freien Barhocker vor der Theke an. Vielleicht gelang es ihm, ihr Gespräch zu belauschen.

Jetzt erst nahm er die junge Frau wahr, die neben ihm saß. Als sie flüchtig den Kopf zur Seite drehte, huschten Namen von Regionen durch seinen Kopf, die er im Auftrag des Dienstes bereist hatte. Kaukasus, Georgien, Iran. Dort gab es diesen Frauentyp mit fein geschnittenen Gesichtszügen. Ihr heller Teint erhielt durch das schummerige Licht einen goldenen Farbton. Große Rehaugen waren hinter einer modischen Brille verborgen. Die dunkle Haarfarbe wurde durch freche, helle Strähnen aufgelockert. Ob sie zu den beiden Männern gehörte?

Unwillkürlich wandte er sich ab, als einer der Männer

den Kopf hob und ihn von der Seite ansah. Seine Sinne waren hellwach, jeder Muskel war gespannt. Benjamin, der an der Zapfanlage stand, wich seinem Blick mit verbissenem Gesichtsausdruck aus.

Betont lässig bestellte Mirko ein Bier. Die Männer beobachtete er weiter aus den Augenwinkeln. Sie unterhielten sich auf Arabisch, doch sprachen sie so leise, dass er ihrer Unterhaltung nicht recht folgen konnte. Er verstand nur, dass es um viel Geld ging und dass das, was sie zu erledigen hatten, schnell gehen musste. Der Druck in seiner Magengegend verstärkte sich.

Wortlos stellte Benjamin ein Bier vor ihn hin.

Was, wenn es sich tatsächlich um ein Liquidationskommando handelte? Mit einer hastigen Bewegung hob er das Glas an den Mund und trank es mit einem Zug halb leer. Nervös tastete er nach der Zigarettenpackung in seiner Tasche, gleichzeitig ließ er unauffällig den länglichen Gegenstand aus seinem Ärmel bis zum Handgelenk gleiten.

Die junge Frau neben ihm konzentrierte sich auf ihr Essen und schien ihre Umgebung nicht wahrzunehmen. Sie anzusprechen, würde am unverfänglichsten sein. Sollte er es auf Deutsch oder lieber auf Englisch versuchen?

Aisha wischte sich mit der Serviette über die Lippen, schob den Teller auf der Theke zurück und trank ihr Glas leer.

Der Mann neben ihr, der sich vor wenigen Minuten auf den freien Barhocker gesetzt hatte, hielt ihr eine Zigarettenpackung entgegen und sah sie fragend an.

Sie schüttelte den Kopf. »Danke, ich rauche nicht.«

»Stört es Sie, wenn ich rauche?«

Durch das gesamte Lokal zogen kräftige Rauchschwaden. Die Frage schien ihr reichlich übertrieben. »Hier qualmt doch jeder, also tun Sie sich keinen Zwang an«, antwortete sie lächelnd. Sie versuchte, ihn möglichst unauffällig zu mustern. Sonderlich groß war er nicht. Sein Gesicht befand sich auf gleicher Höhe mit ihrem. Er senkte den Kopf über die Flamme des Feuerzeugs und inhalierte tief.

»Machen Sie hier Urlaub?«, fragte er nach einer geraumen Weile.

»Ja, so könnte man sagen.« Ihr Mund verzog sich zu einem Lächeln. Der Mann wirkte nervös. Seine Augen huschten hin und her. Seine Bewegungen waren kontrolliert. Ob ich es bin, die ihn so nervös macht, dachte sie belustigt. Andererseits sah er gar nicht so aus, als ob er mit ihr flirten wollte, so ernst wie seine Miene war. Ganz das Gegenteil von Benjamin. Sie betrachtete ihn genauer. Sein Gesicht zeigte ein seltenes Ebenmaß. Schmal, beinahe feminin wie eine römische Statue. Die Lippen, die in kurzen Abständen an dem Zigarettenfilter sogen, schienen selten zu lächeln. Seine Augenbrauen waren fein geschwungen, und sein Kinn war glatt rasiert. Auffällig war lediglich eine kleine Narbe über der rechten Augenbraue. Die kurzen, struppigen Haare, die in widerspenstigen Wirbeln vom Kopf standen, passten nicht so recht zu seinen ebenmäßigen Gesichtszügen.

Wie ein Engel, der mit den Haaren im Dornengebüsch hängen geblieben war. Aisha musste lachen, so lebhaft erschien dieses Bild vor ihren Augen.

Nicht uninteressant, der Typ, dachte sie, auch wenn er vielleicht auf den ersten Blick wie ein Langweiler aussah. Auf jeden Fall gefiel er ihr besser als dieser Möchtegern-Casanova hinter der Theke.

»Warum lachen Sie?«, fragte der Mann. »Was ist so lustig?« In seiner Stimme schwang der Hauch eines fremd klingenden Akzents.

»Ach, eigentlich gar nichts«, antwortete sie. Unter dem durchdringenden Blick aus granitgrauen Augen fühlte sie sich unbehaglich. Sie merkte, wie sie errötete.

»Darf ich Sie zu einem Drink einladen?« Er zeigte auf die beiden leeren Gläser. Ohne ihre Antwort abzuwarten, sah er auffordernd in Benjamins Richtung.

»Wenn Sie mir verraten, wie Sie heißen, was Sie hier machen und wo Sie herkommen«, sagte Aisha. Es sollte scherzhaft klingen, doch seine Miene verdunkelte sich. Misstrauen stand in seinem Gesicht.

»Entschuldigung, dass ich mich nicht vorgestellt habe. Ich heiße Michael Star«, sagte er leise und drückte die Zigarette im Aschenbecher aus.

»Aisha Khan.« Sie streckte ihm die Hand hin. Er ergriff sie mit festem Druck, dabei sah er ihr tief in die Augen. Sie bemerkte kleine goldene Fünkchen in seiner grauen Iris. Die Berührung elektrisierte sie. Schnell zog sie die Hand wieder zurück.

Benjamin stellte wortlos zwei gefüllte Gläser vor sie hin. Bier für Michael Star und Cola light für sie. Dann zog er sich in eine entfernte Ecke hinter dem Tresen zurück und polierte an einem Glas, als wolle er ihm einen besonderen Facettenschliff verpassen. Ein verdrossener Zug lag in seinen Mundwinkeln. Er sah aus wie Kind, dem man sein Lieblingsspielzeug weggenommen hatte.

Aisha wandte sich wieder ihrem Nachbarn zu. »Jetzt weiß ich zwar, wie Sie heißen, aber nicht, wo sie herkommen.«

»Aus Prag«, antwortete er knapp.

»Die schöne Stadt an der Moldau.« Sie lächelte ihm aufmunternd zu. »Dann sind Sie also Tscheche?«

»Hört man das?«, fragte er und wandte den Kopf zur Seite.

»Nein überhaupt nicht. Im Gegenteil, ihr Deutsch ist perfekt«, beeilte sie sich zu sagen.

»Ihr Deutsch ist ebenfalls perfekt.«

»Ich bin Deutsche.« Sie lachte.

»Oh.« Zum ersten Mal schien er etwas irritiert.

»Entschuldigen Sie bitte meine Neugier. Normalerweise nehme ich Leute, die ich gerade kennen gelernt habe, nicht sofort ins Kreuzverhör«, sagte Aisha.

»So habe ich das auch nicht gesehen«, erwiderte er lahm.

Mann, wenn das so weitergeht, werde ich noch wahnsinnig, dachte sie. Dem muss man ja jedes Wort aus der Nase ziehen. Immer noch sah er todernst und ziemlich angespannt aus, so, als ob er auf etwas wartete. Ihr missfiel, dass er rauchte wie ein Schlot. Kaum hatte er eine Zigarette ausgedrückt, zündete er sich bereits die nächste an. So wie Covacz, als sie ihn kennen gelernt hatte.

Plötzlich flog hinter ihnen krachend die Tür auf. Eine Gruppe dunkel gekleideter junger Männer drängte herein. Abwartend blieben sie im Eingangsbereich stehen. Kalte Luft zog durch das Lokal. Sämtliche Gäste drehten sich um und starrten die Typen an, die ihren Auftritt sichtlich genossen.

Ihre Köpfe waren kahl geschoren. Die schwarzen Bomberjacken wirkten wie eine Uniform. Unter den hochgerollten Jeans sahen die Schäfte halbhoher Schnürstiefel hervor.

»Macht bitte die Tür zu, Jungs. Es ist kalt draußen«, rief Benjamin. Er verharrte hinter der Theke und stellte das Glas, das er in der Hand hielt, zur Seite. Die vier blieben stehen, flüsterten miteinander und störten sich nicht an der Aufforderung. Der Anführer, dessen Gesicht von Akne entstellt war, musterte die Gäste. Als er die beiden dunkelhäutigen Männer an der Theke sah, verzog sich sein Mund zu einem verschlagenen Grinsen.

»Mensch, mach doch mal einer die Luke dicht. Das zieht ja wie Hechtsuppe«, rief ein beleibter Gast, der in Eingangsnähe saß.

»Halt's Maul, du fette Sau. Sonst setzt's was«, schnarrte der Aknegesichtige, während er auf den Dicken zuging.

»Hier drin beleidigt keiner meine Gäste.« Benjamin richtete sich hinter der Theke auf, blieb aber an seinem Platz stehen. Der Dicke erhob sich mit hochrotem Kopf, aber ein kräftiger Stoß ließ ihn auf den Stuhl zurückplumpsen.

Drei der Kahlköpfe blieben abwartend im Hintergrund, während sich ihr Anführer zu Benjamin umwandte. »Und du, was willst denn du, Flachwichser? Sorg lieber dafür, dass diese Kanaken verschwinden.« Seine Stimme klang befehlsgewohnt und grell. »Oder willst du den Ausverkauf Deutschlands?« Dabei wies er auf die beiden dunkelhäutigen Männer an der Theke. Die lächelten hilflos und verstanden offensichtlich nicht, worum es ging.

»Solches Ungeziefer verpestet die Luft. Deswegen bleibt die Tür auf.«

Aisha beobachtete den Auftritt mit klopfendem Herzen. Unwillkürlich rückte sie näher an Michael

Star heran. Noch nie war sie mit einer derart bedrohlichen Situation konfrontiert worden. Plötzlich hatte sie das Gefühl, ganz allein im Raum zu sein. Alle Geräusche waren wie abgeschnitten und es herrschte Totenstille. Sie tastete nach ihrem Handy in der Jackentasche.

Als sie die Augen wieder hob, blickte sie in blassblaue Augen. Unter narbigen Wangen mahlte bedrohlich ein Unterkiefer. Schattenhaft nahm sie die drei anderen Gestalten dahinter wahr. Erst jetzt sah sie den Baseballschläger.

Drohend hob der Kerl den Arm. Aisha roch seine Ausdünstung. Eine Mischung aus Schweiß und Testosteron. Für den Bruchteil einer Sekunde dachte sie an Tarzan, der sein Revier mit ähnlich penetrant riechenden Duftstoffen markierte. Gleichzeitig glaubte sie, keine Luft zu bekommen. Der Stoß gegen ihre Schulter war nur leicht, dennoch wäre sie beinahe vom Hocker gestürzt.

»Lass bloß das Ding stecken, du Ausländerhure«, stieß der Kerl zwischen den Zähnen hervor.

Wenn du jetzt ein Wort sagst oder eine falsche Bewegung machst, dann schlägt er dich mitten ins Gesicht, huschte es ihr durch den Kopf. Die Lippen verzogen sich zu einem hässlichen Grinsen. Langsam hob er den Schläger und leckte mit obszönem Zungenschlag darüber. Sein Blick blieb starr auf sie gerichtet. Seine Augen verengten sich und ein genießerisches Stöhnen quoll aus seinem Mund.

»Du widerliches Schwein«, entfuhr es ihr.

Das Grinsen wurde tückisch. Der Schläger zuckte nach oben und erschien ihr plötzlich riesengroß. An ihrem Augenwinkel huschte ein Schatten vorbei, ein leichter Luftzug streifte ihre Wange. Vor Schreck presste sie Lippen und Lider fest zusammen.

Um Himmels Willen, wo bin ich hier bloß hineingeraten, dachte sie noch, als sie das Knirschen eines berstenden Knochens hörte.

Leuchtturminsel Ostsee

Der Wind ließ mit einem lauten Tosen die Fensterscheiben zittern. Mit einem Ruck erwachte Aisha. Verwirrt sah sie sich um. Alles um sie herum war fremd. Dann schoss die Erinnerung an den gestrigen Abend in ihr hoch.

Ein Baseballschläger, der sich blitzschnell nähert. Dahinter die massige Silhouette des Glatzkopfes. Ein vernarbtes Gesicht wie eine Fratze. Ihre Hand schnellt hoch, will die Stirn schützen. Sie presst die Augen zu. Ein Schlag trifft sie, aber nicht, wie erwartet, mit voller Wucht. Ein klirrendes Geräusch. Ein Stoß von der Seite. Sie weiß nicht, wie ihr geschieht. Als sie die Augenlider wieder öffnet, verschwindet der Glatzkopf aus ihrem Gesichtsfeld. Wie ein gefällter Baum neigt er sich langsam zur Seite und kracht auf den Boden. Der Baseballschläger löst sich aus seiner Faust und rollt über den Holzboden. Seine Augen sind weit geöffnet, doch er rührt sich nicht.

Als nächstes erinnerte sie sich an einen länglichen, schwarzen Gegenstand, der im Ärmel eines Jacketts verschwand. Unwillkürlich fasste sie sich an die Stirn und tastete vorsichtig über die kleine Beule. Es dauerte eine Weile, bis ihr Hirn die einzelnen Eindrücke zu einem sinnvollen Ganzen geordnet hatte.

»Sind Sie verletzt?«, hatte der Engel mit den strubbeligen Haaren gefragt. Seine Hände hielten vorsichtig ihre Oberarme fest, damit sie nicht vom Hocker stürzte. »Ist es schlimm?«

Seine Stimme klang weich, doch sein Gesicht blieb nahezu unbewegt. Nur die aufgeregt hin- und hertanzenden Goldflitter in den granitfarbenen Augen verrieten seine Besorgnis.

Sie lächelte, obwohl ihr nicht nach Lächeln zu Mute war.

Unterdessen waren die drei Gefolgsmänner damit beschäftigt, ihren lädierten Anführer aufzurichten. Aus seiner Nase lief Blut, das über Mund und Kinn zu Boden tropfte. Seine Zunge versuchte, den Blutstrom zu unterbrechen, die Augen waren glasig, und er reagierte nicht auf das aufgeregte Geflüster seiner Kumpane. Mit einem Mal wirkten die vier wie hilflose Jungen, von denen einer auf dem Schulhof hingefallen ist und die anderen wissen nicht recht, was sie tun sollen. In ihren Augen stand deutlich geschrieben, dass sie am liebsten davonlaufen würden. Aber auch dazu fehlte ihnen der Mut.

Die ganze Zeit hatte Michael Star Aisha festgehalten und sie nicht mehr losgelassen. Auf wunderbare Weise fühlte sie sich von ihm beschützt.

Wenige Minuten später zuckten draußen Blaulichter auf. Ein Polizist in Zivil, der sich als Kommissar Soderwald vorstellte, befragte die Anwesenden zu dem Vorfall. Der Glatzkopf habe die junge Frau angegriffen und sei dann einfach umgefallen. Darüber waren sich alle einig.

Aber wodurch der plötzliche Sturz verursacht worden war, konnte niemand erklären.

Aisha warf einen kurzen Blick auf Michael Star, der ihr inzwischen einige Rätsel aufgegeben hatte. Als er nach seinen Personalien befragt wurde, gab er eine Berliner Adresse an. Hatte er ihr gegenüber nicht Prag als seinen Wohnort genannt? Sie äußerte sich nicht dazu, auch nicht über den Totschläger oder was immer er in seinem Ärmel versteckte. Dafür fühlte sie sich viel zu sehr zu Dank verpflichtet. Die blutige Nase konnte sich der Skinhead auch beim unvermittelten Sturz auf den Boden zugezogen haben.

Was ihr ebenfalls seltsam erschien, war die spürbare Erleichterung Michaels, als die beiden Dunkelhäutigen den Grund ihres Aufenthalts in Deutschland erklärten.

Aisha übersetzte Kommissar Soderwald den französischen Wortschwall, den sie nur zur Hälfte verstand. Die Männer waren Vertreter einer tunesischen Fischereigenossenschaft, soviel hörte sie heraus. Ihr Interesse galt den beiden verbliebenen Kuttern der ehemals so stolzen Othmarsdorfer Fischereiflotte.

Noch einen Moment verharrte sie mit geschlossenen Augen in dieser seltsamen Stimmung des gestrigen Abends. Von draußen drangen ungewohnte Geräusche zu ihr herein. Sie räkelte sich und lauschte. Es hörte sich nach Wasser an. Wellen, die sich auf Felsen brachen. Ganz in ihrer Nähe. Sie blinzelte und seufzte. Der Sonnenstrahl, der durch das kleine runde Fenster ins Zimmer drang, wanderte von den Lidern über ihre Nase und Wangen. Sie spürte die verhaltene Wärme, als er über ihre Lippen glitt. Sanft wie Michaels Hände.

Der Mann, den sie als spröde und wortkarg kennen

gelernt hatte, konnte nicht nur aufdringliche Glatzen niederstrecken, sondern hatte sich als wunderbarer Liebhaber entpuppt. Sanft wie Schmetterlingsflügel waren seine Berührungen gewesen, die sie mehr und mehr erregt hatten.

Ein nebliger Schleier draußen fing den Lichtstrahl ein, hüllte ihn in dämmriges Grau und das goldene Gelb verwandelte sich in alltägliches Morgenlicht. Ein paar Sekunden lang hallte der Zauber der warmen Berührung in ihr nach. Als sie sich umdrehte und neben sich tastete, fasste sie ins Leere.

Sie richtete sich auf. Durch die halb geöffnete Tür war Geschirrklappern zu hören. Gestern Abend war sie von dem Mann, der jetzt das Frühstück zubereitete, regelrecht entführt worden. Sie war nicht schlecht erstaunt gewesen, als er sie an der Hand genommen, zum Bootssteg im Hafen geführt und auf einen dümpelnden Kahn gezeigt hatte.

»Wie?«, fragte sie ungläubig. »Was soll ich denn auf einem Boot mitten in der Nacht?«

Er sprang hinein. »Nun komm schon«, rief er und reichte ihr die Hand, als sie unschlüssig stehen blieb.

Die Seefahrt fand sie wenig romantisch. Es schaukelte ziemlich. Doch als der Leuchtturm aus dem Dunkel der Nacht aufgetaucht war, konnte sie zuerst gar nicht glauben, dass dies Michaels Domizil sein sollte. Dieser Mann, der so verrückt war, einen Leuchtturm zu bewohnen, machte sie immer neugieriger.

Sie stieg aus dem Bett und beäugte sich in der Spiegelwand. Sonst, wenn sie sich betrachtete, fand sie ihren Busen zu klein, aber ihren Po einigermaßen okay. Unwillkürlich musste sie lächeln, als sie an Covacz' Bemerkung über ihren süßen Arsch dachte. Gerade von ihm hätte sie einen solchen Kommentar am allerwenigsten erwartet. Was er wohl sagen würde, wenn er wüsste, wo sie sich gerade befand? Vielleicht wäre er eifersüchtig.

Sie drehte und wendete sich vor dem Spiegel. Auf den rein weißen Teint ihrer Haut war sie immer stolz gewesen. Und Michael hatte ihr auf vielerlei Weise zu verstehen gegeben, dass sie einen wunderschönen Körper habe. Ansonsten hatte sie allerdings wenig von ihm erfahren.

Ein Lied fiel ihr ein, in dem es um eine Liebesnacht in einem Leuchtturm ging. *»A night of love in a lighthouse ...«* Leise vor sich hin summend schlüpfte sie in ihre Unterwäsche und ging hinaus auf den Flur. Die Tür des kleinen Badezimmers war nur angelehnt. In den Kaffeeduft, der von unten nach oben drang, mischte sich der Geruch von gebratener Butter, Spiegeleiern und Zigarettenrauch. Michael rauchte zu viel, das war ihr schon gestern Abend aufgefallen. Von einem Haken nahm sie seinen Bademantel, der einigermaßen passte. Nur in der Schulterpartie war er etwas zu weit.

Sie benutzte seine Zahnbürste und tupfte ein paar Tropfen des angenehm herben Parfüms hinter die Ohren, das auf der Glaskonsole stand. Schnell zog sie sich ein Paar frische Socken über, die herumlagen, und stieg die Eisentreppe nach unten.

Michael hantierte in der Kochnische. Sein Haar stand widerborstig vom Kopf ab. Der Tisch war bereits gedeckt.

»Guten Morgen«, sagte sie sanft.

Wie ertappt zuckte er zusammen, dann drehte er sich um und lächelte sie an. Als er sich die linke Schulter rieb, dachte sie sofort wieder an die Neonazis in Benjamin Neidhöfers Bistro. In der Nacht waren ihr die dunklen Striemen an seiner Schulter aufgefallen. Ob er Hiebe mit dem Baseballschläger abbekommen hatte?

»Ich hoffe, du magst Spiegelei zum Frühstück?«

Sie lächelte entschuldigend und schüttelte den Kopf. »Nicht so gern. Toast und Butter genügen, wenn du das da hast.«

Er nickte und schob zwei Scheiben Weißbrot in den Toaster.

»Wie geht es deiner Verletzung?«, fragte er und sah auf ihre Stirn.

»Das ist nichts. Noch nicht einmal eine richtige Beule.« Beim Freeclimbing hatte sie sich schon ganz andere Blessuren zugezogen. Es tat gut, dass er so um sie besorgt war. Sie wies auf seine Schulter. »Aber dich hat es ziemlich erwischt.«

»Nicht der Rede wert«, winkte er ab. Er umarmte sie und drückte sein Gesicht in ihre Haare. »Du riechst gut.«

Sie lachte. »Es ist dein Parfüm. Ich hoffe, es stört dich nicht, dass ich es benutzt habe. Ebenso deinen Bademantel und deine Zahnbürste.«

Er löste sich von ihr und ging zurück zu dem kleinen Herd. »Sollten Liebende nicht alles teilen?«, sagte er, während er die Eier auf seinen Teller schob. Ein merkwürdiger Unterton lag in seiner Stimme. »Kaffee?« Er sah hoch, direkt in ihr Gesicht.

Sie nickte.

»Willst du dich nicht setzen?«

Mit einem lauten Geräusch warf der Toaster die gerösteten Scheiben aus. Aisha nahm Platz, strich sich Butter auf den warmen Toast und begann zu essen. Irgendwie fühlte sie sich auf einmal unbehaglich. Etwas war nicht in Ordnung. Aber sie hatte keine rechte Erklärung für dieses Gefühl.

Vielleicht hätte sie doch nicht so schnell mit ihm im Bett landen sollen.

Auf einmal hielt er etwas hoch. Obwohl sie ihre Brille oben auf dem Nachttisch hatte liegen lassen, erkannte sie Marysias Foto. Der Abzug, der sie im blauen Abendkleid zeigte. Das Bild hatte in ihrem Rucksack gesteckt.

»Wie kommst du dazu, in meinen Sachen zu kramen?«, fragte sie völlig perplex. Die vertraute Nähe verflog. Der aufsteigende Ärger verwandelte sich in Angst. Was fiel ihr eigentlich ein, sich auf einen wildfremden Mann einzulassen, von dem sie rein gar nichts wusste und ihm auch noch auf einen abgelegenen Leuchtturm zu folgen? Wieder sah sie die schnelle Bewegung, mit der er den Totschläger in seinem Ärmel verschwinden ließ.

»Totgeschlagen hat man sie! Der Schädel ist geborsten wie eine Eierschale«, hallten Covacz' Worte über Marysias Sterben in ihrem Kopf wider. Gleichzeitig fiel ihr ein, dass Michael gestern der Polizei gegenüber eine falsche Adresse angegeben hatte. Mit einem Mal klebte das Toastbrot an Zunge und Gaumen fest und sie hatte das Gefühl, sie müsse ersticken. War Michael vielleicht der Mörder Marysias und hatte ihr Zusammentreffen irgendwie eingefädelt?

Vielleicht war das seine spezielle Masche. Erst den Beschützer spielen und dann …? Wie konnte sie nur so blöd sein und sich auf so etwas Waghalsiges einlassen?

Noch immer hielt er das Bild in die Höhe. »Wieso trägst du dieses Foto mit dir herum?«

Aisha stieß die Luft aus und holte tief Atem. Ihre Hand zitterte.

»Was weißt du von dieser Frau? Ich muss es wissen!« Nun war sein Ton eindringlich, fast schon beschwörend.

Aisha würgte die trockenen Brotkrumen hinunter. »Es ist ...«, sie brach ab, weil ihr ihre Stimme nicht gehorchen wollte. Mit beiden Händen umfasste sie die Tasse, wagte aber nicht, sie anzuheben. Sie räusperte sich. »Es ist ein Fall, den ich für meine Zeitung recherchiere.« Sie war überrascht, wie normal ihre Stimme klang. »Ich habe dir doch erzählt, dass ich für eine Frankfurter Zeitung arbeite.«

»Was für ein Fall?«

»Wieso interessiert dich das? Kennst du sie denn?«, wagte sie die Gegenfrage. Gleichzeitig fiel ihr ein, dass Marysia Dombrowska aus Prag stammte. Wenn er tatsächlich aus Prag stammte, und nicht aus Berlin, wie er der Polizei gegenüber angegeben hatte, gab es vielleicht einen Zusammenhang. Das würde zumindest einiges erklären.

Er beantwortete ihre Frage nicht. »Warum bist du in Othmarsdorf, Aisha?«

Sie schluckte. »Weil ich etwas über sie herausfinden will.«

Er ließ sie nicht aus den Augen. »Und, was hast du bisher über sie herausgefunden?«

»Leider noch nicht sehr viel«, brachte sie hervor. »Aber warum ...«

»Sie heißt Marysia Nimjeski und stammt aus Prag«, fiel er ihr ins Wort. »Seit einem Jahr lebt sie in Frankfurt am Main. Dort allerdings unter dem Namen Dombrowska. Ich kann dir sogar ihre Adresse nennen.«

»Woher weißt du das alles?«, fragte Aisha verblüfft. Sie brauchte einen Moment, um zu erfassen, was er da gerade gesagt hatte. Wenn Marysia in Wirklichkeit Nimjeski hieß, war klar, weshalb Covacz und seine Männer noch immer keine Antwort aus Prag hatten.

»Ich bin auf der Suche nach ihr. Benjamin Neidhöfer, der Wirt aus der Kogge, ist ihr Freund.«

»Ja«, sagte Aisha. »Das weiß ich.« Dann ging ihr auf, dass Michael von Marysia in der Gegenwart sprach. Sie musterte ihn forschend. »Weißt du denn nicht, dass sie tot ist?«, fragte sie leise.

»Tot?« Ungläubig starrte er sie an. Er blinzelte heftig. Mit einer fahrigen Bewegung strich er sich durchs Haar.

Aisha holte tief Luft. Dann begann sie zu erzählen. Von dem toten Mädchen unter der Schwanheimer Brücke, das man übel zugerichtet hatte. Und dass sie nun dabei sei, die Hintergründe zu recherchieren.

Michael saß vor ihr mit zusammengebissenen Zähnen. Seine Wangenknochen traten hervor und sein Gesicht drückte eine Mischung aus Ungläubigkeit und großer Traurigkeit aus. »Wer hat sie umgebracht?«, presste er schließlich hervor.

Sie hob die Schultern. »Das hat die Polizei noch nicht herausgefunden. Aber du hast vorhin einen anderen Namen genannt?« Sie sah ihn fragend an.

»Tomek Nimjeski ist ihr Stiefvater. Ihre Mutter hieß Dombrowska.«

»Und warum hat sie den Mädchennamen ihrer Mutter benutzt?«

»In Prag ist Tomek Nimjeski ein bekannter Mann. Ein Mann in einer ausgesprochen sensiblen politischen Position. Marysia wollte wohl vermeiden, dass man sofort von ihr auf ihren Stiefvater schließt. Obwohl ...«, er setzte ein gezwungenes Lächeln auf, »vielleicht war sie in diesem Punkt ein wenig übervorsichtig. In Deutschland dürfte kaum jemand von Tomek Nimjeski gehört haben.«

Aisha starrte ihn an. »Hast du sie persönlich gekannt?«

Er schüttelte den Kopf.

»Und wieso warst du dann auf der Suche nach Marysia?«

»Die Eltern haben mich beauftragt.«

»Ich verstehe nicht ...«

»Manchmal übernehme ich solche Fälle.«

»Hast du nicht gesagt, du seiest Unternehmensberater?«

Er hob die Achseln und fügte nichts mehr hinzu.

»Entschuldige. Ich müsste mal dringend telefonieren.« Sie stand auf und ging zu ihrem Rucksack.

»Mist!«, sagte sie, als sie merkte, dass der Akku ihres Handys leer war. Das Ladegerät lag im Zimmer in ihrer Pension.

»Du kannst meines nehmen.« Michael hielt ihr sein Handy hin. »Mit wem musst du denn so dringend sprechen?«

»Mit der Frankfurter Polizei.«

Einen Moment lang hatte sie den Eindruck, als wolle Michael sein Angebot wieder zurückziehen, doch dann überließ er ihr das Telefon.

»Du kannst oben telefonieren, da bist du ungestört.«

»Danke«, sagte sie und stieg langsam die steile Wendeltreppe hoch.

»Aisha?«

Sie drehte sich um.

»Könntest du gegenüber der Polizei meinen Namen heraushalten? Wenigstens für ein paar Tage?«

Sie nickte, obwohl sie gern gewusst hätte, warum ihm dies so wichtig war. Aber erst einmal musste sie Covacz Marysias richtigen Namen mitteilen. Von wem sie den erfahren hatte, war zweitrangig. Das konnte sie immer noch aufklären, wenn sie wieder zu Hause war.

»Und noch etwas: Ich weiß nicht, wie schnell die deutsche Polizei jetzt mit Prag Kontakt aufnimmt. Ich würde Marysias Eltern gern persönlich mitteilen, was mit ihrer Tochter passiert ist. Das bin ich ihnen schuldig«, fügte er leise hinzu.

»In Ordnung«, sagte sie ebenso leise.

Oben setzte sie sich auf das Bett und wählte Covacz' Nummer. Sobald die Verbindung zustande kam und sie das Handy ans Ohr hob, glaubte sie auf dem Display kurz ein ihr unbekanntes Symbol aufblinken zu sehen. Als sie sich vergewissern wollte, war es verschwunden.

»Hallo, Janic, hier ist Aisha«, meldete sie sich.

»Von wo aus rufst du an?«, erklang die Stimme des Sheriffs. Sie war irritiert. Sowohl über die Frage, als auch darüber, dass der Sheriff sich an Covacz' Handy meldete.

»Aus Othmarsdorf an der Ostsee. Hat Covacz dir nicht erzählt, dass ich hierher gefahren bin?«

»Benutzt du dein eigenes Handy?«

Eine Frage, die ihr noch seltsamer vorkam.

»Siehst du das nicht an der fremden Nummer?«, sagte sie einigermaßen belustigt. »Ich hab mir ein Handy ausgeliehen, weil ich euch was Wichtiges mitzuteilen habe.« Sie machte eine bedeutungsvolle Pause, doch der Sheriff schwieg. »Also: Marysia heißt in Wirklichkeit nicht Dombrowska, sondern Nimjeski.«

»Sicher?«

»Ganz sicher«, antwortete sie. Eigentlich hatte sie erwartet, der Sheriff würde ihr jetzt eine Menge Fragen stellen, unter anderem, woher sie das wusste. Stattdessen begnügte er sich mit einer kurzen Antwort.

»Gut, ich danke dir.« Er machte eine kurze Pause. »Und grüß schön die Moldau.«

»Wie bitte?« Was war das denn? »Die Moldau haben wir hier nicht ...«, setzte sie an, »was ...«

»Ich mache jetzt Schluss.« Ohne weitere Erklärung unterbrach er die Verbindung. Als Aisha kopfschüttelnd auf Michaels Handy starrte, blinkte wieder das kleine Symbol auf. Sie drückte auf den Aus-Knopf und blieb einen Moment unschlüssig sitzen.

Wenn der Sheriff nicht plötzlich verrückt geworden war, dann musste sein absonderliches Verhalten irgendeinen Sinn ergeben. Sie versuchte, sich alle Einzelheiten des Telefonats ins Gedächtnis zurückzurufen.

So kurz angebunden hatte sie ihn noch nie erlebt. Der Sheriff hatte kein einziges Mal ihren Namen genannt. Auch auf sein scherzhaftes »Babe« hatte er verzichtet. All diese seltsamen Fragen, und dann auch noch zum Schluss dieser völlig unverständliche Gruß an die Moldau. Sollte das eine verschlüsselte Botschaft gewesen sein? Was mochte er mit dem Fluss verbinden? Prag lag an der Moldau. Es war die Stadt, aus der Michael Star kam. Aber all das ergab keinen Sinn. Außerdem hatte sie die ganze Zeit das merkwürdige Gefühl gehabt, dass jemand bei diesem Telefonat mithörte.

Grübelnd zog sie sich an. Dann ging sie nach unten. Michael stand noch immer an der gleichen Stelle im Wohnraum. So als habe er sich in den letzten Minuten nicht bewegt. Der nachdenkliche Ausdruck in seinem Gesicht war einem leichten Lächeln gewichen.

»Und? Warst du erfolgreich?«, fragte er.

Dubai

Um diese Tageszeit hatte die Wüste die Farbe von Amber. Die Reifen des dunklen Geländewagens gruben sich in den Sand und hinterließen ein geriffeltes Ornament, das der Wind schnell wieder verwehte.

Der Prinz liebte diese einsamen Fahrten durch die Wüste. Hier hatte er sich immer sicher gefühlt, obwohl ihm das endlose Sandmeer stets die Veränderlichkeit alles Lebendigen bewusst machte. Alte Wege wurden vom Sand begraben und neue mussten beschritten werden. Wie die Dünen wanderten ohne ihre ursprüngliche Form zu verlieren, so mussten sich auch die Menschen neuen Zeiten und Orten anpassen. Doch in den letzten Tagen hatte er manchmal das Gefühl, als beobachte ihn die Wüste.

Er hielt den Wagen an, stieg aus und sah sich um. Durch die offenen Sandalen spürte er die Wärme des Bodens, obwohl um diese Jahreszeit die Temperaturen selten die Dreißig-Grad-Marke überschritten. Aus der Ferne ertönten Schreie von Kamelen, die offenbar die Witterung von Wasser aufgenommen hatten.

Die Laute erinnerten ihn einmal mehr an den Verlust von Habibdi. Wie so oft in den letzten Tagen kehrten seine Gedanken zu ihrem schlimmen Ende zurück. Große Hoffnungen hatte er in die Kamelstute gesetzt, und wie schmählich war er enttäuscht worden! Aber nicht nur die Enttäuschung fraß in ihm, viel schlimmer litt er unter seinem zutiefst verletzten Stolz, der ihn immer öfter die Einsamkeit suchen ließ. Die täglichen Gebete spendeten ihm keinen Trost, obwohl die Lehre des Propheten besagte, dass Schmerz und Verlust zu den Prüfungen gehörte, die auch der Strenggläubige ertragen musste. Die Worte der Einsicht in den Willen des Allmächtigen fanden litaneiartig den Weg über seine Lippen. Sein Inneres ließen sie unberührt.

Er hielt eine Hand hoch, um zu prüfen, aus welcher Richtung der Wind kam. Das weiche Licht des zu Ende gehenden Tages ließ den Sand rotorange aufleuchten. Die Straße hatte er gemieden, obwohl er wusste, wie leicht man hier die Orientierung verlieren konnte. Der Wüstensand in seiner unterschiedlichen Härte war chamäleonartig und wechselwarm wie eine Schlange. Und ebenso gefährlich. Aber er war von Kindesbeinen an mit den Launen der Wüste vertraut und konnte in der Beschaffenheit des Sandes lesen wie in einer Schrift.

Hoch oben am Himmel flog ein Bussard. Er hob die Wasserflasche an die trockenen Lippen und trank.

Ein Geräusch hinter ihm ließ ihn herumfahren. Mit einer schnellen Bewegung fasste er nach dem Schaft des Dolches mit der gekrümmten Schneide. Vorsichtig spähte er umher. Doch nichts war zu sehen. Wahrscheinlich ein aufgeschrecktes Tier. Sein Blick wanderte über die Furchen und Wellen, die der Wind geformt hatte hin zu dem funkelnden roten Lichtpunkt, der verschwommen am Horizont tanzte. Er zog die Gutra tiefer ins Gesicht.

Dann setzte er sich wieder in das Auto, startete den Motor und genoss das Aufbrausen der kühlen Luft aus der Klimaanlage.

Als er einen befestigten Weg erreichte, der am Rande der Wüste endete, beschleunigte er den Jeep Cherokee. In wenigen Minuten würde er seine Residenz am Rande der Stadt erreichen.

Es war noch nicht lange her, da war sein Anwesen, eine kleine Oase inmitten eines Sandmeeres, nur durch eine geschotterte Straße mit der Stadt verbunden, deren Verlauf einzelne Palmen markierten. Doch je weiter die Zähmung der Wüste voranschritt, umso schmäler wurde die Grenze.

Unaufhaltsam wuchs die Stadt, salziger Sand wurde abgetragen, an anderer Stelle wieder aufgefüllt, um Platz zu schaffen für noch höhere Bürogebäude und immer gigantischere Hotelanlagen.

Noch trennten hohe Sandkämme sein Anwesen von der übrigen Stadt. Doch schon in wenigen Jahren würde die ehemalige Karawanserei mit der Stadt verwachsen sein. Bis dahin würde er ein neues, abgelegenes Domizil gefunden haben, das seinem Bedürfnis nach Stille und Einsamkeit entgegen kam. Vielleicht nicht allzu weit von seinem Firmengebäude entfernt.

Der Prinz hupte kurz, als er das Tor in der Mauer erreichte, die seine Residenz umgab. Eine dunkelhäutige Gestalt eilte aus der fensterlosen Lehmhütte, schulterte den Kalaschnikow-Karabiner und öffnete das massive Eisengatter. Der Prinz ignorierte den angedeuteten militärischen Gruß, fuhr weiter und verfolgte im Rückspiegel, wie das Tor hinter ihm geschlossen wurde. Seine Leibwächter mochten zwar zerlumpt aussehen, aber sie waren allesamt kampferprobte Männer aus den schroffen Bergmassiven Afghanistans. Ehemalige Taliban, die ihm treu ergeben waren und deren Kampf er lange durch Waffenlieferungen unterstützt hatte. Anspruchslose Gotteskrieger ohne Gesicht, ihm zu Dank verpflichtet, weil er ihnen und ihren Familien Unterschlupf gewährte.

Er hielt vor der hinteren Terrasse und stieg aus. Einer seiner Diener war sofort zur Stelle, um den Jeep wegzufahren. Dort befand sich sein Privatbüro. Achtlos schüttelte er den Sand aus den Sandalen und ließ sie auf der Terrasse stehen. Barfuss betrat er den abgedunkelten Raum, dessen Mosaikfußboden beinahe vollständig mit wertvollen Teppichen bedeckt war. Er liebte dieses Gefühl, wenn sich die kurz geschorene Wolle der Teppiche an die nackten Fußsohlen schmiegte. Voller Bewunderung betrachtete er die kalligrafischen Symbole und Ornamente, die ineinander verschlungene filigrane Muster bildeten. Es waren kleine Kunstwerke, von Menschenhand gemacht, die schon der Prophet geschätzt hatte.

Er klatschte in die Hände. Sein Sekretär erschien nach wenigen Sekunden, legte ihm schweigend eine geöffnete Mappe mit Papieren vor, um gleich darauf die Jalousien anzuheben, die das letzte Tageslicht hereinließen. Dann verharrte er bewegungslos neben der Tür.

Der Prinz warf nur einen kurzen Blick auf die Unterlagen. »Das erledige ich morgen«, murmelte er.

Auch außerhalb des Ramadan fastete er oft und begnügte sich tagsüber mit Tee, Wasser und Fruchtsäften. Erst nach Einbruch der Dunkelheit ließ er sich ein einfaches Mahl servieren. Die Diener hatten strenge Anweisung, ihn nicht zu stören und keiner von ihnen betrat ohne ausdrückliche Aufforderung das Zimmer, in dem er gerade weilte. Schon öfter war ihm aufgefallen, dass sie seinem fordernden Blick meist schnell zu entkommen suchten. Aber das kümmerte ihn wenig.

Mit verächtlich herabgezogenen Mundwinkeln beobachtete er jede Bewegung des Dieners, der mit spitzen Fingern eine Flasche entkorkte, als hantiere er mit einer Bombe. Beinahe ängstlich stellte er sie in den silbernen Kühler, der bis zum Rand mit von Tauwasser schimmernden Eisbrocken gefüllt war.

Dem einfachen Volk wurde gepredigt, der Genuss vergorenen Rebensaftes sei verboten. Das war Auslegungssache. Er sah es so: der Allmächtige rief die Rechtgläubigen dazu auf, dieses Geschenk mäßig zu genießen. Sich nicht zu berauschen oder sich in der Öffentlichkeit der Würde zu berauben, wie er es bei Fremden in ihrer hemmungslosen Lebensart oftmals beobachtet hatte.

Er schlug den Koran auf, wo Sure siebenundvierzig verkündete: *»So seht das Bild des Paradieses, das den Gottesfürchtigen verheißen ist: In diesem fließen Ströme von Wasser, das nie verdirbt; Ströme von Milch, deren Geschmack sich nie ändert; Ströme von Wein, lieblich für die Trinkenden; auch Ströme von gereinigtem Honig. Dort werden sie alle Arten von Früchten und Vergebung von ihrem Herrn erhalten.«*

Er legte die Schrift beiseite und griff nach einem Stück Fladenbrot, das mit dunklen Scheiben nach Rosmarin duftendem Hammelfleisch belegt war, und schob es in den Mund. Er war hungrig, dennoch würde er wenig essen. Das Abendgebet hatte er bereits in der Wüste verrichtet. Dort hatte ihn der Ruf des Muezzin nicht erreicht, aber auch wenn er ihn hörte, folgte er selten dessen Einladung. Anstatt eine Moschee zu betreten, bevorzugte er das Gebet in der Stille seines Hauses.

Ungeduldig verfolgte er die Bemühungen des Dieners, der mit einer Zange glühende Holzkohlestückchen auf dem Kopf der reich verzierten Wasserpfeife auslegte und dann heftig an dem mit bunten Schnüren umwickelten Schlauch saugte, um die Glut der Holzkohle zu entfachen. Anschließend steckte er ein Bernsteinmundstück auf den Schlauch und legte es auf einem Silbertablett ab.

Der Prinz öffnete eine ziselierte Dose und ließ mit einem Löffel klebrige Bröckchen auf die Glut fallen. Auch das braune Harz war solch eine Gottesgabe, die richtig genossen, die Fantasie beflügelte. Der Geist des Rauchs erzeugte Träume und Vorstellungen, die den wahren Weg in die Zukunft wiesen. Schon vor Hunderten von Jahren hatten sich die Kämpfer des wahren Glaubens mit dem Blütenharz und den Blättern des Hanfs in einen Zustand versetzt, der sie zu bedingungsloser Hingabe befähigte. Einer Hingabe, die nicht selten den irdischen Tod forderte. Aber das war schließlich die Bestimmung eines jeden Kriegers. Sie waren die Hände und Fäuste, die das Schwert führten. Gegen wen die Waffe gerichtet wurde, entschied das Haupt.

Obwohl der Prinz den fragenden Blick seines Dieners bemerkte, reagierte er nicht. Mit einem gemurmelten Gruß und einer tiefen Verbeugung schlich sich dieser aus dem Zimmer und zog geräuschlos die Tür hinter sich zu.

Der Prinz griff nach dem Mundstück und inhalierte einen tiefen Zug. Zufrieden sah er dem Rauch nach, der zur Zimmerdecke hochstieg und wie ein hauchdünner

Schleier die Schnitzarbeiten der Deckenpaneele umschwebte. Dann goss er sich ein halbes Glas der perlenden Flüssigkeit ein und prüfte den herbsüßen Geschmack. Bedauernd schnalzte er mit der Zunge, als er feststellte, dass der Champagner noch zu warm war und entleerte das Glas über den Eiswürfeln.

Sein Blick schweifte hinaus in das sanfte Licht der schnell hereinbrechenden Dämmerung. Seine Augen folgten den geschwungenen Kämmen der Sanddünen, die sich, gerade noch erkennbar, vor dem Abendhimmel abhoben, und kehrten zu den dunklen Silhouetten der Palmen zurück, die sein Anwesen umgaben. In wenigen Minuten würde alles in absoluter Dunkelheit versinken.

Auf Fremde mochte die Wüste unbeweglich und feindselig wirken. Für ihn war sie ein Hort endloser Freiheit. Das leise Rauschen der Klimaanlage übertönte das Knistern der unzähligen Sandkörner, die dort draußen, vom Nachtwind bewegt, ihre unendliche Reise fortsetzten ohne das Ziel zu kennen. Jedes dieser Sandkörner hatte vor undenklichen Zeiten als mächtiger Fels begonnen. War kleiner und kleiner geworden, bis der Wind es tragen konnte, es ausbreitete und so die Wüste schuf.

Nur in der Weite der Wüste war es möglich gewesen, dass der Prophet die Eingebungen des Allmächtigen empfangen hatte und diese Lehre hinaustrug in die Welt. Der wahre Glaube glich dem Sand. Manchmal erhob er sich im heulenden Sturm, um alles Unreine hinweg zu fegen, dann wieder verfolgte er langsam, aber unaufhaltsam seinen Weg. Nie blieb er unbewegt. Daran würden weder die Israelis etwas ändern noch die ebenso verhassten Amerikaner. Das kleinste Übel unter den

Ungläubigen schienen ihm noch die Europäer zu sein. Die Juden hingegen mit ihrer Illusion, der Wüste einen blühenden Garten und einen dauerhaften Staat abzuringen, würden im Geschichtsbuch der Ewigkeit noch nicht einmal eine Zeile füllen.

Er wandte sich von der Fensterfront ab und schaltete das Licht ein. Die Schatten der Wüste verschwanden in der Spiegelung der kristallenen Kronleuchter und mit ihnen seine grüblerischen Gedanken.

Vorfreude keimte in ihm auf, als er den Schlüssel aus der Tasche seines Gürtels nahm. Dort, verborgen hinter der Wandtäfelung, erwartete ihn das Paradies.

Othmarsdorf

»Sehen wir uns wieder?«, fragte Michael, als er vor der Pension Seeblick anhielt. Die Überfahrt vom Leuchtturm und die anschließende Fahrt in seinem Auto war von unbehaglichem Schweigen begleitet gewesen.

Aisha spürte eine nervöse Unruhe und wusste nicht recht, was sie auf seine Frage antworten sollte. Irgendwie schien ihr alles ziemlich verworren.

»Heute Nachmittag? Ich hole dich hier ab«, sagte er bestimmt.

»Okay,«, willigte sie zögerlich ein. »Um zwei?«

Michael nickte und Aisha hoffte, dass er ihr ihre mangelnde Begeisterung nicht allzu deutlich anmerkte. Momentan hatte sie nur zwei dringende Wünsche. Eine heiße Dusche und ein paar Stunden Schlaf. Sie hoffte, dass sie danach wieder klarer sehen würde.

Mit Schwung warf sie die Autotür zu und suchte in ihrem Rucksack den Hausschlüssel der Pension. Bevor sie ihn ins Schloss stecken konnte, wurde die Eingangstür von innen geöffnet.

»Guten Morgen, Frau Khan«, begrüßte sie die Pensionswirtin, eine resolute Frau im weinroten Strickkleid. »Ich habe schon die ganze Zeit auf Sie gewartet.«

Wie ein Wachtposten blieb sie in der Tür stehen und musterte Aisha von Kopf bis Fuß. Aisha spürte einen Anflug von Ärger. Das war ja schlimmer als bei den Wagners zu Hause. Was ging es ihre Wirtin an, ob sie die Nacht in ihrem Zimmer oder sonst wo verbrachte, solange sie ihre Rechnung bezahlte?

»Sie sollen sich sobald als möglich auf der Polizei melden. Die waren heute Morgen schon in aller Frühe hier und wollten Sie sprechen.«

»Polizei?« Jetzt war Aisha verwundert. »Was soll ich denn da?«

»Das haben sie mir nicht gesagt, ich habe sie wieder weggeschickt, ich wusste ja nicht, wo Sie waren.«

Wieder dieser vorwurfsvolle Ton. Als ob hier jeden Morgen die Polizei auftauchen würde, um die Gäste aus den Betten zu werfen.

»Und Sie wissen wirklich nicht, worum es geht?«

»Ich denke mal, ohne Grund werden die Sie nicht sprechen wollen«, sagte die Wirtin kühl. Dann schien sie sich auf ihre Pflichten zu besinnen. »Möchten Sie jetzt frühstücken?«

»Nein, danke«, erwiderte Aisha knapp.

Die Wirtin setzte zum Gehen an. Dann drehte sie sich noch mal um.

»Jetzt hätte ich es doch beinahe vergessen. Man macht

sich ja schon seine Gedanken. Vor einer Stunde hat ein Herr Kofatsch oder so ähnlich angerufen.«

»Covacz.«

Sie nickte. »Er sagte, es sei sehr dringend, Sie sollen sofort zurückrufen.« Sie warf einen Blick über die Schulter. »Haben Sie kein Handy? Die jungen Leute heutzutage haben doch alle eins.«

»Mein Akku ist leer. Könnte ich Ihr Telefon benutzen?«

»Bitte.« Die Pensionswirtin wies auf die kleine Theke, die als Rezeption diente und verließ den Raum.

»Hallo Janic. Was gibt's denn so Dringendes, dass du meine Pensionswirtin aufscheuchst?«

»Aisha?« Es klang verblüfft.

»Ich sollte dich doch zurückrufen. Oder habe ich das falsch verstanden?«

»Weißt du eigentlich, was hier los ist?« Seine Stimme klang wie das Knurren eines Tigers, kurz bevor er zum Sprung ansetzt. »Wir haben auch noch andere Dinge zu tun, als Kindermädchen für dich zu spielen.« Covacz schrie derart in den Hörer, dass sie ihn vom Ohr wegnahm.

»Was soll denn das? Ich weiß überhaupt nicht, was los ist und warum du dich so aufregst.«

»Mensch, Aisha, stellst du dich nur so ahnungslos oder …«

Noch immer hatte sie keinen blassen Schimmer, was ihn derart in Rage versetzt hatte. So aufgebracht hatte sie ihn noch nie erlebt.

»Entschuldigung, aber würdest du mir vielleicht mal verraten, um was es überhaupt geht?«

Sie hörte, wie Covacz tief durchatmete. Dann klang

seine Stimme etwas ruhiger, aber lange nicht so gelassen, wie sie das von ihm gewohnt war.

»Vor zwei Stunden und dreiundvierzig Minuten geht bei uns ein Anruf von dir ein. Du teilst uns mit, dass die Tote unter der Schwanheimer Brücke nicht Dombrowska, sondern Nimjeski heißt. Dieser Nimjeski ist in Prag ein hochrangiger Diplomat, wie wir inzwischen herausgefunden haben. Das Handy, das du benutzt hast, ist auf einen Mirko Stern angemeldet. Und unser Scanner zeigt als Einwahlort Prag an. Noch dazu konnten wir feststellen, dass dein Telefonat abgehört wurde.«

Aisha wollte ihn unterbrechen, doch er ließ sie nicht zu Wort kommen.

»In deiner Pension weiß kein Mensch, wo du steckst. Frau Khan hat ihr Zimmer heute Nacht nicht benutzt, kriegen wir zur Auskunft. Und jetzt fragst du, warum ich mich aufrege?«

Sie war so verwirrt, dass ihr keine passende Antwort einfiel.

»Aisha, ich glaube, du hast noch immer nicht begriffen, dass es hier nicht um einen einfachen Mord geht, sondern um die Aktivitäten eines internationalen Kartells, für das sich mittlerweile auch der Bundesnachrichtendienst interessiert. Und du steckst da mitten drin.«

Die Sorge in seiner Stimme half ihr ein wenig, den aufsteigenden Widerstand zu zähmen. »Was soll eigentlich dieses andauernde Gerede von Prag?«, fragte sie pikiert. »Und diesen Mirko Stern, den du vorhin erwähnt hast, den kenne ich nicht«, fügte sie trotzig hinzu.

»Aisha, ich bitte dich nur um eines: Komm so schnell wie möglich zurück. Falls du es noch immer nicht erkannt hast: Du bist in großer Gefahr.«

Sie zögerte und ließ sich seine Worte durch den Kopf gehen. »Gut«, sagte sie dann. »Ich habe hier noch ein paar Dinge zu erledigen, dann mache ich mich sofort auf den Heimweg.«

»Aisha ...«

»Ja, ich hab schon verstanden«, sagte sie. Obwohl sie nicht allzu viel verstanden hatte.

Sie legte auf und sah auf die Uhr. Ihr Kopf schwirrte und sie spürte einen Druck in der Magengegend. Kurz fiel ihr ein, wie ihr Covacz früher einmal die Funktion des Telefonscanners vorgeführt hatte. In Sekundenschnelle konnte man damit nicht nur den Besitzer eines Anschlusses ermitteln, sondern auch den Einwahlpunkt eines Handys.

Aber wenn dieses Gerät so präzise arbeitete, wieso hatte es dann festgestellt, dass sie sich angeblich in Prag befand? Was sie allerdings beunruhigte, war, dass bei ihrem Telefonat tatsächlich jemand mitgehört hatte. Ihr Gefühl hatte sie also nicht getrogen. Sie seufzte. Wenn sie nur wüsste, was hinter all dem steckte.

Und bei der Othmarsdorfer Polizei sollte sie sich auch noch melden.

Ach, ihr könnt mir doch alle gestohlen bleiben, dachte sie. Ich gehe jetzt erst mal duschen.

Als sie wenig später vor die Tür trat, hatte ein leichter Nieselregen eingesetzt. Das Othmarsdorfer Polizeirevier war leicht zu finden. Ein schmuckloser Kasten am Ortseingang, dessen Außenfassade einen ebenso trostlosen Eindruck machte wie das Innere. Kein Vergleich zu den Ried gedeckten Fischerhäusern, die das Stadtbild prägten.

Der Uniformierte, der an seinem Schreibtisch saß, hob

den Kopf und sah ihr mürrisch entgegen. Aisha lehnte sich an die abgeschabte Theke. Sie erkannte sofort den Typ mit der Lederjacke, der sie bei der Geschwindigkeitskontrolle am Ortseingang als Kopftuchträgerin bezeichnet hatte. Ein Stinkstiefel in Uniform, dachte sie. Wahrscheinlich einer von der alten Garde, dem der Vopo noch nicht ganz ausgetrieben worden ist.

»Guten Tag«, sagte sie freundlich. »Mein Name ist Aisha Khan. Ich soll mich bei Ihnen melden.«

Der Polizist musterte sie einen Moment lang, dann verzog er süffisant das Gesicht. »Aaah, das verlorene Schäfchen ist wieder aufgetaucht.«

Du Blödmann, dachte Aisha. Ihr lag eine deftige Bemerkung auf der Zunge, die sie jedoch hinunterschluckte. Stattdessen setzte sie ein liebenswürdiges Lächeln auf und fragte: »Wie darf ich das bitte verstehen?«

Demonstrativ betrachtete sie sein offen stehendes Uniformjackett, unter dem sich ein mächtiger Wanst wölbte.

Seine Miene war keineswegs freundlich, sondern erinnerte sie eher an das verschlagene Grinsen des Skinheads in der Kogge.

»Wissen Sie ...« Er stand auf und trat an die Theke. »Ihr Hauptkommissar Covacz mag ja in Ihrem Frankfurt eine große Nummer sein, aber hier handhaben wir die Dinge nach Vorschrift. Und die besagt, dass eine Vermisstenanzeige bei erwachsenen Personen erst dann erstattet werden kann, wenn Leben oder Gesundheit in Gefahr sind. Das sollte ein Polizist seines Ranges eigentlich wissen.«

»Ich verstehe nicht ...« Aisha sah ihn perplex an.

Covacz hatte die Othmarsdorfer Polizei alarmiert, nur

weil sie ein paar Stunden nicht erreichbar gewesen war? Was dachte der sich denn? Andererseits ... wenn sie tatsächlich in Gefahr gewesen wäre, dann ... Tief in ihrem Inneren breitete sich ein warmes Gefühl aus.

»Was gibt's denn da zu verstehen? Ihr Erster Hauptkommissar ...«, er legte eine besondere Betonung auf den Dienstgrad, »... ruft heute morgen hier an und verlangt, dass wir nach Ihnen suchen. Als wenn wir sonst nichts zu tun hätten.«

Hinter ihr ging die Tür auf. Ein nasskalter Luftstrom wehte herein. Die Füße des Mannes steckten in Gummistiefeln, die bis zum oberen Rand mit schwarzem Schlamm überzogen waren. Er nahm den vor Nässe triefenden Hut ab und hing ihn zusammen mit dem gelben Friesennerz über einen altertümlichen Kleiderständer.

»Scheißwetter«, knurrte er. Dabei fiel sein Blick auf Aisha und er verzog das gerötete Gesicht zu einem Lächeln. »Entschuldigen Sie die unfreundliche Begrüßung, Frau Khan.«

Jetzt erkannte sie den Polizeibeamten, der am gestrigen Abend die Befragungen in der Kogge durchgeführt hatte. Kommissar Soderwald hieß er, erinnerte sie sich.

»Vielen Dank, dass Sie gleich vorbeigekommen sind. Da war noch das Zeugenprotokoll zu unterschreiben. Diese Glatzköpfe von gestern Abend stammen übrigens aus Hamburg. Auch eine Art von Aufbau Ost, den wir ungefragt bekommen.« Seine Stimme enthielt eine Mischung aus Ironie und Resignation. Er machte seinem Kollegen hinter der Theke ein Zeichen, dann wandte er sich wieder Aisha zu. »Ich hoffe, Sie behalten wegen dieses Vorfalls unser schönes Othmarsdorf nicht in allzu schlechter Erinnerung. Ja und dann wollte ich mich noch für Ihre Übersetzungshilfe gestern Abend bedanken. Französisch hab ich leider nie gelernt.«

Der Beamte mit dem Schmerbauch trat heran und legte gleichgültig ein Schriftstück auf die Theke.

»Lesen Sie alles bitte noch einmal durch, und wenn Sie Ihrer Aussage nichts hinzuzufügen haben, dann unterschreiben Sie hier.« Der Kommissar tippte auf den unteren Rand des eng beschrifteten Bogens.

Das Telefon klingelte.

»Ich geh schon.« Er schlurfte hinter die Theke. Seine Gummistiefel hinterließen eine feuchte Spur auf dem Boden.

»Soderwald«, meldete er sich.

Aisha beugte sich über das Protokoll.

»Richtig, wir brauchen ein komplettes Spurensicherungsteam«, hörte sie Soderwald sagen. Offensichtlich sprach er mit einer anderen Dienststelle. Aisha spitzte die Ohren.

»Da draußen im Schilf. Todesursache unbekannt. Lange hat er jedenfalls nicht im Wasser gelegen. Dann sehen die anders aus.« Er stieß ein unfrohes Lachen aus.

»Klar muss das die Gerichtsmedizin noch bestätigen, aber es ist schließlich nicht die erste Wasserleiche, die ich zu Gesicht bekomme. Und bei der habe ich ein ganz blödes Gefühl«, brummte er. Eine Weile lauschte er in den Hörer. »Nein, bei einer ersten Durchsuchung haben wir keine Papiere gefunden. Aber er ist dunkelhäutig. Entweder Nordafrikaner. Vielleicht auch ein Araber.«

»Haben Sie alles durchgelesen?«, brachte sich der Stinkstiefel wieder in Erinnerung und reichte ihr einen angeknabberten Kugelschreiber.

Sie unterschrieb, obwohl sie keinen Satz des Protokolls gelesen hatte.

Leuchtturminsel Ostsee

Irgendwo setzte das leise Knattern einer Maschine ein. Das Licht brannte, obwohl es draußen hell war, und flackerte einmal kurz auf. Wellen brachen sich an der Mole, und der Wind sang um die Außenwand des Leuchtturms.

Sie folgte Michael die Stufen hinauf zum Wohnbereich. Wie versprochen, hatte er sie pünktlich um zwei abgeholt. Ihr Herz klopfte ein wenig lauter, als sie ihn mit der unvermeidlichen Zigarette zwischen den Lippen am Kai stehen sah. Sie hatte lange überlegt, ob sie die Verabredung mit ihm einhalten sollte. So vieles an diesem Mann erschien ihr rätselhaft. Auch ging ihr Covacz' Warnung nicht aus dem Kopf. Wäre es nicht klüger, auf dem sicheren Festland zu bleiben? Doch schließlich hatte ihre Neugier gesiegt und sie war zu ihm ins Boot gestiegen. Sie würde ihn fragen, was es mit dieser Berliner Falschadresse auf sich hatte. Vielleicht gelang es ihr, auch noch einige andere Ungereimtheiten zu klären.

Im Wohnraum des Leuchtturms stank es erbärmlich nach abgestandenem Zigarettenrauch. Wie ein klebriger Belag schien er sich überall einzunisten. Mit einem Blick sah sie, dass der überquellende Aschenbecher auf dem Fenstersims seit gestern nicht geleert worden war.

»Als erstes entfernen wir mal den dichten Ostseenebel hier drin.« Sie ging zu dem Bullaugenfenster und öffnete es weit. Draußen sah man nichts als endlose graue Wellen, darüber türmten sich ebenso graue Wolkenberge. Was ihn wohl bewogen hatte, sich gerade in diesem abgelegenen Domizil einzuquartieren?

»Ja. Äh ... Entschuldigung.« Er strich sich verlegen durch das feuchte, struppige Haar. »Die schlechten Eigenarten eines Junggesellen.«

Sie lächelte ihn an. »Nicht die Eigenarten eines Junggesellen, sondern die eines Mannes, der nicht auf sich achtet.«

Überrascht schwieg er eine Weile. »Soll ich uns einen Tee mit Rum machen?«, fragte er schließlich.

»Ein Tee wäre nicht schlecht. Aber für mich ohne Rum, ich mag keinen Alkohol.«

»Gut.« Er stand auf und verschwand in der Kochnische. Sie ging in dem kleinen Wohnraum auf und ab. Nur wenige Utensilien wiesen auf Michael hin. Einige Visitenkärtchen, die auf dem Schreibtisch neben einem zugeklappten Laptop lagen, weckten ihre Neugier. »Mirko Stern. Private Ermittlungen und Sicherheitsberatung«, war dort vermerkt. Als Geschäftsadresse war die Keplerova in Prag angegeben.

Sie war nicht wirklich überrascht. Vielmehr schien das der Schlüssel für einige Merkwürdigkeiten zu sein. Auch war sie erleichtert darüber, dass die Hightech-Maschinerie des OEK offenbar doch zuverlässige Ergebnisse geliefert hatte. Dennoch, auf den ersten Blick war diese Erkenntnis nicht gerade erfreulich. Michael hatte sie angelogen. Dem würde sie auf den Grund gehen. Und warum sein Handy einen irreführenden Standort angegeben hatte, das würde sie auch noch herausfinden.

»Ich bin gleich fertig«, rief er aus der Kochnische herüber.

Schnell nahm sie eines der Visitenkärtchen, legte es in die Mitte der Tischplatte und setzte ein möglichst unbeteiligtes Gesicht auf. Sie war gespannt, wie er reagieren würde.

Als er mit Kanne, Teegläsern und einer Flasche Rum auf einem Tablett zum Tisch kam, fiel sein Blick sofort auf das Kärtchen. Er zögerte keine Sekunde, sondern stellte das Tablett darauf. Dann setzte er sich neben sie und schenkte den Tee ein. Seine Hände waren ruhig.

»Ich hätte es dir bereits gestern sagen sollen.« Er reichte ihr ein Glas, öffnete die Rumflasche und goss etwas von der dunklen Flüssigkeit in seinen Tee. »Mein richtiger Name scheint dich nicht zu überraschen.« Er vermied es, sie anzusehen, als er sein Teeglas an den Mund hob.

»Nicht wirklich«, sagte sie und stand auf.

Der Zigarettenqualm war abgezogen und frische, feuchte Luft füllte den Raum. Wortlos schloss Aisha das Fenster.

»Ach ja. Ich vergaß. Du hast gute Verbindungen zur Polizei. Stimmt's?«

Sie zuckte die Achseln. Dann drehte sie sich zu ihm um und lächelte ihn mühsam beherrscht an. »Gibt es noch mehr Überraschungen dieser Art, Mirko Stern?« Sie zeigte auf das Tablett, das sein Visitenkärtchen verdeckte.

»Ich fürchte, ja.« Unvermittelt begann er zu lachen.

»Weißt du, gestern Abend, da dachte ich erst, du gehörst zu den beiden Tunesiern.«

Sie war einigermaßen verblüfft. »Was sollte ich denn mit denen zu schaffen haben? Hast du gedacht, ich wäre eine Fischkutterexpertin?«

Er schüttelte den Kopf und wurde wieder ernst. »Nein, ich habe die beiden für Araber gehalten.«

»Ja und, was hat das mit mir zu tun?« Sie setzte sich wieder neben ihn.

»Ich bin Jude.« Er sah sie mit geradem Blick an. Sie wartete auf eine weitere Erklärung, doch es folgte keine.

»Und deshalb läufst du mit einem Totschläger im Ärmel herum?«

»Was glaubst du, wäre geschehen, wenn ich den nicht bei mir gehabt hätte?«

Mit einer sanften Berührung strich er über ihre Stirn. Die kleine Beule war kaum mehr zu spüren. Dann fasste er sie um die Schulter und zog sie an sich. Einen kurzen Moment sperrte sich ihr Inneres, doch dann ließ sie sich gegen seine Schulter sinken.

»Michael« flüsterte sie, als sich seine Hände unter ihren Pullover schoben.

»Mirko«, sagte er. »Ich heiße Mirko.« Er beugte sich zu ihr und küsste sie.

Die Zärtlichkeit, die sie wie eine warme Welle überrollte, war viel schöner als das Fremdheitsgefühl, das sie immer noch nicht ganz verlassen hatte. Sie genoss sein Fingerspiel auf ihrem Rücken.

»Darf ich dich etwas fragen, Mirko?« Sie tippte auf die sternförmige Narbe oberhalb seiner rechten Augenbraue. »Hast du dich schon als kleiner Junge mit Schlagstöcken geprügelt?«

»Da, wo ich aufgewachsen bin, war man nicht gerade zimperlich«, sagte er leichthin.

»Und wo bist du aufgewachsen?«, fragte sie leise.

»Weit weg in den Bergen bei Skopje.« Als er begann, von seinem Leben zu erzählen, war es, als sei eine Schleuse geöffnet worden. Eng umschlungen saßen sie nebeneinander. Gebannt lauschte sie seinen Worten. Seine Familie war aus einem Bergdorf im ehemaligen Jugoslawien nach Israel ausgewandert. Das Land ihrer Träume, bis seine Eltern bei einem Bombenanschlag ums Leben kamen. Noch mehr schien ihn der frühe Tod seiner Schwester Ranka zu belasten, die neunzehnjährig unter ungeklärten Umständen starb. »Jetzt bin von unserer Familie nur noch ich übrig«, meinte er mit einem Lächeln, doch wie er es sagte, klang es unendlich traurig. Für eine Organisation, die er Dienst nannte, hatte er fast die ganze Welt bereist. Später entschloss er sich, in Prag eine Firma zu gründen. Ein Mittelding zwischen Detektei und Unternehmensberatung, erklärte er. »Auch ist dieser Beruf viel mit Reisen verbunden. Wahrscheinlich will ich das so. Ich fühlte mich eigentlich immer als Wanderer zwischen verschiedenen Welten.«

Bei seinen Worten spürte Aisha eine tiefe Verbundenheit mit ihm. »Ich glaube, ich verstehe dich sehr gut«, sagte sie leise. »Meine Lebensgeschichte verlief auch nicht ganz geradlinig. Meine Eltern sind ebenfalls tot. Ein Autounfall. Seitdem fühlt sich mein Onkel für mich zuständig. Er ist zwar lieb und nett, aber ein allzu enges Verhältnis haben wir nicht zueinander. Wenn ich Sorgen hatte, ging ich zu unserem Hausmeisterehepaar, die hatten immer ein offenes Ohr für mich.« Sie nahm einen Schluck Tee, der inzwischen kalt geworden war und sah ihm in die Augen. »Und jetzt schlage ich mich als Volontärin bei einer Frankfurter Zeitung durch.«

»Für diese Zeitung berichtest du über den Mord an Marysia?«

»Nicht so sehr über den Mord. Ich möchte mehr über die Hintergründe erfahren. Deshalb bin ich hier in Othmarsdorf.«

»Wegen Benjamin Neidhöfer?«

»Ursprünglich ja, aber der hat sich als hohle Luftblase erwiesen.«

Mirko verzog das Gesicht. »Die Dorfschönheiten finden das nicht. So wie sie ihn jeden Abend belagern. Vielleicht hat er andere Qualitäten.«

Sie schnaubte abfällig. »Kannst du dir vorstellen, warum eine intelligente und schöne Frau wie Marysia sich von einem solchen Möchtegern-Casanova ein Kind andrehen lässt?«

Mirko richtete sich ruckartig auf und fixierte sie. »Was sagst du da?«

»Wusstest du nicht, dass sie schwanger war? Drei Wochen, bevor sie ermordet wurde, hat sie ein Kind zur Welt gebracht.«

Er kniff die Augenbrauen zusammen. »Marysia hatte ein Kind ... das erklärt natürlich einiges«, murmelte er vor sich hin. Dann hob er den Kopf. »Weißt du, wo das Kind ist?«

Aisha nickte. »Im Krankenhaus. Dort, wo es zur Welt gekommen ist. Ein Mädchen. Sein Name ist Anastasia.«

»Anastasia«, murmelte er. Wieder nestelte er an seiner Zigarettenpackung. »Langsam bekomme ich den Eindruck, dass die Nimjeskis ihre Tochter nicht sehr gut kannten. Weißt du noch mehr über Marysia?« Er schob sich eine Zigarette zwischen die Lippen und zündete sie an.

Aisha überlegte, was sie Mirko gegenüber erwähnen durfte. »Sie hat Germanistik studiert.« Das war kein Geheimnis. »Ihre Magisterarbeit wollte sie über Kafka schreiben.«

»Es wird ja immer schöner.« Mirko kratzte sich am Kopf. »Ihr Vater war der festen Meinung, sie studiere in Deutschland Medizin. Jedenfalls hatte sie mit dieser Fachrichtung in Prag begonnen.«

»Dann hat sie sich offensichtlich anders entschieden.«

Den Verdacht, dass Marysias Tod in einem Zusammenhang mit anderen verschwundenen Mädchen stehen könnte, behielt sie besser für sich. Dabei fielen ihr wieder Covacz' mahnende Worte ein. Was er wohl damit gemeint hatte, der Mord an Marysia sei eine hochbrisante Angelegenheit? Aber da war auch noch die Sache mit dem Tattoo. Vielleicht war dies Mirko ebenfalls nicht bekannt.

»Hast du mal ein Blatt Papier?«, fragte sie.

Er erhob sich, um Papier und einen Stift zu holen.

Mit ein paar Strichen umriss sie das Blütenornament. »Ich bin keine gute Zeichnerin«, meinte sie mit einem kritischen Blick auf das Ergebnis. »Aber so ungefähr müsste es hinkommen.«

Mirko starrte fragend auf die Zeichnung. »Was soll das sein?«

»Dieses Zeichen trug Marysia auf dem Handgelenk. Ein Tattoo oder so etwas ähnliches.«

Plötzlich sprang er auf. So hastig, dass Aisha regelrecht erschrak. Er setzte sich an den Schreibtisch, klappte das Notebook auf und klickte hektisch ein paar Tasten.

»Was ist denn?« Sie war ebenfalls aufgestanden und hinter ihn getreten.

»Gleich.«

Sie sah, wie er einen Internetzugang herstellte und ungeduldig weitere Befehle eingab. Als sich eine Abfragemaske öffnete, griff er nach einem der Handys, die neben dem Notebook lagen.

Wozu in aller Welt braucht ein Mensch drei verschiedene Handys, wunderte sich Aisha. Gleichzeitig war sie gespannt darauf, was Mirko ihr so wichtiges zeigen wollte.

Er tippte einen endlos langen Zifferncode in die Maske, den er aus dem Verzeichnis seines Handys ablas. Endlich bewegte sich der untere Balken, der das Laden einer neuen Internetseite anzeigte. Eine leuchtend rote Blüte wuchs aus einem schwarzen Hintergrund, zersplitterte und setzte sich neu zusammen. Diesmal unterlegt mit einem kobaltblauen Schriftzug.

VIRGIN FLOWER GROUP, las Aisha. Das Emblem glich in verblüffender Weise dem Tattoo, das sich auf Marysias Handgelenk befunden hatte.

Mirko tippte eine weitere Ziffernfolge ein. Das Blütensymbol trat in den Hintergrund, und ein Katalog von Gesichtern erschien. Junge, attraktive Mädchen mit blonden, langen Haaren.

»Was ist denn das?«, fragte Aisha.

»Eine Homepage.«

Mirko klickte verschiedene Portraits an, um sie zu vergrößern. Erst glaubte Aisha an einen Zufall. Die Tatsache, dass alle Mädchen dem gleichen Typus entsprachen, machte eine Beurteilung schwer. Doch je mehr Bilder Mirko öffnete, desto größer erschien ihr die Ähnlichkeit zu der Aufnahmenserie, die der Sheriff in der Besprechung des OEK vorgeführt hatte. Allerdings waren bei jenen Bildern die Formate, Bildhintergründe und Lichtverhältnisse unterschiedlich gewesen. Bei diesen Portraits war eine gewisse Einheitlichkeit beabsichtigt. Der Bildhintergrund war stets ein von Schleierwolken durchzogenes Hellblau.

So weit sie sich erinnerte, hatte der Sheriff von acht ähnlich gelagerten Fällen gesprochen. Sollten die Bilder hier eine Fortsetzung dieser Serie sein?

»Was bedeutet das?«, fragte sie. »Was sind das für Mädchen?«

Er hob die Schultern. »Ich weiß es nicht.«

»Du musst doch wissen, was für eine Homepageadresse du angewählt hast.«

»Diese hier«, antwortete Mirko und drückte eine Taste. Die Mädchengesichter verschwanden. Auf der jetzt angezeigten Seite war noch immer das Blütenemblem zu sehen, doch es hatte sich in ein unauffälliges Firmenlogo verwandelt. In englischer und arabischer Schrift gaben Texte und Grafiken über die Aktivitäten einer Firma namens VIRGIN FLOWER GROUP Auskunft. Mit den vorher gezeigten Mädchenbildern hatte sie nichts gemein.

Mirko öffnete nacheinander mehrere Seiten. Auch ohne seine Erklärung erkannte Aisha, dass es sich offensichtlich um ein Unternehmen handelte, das mit medizinischen Geräten und technischem Krankenhausbedarf handelte. Als europäischer Partner wurde eine Firma in Prag genannt. Der Hauptsitz des Unternehmens lag in Dubai.

»Ich verstehe überhaupt nichts«, sagte Aisha irritiert.

»Da bist du leider nicht die Einzige«, antwortete er.

»Aber wie bist du denn auf diese anderen Seiten gestoßen?«

Bis auf das gemeinsame Logo ließen der seriös wirkende Firmenauftritt und die Seiten mit den Mädchenportraits keinerlei Verbindung erkennen.

Mirko deutete auf die umfangreiche Buttonleiste, anhand derer man die Folgeseiten öffnen konnte. Da standen Begriffe wie ›Products‹, ›Instruments‹, ›Service‹, ›Warranty‹ und jede Menge fachspezifischer englischer Worte, die Aisha nur in Ansätzen etwas sagten. Mirko klickte mit dem Cursor auf ein Wort, das ihr in dieser Aufzählung merkwürdig vorkam. ›Friends‹ lautete es.

Nach einem Doppelklick öffnete sich sofort wieder die Eingabemaske.

»Ja und weiter?« Sie streifte ihn mit einem fragenden Blick.

»Welche Angebote es für ›Friends‹ gibt, hast du ja gesehen«, sagte er.

Alle möglichen Gedanken gingen ihr durch den Kopf. Da waren die ermordete Marysia und ihr Kind. Das Tattoo, welches sich nun als das Logo einer Firma herausstellte, die irgendwelchen ›Friends‹ blonde Mädchen anbot. Zumindest sah es ganz danach aus. Und zusätzlich zu all diesen Ungereimtheiten drängte sich ihr nun auch noch die Frage auf, was Mirkos Part bei alldem war.

Sie dachte daran, wie ihr Onkel Yashar einmal mit wichtiger Miene einen noch unfertigen handgeknüpften Seidenteppich gezeigt hatte. Der Flor war verfilzt, das Muster unregelmäßig, und die Farben unscheinbar. Sie hätte das Stück eher für Ausschuss gehalten. Ratlos hatte sie ihren Onkel angesehen.

»Du musst wissen, Aisha, den eigentlichen Wert eines handgeknüpften Teppichs erkennt man erst, wenn er geschoren ist. Ein Fachmann jedoch ...«, Onkel Yashar drehte den Teppich um und hielt ihn ihr erneut unter die Augen, »... sieht sich die Rückseite an. Dort erkennt er sofort die Qualität.«

Die Rückseite des Teppichs wies tatsächlich ein bewundernswertes Gleichmaß auf, was auf der Vorderseite absolut nicht sichtbar war.

»Zwei Millionen Knoten pro Quadratmeter.« Onkel Yashar hatte anerkennend mit der Zunge geschnalzt. »Das nenne ich Wertarbeit.«

Sie betrachtete Mirko mit nachdenklicher Miene und nagte an der Unterlippe. Das Leben ist vielleicht kein Seidenteppich, dachte sie, aber manchmal lassen sich durch die richtigen Fragen wenigstens ein paar der verfilzten Fäden entwirren, sodass man das darunter liegende Muster erkennen kann.

»Woher hast du diesen Zugangscode?«, fragte sie. Insgeheim erhoffte sie sich jedoch eine Antwort auf die viel drängendere Frage: »Bist du einer dieser ›Friends‹?«

Er setzte ein schiefes Grinsen auf und schwieg.

»Kannst du die Seite mit den Mädchen noch mal aufrufen?«

»Bitte.« Mirko tat wie geheißen und trat einen Schritt zur Seite. Sie beugte sich vor und betrachtete jedes einzelne Portrait genau. Blonde elfenhaft wirkende Mädchen, wie Wesen aus einer anderen Welt. Fünf Seiten waren es insgesamt. Marysia war nicht dabei, was sie insgeheim erwartet hatte. Die letzte Seite jedoch ließ sie erstarren. Dort lächelte ihr ein bekanntes Gesicht entgegen. Das von Vanessa Bach.

Sie schluckte. »Mirko, wie bist du an diese Internetadresse gekommen?«

Er senkte die Augenlider. »Ich habe Freunde. Genau wie du bei der Polizei.«

Er notierte den Code auf einem Zettel und schob ihn Aisha zu. Schnell griff sie danach und steckte ihn ein.

»Du bekommst noch mehr von mir.« Er stand auf. Aisha verfolgte gespannt, wie er eine Schublade in der Kochnische öffnete, ein Bündel herausholte und vor ihr auf den Tisch legte. Er schob das Notebook zur Seite und öffnete das Bündel.

Einen Gegenstand erkannte sie sofort. Es war der Totschläger, der sich jedoch beim näheren Hinsehen als Teil eines dicken Stromkabels entpuppte. Des Weiteren entnahm Mirko dem Bündel zwei Speicherkarten, die offensichtlich zu einem kleinen elektronischen Gerät gehörten, sowie eine Metallhülse, in der eine gefüllte Einwegspritze steckte. Bevor er den Stoff wieder zusammenfaltete, wischte er alle Gegenstände sorgfältig mit einem Taschentuch ab. »Das hier kannst du alles mit nach Frankfurt nehmen und deinen Freunden übergeben.«

Aisha sah ihn fragend an. »Was ist das? Und woher …« Sie brach ab. Er würde ihr nichts weiter erklären, das war klar.

Doch wie sollte sie das Covacz beibringen? Er würde unbarmherzig bohrende Fragen stellen. Und sie war keineswegs sicher, ob sie diesen gewachsen war, ohne Mirko zu verraten. Wie geschickt Covacz Fragen stellen konnte, bei denen er fast immer herausbekam, was er wissen wollte, hatte sie schon oft erlebt.

In Mirkos Augen funkelten die Goldflitter. Der Impuls, ihn in die Arme zu nehmen, war übergroß. Sie wartete auf ein kleines Signal von ihm. Doch er rührte sich nicht. Einen Augenblick, der ihr wie eine Ewigkeit erschien, standen sie sich reglos gegenüber. Dann strich sie ihm sanft über die Narbe auf seiner Stirn. Die Berührung schien ihn zu erschrecken. Er wandte sich von ihr ab und deutete auf das Notebook. Noch immer zeigte der Bildschirm die Startseite der VIRGIN FLOWER GROUP.

»Wenn deine Polizistenfreunde sich die tschechische Niederlassung dieser Firma ansehen, dann werden sie auf den Mörder Marysias stoßen«, sagte er mit rauer Stimme.

Marysias Mörder! Ihre Gedanken rotierten im Kreis. Eine vage Ahnung überfiel sie. Etwas, das sie noch nicht richtig fassen konnte. Es war auch Angst, und zwar um ihn. Aber sie wusste nicht, wie sie es ausdrücken sollte.

»Ich glaube …« Sie musste neu ansetzen, weil der Kloß im Hals so dick war. »Ich glaube, du solltest so schnell wie möglich aus Deutschland verschwinden.«

»Das hatte ich vor«, sagte Mirko. Seine Kiefer mahlten. Sie wartete darauf, dass er noch etwas sagte. Doch er blieb still.

Mirko stand am Bullaugenfenster des Leuchtturms, sah hinaus auf die schwarzen Wellen, auf deren Kämmen Schaumkrönchen schwammen und fühlte mit einem Mal eine seltsame Leere in sich. Immer noch war die Luft im Raum abgestanden und roch nach Zigarettenqualm. Aber gleichzeitig enthielt sie eine winzige Duftnote, die Augenblicke der Vergangenheit festhielt.

Er öffnete ein Fenster, um die frische Abendluft herein zu lassen. Die Brise kühlte sein erhitztes Gesicht. Sofort wurde das Rauschen des Meeres lauter, ebenso das Schreien der Möwen, die unruhig den Leuchtturm umkreisten.

Als er zu frösteln begann, schloss er das Fenster wieder. Der Tabakgeruch schien verschwunden, Aishas Duft war noch immer da. Er ließ seinen Blick durch das Schlafzimmer wandern. Über das Bett, das er mit ihr geteilt hatte.

Inzwischen befand sie sich bereits auf dem Weg zurück nach Frankfurt. Er hatte sie nach Prag eingeladen. Es war allzu verlockend, sich auszumalen, wie er mit ihr über das Kopfsteinpflaster der Altstadt schlenderte und sie auf all die Sehenswürdigkeiten aufmerksam machte. Mit einem wehmütigen Ziehen im Bauch fühlte er ihre Hand in der seinen, während er dicht neben ihr die steile Straße zum Hradschin erklomm. Lachend drehte sie sich zu ihm um und kitzelte seine Wange mit einer ihrer kurzen Haarsträhnen.

Vielleicht wurde dieser Wunsch tatsächlich eines Tages wahr. Dann, wenn alles vorbei war. Er hoffte, es war richtig gewesen, ihr sowohl Farid Moussas Hinterlassenschaften mitzugeben als auch die Informationen über die Internetseiten, die er von Moshe erhalten hatte. Er wollte sich keinesfalls mit dem Dienst anlegen. Doch genauso wenig wollte er zulassen, dass alles im Gestrüpp der Geheimdienstaktivitäten unterging. Nur deshalb hatte er diese andere Möglichkeit ins Auge gefasst. Der Gedanke, Aisha die Sache zu Ende bringen zu lassen, war ihm erstmals gekommen, als er ihr Gespräch mit dem Polizisten abgehört hatte.

Er hoffte sehr, dass er mit dieser Geste nicht nur Aisha

einen Dienst erwiesen hatte, sondern auch Marysia, deren Todesumstände nun hoffentlich von den Frankfurter Polizisten aufgeklärt werden würden. Dieser Sheriff, mit dem Aisha gesprochen hatte, war ein cleverer Bursche, der schnell kombinieren konnte. Das war ihm sofort bei den kurzen Sätzen klar geworden, die der Mann mit Aisha gewechselt hatte. Dafür gab es gar keine andere Erklärung: sie hatten einen Telefonscanner benutzt. Insofern hatten sie einen Teil seiner wahren Identität bereits herausgefunden. Was auch bedeutete, dass er so schnell wie möglich von hier verschwinden musste. Das hatte auch Aisha erkannt.

Und Farid? Er hoffte, dass er auf dem Grund der Uckerbucht verfaulte. Mit Genugtuung erinnerte er sich an die dicken Blasen, die im brauntrüben Wasser aufgestiegen waren, und er konnte förmlich das stechendfaulige Schwefelgas riechen. Aber auch wenn man den Leichnam finden würde, war er sicher, dass man ihm nichts würde nachweisen können. Weil es nichts gab, das auf ein Zusammentreffen zwischen ihnen beiden hindeutete. Dieses Kapitel seines Lebens war endgültig abgeschlossen.

Er tastete nach seiner Zigarettenpackung. Ob es ein neues Kapitel zusammen mit Aisha geben würde? Schwierig vielleicht, aber nicht undenkbar. Noch nie hatte er eine Frau so nahe an sich heran gelassen wie sie. Vielleicht, weil sie beide ein ähnliches Schicksal verband.

Bevor er sich eine weitere Zigarette anzündete, zog er eines seiner Handys aus der Tasche und wählte die Nummer seiner Assistentin. Es war beruhigend, ihre Stimme zu hören.

»Hallo Dana. Ich bin morgen früh zurück im Büro. Vereinbaren Sie bitte am Nachmittag einen Termin mit den Nimjeskis.«

Frankfurt

Es regnete in Strömen. Wie aneinander gekettet hingen die Lastwagen dicht hintereinander und stießen stinkenden Qualm aus. In regelmäßigen Abständen scherte eines der Ungetüme aus der endlosen Schlange und blockierte die Überholspur. Dabei warfen die Doppelreifen meterhohe Wasserfontänen in den grauen Himmel und zogen einen dunstigen Schweif hinter sich her.

Auf Aishas Windschutzscheibe verwandelten sich die Niederschläge in einen schmierigen Film, gegen den die Wischerblätter vergeblich ankämpften. Sie trat aufs Gas und blieb auf der linken Fahrbahn. Sie war bereits kurz hinter Friedberg. Nicht mehr lange und die Silhouette Frankfurts würde vor ihr auftauchen.

Für das Tagesjournal würde sie einen Artikel schreiben, der alles übertraf, was bisher von ihr gedruckt worden war. Außerdem würde sie einer der bekannten Wochenillustrierten eine große Reportage anbieten. Für so etwas war im Tagesjournal kein Platz und Winkler hatte einmal angedeutet, dass er sie in dieser Hinsicht fördern wolle. Daran würde sie ihn erinnern. Die Dimension, die sich vor ihr auftat, schien ungeheuer. Und alles nur, weil sie sich entschlossen hatte, nach Othmarsdorf zu fahren. Man sollte mehr auf seine Intuitionen achten.

Sie warf einen kurzen Blick auf den Rücksitz ihres

Mercedes. Dort lag der Beutel, der brandheißes Material enthielt. Aber noch wertvoller als der Beutel war das, was ihr Diktafon aufgezeichnet hatte.

Eigentlich müsste ich hundemüde sein, bei dem Schlafdefizit der letzten Tage, dachte sie. Doch die hellwache Klarheit in ihrem Kopf half ihr das trostlose Wetter zu ignorieren. Nachdem sie sich von Mirko verabschiedet hatte, wollte sie so schnell wie möglich nach Hause. Früh am Morgen hatte sie die Pension Seeblick verlassen und Othmarsdorf den Rücken gekehrt.

Doch bevor sie in ihre Wohnung fuhr, wollte sie einen kurzen Abstecher in den Bolongaropalast machen. Schon jetzt freute sie sich auf Covacz' überraschtes Gesicht.

Auch Winkler würde sich ganz schön umschauen, wenn sie auspackte. Die Spesen, die er ihr verweigert hatte, konnte er sich in die Haare schmieren.

»So ein Idiot!« Heftig trat sie auf die Bremse. Direkt vor ihr war ein Lastwagen ohne zu blinken aus der Kolonne ausgeschert. Wütend drückte sie auf die Lichthupe. Es dauerte quälend lange, bis sich das Fahrzeug wieder zwischen die Sprühschleier der Lastwagenkolonne zurückzog.

Sie überlegte, ob sie vielleicht doch erst nach Hause fahren sollte, um sich ein wenig frisch zu machen. Gegessen hatte sie auch kaum etwas. Bis auf ein paar Kekse, die sie im Handschuhfach gefunden hatte. Nein, das würde zu viel Zeit in Anspruch nehmen. Zu sehr drängte sie die Ungeduld.

»Kleiner Zusammenstoß mit Seeräubern?« Covacz deutete auf ihre Stirn. An die kleine Beule hatte sie gar nicht mehr gedacht. Unwillkürlich strich sie mit dem Finger darüber. Zu spüren war nichts mehr.

Sie wusste, dass Covacz' scharfen Augen so schnell nichts entging. Aber wahrscheinlicher war, dass der uniformierte Stinkstiefel im Othmarsdorfer Polizeirevier dem großen Tier aus Frankfurt Aishas Begegnung mit den Skinheads brühwarm mitgeteilt hatte.

»Kann schon mal passieren auf hoher See«, antwortete sie leichthin und fühlte sich sofort wieder zu Hause. Zumal hinter Covacz' ironischen Worten eine gewisse Besorgnis nicht zu überhören gewesen war.

Draußen versank der terrassenförmig angelegte Garten, der sich auf der Rückseite des Bolongaropalastes zur Nidda hin absenkte, im Regen.

»Ich habe dir was mitgebracht.« Sie leerte den Inhalt des Plastikbeutels auf seinem Schreibtisch aus. Er sah sie fragend an, dann nahm er die Gegenstände in Augenschein, ohne sie zu berühren.

»Diese Dinge könnten euch zu Marysias Mörder führen«, sagte sie und beobachtete ihn. Aus seinem Gesichtsausdruck versuchte sie abzulesen, wie er auf diese Eröffnung reagieren würde, doch seine Miene blieb reglos.

Er streifte sich ein Paar Latexhandschuhe über und steckte einen Gegenstand nach dem anderen zurück in den Plastikbeutel.

Wenn er nicht bald den Mund aufmacht, platze ich, dachte sie. Er muss doch ganz einfach etwas sagen! Noch eine ganze Weile war es still im Büro. Nur das Klatschen des Regens an den Fensterscheiben war zu hören.

»Ich bin froh, dass du wieder da bist«, sagte er schließlich. »Vor allem, dass dir dort oben im Norden außer dieser kleinen Blessur nichts weiter passiert ist.«

Auf ihren Lippen erschien ein kleines triumphierendes Lächeln.

»So etwas wie diesen Alleingang machst du nie wieder. Hörst du, Aisha«, sagte er plötzlich mit ungewohnter Heftigkeit. »Ist dir überhaupt klar, wie die Sache hätte ausgehen können?«

Wie kam es nur, dass sie sich mit einem Mal so fühlte, als ob sie Covacz hintergangen hätte? Sie war ihm keinerlei Rechenschaft schuldig. Und ihre Liaison mit Mirko ging ihn nun wirklich nichts an.

Mit einer heftigen Bewegung griff er zum Telefonhörer. »Wir treffen uns zu einer Sondersitzung. In zehn Minuten im Besprechungszimmer. Es gibt eine neue Erkenntnislage.«

Da er nur eine Nummer gewählt hatte, vermutete Aisha, dass es sich um eine Rundsprechanlage handelte.

Er hielt ihr die Tür auf. »Kommst du?«

Sie nickte und zog den Zettel mit dem Zifferncode aus der Tasche. Vorsorglich hatte sie ihn abgeschrieben. Es war nicht auszuschließen, dass Covacz die Zahlenreihe einem grafologischen Gutachten unterziehen lassen würde.

Er nahm das Blatt stirnrunzelnd entgegen und faltete es auf. »Ein Passwort?«

Sie nickte. »Eines, das zu einer hochinteressanten Internetseite führt«, sagte sie und war wie schon so oft verwundert, wie schnell Covacz mit einer einzigen Frage die Dinge richtig einordnete. Es hätte schließlich genauso gut eine Telefonnummer sein können. Das, was sie wie ein Überraschungspäckchen Schicht für Schicht enthüllen wollte, hatte er anscheinend längst erraten.

Das Besprechungszimmer befand sich einige Türen weiter. Der Sheriff war der erste, der eintrat. »Hi, Babe«, begrüßte er sie. »Du hast uns einen ganz schönen Schrecken eingejagt.«

»Wieso denn?« Aisha tat verwundert.

Der Sheriff grinste. »Erst prügelst du dich mit einer Bande Skinheads, dann präsentierst du uns ein Phantom, das unseren Fahndungscomputer in Verwirrung bringt. Aber vor allem wollen wir die Sache mit dem Anruf aus Prag wissen. So was geht nur mit einem gefakten Handy. Wo hattest du das her, Babe?«

Aisha grinste unsicher zurück. Ein gefaktes Handy? »Ich weiß nicht, was du meinst.« Mit einem Mal wünschte sie sich, sie wäre doch besser nach Hause gefahren. Ihr Magen knurrte und langsam stieg bleischwere Müdigkeit in ihr auf.

»Come on, Babe.« Das Grinsen des Sheriffs wurde breiter. »Hast du vielleicht gedacht, wir hätten dich auch nur eine Sekunde aus den Augen gelassen?«

Sie blinzelte. Nur mit einiger Anstrengung gelang es ihr, die Mundwinkel oben zu halten. Gleichzeitig überlegte sie, was Covacz und seine Leute wirklich wissen konnten.

Als die Männer nach und nach im Besprechungszimmer eintrafen und ihr lächelnd zunickten, fühlte sie sich an die erste Besprechung mit dem OEK-Team erinnert. Diesmal setzte sich Covacz in lässiger Pose auf den Stuhl in der Mitte. Wie ein Großinquisitor, der auf seine Schergen wartete.

Mit einem Mal kam sie sich völlig fehl am Platze vor.

Dabei sollte dies doch ihr Triumphzug werden. Warum lief eigentlich immer alles anders, als sie sich das ausgemalt hatte?

Vor sich auf den Boden legte Covacz eine Schreibtischunterlage aus Leder. »Frau Khan hat für eine ganze Reihe von Überraschungen gesorgt. Sie hat nicht nur den richtigen Namen unseres Opfers herausgefunden ...«

Der gedrungene Peter Langer zog den Kopf ein. So weit sie sich erinnerte, war die Identitätsermittlung Marysias hauptsächlich seine Aufgabe gewesen. Hoffentlich schuf sie sich jetzt mit ihren Rechercheergebnissen keine Feinde in Covacz' Truppe.

»... Nein, diesmal hat sie uns ein paar besonders interessante Sächelchen mitgebracht, über die wir uns nun die Köpfe zerbrechen sollen.«

Aisha beobachtete mit steigendem Unmut Covacz' Gehabe. Wie ein Zauberer gebärdete er sich, der ein buntes Tuch nach dem anderen aus dem Ärmel zog. Und warum nannte er sie Frau Khan und nicht Aisha?

Sie räusperte sich. Ihre Kehle war wie ausgedörrt. Die trockene Heizungsluft machte ihr zu schaffen. Und etwas zu trinken gab es in diesem Raum offensichtlich nicht.

Covacz legte als erstes den Zettel mit dem Passwort auf die Unterlage.

»Das hier ist der Zugangscode zu der Homepage einer Firma, die in einer wie auch immer gearteten Verbindung zu den verschwunden Mädchen steht. Vielleicht erleben wir tatsächlich eine Überraschung im Zusammenhang mit unserem Mordopfer Marysia Nimjeski. Diese Analyse übernehmen der Sheriff und Peter.«

Beide Männer nickten. Wieder streifte Covacz Latexhandschuhe über und legte die Gegenstände aus dem Plastikbeutel nacheinander auf die Unterlage. Die Männer beugten sich interessiert vor. Aisha fühlte sich von dem Geschehen irgendwie ausgeschlossen. Alle starrten auf die Dinge am Boden. Keiner stellte ihr eine Frage.

Plötzlich war ihr alles egal. Wie gelähmt klebte sie auf ihrem Sitz. Sie wünschte sich nichts sehnlicher als zu Hause in ihrem Bett zu liegen und endlich die Augen zumachen zu können. Sollten sie doch machen, was sie wollten!

»... von diesen Speicherkarten hier möchte ich, dass jedes Teammitglied eine Kopie erhält.« Covacz wandte sich an Örkan Kesim, der durch ein Handzeichen sein Einverständnis signalisierte.

»Bis zu unserer nächsten Besprechung hat sich jeder die Kopie gründlich angesehen. Dann erfolgt die Gruppenauswertung.«

Zu jedem der Gegenstände erläuterte Covacz etwas, so als hätte er alles mit einer ausführlichen Bedienungsanleitung erhalten. Seine Erklärungen dauerten endlos. Aisha warf einen unauffälligen Blick auf ihre Armbanduhr, dann richtete sie sich auf und versuchte, sich zu konzentrieren. Gerade zeigte er auf das Stück Kabel.

»... wurde vielleicht als Schlagwerkzeug benutzt. Also ein Komplettscreening. Fingerabdrücke, Gewebe- und Blutspuren, und falls die vorhanden sind, mit DNA-Analyse. Bitte nicht vergessen, jeweils die Enden des Kabelmantels aufschneiden lassen. Möglicherweise sind Staubpartikel oder Flüssigkeiten unter die Isolierung gedrungen, was uns weitere Aufschlüsse geben kann.«

Glücklicherweise hat Mirko seine Fingerabdrücke

entfernt, dachte sie und erinnerte sich, wie er alle Gegenstände sorgfältig abgewischt hatte. Wenn Blutspuren des Skinheads auf dem Kabelstück zurückgeblieben waren, dann war das in ihren Augen kein Beinbruch und Pech für Covacz. Trotz ihrer zunehmenden Müdigkeit wurde ihr jetzt bewusst, dass Covacz kaum etwas über die Gegenstände sagte, wie sie anfangs geglaubt hatte, sondern lediglich Vorschläge machte, welche Untersuchungsmethoden angewandt werden sollten. Alle klaren Gedanken verschwanden auf einmal in einem Nebel. Sie konnte nicht verhindern, dass ihr Kopf nach vorne sank.

»Das wäre es fürs Erste, Männer. Da haben wir ordentlich zu tun dank Frau Khans Bemühungen.«

Aisha schreckte hoch, als ihr Name fiel.

»Jetzt wäre nur noch eine Frage offen«, hörte sie Covacz sagen. »Woher stammt das alles?« Er hatte die Stimme gehoben und den Kopf in ihre Richtung gedreht. Verwirrt strich sie sich über die Augen. Sie merkte, dass auch alle anderen sie anstarrten.

Der Großinquisitor hatte zugeschlagen. Die ganze Zeit hatte er sie bewusst ignoriert. Über eine Stunde hatte er an ihr vorbei geredet und ihre Abwehrbereitschaft untergraben. Es konnte ihm einfach nicht entgangen sein, wie müde sie war. Und jetzt war die Falle zugeschnappt. Er forderte den Namen. Natürlich hatte sie diese Frage gefürchtet und sich den Kopf über eine glaubwürdige und schlüssige Antwort zerbrochen. Doch ihr war nichts Rechtes eingefallen.

Wie Schuppen fiel es ihr jetzt von den Augen. Covacz musste über Mirko Bescheid wissen, obwohl sie sich keinen Reim darauf machen konnte, woher. Und jetzt war er im Begriff, zu testen, wie weit ihre Loyalität gegenüber Mirko reichte. Oder gegenüber ihm.

Nein, Janic, so haben wir nicht gewettet. Sie räusperte sich. »Ist es nicht vollkommen gleichgültig, woher ich das alles habe?«, sagte sie mit klarer Stimme, »solange es zur Aufklärung eines Mordes beiträgt.«

»Es wäre für alle Beteiligten besser, du würdest kein Geheimnis daraus machen.« Covacz' Stimme klang schneidend. Er würde nicht eher locker lassen, bis er eine Antwort erhielt. Das war ihm deutlich anzumerken.

»Wenn du's unbedingt wissen willst: aus Geheimdienstquellen«, sagte sie trotzig.

Sie hatte höhnisches Gelächter erwartet und erschrak nun über die Wirkung ihrer Bemerkung. Die Männer starrten sie an. Keineswegs belustigt, sondern betroffen. Plötzlich fiel ihr Covacz' Bemerkung wieder ein: der Bundesnachrichtendienst interessiere sich für den Fall.

Covacz stand auf, trat neben sie hin und legte ihr eine Hand auf die Schulter. »Dann wirst du uns doch sicher auch einen Namen nennen können, Aisha«, sagte er.

Dubai

Die breiten Holzpaneele glitten zur Seite und gaben den Blick auf ein schlankes, spitz zulaufendes Zelt frei. Zu diesem geheimen Raum hatte keiner seiner Diener Zutritt. Niemand außer ihm kannte die verborgene Tür. Nur er allein durfte die weißen Seidenbahnen entfernen, die von der Decke hingen und das Kleinod verbargen.

Eine Kostbarkeit, nur für seine Augen und Hände bestimmt.

Sie war ein Geschenk des Allmächtigen, das den Stempel des Einzigartigen trug. Aischa nannte er sie, wie die Lieblingsfrau Mohammeds.

Sie war ein Meisterwerk. Erst wenige Wochen durfte er ihre Gesellschaft genießen und schon hatte er das Gefühl, nie wieder auf sie verzichten zu können. Auch ihre Nachfolgerinnen würden einmalig sein. Schon jetzt konnte er sich sämtliche Annehmlichkeiten, die ein solcher Harem von Paradiesjungfrauen bot, in seinen Träumen ausmalen.

Aber nicht nur ihm würde solches Glück zuteil werden. Es gab eine Menge zukünftiger Anwärter, auf die himmlische Genüsse warteten. Männer, die nicht um kleinliche Summen feilschten. Männer wie er, mit Reichtum gesegnet. Die Summen, die sie bereit waren, in ein solches Geschöpf zu investieren, hatten selbst seine kühnsten Erwartungen übertroffen.

Er trat ein paar Schritte zurück, füllte sein Glas, trank einen Schluck und hob erneut das Bernstein-Mundstück an die Lippen. Tief saugte er den bittersüßen Rauch in die Lungen, blies ihn wieder aus und horchte in sich hinein. Nach wenigen Zügen verspürte er den leichten Schwindel. Den Boten der Droge, die den Geist befreite, die Visionen klarer hervortreten ließ und kleinliche Hemmnisse des Alltags abwarf. Der Geschmack des perlenden Weines vermischte sich mit dem Rauch in seinem Mund zu einer kostbaren Komposition. Er konnte es kaum erwarten, seiner Gefährtin gegenüberzustehen.

Nach einer angemessenen Zeit trat er an das Zelt und schlug den Seidenstoff zur Seite.

Ihre Augen, hinter einem duftigen Schleier verborgen, waren direkt auf ihn gerichtet. Das Blau ihrer Iris erschien ihm jedes Mal, wenn er sie ansah, noch heller zu sein. Den handgeschnitzten, mit Gold und kostbaren Edelsteinen geschmückten Sessel, in dem Aischa mit angezogenen Knien hockte, nahm er kaum wahr. Stellte er doch die angemessene Grundlage für ihre Vollkommenheit dar. Er hatte nur Augen für sie, die ihn lockend erwartete.

Er bewunderte ihr sonnenfarbenes Haar. Wie flüssiges Gold fiel es zu beiden Seiten ihres Gesichtes herab, teilte sich über ihren Schultern und bedeckte ihre nackten Brüste. Verglichen mit ihrem Haar wirkten die Goldbeschläge des Sessels leblos und ohne Glanz. Warum waren arabische Frauen nicht mit diesem Goldhaar gesegnet, das einen so unwiderstehlichen Reiz auf ihn ausübte? So wie ihre Augen, die selbst das Blau des Wüstenhimmels an Intensität übertrafen.

Mit einer zärtlichen Geste streichelte er ihren Arm. Spürte den Flaum unsichtbarer Härchen auf ihrer Haut, deren Zartheit ihn an das Federkleid eines Kükens erinnerte. Seine Hand folgte den Konturen ihrer Beine, glitt über die Knie und betastete die seidenweiche Unterseite ihrer zusammengepressten Schenkel, die ihre kostbare Pforte verschlossen. Sie ließ seine Berührungen geschehen. Jungfräulich und ihm unterworfen, war sie die willfährigste Dienerin, die er je besessen hatte.

Er griff um ihre Hüfte und hob sie ohne große Anstrengung hoch. Ihr Körper streckte sich, entblößte die bis dahin verborgene Nacktheit, und schmiegte sich an ihn. Vorsichtig drehte er Aischa um. Kein Laut des Widerspruchs ertönte, als er sie in kniender, wie zum Gebet gebeugter Haltung auf dem Sessel absetzte.

In dieser Positur erregte ihn ihr Anblick noch mehr. Die Vorfreude auf das, was kommen würde, war übermächtig, dennoch wollte er den Augenblick der Erfüllung so lange wie möglich hinauszögern.

Erneut trat er zurück. Mit einem Zug leerte er das Champagnerglas und füllte seine Lungen mit einem gierigen Zug, der das dunkle Harz im Pfeifenkopf aufglimmen ließ. Das Gluckern des Rauches, der das kühlende Wasser des Pfeifenkörpers durchströmte, klang in seinen Ohren wie ein Versprechen.

Auf einem einfachen Hocker ließ er sich dicht hinter seiner Paradiesjungfrau nieder und versank in die Betrachtung ihres perfekten Körpers. Dann streckte er die Hand nach ihr aus. Federleicht glitten seine Finger über die prallen Rundungen, die sich ihm entgegen reckten.

Was für ein herrliches Geschöpf, dachte er und lehnte sich schwer atmend zurück. Was für eine vollkommene Schönheit! Vom Allmächtigen in seiner Güte erschaffen, um ihm, dem Mann, Wonne zu bereiten. Willenlos und willig zugleich wartete sie darauf, dass er sie in Besitz nahm. Aischa mit dem Goldhaar, verheißungsvolle Königin aus Dschannatu'n-Na'im, dem Ort der Glückseligkeit.

Nach einem Wesen wie ihr hatte er sein ganzes Leben lang gesucht. Nun war ihm vergönnt, was dem Fürsten der alten Erzählungen versagt geblieben war. Seine Aischa kniete vor ihm, war keine Vision wie die Scheherazade in den Märchen von Tausend und eine Nacht, sondern war Wirklichkeit geworden.

Seine Sinne waren offen, sein Denken frei. Er hatte das Gefühl, als stünde er neben sich und beobachte seine Taten, während er sie gleichzeitig ausführte. Ein äußerst intensives Gefühl, das ihn schwindeln ließ. Euphorie ergriff Besitz von ihm. Er spürte sein Blut heiß wie siedendes Öl in seinen Adern fließen. Der gegenwärtige Augenblick absorbierte ihn völlig. Vergangenheit und Zukunft existierten nicht mehr. Nur das Jetzt, das er mit diesem himmlischen Wesen genoss.

Er fühlte Samt und Seide, er roch Rosenwasser, Moschus und Honig. Sich in einem himmlischen Garten wähnend, umhüllten imaginäre Sphären sein körperloses Wesen. Beinahe konnte er zusehen, wie er sich auf ein zweiflügeliges Pferd aus Gold und Rubinen schwang, sein Geist über allem schwebte, während sein Körper als schwerfällige, unbewegliche Hülle zurück blieb.

Prag

Die Situation kam Mirko unwirklich vor. Es war noch nicht lange her, da hatte er in diesem Wohnzimmer den Auftrag angenommen, Marysia zu suchen. Nun war er gekommen, den Eltern die Todesnachricht zu überbringen.

Marysias Mutter ließ sich auf das Sofa sinken und schlug die Hände vors Gesicht. Mit einem Aufschrei hatte er gerechnet. Aber nicht, dass er so durchdringend sein würde.

Mirko wich dem Blick von Marysias Vater aus, dessen Gesicht sich in eine starre Maske verwandelt hatte. Mirko war nicht klar, ob sich hinter den versteinerten Zügen Schmerz, Hass oder bloße Verzweiflung verbargen. Obwohl er selbst keine Kinder hatte, glaubte er, sich in die Gefühle der Eltern hineinversetzen zu können. Er brauchte nur an Rankas Tod zu denken.

Tomek Nimjeski verharrte eine Weile in seiner aufrechten Position und starrte Mirko immer noch wie geistesabwesend an. Erst allmählich schien er zu begreifen, was Mirkos Worte bedeuteten. Er ließ sich neben seine Frau auf das Sofa fallen und strich ihr unbeholfen über den Kopf, als sie sich mit einem weiteren Aufschrei an ihn klammerte.

Danach herrschte eine ganze Weile Schweigen in dem Zimmer.

»Wie ist es passiert?« Der Mann hob nicht den Blick.

»Ich kann Ihnen nicht sagen, wie Leid mir das alles tut.« Mirko fasste mit kurzen Worten zusammen, was er von Aisha über Marysias Tod wusste. Dass man sie in Frankfurt tot aufgefunden hatte. Einzelheiten sparte er sich, obwohl Aisha ihm mitgeteilt hatte, welche schlimmen Verletzungen Marysias Körper aufgewiesen hatte.

Immer wieder stieß die Frau ein kurzes heiseres Schluchzen aus. Wie gerne hätte er den beiden in diesem Augenblick gesagt, dass der Mann, der alles zu verantworten hatte, tot war. Aber was war schon tröstend angesichts des Verlustes eines geliebten Menschen?

Er wusste, dass man inzwischen Farids Leichnam im Othmarsdorfer Haff geborgen hatte. Die Zeitung hatte von einem unbekannten Araber geschrieben, aber es war sicher nur eine Frage der Zeit, bis dessen Identität geklärt war.

Obwohl er nach wie vor ausschloss, dass man ihn mit Farids Tod in Verbindung bringen könnte, besann er sich sicherheitshalber auf seine Prager Kontakte. Vielleicht war es in diesem Zusammenhang nicht schlecht, seiner alten Freundin Ziska Zolewska wieder einmal einen Besuch abzustatten. Ganz nebenbei würde er dann auch erfahren, wie weit sie über diese Angelegenheit informiert war.

»Hat sie sehr gelitten?«, fragte Marysias Mutter in seine Gedanken hinein. Sie bemühte sich sichtlich um Fassung. Selbst im Schmerz blieb Marysias Mutter eine schöne Frau.

»Nein, ganz sicher nicht«, sagte er fest. »Aber es gibt da noch etwas, das Sie wissen müssen«, fügte er leise hinzu.

Die Frau sah ihn mit weit geöffneten Augen an, als erwarte sie eine weitere Schreckensnachricht. Marysias Vater wandte sich ab. Es sah aus, als ob seine Kraft am Ende sei.

»Wenige Wochen, bevor Marysia getötet wurde, hat sie ein Kind zur Welt gebracht.« Mirko sah der Frau ins Gesicht, die ihm trotz ihrer heftigen Ausbrüche die Stärkere von beiden zu sein schien.

Beide starrten ihn verständnislos an und blieben unbewegt, als habe sie diese Botschaft nicht erreicht. Frau Nimjeski krampfte die Hände um ihr Taschentuch. »Was sagen Sie da?« Ihre Stimme war überraschend klar, als sie nochmals nachfragte: »Was bedeutet das?«

»Kurz vor Weihnachten hat Marysia ein Mädchen geboren. Ihre Enkeltochter heißt Anastasia.«

»Anastasia?« Ein Ausruf, der wie ein heiseres Keuchen klang. »So hieß meine Mutter. Marysias Großmutter.« Ihre Miene drückte maßloses Erstaunen aus. »Aber warum hat sie denn nichts gesagt? Wir hätten uns doch darüber gefreut.« Sie krallte beide Hände in das Polster. »Wo ist unsere Enkeltochter?«

»In einem Krankenhaus in Frankfurt.«

»Was fehlt ihr? Ist sie krank?«

»Nein, So weit ich weiß, ist sie kerngesund. Vielleicht wissen die deutschen Behörden noch nicht so recht, was sie mit dem Kind anfangen sollen, oder wo sie es unterbringen werden«, antwortete Mirko. Inzwischen war ihm klar, dass Marysia ihre Tochter genau zu der Zeit in der Klinik zur Welt gebracht hatte, während der er ihre Wohnung in Frankfurt observierte.

»Die deutschen Behörden? Was geht die unsere Enkeltochter an?« Die Frau, die eben noch einem Zusammenbruch nahe gewesen war, schien plötzlich von einer Zielstrebigkeit durchdrungen, dass es Mirko beinahe unheimlich erschien. Es war offensichtlich, dass durch diese neuerliche Nachricht Marysias Tod zumindest für den Moment in den Hintergrund gerückt war.

»Weiß man denn, wer der Vater ist?«, fragte Tomek Nimjeski und sah Mirko mit gerunzelten Brauen an.

Seine Frau hatte sich von seiner Schulter gelöst. Aufrecht saß sie da, voller Würde. Trotz ihres verschwollenen Gesichts. »Es ist völlig bedeutungslos, wer der Vater ist. Wahrscheinlich dieser Deutsche, Benjamin. Das ändert nichts daran, dass unsere Enkeltochter zu uns gehört. Zu ihren Großeltern.«

»Du wusstest die ganze Zeit, wie der junge Deutsche heißt?«

Die Frau blieb ihrem Mann eine Antwort schuldig und hielt den Blick weiter auf Mirko gerichtet. »Kümmert sich dieser junge Mann um seine Tochter?«, fragte sie sachlich.

Mirko schüttelte den Kopf. »So weit ich weiß, nicht. Er hat Marysia lange vor der Niederkunft verlassen. Womöglich wusste er gar nicht, dass sie schwanger war«, erklärte Mirko.

»Wir hätten ihr doch geholfen. Sie hätte jederzeit zurück nach Hause kommen können. Dann wäre das vielleicht alles nicht passiert, und sie wäre noch am Leben«, murmelte Marysias Mutter kopfschüttelnd vor sich hin. Ihr Mann presste die Lippen zusammen. Mirko war sich nicht sicher, ob er ebenso dachte wie seine Frau. Trotz aller Fortschrittsgedanken bedeutete eine Tochter, die geschwängert und sitzen gelassen wurde, in seiner Stellung ein Skandal.

Frau Nimjeski schien die Meinung ihres Mannes nicht zu kümmern. Ihre Hände flatterten wie aufgeregte Tauben auf und nieder. Einen Augenblick hielten sie sich an der Perlenkette fest, um gleich darauf wieder aufzufliegen, bevor sie in ihrem Schoß zur Ruhe kamen.

»Wir müssen sofort etwas tun.« Ihre Stimme hatte den Klang einer Stahlseite angenommen. »Herr Stern, Sie werden uns helfen!« Das war keine Bitte, noch nicht einmal eine Frage, es war ein Befehl.

»Wobei wird er uns helfen, Jovanka?«, fragte ihr Mann. Seine Ablehnung war deutlich zu spüren.

»Wenn wir schon Marysia nicht zurück haben können, dann wenigstens die kleine Anastasia.« Die Stimme der Frau überschlug sich beinahe.

»Das ist nicht so einfach«, sagte Mirko zögernd. »Die deutschen Gesetze und Bestimmungen ...«

»Die deutschen Gesetze und Bestimmungen kümmern mich nicht«, fiel ihm Frau Nimjeski ins Wort. »Wann hätten sich die Deutschen je darum gekümmert, ob wir mit ihren Gesetzen einverstanden sind? Ich bitte Sie, Herr Stern, bringen Sie mir meine Enkeltochter.«

»Jovanka, ich weiß nicht, ob das richtig ist.« Ihr Mann legte seinen Arm um ihre schmalen Schultern. »Ich stehe hier in Prag im Blickpunkt der Öffentlichkeit. Wir dürfen auch nicht vergessen, dass wir nicht mehr die Jüngsten sind.«

Sie schüttelte seinen Arm ab. »Was heißt denn das, wir sind nicht mehr die Jüngsten? Willst du etwa, dass deine Enkeltochter in einem deutschen Waisenhaus aufwächst, nur damit deine Karriere nicht gefährdet wird?«

Nimjeski presste die Lippen zusammen und schwieg.

»Wann werden Sie Anastasia zu uns bringen?«, fragte sie zu Mirko gewandt.

»Über die bürokratischen Abläufe solcher Angelegenheiten bin ich leider nicht informiert«, antwortete er zögernd. »Und falls der Vater womöglich doch das Sorgerecht beansprucht, dann ...«

»Hören Sie. Das ist mir völlig gleichgültig«, trumpfte Frau Nimjeski auf. »Dieser Benjamin hat sich nicht um Marysia gekümmert, als sie ihn gebraucht hätte. Warum sollte er plötzlich Interesse an ihrer Tochter haben? Das Kind gehört zu uns, zu seinen leiblichen Großeltern. Für die Kosten werden wir selbstverständlich aufkommen«, sagte sie, während sie Mirko einen fordernden Blick zuwarf. »Und falls der offizielle Weg nicht möglich ist, dann gehen Sie eben den inoffiziellen, hören Sie?«

Frankfurt Höchst

»Du hast ausgesprochen schöne Hände, Aisha«, sagte der Sheriff, während er ihre Rechte festhielt und sie eingehend betrachtete. Länger als nötig, wie sie fand. Zwischen seinen riesigen schwarzen Pranken wirkte ihre helle Hand wie die eines Kindes. Dennoch strahlte der zwei Meter große Mann dicht neben ihr eher Verlässlichkeit als Bedrohung aus.

Insgeheim war sie froh, dass der Sheriff und nicht Covacz diese Prozedur vornahm. Seitdem sie in seinem »Kreuzverhör« – so zumindest hatte sie das empfunden – standhaft geblieben war und trotz seines geschickten Taktierens keinen Namen preisgegeben hatte, war er leicht verschnupft.

»Die Hand flach und locker hier auf den Screen legen«, wies der Sheriff sie an. »Wenn die Kontrollanzeige von rot nach grün wechselt, ist dein gesamter Handabdruck durch das Licht abgetastet und wird als Datei gespeichert.«

»So ein Ding habe ich noch nie gesehen«, sagte Aisha und legte nacheinander die rechte und die linke Hand auf die Glasplatte. Der Vorgang dauerte kaum länger als eine Minute.

Dieses schnelle, saubere Verfahren erinnerte sie an die Bedienung ihres Flachbettscanners zu Hause. So, wie dort Fotos in eine digitalisierte Datei umgewandelt wurden, zeichnete dieses Gerät die Papillarlinien der gesamten Handfläche und der Finger auf.

»Ich dachte, ich kriege die Finger mit Stempelfarbe geschwärzt und hätte danach Mühe, das Zeug wieder wegzubekommen«, lächelte sie.

»Diese Finger-Print-Scanner sind auch noch nicht im Routineeinsatz. Manche Dinge dauern hier in Deutschland ein bisschen länger.« Der Sheriff verzog den Mund.

Die Entnahme der Gewebeprobe empfand sie als einen etwas peinlichen Vorgang, obwohl er nur wenige Sekunden dauerte.

»Stell dir einfach vor, du wärst beim Arzt und hättest eine Erkältung. Sag schön brav Aaaa, Aaaaaisha.«

Sie tat wie geheißen und spürte die Berührung des Wattestäbchens.

»Du kannst den Mund wieder zumachen«, sagte der Sheriff schmunzelnd. Er ließ das Stäbchen in die Hülle mit der Nährlösung gleiten und drehte den Verschluss fest zu.

»Und was passiert mit all diesen Erkennungsmerkmalen? Bin ich jetzt für alle Zeiten in der Verbrecherdatei registriert?«

»Klar.« Er nickte ernst. »Dann ist es nichts mehr mit Mercedes klauen und so.« Auf seinem schwarzen Gesicht erschien ein spitzbübisches Lächeln. »Keine Sorge. Nach dem Vergleich mit den Abdrücken auf den Sachen, die du mitgebracht hast, wird alles wieder gelöscht. Ganz wie der Datenschutz das vorschreibt.«

»Na, dann bin ich ja beruhigt«, sagte sie. Wahrscheinlich würde sich sowieso herausstellen, dass auf den mitgebrachten Gegenständen keine Fingerabdrücke zu erkennen waren.

Der Sheriff summte eine Melodie vor sich hin. Er schien bester Laune. *»Oh, Lord won't you buy me a Mercedes Benz«*, begann er laut zu singen.

»Die Nationalhymne kleiner amerikanischer Negerkinder?«, spottete sie.

»My friends all drive Porsches«, schmetterte er unbekümmert weiter. Seine Zähne leuchteten.

»Or they own a Mini car«, fiel sie lachend mit einer selbstgedichteten Zeile ein.

»Mit deinen Fähigkeiten könntest du glatt an einer Talentshow für Popnachwuchssängerinnen teilnehmen.«

»Danke. Mir reicht der Talentschuppen Zeitung«, sagte sie lakonisch.

»Tja, der Weg zum Starruhm ist hart und steinig! Hat dir dein Chef eigentlich die Füße geküsst?«

»Nun ja. Er war eher sparsam mit seinem Lob. Du hast ja gesehen, wie der Artikel aufgemacht war. Die Hälfte hat er rausgekürzt, weil ihm alles noch zu vage war. Übrig geblieben ist ein Dreispalter auf der zweiten Seite«, murrte sie. Als sie das Ergebnis gesehen hatte, war sie ziemlich enttäuscht gewesen.

»Aber dein voller Name stand drunter. Glaub mir, das ist der Anfang einer Weltkarriere.«

Aisha lachte auf und betrachtete den Sheriff aufmerksam. In ihren Augen war er die schillerndste Figur des OEK-Teams. Vielleicht auch die netteste. Außerdem wesentlich unkomplizierter als Covacz.

»Wolltest du schon immer Polizist werden?«, fragte sie. »Und wieso hat es dich eigentlich nach Deutschland verschlagen?«

Der Sheriff blinzelte sie von der Seite an. »Mein Traum war schon immer ein Porsche. Aber was nützt dir in Amerika solch ein Sportwagen? Bei einer Höchstgeschwindigkeit von fünfundsechzig Meilen?« Er rollte mit den Augen. »Es waren allein die deutschen Autobahnen, die mich hierher gelockt haben«, sagte er mit todernster Miene. »Hier kann man wenigstens mal ordentlich Gas geben.«

»Und IT-Spezialist bist du deshalb geworden, weil

du den ganzen Tag auf Staatskosten im Internet surfen kannst.«

»Was bist du nur für eine kluge Frau, Aisha!« In gespieltem Entsetzen riss er die Augen auf und hob beide Hände. »Ich gebe mich geschlagen. Noch nicht einmal der Chief hat das bisher gemerkt.« Er brach in unbändiges Gelächter aus.

Aisha fiel in sein Lachen ein. Komisch, dachte sie, mit Covacz oder Mirko wäre eine solche Blödelei einfach undenkbar.

»Apropos IT-Experte. Was haben eigentlich all eure Analysen ergeben? Und hast du inzwischen etwas mehr über diese dubiose Homepage herausgefunden?«

Sein Gelächter verstummte. »Die Analysen sind noch nicht ganz abgeschlossen und die Codes zu knacken war auch nicht ganz so einfach wie ich ursprünglich gedacht habe. Aber wir sind einen guten Schritt weiter gekommen. Soll ich's dir zeigen?«

Sie nickte.

Er trat vor den Computer und öffnete eine gespeicherte Datei. »Das hier sind nur Screenshots, im Grunde eine Art Fotos der echten Internetseiten, aber sie entsprechen in ihrem Zugangsmodus genau den Originalen«, erläuterte er. »Die ersten Seiten sind der offizielle Teil, also das, was sich jeder anschauen kann. Spannend wird es jedoch bei dem Suchbegriff ›Friends‹, für den du uns das Passwort geliefert hast.«

Die ihr bekannte Seite mit dem ›Mädchenkatalog‹ öffnete sich, nachdem er den Code eingegeben hatte. Aisha erwartete, dass der Sheriff nochmals die Frage nach dem Ursprung dieser Information stellen würde, doch er betätigte schweigend einige weitere Tasten. Der Bildschirm zeigte ein Eingabefenster, ähnlich dem einer Internetsuchmaschine. Kein Bild, kaum Text. Der Knopf, mit dem üblicherweise die Suche gestartet wurde, war mit »offer« beschriftet.

»Da fragt man sich schon, warum eine so harmlos aussehende Seite durch zwei Sicherheitscodes geschützt ist, nicht wahr? Noch dazu Codes, die man nur dann erhält, wenn man sich durch eine E-Mail mit allen möglichen persönlichen Daten identifiziert.

»Und wie kommt man weiter?«, fragte sie und zeigte auf den Monitor.

Nur das stilisierte Blütenornament verriet, dass zwischen der nüchtern gehaltenen Seite des Portals, den Mädchenbildern und der Firma für Krankenhausausstattung eine Verbindung bestand.

Er ging zurück auf die Seite der Mädchenbilder und klickte eines davon an. Sofort vergrößerte sich das Bild.

»Wenn man die Fotos genau betrachtet, erschließt sich einem manches. Sag mir, was du siehst«, forderte er Aisha auf.

Sie konnte nichts Ungewöhnliches entdecken. »Ein Mädchen mit langem blonden Haar«, antwortete sie etwas ratlos.

Er nickte. »Wie ist ihr Name?«

»Woher soll ich das wissen?«

»Sieh genau hin.«

Das Bild war mit ineinander verschlungenen Ranken eingerahmt. Tatsächlich, jetzt konnte sie es auch erkennen. Inmitten der Verzierungen stand ein Name. »Amina«, sagte sie.

»Genau. Amina, blond wie ein Engel. Oder stellt ihr Weißen euch Engel nicht blond vor?«

»Doch.« Sie warf ihm einen kurzen Seitenblick zu. Wahrscheinlich stellten sich schwarze Menschen Engel schwarz vor.

Er vergrößerte weiter. »Die Fotos wurden retuschiert«, sagte er.

»Woran siehst du das?« Sie konnte nichts dergleichen erkennen.

»Engel sind überirdische Wesen. Und diese Amina, die sieht aus, als ob sie einen Halo trüge.«

»Einen was?«

»Halo. Wie heißt das auf Deutsch?« Er fuhr sich mit der Hand um den Hinterkopf.

»Ein Heiligenschein?«

»Genau. Ein Heiligenschein.« Er tippte auf den Bildschirm. »Alles an diesem Mädchen wirkt künstlich. So, wie früher die Maler Madonnen gemalt haben.« Er klickte das Foto von Vanessa Bach an, unter dem Aisha den Namen »Fatima« entziffern konnte. »Hier wieder dasselbe. Blonder Engel mit Heiligenschein und Fantasienamen. Die einzige, von der wir wissen, wie sie richtig heißt.«

Irgendwie musste ihm Aisha Recht geben. Das Portrait sah aus, als ob es mit angehauchter Linse fotografiert worden war, was den Eindruck eines überirdischen Wesens verstärkte. Auch wollte der Name Fatima nicht recht zu dem blonden Mädchen von eher nordischem Typus passen.

Er klickte ein weiteres Foto an. »Pari Banu«, las er laut. »Also, ich kann da keine sinnvolle Systematik in der Namensgebung erkennen. Fatima hört sich arabisch an, Amina sagt mir nichts, und Pari Banu klingt nach afrikanischer Negermama.«

Aisha forschte in seinem Gesicht, aber diesmal war da kein Fünkchen von Spott.

»Kennst du dich nicht mit solchen Namen aus? Wie heißen denn die Mädchen sonst noch so bei euch in Persien?«

»Bei uns in Persien?« Sie lachte. »Sehr bewandert in der Literatur bist du wohl nicht, wenn du Perser und Araber in einen Topf wirfst. Das sind Namen aus den Märchen von ›Tausend und einer Nacht‹. ›Prinz Achmed und die Fee Pari Banu‹ heißt eines davon.«

Er starrte sie an, als ob sie etwas Ungeheuerliches gesagt hätte. »Tausend und eine Nacht? Märchen aus dem Orient?« Er schlug sich gegen die Stirn. »Oh shit, natürlich! Wie kann man nur so vernagelt sein!«

»Vernagelt?« Nun war es an ihr, erstaunt zu schauen.

»So sagt man doch auf Deutsch, wenn man etwas übersieht, das einem eigentlich ins Auge springen müsste. Oder?« Er kratzte sich am Kopf. »Virgin flowers. Was wir hier sehen, sind die berühmten Paradiesjungfrauen. Fatima, Amina, Pari Banu und wie sie sonst noch heißen.«

»Was meinst du damit?« Noch immer verstand sie nicht.

»Du kennst dich doch mit dem Koran aus, oder? Da musst du doch wissen, dass die Moslems an so was glauben.«

»Ja, aber ...?«

»Jungfrauen, virgin flowers. Die dazu da sind, von Männern gepflückt zu werden.«

»Denkst du, diese blonden Fatimas und Aminas kann man als Paradiesjungfrauen per Internet buchen?«

»Etwas in der Richtung halte ich schon für möglich.«

»Du meinst, hier wird eine Art moderner Sklavenhandel betrieben?« Ungläubig starrte sie ihn an. »Aber das ist doch ungeheuerlich. Wieso greift denn da niemand ein?«, rief sie aus.

»Noch haben wir keine rechtliche Grundlage.«

»Wie lange wollt ihr denn noch warten und ruhig dabei zusehen, dass noch mehr Mädchen verschwinden und hier auf dieser Seite wieder auftauchen?«, sagte sie aufgebracht. »Ich denke, ihr vom OEK braucht euch nicht um all diese hinderlichen Vorschriften zu kümmern?«

»Ich weiß nicht, welche Vorstellungen du vom OEK hast«, erwiderte er ruhig. »Selbstverständlich achten wir auf die Vorschriften, sonst gäbe es uns bereits morgen nicht mehr. Aber manche Dinge brauchen ihre Zeit, es hat keinen Sinn, überstürzt zu handeln. Auf Grund eines derart vagen Verdachtes können wir nicht einfach irgendeine Aktion starten.« Er schüttelte den Kopf.

»Ihr dürft euch wirklich nicht mehr erlauben als andere Ermittlungsgruppen der Polizei?« Da waren ihr aber ganz andere Dinge zu Ohren gekommen.

»Natürlich nicht.« Jetzt grinste der Sheriff wieder. »Oder nur manchmal. Sagen wir es mal so: wir nutzen unsere Möglichkeiten effizienter aus. Örkan Kesim zum Beispiel hat seine Magisterarbeit in Lausanne über ›vergleichendes internationales Strafrecht‹ geschrieben. Dieses Wissen ermöglicht ihm, manche Rechtsgrundlage zu finden, die ein Wald-und-Wiesen-Staatsanwalt gar nicht erkennen würde.«

»Interessant«, sagte Aisha. Den ›türkischen Gemüsehändler‹ sah sie mit einem Mal in einem ganz anderen Licht. Offensichtlich waren das die Gesichtspunkte, nach denen Covacz seine ›Meute‹ zusammengestellt hatte. Jeder hatte besondere Fähigkeit zu bieten. Das OEK war demnach keine Ansammlung von Spezialagenten, wie immer gemunkelt wurde, sondern hochrangige Fachleute, deren Kompetenzen weit über das hinausgingen, was die normale Polizeiausbildung bot.

Der Sheriff sah zum Fenster hinaus. »Weißt du Aisha, ich habe vor Jahren einmal an einem Fall mitgearbeitet, da ging es um den internationalen Organhandel. Nach Außen hin wirkte alles ziemlich seriös. Nicht ganz legal, aber aus Sicht der Betroffenen verständlich. Die Organe wurden von einer südamerikanischen Klinik angeboten. Fast jedes Organ war zu haben. In erster Linie Nieren, daran herrscht der größte Bedarf. Und die Patienten aus den reichen Ländern sind bereit, dafür einen hohen Preis zu zahlen.«

Aisha kroch etwas kalt ihren Nacken nach oben. »Und?«, fragte sie.

Seine Stimme hatte einen merkwürdigen Klang, als er fortfuhr. »In vielen südamerikanischen Großstädten findest du an jeder Ecke heimatlose Straßenkinder. Killerkommandos hatten sich bewusst solche Kinder ausgesucht, weil die niemand vermisst. In einer Spezialklinik wurden sie ausgeweidet wie Schlachttiere. Ihre Organe hat man über das Internet angeboten. Auf Wegen, die für Insider nicht schwierig herauszufinden waren.« Er schluckte hart. Sein Adamsapfel bewegte sich auf und ab. »Die Menschen haben es schon immer prächtig verstanden, aus dem Unglück anderer Kapital zu schlagen«, sagte er bitter.

»Ist denn die dortige Polizei nicht eingeschritten?«, fragte Aisha fassungslos.

Er schüttelte den Kopf. »Als Straßenkinder waren sie eine Belästigung, aber als Organspender eine Rohstoffquelle von unschätzbarem Wert. Und die Schmier- oder Schweigegelder waren für unterbezahlte brasilianische Straßenpolizisten einfach verführerisch hoch.«

»Warst du damals schon beim OEK?«

Der Sheriff nickte. »Mein erster Fall, den ich zusammen mit Covacz bearbeitet habe. Und beinahe auch unser letzter.«

Aisha sah ihn mit großen Augen an. Ihre Kehle war wie zugeschnürt.

»Covacz' Vater war schwer krank. Er hätte dringend eine Niere gebraucht. Und Covacz hätte ihm eine besorgen können. Es wäre nur eine Frage des Geldes gewesen. Und der Moral natürlich.«

»Und was hat Covacz getan?«

Der Sheriff zuckte mit den Achseln. »Sein Vater ist innerhalb weniger Tage gestorben.« Er atmete tief ein. »Ich weiß nicht, was ich gemacht hätte, wenn es mein Dad gewesen wäre. Aber ...« Seine große Hand vollführte eine hilflosen Bewegung. »Zum Glück bin ich nie vor solch eine Entscheidung gestellt worden.«

Aisha schwieg. Sie überlegte, wie sie sich in einer solchen Lage verhalten würde. Das Leben eines unbekannten anonymen Straßenkindes, irgendwo ganz weit weg, gegen das Leben eines Menschen, der einem nahe stand.

»Damals hat das mit Janics Katzenfimmel angefangen«, erzählte der Sheriff weiter. Aisha fiel auf, dass er selten Covacz' Vornamen benutzte.

»Er hatte sich während der Krankheit viel um seinen Vater gekümmert. Gleichzeitig sollte er das OEK aufbauen. Wir haben Tag und Nacht geschuftet, denn man hat uns gleich diesen großen internationalen Fall übertragen. Jeder von uns war rund um die Uhr beschäftigt.« Der Sheriff rieb sein Kinn. »Sein old man ist in dieser Zeit zu Hause an einem akuten Nierenversagen gestorben. Einsam und ohne Hilfe. Janic hat ihn erst zwei Tage später gefunden. Die Katze seines Vaters saß halb verdurstet neben ihm und hat Wache gehalten. Das hat sich Janic nie verziehen und ich glaube, er war nahe dran, alles hinzuschmeißen.« Der Sheriff schnaufte.

Aisha hatte Mühe, den würgenden Kloß im Hals hinunterzuschlucken.

Er machte eine unwirsche Handbewegung. »Oh man, warum erzähle ich dir das überhaupt? Aisha ...« Sein riesiger Zeigefinger ragte drohend vor ihrem Gesicht empor. »Kein Wort darüber zum Chief. Er mag es nicht, wenn man zu viel über ihn weiß.«

Sie räusperte sich. »Als ob ich das nicht wüsste.« Sie lächelte gezwungen. »Ich bin sehr froh, dass du mir das erzählt hast.«

Er warf ihr einen rätselhaften Blick zu. »Aisha, alles was wir hier besprechen, bleibt vorläufig Top Secret. Ist das klar?«

Sie seufzte. »Ich muss ja sowieso bei all meinen Veröffentlichungen eure Zensur passieren.«

»Das ist auch gut so. Covacz hat da völlig Recht, sich und uns den Rücken freizuhalten und das letzte Wort zu haben.«

»Aber was werdet ihr denn jetzt tun? Du hast doch eben gesagt ...«

»Keine Sorge. Wir sind längst dabei, unsere Möglichkeiten auszuloten.«

Prag

Mit einer langstieligen Rose in der Hand schlenderte Mirko über den Flur des Prager Polizeipräsidiums. Vor der Tür von Major Ziska Zolewska blieb er stehen. Der Auftrag Marysia Nimjeski war zwar abgeschlossen, dennoch gab es noch ein paar offene Fragen, die er gerne geklärt hätte.

Immer wieder hatte er eine mögliche Verbindung gesucht zwischen den Bilddateien auf Farids Speicherchips, den Mädchenbildern im Internet sowie der beiden Firmen mit dem Blüten-Emblem. Zwischen all dem musste es einen engen Zusammenhang geben, doch worin bestand er? Die Andeutungen Farids, den Mädchen stünde in Dubai eine große Zukunft offen, ging ihm nicht aus dem Kopf. Doch bis jetzt war er noch nicht dahinter gekommen, was damit gemeint war.

Moshe war ebenfalls keine Hilfe gewesen. Bei Mirkos letztem Anruf hatte er sich gar verleugnen lassen. Ein eindeutiges Signal, dass er, Mirko, aus dem Spiel war. Dennoch baute er darauf, dass der Dienst in diesem Fall nicht untätig bleiben würde.

Er hob den Finger, um anzuklopfen.

»Willst du zu mir, Mirko Stern?«

Blitzschnell drehte er sich um und sah in die schwarzen Knopfaugen von Polizeimajor Ziska Zolewska. Wie immer trug sie die dunkelbraunen Haare glatt zurückgekämmt, was ihr trotz der ersten grauen Strähnen ein jugendliches Aussehen verlieh.

Ziska war einer der wenigen Menschen, die über seine Schwester Ranka Bescheid wussten. So wie er das Schicksal von Ziskas Eltern kannte, die damals als blutjunges Paar den Aufenthalt im jüdischen Getto überlebt hatten. Auch ahnte Ziska etwas über seine Verbindungen zum Dienst. Nein, er war ganz sicher, sie wusste darum. Doch sie hatte niemals nachgefragt. Dazu war sie viel zu klug.

Nicht nur von ihren Kollegen wurde Ziska oft unterschätzt. Vielleicht, weil sie klein und unscheinbar war. Er aber verehrte sie, weil sie über eine im Polizeidienst eher seltene Fähigkeit verfügte, nämlich Emotionen in ihre von einem scharfen Verstand getroffenen Entscheidungen einzubringen.

Selbst ein kühler Stratege wie Moshe Blumstein hütete sich, in Prag Aktivitäten in die Wege zu leiten, die einen Konflikt mit Ziska Zolewska heraufbeschworen hätten. Prag, das war ihr Hoheitsgebiet.

»Für dich«, sagte er und hielt ihr die dunkelrote Rose hin.

»Danke.« Ein strahlendes Lächeln erschien auf ihrem Gesicht. »Du warst an Rankas Grab?« Sie hob die Blüte an die Nase und sog geräuschvoll die Luft ein. »Schade, dass die heutigen Rosen nicht mehr duften.« Ihr entfuhr ein leises Lachen. »Ich weiß dieses Geschenk sehr zu schätzen, Mirko. Es kommt nicht so oft vor, dass mir ein Mann rote Rosen schenkt.«

Sie öffnete die Tür zu ihrem Büro. Dort füllte sie eine

schlanke Vase mit Wasser und stellte die Rose hinein. »Trinkst du einen Tee mit mir?«

Mirko nickte. »Gern.«

Sämtliche Möbel in ihrem Büro wirkten altertümlich und abgeschabt. Nach dem Staub auf den Blättern einer Zimmerpflanze zu urteilen, schien die Zeit hier schon vor Jahren stehen geblieben zu sein. Der großformatige Flachbildschirm auf ihrem Schreibtisch bewies das Gegenteil.

Für all ihre Mitarbeiter der »Abteilung zur Bekämpfung von Kapitaldelikten« hatte Ziska große, neu ausgestattete Büros verlangt – und erhalten. Sie selbst führte weiterhin ihren Kampf gegen das Verbrechen von diesem kleinen Zimmerchen aus, dessen Fenster auf einen Hinterhof wiesen.

»Weißt du, Mirko ...«, hatte sie einmal ihr staubiges Kämmerchen verteidigt. »Im Mai, wenn draußen die Linde blüht, öffne ich beide Fenster und dann ...« Sie hatte die Nase gehoben, als folge sie einer imaginären Witterung, »... rieche ich meine Stadt.«

Er hatte genau gewusst, was sie meinte.

»Was kann ich denn für dich tun Mirko?«, fragte sie jetzt und bedeutete ihm, Platz zu nehmen.

»Du weißt über den Fall von Tomek Nimjeskis Tochter Marysia Bescheid?«

Sie senkte den Kopf und nickte. »Das ist alles sehr bedauerlich. Und bisher haben wir uns da nicht gerade mit Ruhm bekleckert.«

Er ließ sich auf dem Stuhl gegenüber ihres Schreibtisches nieder.

»Ich habe mit einem Hauptkommissar Covacz in Frankfurt telefoniert. Im Zusammenhang mit der Ermordung Marysias fahnden sie in Deutschland fieberhaft nach einem Araber namens Achmed Fayman. Von uns haben sie Unterstützung angefordert.« Sie sah ihn eindringlich an. »Sagt dir dieser Name etwas?«

»Nein«, antwortete Mirko fest. »Wer soll das sein?« Er wich ihrem Blick nicht aus.

Das Wasser in dem Kocher begann zu brodeln. Ziska hantierte mit einer Teedose und einer Kanne aus altem Herendporzellan. Von einem ehemals kompletten Service waren nur noch ein paar Stücke übrig geblieben. Die Kanne und zwei dieser Tassen mit dem grünen Blätterdekor hatte er ihr aus Ungarn mitgebracht. Er wusste, sie hing an diesem Geschirr, das schon von mehreren Generationen benutzt worden war und einen Weltkrieg überlebt hatte.

Sie hatte sich bei seiner Antwort nicht umgedreht. Das war nicht nötig. Sie kannte ihn gut genug, um die verschlüsselten Botschaften in seinen Sätzen zu verstehen.

»Vielleicht interessiert es dich, dass wir diesen Fayman inzwischen ausfindig gemacht haben.«

Mirko bemühte sich um Haltung.

Jetzt wandte Ziska den Kopf und sah ihn an. »Stark wie immer?«

»Ja, gerne«, sagte er und zog eine Packung Zigaretten aus der Tasche. »Darf ich?«

Sie nickte. »Mach aber bitte das Fenster auf. Es ist ohnehin viel zu warm hier drin«, bat sie.

Er stand auf und öffnete zur Hälfte das Fenster. Wie eh und je klemmte der Flügel, den man leicht anheben musste. Seit er Ziska kannte, hauste sie in diesem schäbigen Büro und noch nie hatte jemand versucht, diesen Flügel zu reparieren.

Ziska stellte zwei Tassen auf ihren Schreibtisch und goss die dunkelbraune Flüssigkeit ein. Dann ließ sie sich in ihren Ledersessel fallen, neben dem teuer aussehenden Flachbildschirm das einzige Zugeständnis an ihren hohen Dienstgrad. In dem riesigen schwarzen Sessel wirkt sie wie ein Kind, dachte Mirko und musste lächeln, obwohl er auf das Äußerste angespannt war.

»Gibst du mir auch eine?«, bat sie.

Er reichte die Zigarettenpackung über den Schreibtisch und gab ihr Feuer. Sie inhalierte den Rauch nicht, sondern paffte kugelige Wolken in die Luft.

»Achmed Fayman ist ein Falschname. Richtig heißt er Farid Moussa. Er ist Geschäftsführer einer Firma für medizinische Geräte hier in Prag. Seit wir das wissen, überwachen wir sowohl die Firma als auch die Privatwohnung dieses Moussa.« Während Ziska dies erzählte, verfolgte sie mit den Augen die Rauchkügelchen, die sich in der Luft um ihre eigene Achse drehten. Offenbar wusste sie noch nicht, dass Farid tot war.

»Und warum nehmt ihr ihn nicht fest?«, versuchte er leichthin zu sagen.

»Weil dieser Vogel seit einiger Zeit ausgeflogen ist. Außerdem müssen wir äußerst vorsichtig sein.« Nun wandte sie den Kopf und sah ihn verschwörerisch an. »Es geht dabei nicht nur um den Mord an der kleinen Nimjeski.«

»Was meinst du damit?«

»Nun. Wir sind da einem ganz großen Ding auf der Spur. Farid Moussa könnte unsere Schlüsselfigur sein.« Ziska legte ihre halb gerauchte Zigarette im Aschenbecher ab und pustete über ihren Tee. Sie schien völlig in die Betrachtung des Rankenmusters ihrer Tasse versunken zu sein.

Mirko hob seine Tasse an den Mund. »Du willst mir nicht sagen, um was es sich handelt?« Er nahm einen Schluck und registrierte dankbar, dass seine Hand völlig ruhig blieb.

Sie hob die Schultern. »Warum nicht? Es muss nicht immer falsch sein, Eulen nach Athen zu tragen.« Sie sah ihn spitzbübisch an und er hatte nicht zum ersten Mal das Gefühl, dass sie ihn durchschaute und gleichzeitig wusste, dass auch er genau wusste, wovon die Rede war.

»Diese Firma, CZECHMED heißt sie, exportiert medizinisches Gerät nach Dubai. Wir vermuten, dass da einiges nicht mit rechten Dingen zugeht. Meine Jungs sind aber schon eifrig dabei, das Geheimnis zu lüften.« Sie lächelte und zeigte ihm ihr schönes Gebiss. Kleine weiße Perlchenzähne, bei deren Anblick er sich jedes Mal fragte, ob sie echt oder falsch waren.

»Vielleicht fragst du dich jetzt, warum ich dir das alles erzähle, Mirko.« Nun sah ihn Ziska direkt an. Ihre Augen funkelten belustigt.

Mirko fühlte sich unbehaglich unter Ziskas spöttischem Blick. Er zuckte die Achseln und zog eine neue Zigarette aus der Packung.

»Rauch nicht so viel. Ich würde ungern einen Freund verlieren«, tadelte sie ihn.

Er ließ das Feuerzeug aufschnappen und inhalierte tief. »Ich hatte nie einen wirklichen Grund, das Rauchen aufzugeben. Aber die Aufkündigung deiner Freundschaft wäre natürlich einer.«

Sie kicherte. »Manchmal kannst du richtig charmant sein, Mirko. Noch Tee?«

Als er nickte, schenkte sie ihm nach. »Dieser Hauptkommissar aus Deutschland, Covacz heißt er, ist ein kompetenter Kollege. Sehr kooperativ, effizient und anscheinend ziemlich fantasiebegabt.«

Dieser deutsche Kommissar muss es ihr ja mächtig angetan haben, dachte er verwundert und spürte gleichzeitig einen leichten Stich in der Brust. Ziska hegte normalerweise wenig Sympathien für die Deutschen. Allerdings klang der Name Covacz nicht gerade nach Ariern und Nazis.

Ihre Zigarette verglühte ungeraucht im Aschenbecher. Sie blickte dem Rauchfaden nach. Was sie wohl dazu bewogen hatte, zur Zigarette zu greifen?

»Dieser Covacz hat mir übrigens erzählt, dass er auf Umwegen brisantes Material erhalten habe, dessen Herkunft nicht genau geklärt ist.« Sie warf Mirko einen lauernden Blick zu.

Nun verstand er. Ziskas Hinweis enthielt eine zweite, direkt an ihn gerichtete Botschaft.

»Halte dich besser in nächster Zukunft fern von Deutschland. Dieser Covacz könnte dir ziemlichen Schaden zufügen«, schien ihr Blick zu sagen.

»Jedenfalls sind die Deutschen dabei, diese Materialien sehr genau zu analysieren. Sobald sie etwas herausgefunden haben, bekommen wir die Ergebnisse übermittelt.« Sie griff nach der fast verglühten Zigarette und drückte sie aus. »Dieser Frankfurter Kollege hat mich übrigens gefragt, ob ich eine Idee hätte, woher das Material stammen könnte.«

»Und was hast du gesagt?«

»Die Wahrheit natürlich.« Sie lächelte fein. »Dass ich absolut keine Ahnung habe.«

»Dann ist ja alles in Ordnung.«

Ziska nippte wieder an ihrer Tasse und hinterließ eine Spur Lippenstift auf dem weißen Rand. »Weißt du, was mich interessieren würde, Mirko? Wie ausgerechnet die Freundin dieses Kommissars an das Material gekommen ist. Das ist schon ein sehr seltsamer Zufall. Findest du nicht auch?«

Mirko musste husten. Ein Anfall, der aus dem Nichts kam.

»Hab ich dir nicht gesagt, dass du zu viel rauchst?«

Einen Augenblick lang war er wie vor den Kopf geschlagen. Aisha hatte einen Freund und dieser Freund war auch noch Polizist? Waren etwa Covacz und der Mann, den sie an seinem Handy mit ›Sheriff‹ bezeichnet hatte, identisch? »Kann ich das Fenster zumachen?«, fragte Mirko. Ihm kam es plötzlich eiskalt in Ziskas Büro vor.

»Wenn du unbedingt möchtest, dass ich ersticke.«

»Nur kurz.« Er stand auf und schloss das Fenster. Seltsam, dachte Mirko, beim Schließen klemmt der Flügel nicht.

»Kommissar Covacz kannte übrigens auch deinen Namen und weiß über deine Arbeit bestens Bescheid.«

Er zuckte die Schultern. Natürlich hatte er gehofft, Aisha könne seinen Namen ein wenig länger zurückhalten, aber da hatte er noch nicht gewusst, dass sie mit einem Polizisten liiert war. Das war es, was ihn schmerzte.

»In Deutschland haben sie sich natürlich gewundert, warum wir auf ihre erste Anfrage nach Marysia nicht reagiert haben. Du weißt, wie es ist. Auch bei uns läuft nicht alles so, wie es sollte. Es gab eine Vermisstenanzeige, ja. Aber die ist mir viel zu spät in die Hände gefallen. Mir war nicht bekannt, dass Nimjeskis Tochter in Deutschland ihren Geburtsnamen verwendete.« Sie seufzte. »Viel Vertrauen scheint unser polnischer Botschaftsrat Nimjeski nicht in die tschechische Polizei zu haben, sonst hätte er nicht dich mit der Suche nach seiner Tochter beauftragt.«

»Ich glaube, das hatte andere Gründe.«

Sie nickte, ohne ihn dabei anzusehen.

»Aber jetzt möchte ich gerne wissen, was dich zu mir geführt hat? Oder solltest du tatsächlich nur gekommen sein, um mir eine Rose zu schenken?« Lächelnd drehte sie sich zu ihm um. Die ganze Zeit hatte sie hinaus auf die kahlen Bäume gestarrt, von deren unbelaubten Ästen die Nässe tropfte.

»Es wird Zeit, dass der Frühling kommt«, murmelte sie. »Langsam habe ich es satt, dass die Menschen wie vermummte Vogelscheuchen aneinander vorbeihasten. Ich will endlich wieder spielende Kinder auf den Straßen sehen, junge Frauen in bunten Kleidern, Männer, die sich nach ihnen umdrehen, Mütter mit Kinderwägen und wenn es sein muss, sogar die Touristen. Sie sorgen wenigstens für Leben.«

»Dann wirst du meine Bitte verstehen«, sagte er, dankbar für das Stichwort, das sie ihm geliefert hatte. Diesen Mai würde Ziska fünfzig Jahre alt werden. Von diesen fünfzig Jahren hatte sie über zwanzig hier in diesem Büro verbracht. Zumindest schien es ihm so. Wann immer er sie sprechen wollte, war sie hier anzutreffen. Er wusste gar nicht, wo sich ihre Privatwohnung befand. War sie eigentlich verheiratet, hatte sie Kinder? Darüber hatten sie sich nie unterhalten. »Ich brauche deine Unterstützung in einer heiklen Angelegenheit«, sagte er leise.

»In einer Angelegenheit, die nicht ganz koscher ist?«

»Nach den Paragrafen des Gesetzes vielleicht nicht.«

»Worum geht es?« Sie musterte ihn aufmerksam.

»Ich will ein mutterloses Kind aus Deutschland zu seinen Großeltern hierher nach Prag holen. Es hat mit meinem Auftrag zu tun.«

Ziska sah ihn scharf an. »Was ist mit dem Vater?«

»Ein junger Luftikus. Niemand, der Verantwortung übernehmen will. Er weigert sich, die Vaterschaft anzuerkennen.« Das Letztere hatte er einfach hinzugefügt. In seinen Augen war es keine Lüge. Schließlich hatte er Benjamin Neidhöfer kennen gelernt.

Sie drehte sich wieder zum Fenster und ihr Finger malte ein unsichtbares Bild auf die Scheibe. Sie zog die Schultern hoch, als ob sie fröstelte.

»Mirko, wie lange kennen wir uns jetzt?«

Er wusste, sie erwartete keine Antwort.

»Wir haben einander immer vertraut. Bei all den Lügen, die uns das Leben abzwingt. Und was sind schon die Buchstaben des Gesetzes? Sie füllen unzählige Bücher ohne Sinn und Verstand. Erst, wenn wir sie in die Hand nehmen, erwachen sie zum Leben. Und letztendlich entscheiden wir, wie diese Gesetzestexte unser Leben und das anderer Menschen beeinflussen.« Sie hauchte gegen die Scheibe und wischte sofort mit dem Ärmel den Atemkreis weg. Dann sah sie ihm lächelnd ins Gesicht. »Also, was brauchst du?«

Dubai

Der Prinz lächelte zufrieden. Die Anzahl der Interessenten war erheblich höher als er sich das jemals hatte vorstellen können. Und die Preisgebote hatten sich regelrecht überschlagen. Bei seinem letzten Besuch in der Fabrik hatte ihm Dr. Aham voller Stolz berichtet, dass sie in jedem einzelnen Punkt das Versuchsstadium hinter sich gelassen hatten. Alle technischen Verfahren seien jetzt so weit optimiert, um problemlos in den Prozess einer Routineproduktion einsteigen zu können. Der einzige Schwachpunkt bedeutete die Versorgung mit ausreichendem Rohmaterial.

Seit Tagen wartete er dringend auf Farid Moussas Rückruf. Sämtliche Aufforderungen, sich umgehend mit ihm oder Dr. Aham in Verbindung zu setzen, waren ungehört verhallt, weshalb sich sein Ärger auf diesen Menschen ständig vergrößerte.

Der Prinz missbilligte zutiefst ein solch unzuverlässiges Verhalten. Der Mann wurde mehr und mehr zu einem Sicherheitsrisiko! Er sollte darüber nachdenken, Farid Moussa baldmöglichst auszutauschen. Nicht nur die ausgebliebene Nachricht war das Problem, sondern Moussas Person an sich. Seine Bedenken gegenüber diesem Mann vertieften sich immer mehr. Von seinen Untergebenen erwartete der Prinz hundertprozentige Loyalität. Ohne Ausnahme. Allerdings – und das wusste er genau – würde niemand so schnell in der Lage sein, ähnlich gutes Rohmaterial ausfindig zu machen, das problemlos nach Dubai transportiert werden konnte. Farid Moussa war ein hervorragend ausgebildeter Falke, der die gewünschte Beute erspähte und seinem Herrn zutrug. Aber er erlaubte sich entschieden zu viel Eigenmächtigkeit.

Die Tatsache, dass auch keiner der anderen Geschäftsführer der CZECHMED telefonisch erreichbar war und die Mails unbeantwortet blieben, sprach für weitere Nachlässigkeiten. Noch konnte der Prinz mit keinem kompetenten Nachfolger aufwarten, aber sobald diese Frage geklärt war, würde er den Überläufer sofort ersetzen, bei dem sich einmal mehr zeigte, dass man keinem Israeli trauen durfte.

Kurz dachte er an seine Paradiesjungfrau Aischa und ihren köstlichen Körper, dann glitt sein Blick hinaus über die Sanddünen hinter den Mauern seines Anwesens.

Die meisten Menschen hielten die Wüste für unfruchtbar und vergaßen dabei, dass Fruchtbarkeit nicht nur etwas mit dem Wachstum von Pflanzen und Tieren zu tun hatte. Eine karge Umgebung konnte die Menschen zu äußerst fruchtbarem Gedankengut antreiben. Hatten nicht alle Weltreligionen ihre Wurzeln in der Wüste oder in der ähnlich dürftigen Unwirtlichkeit der Berge?

Das Öffnen der Tür riss ihn aus seinen Überlegungen.

»Was gibt es denn?« Ärgerlich sah er seinen Sekretär an. Obwohl er dessen aufdringliches Klopfen bewusst ignoriert hatte, wagte dieser einfach in sein Arbeitszimmer einzudringen.

Der Mann verneigte sich tief. In der Hand hielt er das tragbare Telefon.

»Bitte verzeihen Sie die unerlaubte Störung, aber ... « Mit zitternden Händen hielt er dem Prinzen das Telefon entgegen. »Es ist sehr dringend. Dr. Aham. Er klingt höchst besorgt.«

»Was will er?«

»Er lässt sich nicht abweisen und bittet darum, Eure Hoheit sofort und persönlich sprechen zu dürfen.«

Der Prinz hob die Augenbrauen, wedelte ungeduldig

mit der Hand und nahm das Telefon entgegen. Wieder machte der Sekretär eine tiefe Verbeugung, bevor er sich umwandte und den Raum verließ.

Er hob das Telefon ans Ohr. Auf der anderen Seite vernahm er keuchende Atemzüge, als sei die Person dort in höchster Aufregung.

»Ja«, sagte er kurz angebunden.

»Sie müssen unbedingt in die Fabrik kommen, Prinz!« Dr. Aham redete schnell. »Unser gesamtes Computersystem ist abgestürzt.« Seine Stimme überschlug sich.

»Darf ich Sie daran erinnern, dass es dafür Fachleute gibt?« Der Prinz war ungehalten. Es war schließlich nicht das erste Mal, dass die hoch entwickelte Rechneranlage in der Firma Probleme bereitete. Noch nie war seine persönliche Anwesenheit vonnöten gewesen. Schließlich hatte man Verträge mit teuren Spezialfirmen abgeschlossen, die vollmundig versprachen, jedes Problem im Handumdrehen zu lösen.

»Es tut mir Leid, Sie stören zu müssen. Aber was hier passiert, ist äußerst beunruhigend. Deshalb möchte ich Sie dringend bitten, herzukommen.«

Das schnelle Atmen auf der anderen Seite hatte sich inzwischen beruhigt, aber immer noch vibrierte Dr. Ahams Stimme vor Anspannung.

Ungehalten unterbrach der Prinz die Verbindung. Hinter seiner Maske aus Gleichmut und Beherrschung brodelte Wut. Waren denn alle Menschen in seiner Umgebung unfähig und außerstande, die kleinsten Probleme selbstständig zu lösen? Wie weinende Kleinkinder warfen sie sich vor seine Füße und warteten darauf, dass er sie aufhob.

Er rief nach einem Diener, um seinen Wagen vorfahren zu lassen.

Solche Inkompetenz war für ein Unternehmen wie das seine nicht tragbar. Er dachte daran, was ihm sein Vater immer wieder eingeschärft hatte: Der Führer einer Karawane ist für die gesamte Karawane verantwortlich, nicht für ein einzelnes Mitglied. Ein schwaches Glied muss entfernt werden, um nicht die ganze Kette zu gefährden! Farid, die Geschäftsführer und jetzt auch noch Dr. Aham waren zu solch schwachen Gliedern geworden, die ihrem Aufgabenbereich nicht mehr die nötige Verantwortung zukommen ließen. Die Konsequenzen, die er zu ergreifen hatte, lagen auf der Hand. Es war an der Zeit, neues Personal einzustellen. Kompetente Untergebene, die ihren Aufgaben besser gerecht wurden. Und die ihm den nötigen Respekt entgegenbrachten.

Vor der Tür streifte er die Sandalen über und trat unter den Schatten des weitläufigen Patios, nachdem der Wagen vorgefahren war. Nur noch die Lehmziegel auf dem Vordach und einige Säulen erinnerten an die alte Karawanserei, deren Überreste er zu einem kleinen Palast hatte umbauen lassen.

Die Morgenluft, noch geschwängert von der Kühle der Nacht, streifte sein Gesicht. Er ließ sich Zeit beim Einsteigen. Sobald er Platz genommen hatte, bedeutete er dem Chauffeur mit einer ungeduldigen Handbewegung, dass der sich beeilen solle.

Bereits kurze Zeit später sah er die rote Orchidee über den Sanddünen schweben. Die Fahrt durch die Wüste hatte seinen Entschluss reifen lassen.

Farid Moussa würde er als Ersten ersetzen. Im Geiste

ging er die Liste der Personen durch, die er an Moussas Statt nach Tschechien senden konnte. In die schmutzige neblig-feuchte Stadt namens Prag, die ihm dieser unfähige Israeli als Standort empfohlen hatte.

Überhaupt war es das Beste, alle drei Direktoren gleichzeitig auszutauschen. Nicht nur Moussa, auch auf die anderen konnte man sich nicht mehr verlassen. Er überlegte, wie sie hießen, doch ihre Namen wollten ihm nicht einfallen.

Er dachte an die letzte Mail, die er aus Prag erhalten hatte. Ein derartiges Zeichen äußerer Nachlässigkeit war ihm noch nicht untergekommen. So verstümmelt, dass man sich nicht einmal mehr die Mühe gemacht hatte, die gebotenen Formen der Anrede und des Grußes einzuhalten.

»Müssen wir befürchten, unter diesen Umständen und den erhöhten Risiken, nicht mehr in der Lage zu sein, die von Ihnen gewünschten Stückzahlen …«

Lächerlich, gerade jetzt in diesem Stadium. Und was für ein Ton ihm gegenüber da angeschlagen wurde. Beinahe wirkte es so, als habe jemand den unvollständigen Entwurf einer Nachricht aus Versehen abgeschickt. Aber an solchen Versehen konnte man sie erkennen. Andererseits, es würde schwer werden, wirklich vertrauenswürdige Mitarbeiter zu finden, die nicht anmaßend waren und zu schätzen wussten, was er ihnen bot.

Die Limousine hielt mit einem sanften Ruck vor dem Tor. Mit einer ärgerlichen Handbewegung verscheuchte er den bewaffneten Wächter, der ihm bedeutet hatte, das Fenster zu öffnen.

»Schnell«, zischte der Prinz und meinte damit gleichermaßen die Wache als auch seinen Fahrer. Der beschleunigte scharf und bremste den Wagen nach wenigen hundert Metern ebenso abrupt ab. Das Hallentor des Fabrikgebäudes öffnete sich, verschluckte die Limousine und schloss sich wieder.

Dr. Aham stürzte aus dem Lift und riss die Tür seines Wagens auf. »Die Computerspezialisten können das Problem nicht identifizieren. Es ist sehr, sehr ernst«, keuchte er, während der Prinz aus dem Wagen stieg.

Schweigend folgte er Dr. Aham in die Räume der Forschungsabteilung. Trotz des Rauschens der Klimaanlage schien es ihm warm. Chaos war im Überwachungsraum der Forschungsabteilung ausgebrochen. Die Frontabdeckungen der Serveranlagen lagen auf dem Boden und gaben das Innere der Rechner frei. Alle Monitore waren eingeschaltet und zuckten wie unter Einschlägen von Blitzen während eines Wüstengewitters. Hoffentlich sieht es in den anderen Räumen nicht genauso aus, dachte der Prinz und wollte sich sogleich durch persönlichen Augenschein überzeugen.

»Da, sehen Sie selbst.« Dr. Ahams zitternde Finger wiesen auf einen der Bildschirme, der mit einem letzten Flackern erlosch.

»Keine Panik«, vermeldete einer der beiden Männer, die inmitten der Unordnung saßen. Ein rothaariger Europäer mit sommersprossiger Haut. Jeder von ihnen hatte ein Laptop auf den Knien. Aus ihren transportablen Rechnern hingen unterschiedlich farbige Kabel heraus, die als dünnes Adergeflecht im Inneren der Großrechner endeten.

»Wir versuchen jetzt, die Anlage herunterzufahren«, erklärte der Europäer das Dunkelwerden des Bildschirmes, auf den Dr. Aham gerade gezeigt hatte. Der Rothaarige sah kurz hoch und wischte sich den Schweiß von der Stirn. Dem Prinzen nickte er nur zu, ohne sich zu erheben oder gar zu verbeugen, sein Kollege, ein blondes Jüngelchen mit dünnen Barthaaren, starrte ununterbrochen auf den Monitor seines Laptops. Diese jungen Männer wussten noch nicht einmal, wie man sich in seiner Gegenwart zu benehmen hatte.

»Wo liegt das Problem?«, fragte der Prinz unwirsch.

»Sie vermuten den Angriff eines Computervirus«, erklärte Dr. Aham.

»Computervirus? Ich denke, wir haben die beste Firewall, die es gibt?«

Der Rothaarige zuckte mit den Schultern. »So ganz können wir uns das auch nicht erklären. Aber wir sind dabei, den Virus zu isolieren.«

»Wenn ihnen das nicht gelingt, dann besteht die Gefahr, dass sämtliche Datenbestände befallen oder im schlimmsten Falle vernichtet werden.« Dr. Ahams Stimme klang aufs Höchste besorgt.

Der Prinz wischte die Information mit einer Handbewegung beiseite und herrschte ihn an: »Technische Details interessieren mich nicht! Welche konkreten Lösungen schlagen Sie vor?«

Mit Abscheu bemerkte der Prinz, dass sich der Schweiß auf der Stirn Dr. Ahams in ölige Tropfen verwandelte, die im Nacken ungehindert in seinen Hemdkragen rannen. Ekelhaft, vor allem, wenn er daran dachte, dass dieser Mann die erste Kontaktperson für die Jungfrauen darstellte. Ob seine schmierigen Finger, mit denen er ständig ein Taschentuch über die Stirn führte, einst auch seine Aischa berührt hatten? Dr. Aham hatte anscheinend völlig die Kontrolle verloren. Und diese beiden Europäer, die angeblich zu den besten Computerexperten gehörten, schienen auch nicht zu wissen, wie der Schaden aufzuhalten war.

Verächtlich sah der Prinz die Männer an. Halblaut, in einer für ihn unverständlichen Sprache, redeten sie miteinander. Ihre Mienen, ja, ihre ganze Körperhaltung drückte Hilflosigkeit aus.

»Zumindest ist jetzt klar, wie der Virus eingeschleust wurde«, sagte Dr. Aham.

Der Rothaarige nickte. »Eine E-Mail aus Prag ist der Überträger. Sie kam über die geschützte Standleitung herein. Deshalb konnte der Killertrojaner auch das Backup-System befallen. Sobald ich eine der Hilfedateien lösche, wird sofort die Hardware angegriffen.« Er zeigte auf den dunklen Bildschirm. »Ich möchte wetten, der ist hinüber.«

»Vielleicht ist es doch nicht ganz so schlimm«, meinte das blonde Jüngelchen beschwichtigend und zupfte nervös seinen spärlichen Bart. »Wir versuchen erst einmal die Datenbestände zu retten und dann eine neue Verbindung zu einem Ersatzserver aufzubauen.«

»Wenn es nicht so schlimm ist, warum haben Sie mich überhaupt gerufen?«, wandte sich der Prinz an Dr. Aham. Seine Gedanken bewegten sich bereits in eine andere Richtung. Was hatte der Mann gerade gesagt? Eine E-Mail aus Prag sei die Ursache für den Computerabsturz? Diese Mail konnte nur von einem der Geschäftsführer der CZECHMED stammen.

Er erinnerte sich an eine Diskussion, die er mit Aham vor Monaten geführt hatte. Damals hatte dieser die hohen Kosten der Standleitung mit dem Argument der erhöhten Sicherheit verteidigt.

»Wir können davon ausgehen, dass die Geheimdienste heutzutage mit Analysecomputern fast den ganzen E-Mailverkehr überwachen, der über Satelliten abgewickelt wird. Eine solche Verbindung abzuhören ist erheblich aufwändiger«, hatte er erklärt, als ob ihm, dem Prinzen, diese Tatsache nicht bekannt gewesen wäre. Schließlich war er lange genug in sensiblen Geschäftsfeldern tätig. Nicht irgendwelche Polizeiorganisationen waren seine potenziellen Gegner, die konnte man kaufen. Wirklich hüten musste er sich vor den Geheimdiensten, die selbst keinerlei Scheu kannten, illegal zu agieren. Deshalb hatte er der Standleitung zugestimmt.

Er warf dem Ägypter einen scharfen Blick zu. Doch der wich ihm aus, presste die Lippen zusammen und schwieg. Hilflos wie ein Kaninchen, dachte der Prinz abfällig.

Der Rothaarige tippte mehrere Befehle in seinen Laptop. Dann sah er den Prinzen direkt an. »Diese Standleitung zwischen der äh …«, der Rothaarige sah kurz auf den Bildschirm seines Laptops »… der CZECHMED und dieser Anlage hier ist das Sicherheitsleck in Ihrer Firewall. Wir hatten Sie damals gewarnt.«

»Unsinn«, herrschte ihn Dr. Aham mit neu erwachtem Selbstbewusstsein an. »Das ist eines unserer Tochterunternehmen. Nur wenige ausgewählte Mitarbeiter können diese Leitung für den E-Mail Verkehr nutzen.«

»Das mag ja sein. Aber der Killertrojaner ist eindeutig durch eine Mail von dort auf Ihr System übertragen worden. Es handelt sich dabei um eine brisante Mischung aus einem Trojaner und einem Virus, der sich bereits im Betriebssystem eingenistet hat.« Dabei wies er auf die beiden Großrechneranlagen, deren Betriebsdioden in einem unnatürlichen Ruhezustand erstarrt waren.

»Wer ist der Absender dieser Mail?«, schaltete sich der Prinz in die Unterhaltung ein, die ihm immer stärker als sinnlose Zeitverschwendung erschien. Der Engländer sah wieder auf seinen Bildschirm und runzelte die Stirn. Dann grinste er schief. »Der Absender der Mail nennt sich Prophet Jesaja.«

»Wie bitte?«, keuchte der Prinz.

»Prophet Jesaja«, wiederholte der Mann.

»Ein schlechter Scherz, eine Lästerung …« Der Prinz rang nach Fassung. Unbändiger Zorn stieg in ihm hoch. Da wagte es jemand, ihn zu verspotten. »Wie lautet der Inhalt der Mail?«, presste er hervor.

»Ohne die genauen Eigenschaften dieses Killertrojaners zu kennen, würde ich die Mail ungern öffnen. Bisher hält sich die Zerstörung noch in Grenzen«, warnte der Mann in gedehntem Englisch.

»Sie haben mir versprochen, dass Ihr Sicherheitssystem unangreifbar ist. Schließlich habe ich tausende von Dollar dafür bezahlt«, zischte der Prinz und musste an sich halten, dem Rothaarigen nicht das dümmliche Lächeln aus dem Gesicht zu schlagen.

»Unsere Firewalls funktionieren einwandfrei. Aber das hier ist eine gezielte Aktion, bei der jemand die Lücken ausgespäht hat, die es leider in jedem System gibt.« Das verbindliche Lächeln des Europäers war mühsam geworden. Dr. Aham hatte sich einige Schritte zurückgezogen.

»Öffnen Sie die Mail«, befahl der Prinz und trat hinter den Mann. »Ich möchte wissen, wie der Text lautet.«

»Wie gesagt, ich würde das nicht riskieren. Aber wenn Sie es wünschen«, murmelte er und sah abwartend auf den Prinzen, der ihn mit einer herrischen Handbewegung drängte.

Zögerlich führte er einen Doppelklick aus.

Der Prinz beugte sich vor und las halblaut, was auf dem Bildschirm stand: »*Und der Herr sandte seinen Boten. Dessen Haut war schwarz wie die Finsternis, die er mit sich brachte. Zu warnen die mächtigen Unterdrücker. Zu schützen die hilflosen Weiber. Und das Schwert des Jesaja traf die Häupter der Bösen …* – Was soll dieser Unsinn?«, schnaubte er.

Der Rothaarige zog den Kopf ein. »Das klingt wie ein Zitat aus der Bibel.«

»Aus der Bibel?«

»Dem heiligen Buch der Christen«, murmelte er.

»Ich weiß, was man die Bibel nennt. Es gibt kein heiliges Buch der Christen«, herrschte ihn der Prinz mit zusammengebissenen Zähnen an. »Löschen sie diesen Unrat. Sofort!«

Der Computerspezialist sagte nichts mehr. Widerstandslos gab er den Löschbefehl ein. Seine Haut schien noch um einige Nuancen blasser geworden zu sein. Die Stille im Raum wurde greifbar, nur noch das schwere Atmen der Männer und das stetige Rauschen der Klimaanlage im Hintergrund war zu hören.

Der Prinz richtete sich auf. Als die Stille weitere Sekunden anhielt und nichts geschah, machte sich Erleichterung in ihm breit. Er wollte sich abwenden. Einmal mehr hatte er bewiesen, dass beherzte Entscheidungen den richtigen Weg wiesen.

Das Geräusch ließ ihn innehalten. Erst war es nur ein leises Knistern. Wie Sandkörner, die auf eine metallene Oberfläche trafen und das Herannahen eines Sandsturmes verkündeten. Dann wurde das Knistern zu einem Prasseln. Die Leuchtdioden in der offenen Front der beiden Rechenanlagen begannen zu flackern

»Jetzt ist alles zu spät«, flüsterte der Engländer mit tonloser Stimme. Seine Finger rasten über die Tastatur. Dann stockte er. Ein kurzes Aufjaulen durchdrang das Prasseln. »Das war der Lesekopf. Der hat aufgesetzt und die Festplatte zerstört«, murmelte er und glotzte ungläubig auf den Bildschirm seines Laptops. Mit einem Mal erwachte er aus seiner Erstarrung. Seine Hand zuckte zu dem Verbindungskabel und riss es heraus.

»Fucking hackers! What a goddamned fucking shit!«, brüllte er.

Tel Aviv

Moshe Blumstein beugte sich über ein Fax, das ihm gerade auf den Schreibtisch gelegt worden war. Das mehrere Seiten umfassende Schriftstück kam aus der Dechiffrierabteilung und informierte ihn über einen Polizeieinsatz unter dem Kommando von Majorin Ziska Zolewska.

Seit Wochen schon war ein Viererteam in Prag stationiert, das Tag und Nacht die CZECHMED beobachtete. Seine Männer hatten strikte Anweisung, keinerlei Initiative zu ergreifen. Er wollte auf jeden Fall einen politischen Eklat vermeiden. Dass Farid Moussa einer der Geschäftsführer dieser Firma gewesen war, war ihm längst bekannt. Das Firmengebäude befand sich in einem der Randbezirke von Prag. Jede Person, die das Gebäude betreten und wieder verlassen hatte, war in den Berichten minutiös aufgeführt. Seine Männer hatten beobachtet, dass einige Mädchen in Farids Begleitung angekommen waren. Merkwürdig war nur, dass sie keines dieser Mädchen wieder herauskommen sahen.

Nicht zum ersten Mal grübelte Moshe darüber nach, was mit den jungen Frauen geschehen war. Dass sie in dem unscheinbaren Firmengebäude gefangen gehalten wurden, schien ihm unwahrscheinlich. Außerdem hätte dann die tschechische Polizei bei ihrer Zugriffsaktion, die sein Team in allen Einzelheiten beschrieben hatte, auf sie stoßen müssen. Es gab keine andere Erklärung: Sie mussten unbemerkt von seinen Männern herausgeschleust worden sein.

Sein Blick ging nach oben und streifte eine der vier Weltzeituhren an der Wand. Dass es langsam Abend wurde, davon war hier drinnen nichts zu merken. An manchen Tagen fühlte er sich in diesem fensterlosen Raum vom Leben draußen regelrecht abgeschnitten.

Wie lange war es her, dass er an einem warmen Frühlingsabend wie diesem durch die Gassen der Altstadt schlenderte. Zusammen mit Freunden in einem der Straßencafés ein Glas Wein trinken oder etwas essen? Stattdessen verbrachte er seine Nächte hier in dieser von jeglichem Tageslicht ausgeschlossenen Bunkeranlage.

Wie hatte sich alles verändert. Kaum einer von der ›alten Garde‹ war noch im Dienst. Was war aus seinen viel versprechenden Zöglingen geworden? Jene, in die er so große Hoffnungen gesetzt hatte. Farid war ins feindliche Lager gewechselt und Mirko, durch den Tod seiner Schwester schwer angeschlagen, hatte er aus dem Dienst entfernen müssen. Ein Entschluss, der ihm nicht leicht gefallen war. Aber er hatte viel zu lange gezögert und zugesehen, wie sich Mirko selbst zerfleischte, und dabei sich und andere gefährdete.

Dennoch war er froh gewesen, dass sich ihre Wege nicht endgültig trennten und sie immer Kontakt zueinander gehalten hatten. Warum Mirko allerdings Farids Tod zugelassen oder sogar initiiert hatte, das wollte Moshe nicht in den Kopf. Mirko hätte wissen müssen, dass Farid viele drängende Fragen hätte beantworten können. Ob freiwillig oder unfreiwillig – was hätte das im Endeffekt für eine Rolle gespielt? So stocherten sie jetzt weiterhin im Dunkeln.

Kurz erinnerte er sich an Mirkos Bemerkung, die Mädchen sollten laut Farids Aussage nach Dubai gebracht werden. Nur wie? Dass die VIRGIN FLOWER GROUP in der Stadt am Golf in die Sache verwickelt war – daran gab es keinen Zweifel. Besonders seit sie durch Mirkos Hinweis auf diese ominösen Internetseiten gestoßen waren.

Aber den Mädchen, die dort wie in einem Warenhauskatalog angepriesen wurden, galt nicht sein Hauptinteresse. Er hatte mit diesem selbst ernannten Prinzen Haleb noch eine alte Rechnung zu begleichen. Dessen Waffenlieferungen an jede denkbare antiisraelische Terrororganisation hatte Moshe nicht vergessen.

Er wandte sich wieder dem Fax zu. In bewährter Manier hatte das Eingreifkommando von Polizeimajorin Ziska Zolewska am frühen Morgen die Firma gestürmt und sicher gleichzeitig alle Verdächtigen zu Hause aus ihren Betten geholt. Moshe musste lächeln. Der Mensch war so berechenbar und für solche Überrumpellungsaktionen waren die frühen Morgenstunden schon immer geradezu ideal gewesen.

Interessiert las er weiter. Wenige Stunden nach dem

Einsatz war die Zolewska erneut auf dem Gelände der CZECHMED erschienen. Diesmal in Begleitung eines baumlangen Schwarzen. Die beiden unterhielten sich angeregt miteinander. Worüber, war leider unbekannt. Selbst der Einsatz von Richtmikrofonen hatte seine Grenzen, wie Moshe wieder einmal bedauernd feststellen musste. Nur knapp zwei Stunden hatten sich die beiden im Inneren des Gebäudes aufgehalten. Anschließend war der Schwarze mit dem Flug Nummer zweivierfünfsieben nach Frankfurt abgereist.

Weshalb flog ein Mann nach Prag, um sich dort lediglich zwei Stunden aufzuhalten und sofort wieder nach Deutschland zurückzukehren? Und warum war er so wichtig, dass ihn die Majorin persönlich am Flughafen verabschiedete?

Vielleicht sollte er Major Kreißler vom Bundesnachrichtendienst anrufen. Der Schwarze könnte einer seiner Leute gewesen sein. Doch weshalb war er dann nach Frankfurt geflogen und nicht nach München? Kreißlers Dienststelle befand sich immer noch in Pullach.

Moshes Blick wanderte zwischen den Weltzeituhren hin und her. In Deutschland war es jetzt einundzwanzig Uhr dreißig. Vielleicht verbrachte ja Kreißler seine Abende ebenso wie er in seiner Dienststelle.

Als er die Hand nach dem Telefonhörer ausstreckte, blinkte ein Lämpchen auf, das ihm ein internes Gespräch anzeigte. Er warf einen kurzen Blick auf die leere Kanne in der Kaffeemaschine, hob ab und meldete sich mit einem müden Knurren.

»Ezra, hier«, sagte eine hellwache Stimme. »In Dubai hat sich etwas Interessantes getan. Ich komme gleich zu dir rüber.«

Moshe lehnte sich in seinem Sessel zurück. Die Narbe an der Schulter juckte. Wie immer, wenn sich etwas abzeichnete, von dem er nicht wusste, wie es sich entwickeln würde. Seit diesem Angriff auf das Camp Zohar vor zwanzig Jahren war sein linker Arm teilweise gelähmt. Nur noch kleinere Gegenstände konnte er greifen, aber nichts Schweres mehr heben. Seiner Karriere hatte diese Behinderung zum Glück nicht geschadet.

Ezra Siebenkorn, klein und übergewichtig, betrat Moshe Blumsteins Büro, ließ sich schnaufend auf den freien Stuhl fallen und legte einen Stapel Computerausdrucke auf den Schreibtisch. Moshe sah ihn erwartungsvoll an. Seine Müdigkeit und die depressive Stimmung, die ihn eben noch gequält hatte, waren wie weggeblasen.

»Ruf mal die Internetseite der VIRGIN FLOWER GROUP auf«, sagte Ezra und deutete auf den Monitor, auf dem ein Bildschirmschoner gerade den Untergang der Sonne im Roten Meer simulierte.

Moshe tippte die Adresse ein. Er fragte nichts. Ezra war ein fähiger Mitarbeiter, dem er vertraute.

Der Suchvorgang seines PCs dauerte überdurchschnittlich lange. Endlich öffnete sich die Seite. Aber anstatt des Firmenlogos, der stilisierten Orchideenblüte, erschien eine neutrale Textseite, die verkündete: »Server not found«.

Ezra Siebenkorn starrte seinen Chef durch die dicken Brillengläser an und verzog den Mund zu einem schiefen Grinsen. »Wir versuchen seit Stunden, die Internetseite aufzurufen. Aber da ist nichts mehr zu machen.«

Moshe runzelte die Stirn. Ezras Leute in der Überwachungszentrale waren äußerst versiert, was Internetrecherchen betraf.

»Wir haben daraufhin den gesamten Datenverkehr der VIRGIN FLOWER GROUP aus den letzten achtundvierzig Stunden analysiert, den unsere Rechner aufgezeichnet haben.« Ezras dicke Finger, die in Verbindung mit seinem beträchtlichen Leibesumfang den Eindruck von Ungeschicktheit vortäuschten, schoben Moshe den Packen der Computerausdrucke zu.

»Irgendein cleverer Hund ist uns da anscheinend zuvorgekommen«, brummte er ungehalten.

»Du meinst ...?«

Ezra nickte. »Es kann dafür nur einen Grund geben. Wie es aussieht, haben die Tschechen das Sicherheitssystem der VIRGIN FLOWER GROUP durchbrochen. Über die gesicherte Standleitung der CZECHMED hat jemand einen Killertrojaner nach Dubai geschickt. Der muss deren gesamtes Computersystem lahm gelegt haben. Seitdem ist ihre Homepage weg.«

Moshe nickte. Er selbst hatte angeordnet, die Standleitung zwischen der CZECHMED und der VIRGIN FLOWER GROUP abzuhören.

»Der Absender muss ein Witzbold sein. Nennt sich Prophet Jesaja. Aber sieh dir mal den Quellcode des Trojaners an, den dieser Kerl benutzt hat.« In Ezras Stimme schwang Bewunderung. Er kratzte sich hinter dem Ohr und folgte mit dem Finger den Datenkolonnen auf dem Papier. »Ich fürchte, damit wäre es ihnen wahrscheinlich sogar gelungen, in unser Rechenzentrum einzudringen.«

Moshe Blumstein sah den IT-Experten zweifelnd an, wusste er doch, wie stolz der Leiter für Datensicherheit auf ihren hohen Standard war. Seine Besorgnis wuchs umso mehr, als er den starr auf die Papiere gerichteten

Blick registrierte, mit dem sein Mitarbeiter die Daten durchging.

»Dann unternimm schleunigst etwas dagegen«, knurrte er. Wie im Selbstgespräch fügte er murmelnd hinzu: »Ich glaube, das reicht aus, um einen unserer inoffiziellen diplomatischen Kanäle zu benutzen.« Erneut dachte er daran, seinen Kontaktmann beim deutschen BND anzurufen.

Ezra legte die Blätter beiseite und schaute zu seinem Chef auf. »Leute mit solchen Fähigkeiten könnten wir hier gut gebrauchen«, meinte er.

»Ja«, sagte Moshe und rieb sich das unrasierte Kinn. Plötzlich kam ihm ein Gedanke. »Wann, sagst du, ist die Mail aus Prag verschickt worden?«

Ezra begann in dem Papierstapel zu wühlen. Schließlich nannte er Moshe die genau Uhrzeit und das Datum. »Plus minus fünf Minuten, falls das wichtig ist«, fügte er grinsend hinzu.

»Nicht wirklich«, antwortete Moshe mit einem Lächeln und verglich Ezras Zeitangabe mit dem Bericht seiner beiden Agenten aus Prag. Es war so, wie er vermutete. Eine halbe Stunde, nachdem Ziska Zolewska zusammen mit dem unbekannten Schwarzen das geräumte Gebäude der CZECHMED betreten hatte, war die Mail mit dem Killertrojaner verschickt worden. Seine Hochachtung vor der Majorin stieg. Aber wo zum Teufel hatte sie nur diesen Experten aufgetrieben?

»Brauchst du mich noch?«, fragte Ezra.

Geistesabwesend schüttelte Moshe den Kopf. Dieser Computerangriff, ganz gleich auf wessen Konto er ging, änderte alles. Er war eine unmissverständliche Warnung, der die VIRGIN FLOWER GROUP zum unmittelbaren Handeln zwang. Gleichzeitig wurde ihm bewusst, dass auch er nicht länger zögern durfte. Auf die jungen Frauen konnte er jetzt keine Rücksicht mehr nehmen.

Erneut griff er zum Telefonhörer und wählte die Nummer eines Kontaktmanns in Dubai. Während er auf die Verbindung wartete, spürte er die üblichen Zweifel, die ihn in solchen Situationen überfielen. Das, was er jetzt ins Rollen brachte, würde Menschenleben kosten. Aber es gab keine Alternative. Auch wenn sein linker Arm ein Handicap für einen solchen Einsatz bedeutete, würde er die Aktion persönlich leiten. Vor dieser Verantwortung konnte und wollte er sich nicht drücken. So lange schon hatte er nicht mehr persönlich an einem Einsatz teilgenommen, sondern immer nur hier in der Zentrale die Fäden in der Hand gehalten. Er hatte den Eindruck, als ließe bereits die Erwartung darauf das Blut schneller durch seine Adern strömen. Aber es war nicht nur die Erwartung, es war auch Angst.

Ein kurzes arabisches Wort im Telefonhörer riss ihn in die Wirklichkeit zurück. »Hoheit!«, begrüßte er den Polizeichef Dubais und wechselte einige arabische Willkommensworte mit ihm, ehe er auf sein Anliegen zu sprechen kam. »Sie wissen, dass wir seit längerem die Aktivitäten von Prinz Sadam Haleb mit Ihrem Einverständnis überwachen. Wir haben jetzt eindeutige Hinweise, dass er nicht nur mit Waffen und Drogen handelt, sondern auch mit Menschenleben. Ich denke, wir sind uns darüber einig, dass der bloße Verdacht internationalen Mädchenhandels Ihrer Tourismusbranche und der Reputation Ihres Landes ungeahnten Schaden zufügen könnte. Deshalb schlage ich vor, die Sache gemeinsam anzugehen und baldmöglichst aktiv zu werden. Und zwar, bevor die Innenminister einiger betroffener europäischer Staaten bei Ihnen vorstellig werden.«

Die Antwort auf der anderen Seite fiel sehr kurz aus. Als er auflegte, war er sicher, es würden keine fünf Minuten vergehen und im Palast des Scheichs würde es zugehen wie in einem aufgestörten Hornissenbau.

Frankfurt Höchst

Aisha schloss ihren Mercedes ab und ging durch den mit Sandsteinschotter bestreuten Innenhof auf den Bolongaropalast zu. Feiner Nieselregen ließ die weißen Mauern mit den ziegelroten Einfassungen beinahe ebenso grau erscheinen wie den Himmel.

Das barocke Stadtpalais, dessen Seitenflügel den Garten einrahmten, hätte jedem Bischof oder Grafen zur Ehre gereicht. Die ehemaligen Besitzer allerdings waren Tabakfabrikanten, die es bewohnt und ein Nebengebäude als Produktionsstätte genutzt hatten. Wenn man sich so umsah, musste die Herstellung von Schnupftabak ein einträgliches Geschäft gewesen sein. Entlang der Steingeländer, welche die Gartenterrassen voneinander trennten, waren Turban geschmückte Mohrenknaben aufgereiht.

»Meine Vorgänger hier in Germany«, hatte der Sheriff einmal grinsend behauptet.

»Ah ja. Ich wusste gar nicht, dass du Moslem bist«, hatte sie geantwortet und auf die charakteristischen Kopfbedeckungen gezeigt.

»Spielverderberin!«, hatte er geknurrt.

Aisha winkte dem Beamten in seinem Glaskasten zu und erklomm den ausladenden Treppenaufgang, der in den zweiten Stock hinauf führte.

Vor Covacz' Büro blieb sie stehen und sah auf die Uhr. Eine halbe Stunde vor der vereinbarten Zeit. Nicht sonderlich klug von dir, Aisha, derart früh zu einem Treffen zu erscheinen. Das sieht ja so aus, als könntest du es kaum erwarten, mit ihm zusammenzukommen. Selbst dann, wenn die Verabredung rein beruflicher Natur war, wäre eine kleine damenhafte Verspätung taktisch gesehen nicht schlecht gewesen.

Sie klopfte an. Niemand antwortete, und als sie die Klinke drückte, stellte sie fest, dass Covacz' Büro abgeschlossen war. Na fein!, dachte sie, jetzt stehe ich hier herum wie bestellt und nicht abgeholt und warte auf den großen Meister. Sie überlegte, ob sie sich noch eine halbe Stunde in ihr Auto setzen sollte. Allerdings war der Parkplatz von hier aus einsehbar, das würde also auch keinen besonders guten Eindruck erwecken.

Dann musste sie sich eben noch ein wenig gedulden. Während sie über den Gang schlenderte, dachte sie an Mirkos überraschenden Anruf am Morgen. Seit ihrem Abschied an der Hafenmole von Othmarsdorf hatte sie nichts mehr von ihm gehört. Umso erstaunter war sie gewesen, dass er ihr mitteilte, er werde in Kürze nach Frankfurt kommen.

Sie hatte ihn genau vor sich gesehen: Seine ebenmäßigen Gesichtszüge. Die grauen Augen mit den Goldflittern und sein in vielen Wirbeln abstehendes helles Haar. Wie so oft in den letzten Wochen hatte sie sich gefragt, was sie für ihn empfunden hatte. War es Liebe gewesen? Sie wusste keine Antwort darauf. Jedenfalls hatte sie seit ihrer Rückkehr nicht mehr das Bedürfnis verspürt, die beiden Nächte im Leuchtturm in irgendeiner Weise fortzusetzen. Sie glaubte auch nicht, dass es Sehnsucht war, die ihn nach Frankfurt trieb.

»Ist das nicht zu gefährlich?«, wollte sie wissen.

»Es gibt Dinge, die muss man einfach tun«, antwortete er lakonisch. »Aber keine Angst, ich werde unter diplomatischem Schutz reisen. Ich brauche also nichts zu befürchten.«

Frau Professor Steinbrecher war bereits von Mirkos Vorhaben unterrichtet und hatte, wie er sagte, seinen Plänen bereits zugestimmt.

Sie versuchte sich vorzustellen, wie Covacz auf Mirko reagieren würde. Ein Aufeinandertreffen der beiden könnte durchaus die Ausmaße einer kleinen Katastrophe annehmen. Besser, sie liefen sich erst gar nicht über den Weg.

Die Augen der plastischen Löwenköpfe, die in regelmäßigen Abständen die Stuckdecken zierten, schienen ihren Schritten zu folgen. Ihre starren Augen wirkten, als ob sie darüber nachsannen, wer schon alles über diese Flure gewandert war. Durch eines der Fenster konnte Aisha die Turmspitze des Höchster Stadtschlosses sehen. Main und Nidda unterhalb der Gartenterrassen führten Hochwasser.

Was mochte Covacz wohl bewogen haben, dieses historische Gebäude als Standort für das OEK auszuwählen? Im Untergeschoss befand sich das Ordnungsamt, in einem der beiden Gartenpavillons war das Standesamt untergebracht, das als eines der schönsten von ganz Frankfurt galt.

Aisha musste zugeben, dass das gesamte Ambiente einen wunderbaren Hintergrund für Hochzeitsfotos bot. Schon öfter hatte sie Brautpaare beobachtet, wie sie an der Terrassenbrüstung für den Fotografen posierten. Die Frauen strahlten stets vor Glück, während die Männer eine gewisse Ernsthaftigkeit – vielleicht auch Verlegenheit – zur Schau trugen.

Wieder einmal fielen ihr die vermissten Mädchen ein. Was wohl mit ihnen geschehen sein mochte? Ob eine von ihnen jemals als glückliche Braut an der Seite eines Bräutigams in eine Kamera lachen würde? Oder ob sie für immer verschwunden blieben?

Die Tür am Ende des Ganges stand halb offen. Gedämpfte Stimmen drangen heraus. Sie trat näher und spähte hinein.

Covacz und der Sheriff standen dicht beieinander und sahen auf den Bildschirm eines Flachmonitors. Neben Covacz wirkte der Sheriff wie ein begeisterter kleiner Junge, obwohl er diesen deutlich überragte. Sein breites Lächeln ließ alle Zähne sehen. Covacz' Hand lag auf seiner Schulter.

Als sie die beiden in vollkommener Harmonie dort stehen sah, kam sich Aisha mit einem Mal wie eine Voyeurin vor. So, als ob sie keine Berechtigung hätte, Zeugin dieses Augenblicks zu sein. Eine Sekunde lang huschte ihr der Gedanke von Covacz' angeblicher Homosexualität durch den Kopf. Andererseits, nein, das war absurd.

Zaghaft klopfte sie an. Die beiden Männer blickten ihr entgegen, als sie in den Raum trat. sofort zog Covacz seine Hand zurück. Etwas zu schnell, wie sie fand.

»Hallo, Aisha«, begrüßten sie die beiden unisono.

»Schau dir das an«, sagte Covacz, winkte sie heran

und zeigte auf den Bildschirm. »Wir führen gerade eine Erfolgskontrolle durch.«

»Erfolgskontrolle?« Neugierig trat sie näher.

»Diese Seite konnte nicht gefunden werden«, war auf dem Computermonitor zu lesen. Darunter stand ein ihr unverständlicher Text.

Covacz rieb sich zufrieden die Hände. Dann klopfte er dem Sheriff anerkennend auf die Schulter. »Eine Meisterleistung, die uns so schnell keiner nachmacht«, sagte er.

Aisha sah verständnislos von einem zum andern.

Der Sheriff wies auf die Bildschirmdarstellung. »Das war einmal die Homepage der VIRGIN FLOWER GROUP. Die haben wir eliminiert.«

»Aha«, sagte Aisha. Sie verstand immer noch nichts. »Und wie habt ihr das gemacht?«

»Konsequent unsere Erfahrung und unser Können genutzt«, sagte der Sheriff.

»Das ist wieder mal dein typisches Understatement!«, rief Covacz aus. »Stell doch dein Licht nicht so unter den Scheffel. Du bist ein Genie, Sheriff. Was du hier geleistet hast, macht dir so schnell keiner nach.«

Erstaunt lauschte Aisha dieser Lobeshymne.

»Unser Freund hier hat einen Killertrojaner programmiert«, erläuterte Covacz weiter, »damit ist er in das Computersystem der VIRGIN FLOWER GROUP eingedrungen und hat dort alles platt gemacht. Wir hatten vor Jahren schon einmal so einen ähnlich gelagerten Fall. Damals in Südamerika haben wir den Burschen ebenfalls auf diese Weise das Wasser abgegraben.« In Covacz' Gesicht stand etwas, das sie als Schadenfreude interpretierte.

»Du meinst die Sache mit …« Gerade noch rechtzeitig nahm Aisha den warnenden Ausdruck im Gesicht des Sheriffs wahr und brach ab.

Covacz warf ihr einen kurzen misstrauischen Blick zu, doch dann gewann seine euphorische Stimmung wieder die Oberhand.

»Heißt das denn, ihr wisst jetzt, wo sich die Mädchen aufhalten?« Die Dinge mussten sich überschlagen haben, wenn Covacz' Truppe in der kurzen Zeit ein derartiger Durchbruch gelungen war.

»Komm mit in mein Büro«, forderte er sie auf. »Ich werde dir alles erklären. Hast du dein Diktafon dabei?«

»Klar.«

Er versetzte dem Sheriff einen Klaps auf die Schulter. »Wirklich gut gemacht, Jesse. Dein kurzer Ausflug nach Prag hat sich gelohnt.«

Jesse? Sie hatte noch nie gehört, dass Covacz den Sheriff mit diesem Namen angesprochen hatte. Auch, dass der Sheriff in Prag gewesen war, ließ sie aufhorchen.

»Den Fall Marysia Nimjeski werden wir morgen mit einer Pressekonferenz abschließen«, sagte Covacz, als sie sein Büro erreicht hatten. Er hockte sich auf die Kante seines Schreibtischs, während Aisha auf seinem Ledersessel Platz nahm.

Sein Blick ruhte anerkennend auf ihr. »Dank deiner Hilfe ist uns ein Indiziennachweis gelungen, wie er im Schulbuch steht. Deshalb kriegst du Vorabinformationen für einen Exklusivbericht. Allerdings will ich unbedingt den Zusatz ›aus unbestätigten Quellen‹ sehen. Vergiss das nicht. Morgen nach der Pressekonferenz kannst du dann alles mit unserer offiziellen Verlautbarung belegen.«

Aisha strahlte. »Gut, dann leg mal los.« Gespannt sah

sie ihn an. Dies würde Winkler endgültig davon überzeugen, wie gut sie arbeitete und wie fundiert ihre Recherchen waren.

Covacz fischte nach einem schmalen Ordner auf seinem Schreibtisch, der ansonsten völlig leer war. Er ist ein Ordnungsfanatiker, dachte Aisha. »Nun spann mich doch nicht länger auf die Folter. Und erzähl mir endlich, was ihr herausgefunden habt.«

Covacz schlug den Ordner auf und reichte ihn ihr.

Das Foto auf der Mitte der Seite zeigte einen männlichen Unterarm, auf dem sich dunkle Haare kräuselten. Daran war mit roten Klettbändern ein Messer befestigt.

»Mit diesem Messer wurde Marysias Hand abgetrennt«, Covacz tippte auf die Fotografie. »Die anderen Schnittverletzungen rühren ebenfalls von dieser Waffe. Das ergab der DNA-Vergleich der Gewebereste am Messer mit einer Probe des Opfers.«

Aisha schluckte hart. Sofort stand wieder das Bild des schwarzen Plastiksacks unter der Schwanheimer Brücke vor ihren Augen. Sie räusperte sich. »Und das ist ganz sicher?«

»Hundertprozentig«, bestätigte Covacz. »Obwohl die Leiche viele Stunden im Wasser lag, konnten die Kollegen in Rostock im Scharnier des Messers menschliche Gewebereste nachweisen.«

»Dann wisst ihr auch, wem das Messer gehört?«

Covacz nickte. »Einem Mann namens Achmed Fayman«, sagte er und sah sie dabei an. Seine Worte hatten geklungen, als ob sie wissen müsste, um wen es sich dabei handelte. Dabei hatte sie den Namen noch nie gehört.

»Und wer soll das sein?«

»Es gibt im Leben keine Zufälle«, sagte Covacz, »sondern nur unerkannte Zusammenhänge. Du hast diesen Herrn Fayman zumindest einmal gesehen. Wie ich auch.«

Sie zog die Augenbrauen zusammen und horchte in sich hinein. Doch sie konnte mit diesem Namen einfach nichts anfangen. »Wo soll das denn gewesen sein?«

»Bei der Wahl der Miss Hessen. Im Höchster Industriepark. Erinnerst du dich?«

Sie runzelte die Stirn. Dann schüttelte sie den Kopf. »Ich weiß nicht ...«

»Du selbst hast mich auf einen arabisch aussehenden Fotografen aufmerksam gemacht.«

Endlich tauchte eine schwache Erinnerung auf. Ein regnerischer Samstagabend im November. Covacz und sie im ›Tempel der Arbeit‹. Die Wahl der Miss Hessen. Das plötzliche Verschwinden von Vanessa Bach. All dies schien eine Ewigkeit her zu sein. Und es war lange, bevor man Marysias Leiche unter der Schwanheimer Brücke gefunden hatte.

»Damals war Marysia noch am Leben, stimmt's?«, fragte sie leise.

Er nickte. »Aber es gibt keinen Zweifel, dass Fayman ihr Mörder ist.«

»Und jetzt habt ihr ihn festgenommen?«

Covacz schüttelte den Kopf. »Das war nicht mehr möglich. Er ist tot.«

»Tot?«

»Er wurde in der Nähe von Othmarsdorf im Schilf aufgefunden.«

Othmarsdorf. Ein toter Araber. Das Telefongespräch

auf dem Polizeirevier. Die Gedanken in ihrem Kopf begannen zu rasen.

Mit Unbehagen registrierte sie, dass Covacz sie nicht aus den Augen ließ. Sie glaubte zu wissen, was in seinem Kopf vorging.

»Ein seltsames Zusammentreffen nicht wahr? Um nicht zu sagen, eines von vielen im Zusammenhang mit deinem Aufenthalt in Othmarsdorf.«

Seine Bemerkung klang scharf und irgendwie vorwurfsvoll. Sie befürchtete schon, er würde ihr erneut Fragen nach der Herkunft der Gegenstände stellen, die ihr Mirko überlassen hatte. Gleichzeitig stieg eine diffuse, angstvolle Ahnung in ihr auf.

»Wie seid ihr denn darauf gekommen, dass dieser Tote der Mörder Marysias sein könnte? Zwischen Frankfurt und Othmarsdorf liegen immerhin ein paar hundert Kilometer. Oder könnt ihr hellsehen?« Sie versuchte einen betont munteren Tonfall, was ihr nicht ganz gelang.

»Mit Hellseherei hat das nichts zu tun, sondern mit akribischer Ermittlungsarbeit. Der Herr war viel auf Reisen. Sowohl mit dem Auto als auch mit dem Flugzeug. Die Prager Kollegen, mit denen wir eng zusammenarbeiten, haben ein Bewegungsprofil erstellt. Darin ist genau festgehalten, wann Fayman sich wo aufgehalten hat. Ihre Angaben für den Frankfurter Raum sind deckungsgleich mit unseren Erkenntnissen. Es gibt keinen Zweifel, dass Fayman sowohl während der Zeit der Misswahl, als auch in der Mordnacht in Frankfurt war.« Er schlug den Ordner zu. »Ein weiterer Beweis ist ein Formblatt, das in einer Jackentasche dieses Fayman gefunden wurde. Völlig durchweicht, aber die Stempelfarbe hatte sich nicht ganz aufgelöst.«

»Stempelfarbe?«

»Der Handabdruck auf dem Formblatt stammt von Marysias Baby. Sie muss es kurz vor ihrer Ermordung in der Babyklappe abgelegt haben.«

»Oh.« Sie dachte daran, dass Mirko bald nach Frankfurt kommen und das Baby abholen wollte. Und hoffte, dass dies noch nicht bis zu Covacz vorgedrungen war. Sie forschte in seinem Gesicht.

»Deinen Verdienst bei dieser Sache solltest du vielleicht nicht allzu stark betonen«, fuhr er in merkwürdigem Tonfall fort. »Es wäre für alle Seiten besser, das bliebe unser gemeinsames süßes Geheimnis. Sonst könnte womöglich irgendwer auf die Idee kommen, dir eine Menge unangenehmer Fragen zu stellen.«

Aisha spürte, wie ihr das Blut in die Wangen schoss.

Er hob die Schultern und ließ sie wieder fallen. »Andererseits – wäre eine gewisse Frau Khan nicht in Othmarsdorf gewesen und hätte von dort geheimnisvolles Material mitgebracht, hätten wir womöglich gar keine Verbindung zu dieser Leiche und unserem Fall gesehen.« Er klappte den Ordner zu und legte ihn auf den Schreibtisch.

»Wie meinst du das?«

Er legte den Kopf schief und sah sie aus schmalen Augen an. »Ganz einfach. In Othmarsdorf hat Frau Khan einen Unbekannten getroffen, von dem sie Gegenstände erhielt, die in irgendeiner Weise mit Marysias Mörder zusammenhingen. Aber weshalb gibt ein Mann einer unbekannten Frau solche brisanten Dinge einfach so mit auf den Weg? Irgendwie ist das schon merkwürdig, oder?«

»Gar nicht merkwürdig«, antwortete Aisha mit fester

Stimme, »wenn der Unbekannte weiß, dass Frau Khan Journalistin ist und gute Verbindungen zur Polizei hat. Er wollte die Aufklärung des Mordes an Marysia sicherstellen, weil er es vielleicht selbst nicht konnte.«

»Auch wenn er sich damit in Schwierigkeiten bringt? – Aber aus diesem Grund hat uns Frau Khan ja die Geschichte der Geheimdienstquelle serviert.« Er verzog das Gesicht zu einer schmerzvollen Grimasse.

Sie ignorierte seine spöttische Bemerkung und hob die Schultern. »Was ist mit den Spuren auf diesen Materialien?«, fragte sie beiläufig, obwohl ihr Herz bis zum Halse klopfte. Sie musste mit allen Mitteln verhindern, dass Mirko und Covacz zusammentrafen. »Hat man da etwas nachweisen können?«

»Allerdings.«

»Und was?«, krächzte sie.

»Ich verrate dir wahrscheinlich kein Geheimnis, wenn ich vermute, dass dieser Unbekannte etwas mit dem Tod von Achmed Fayman zu tun hat. Mit einiger Sicherheit stammen die Gegenstände von ihm. Entweder hat unser Unbekannter sie freiwillig bekommen, was ich nicht glaube, oder er hat sie ihm abgenommen.« Covacz verstummte und tat so, als ob etwas draußen vor dem Fenster seine ganze Aufmerksamkeit erregt habe. Mit einem Mal hatte Aisha den Eindruck, es sei brütend warm und stickig in seinem Büro geworden. Das Tonbandgerät in ihrer Hand hatte sich in ein glitschig- feuchtes Ding verwandelt.

Covacz drehte sich um. Jeder Humor war aus seinen Augen gewichen. »Dein Mirko Stern kann von Glück sagen, dass diese Polizeimajorin in Prag ihre schützende Hand über ihn hält, sonst würde ich mir ihn kaufen.«

Aisha schluckte, gab sich aber weiter Mühe, möglichst unbeteiligt zu wirken. »Ich kenne keinen Mirko Stern«, sagte sie und merkte selbst, wie piepsig ihre Stimme klang.

Covacz wandte sich wieder zum Fenster. »Manchmal ist es verdammt schwer, euch Frauen zu verstehen.«

Dubai

Trockene orangefarbene Hitze flimmerte über dem Asphalt des fast leeren Parkplatzes und erzeugte auf den aufgeheizten Betonwänden eine täuschend echt wirkende Fata Morgana von strömendem Wasser. Dr. Aham lief schnell den kurzen Weg zum Firmengebäude. Aufatmend zog er die schwere Tür hinter sich zu und wischte sich mit einem Taschentuch den Schweiß von der Stirn.

Seit der Zerstörung der Rechenanlage hatte Angst von ihm Besitz ergriffen. Nicht einmal der elektronischen Steuerung der Hallentore oder dem Fahrstuhl vertraute er noch. Sein Auto parkte er nicht wie früher in der abgeschlossenen Halle vor dem Lift, sondern draußen im Freien. Um in die Forschungsabteilung zu gelangen, nahm er den Weg über die Fluchttreppen.

Die Botschaft, die hinter diesem Computerangriff steckte, war klar und eindeutig. Die Gefahr, die er dahinter witterte, ließ ihn nachts nicht mehr schlafen. Ein Unbekannter hatte eine Tür aufgestoßen und war in den Bereich eingedrungen, den sie für absolut sicher gehalten hatten. Wahrscheinlich war das erst der Anfang und es war mit weiteren Aktionen zu rechnen. Die größte Gefahr jedoch ging von Haleb aus, der mit seiner engstirnigen Geisteshaltung und Raffgier das gesamte Projekt in Gefahr brachte.

Die Abhängigkeit von diesem selbst ernannten Prinzen war ihm schon lange zuwider. Wie einen Untermenschen behandelte er ihn. So konnte er mit seinen afghanischen Gebirgstrotteln umgehen. Aber nicht mit ihm, Dr. Aham aus Ägypten, der in Europa studiert und jahrelang an internationalen Forschungsprojekten mitgewirkt hatte.

Er fuhr sich über die Augen. So weit war es mit ihm gekommen, dass er sich von dem Sohn eines Kameltreibers Befehle erteilen ließ. Von diesem Emporkömmling, der mit schmutzigen Geschäften Geld und Macht erlangt hatte. Von Anfang an hatte Haleb nur eines gewollt: nämlich von seinem, Ahams, Wissen profitieren, um ihn bis aufs Blut auszusaugen. Er fühlte, wie eine vertraute Wut in ihm hochstieg.

Wie oft hatte ihn dieser gerissene Heuchler aufgefordert, genaue Aufzeichnungen über seine Verfahren anzufertigen. Aus Sicherheitsgründen, wie er heuchlerisch behauptete. Doch Aham wusste, dass da eine ganz andere Absicht dahintersteckte. Es ging allein darum, seine Kenntnisse für seinen Nachfolger verständlich und nachvollziehbar zu machen. Doch der würde nichts vorfinden. Aham verzog das Gesicht. So dumm war er nicht gewesen.

Der Prinz würde vor Wut schnauben, wenn er seine Flucht bemerkte. Doch das war ihm egal. Dessen Vorstellungen bewegten sich in den Niederungen eines brünstigen Kamelbullen: außer Wasser und Futter gab es für ihn nur noch ein weiteres Ziel. Welche großartige Vision Aham verfolgte, hatte der Prinz nie erkannt.

Die Grundlagen seines Verfahrens hatten zwar deutsche Wissenschaftler geschaffen. Aber er hatte es weiterentwickelt und zur Vollendung gebracht – und diesen Verdienst würde ihm niemand streitig machen. Bei seiner Arbeit hatte er auf das Wissen seiner Vorfahren zurückgreifen können, die bereits vor Jahrtausenden die hohe Kunst der Balsamierungstechnik entwickelt hatten. Diese Ergebnisse konnte man noch heute in den Museen bewundern.

Ein höhnisches Lächeln spielte um seine Mundwinkel. Zu jener Zeit, als die Balsamierungsverfahren am Hofe der Pharaonen entstanden waren, hatten die Vorfahren dieses Kameltreibers den getrockneten Mist ihrer Esel als Brennmaterial aufgesammelt.

Natürlich glaubte auch er an den Allmächtigen und seinen Propheten, aber er war weit entfernt davon, andere Religionen und Kulturen mit jener Verachtung zu betrachten, wie es der Prinz immer wieder tat. Dessen Überheblichkeit entstammte einzig der Dummheit. Er, Aham, hatte andere Länder kennen gelernt und das dort verfügbare Wissen für sich genutzt.

Kurz kam ihm seine Assistenzzeit am Veterinärmedizinischen Institut der Universität in Heidelberg in den Sinn. Ausgerechnet dort hatte er die unerwartete Gelegenheit erhalten, sich mit den unterschiedlichen Mumifizierungstechniken auseinander zu setzen. Eine Möglichkeit, die ihm selbst in seinem Heimatland verwehrt geblieben war. Dafür waren die menschlichen Mumien aus den verschiedenen Epochen der Pharaonenzeit viel zu kostbar, um als Studienobjekte eingesetzt zu werden.

Aber zu den Grabbeigaben hatten immer auch mumifizierte Katzen gehört, die in den Augen seiner Vorfahren heilige Tiere waren. Diese Katzenmumien waren nicht mit dem ethischen Bann der Unberührbarkeit belegt und somit seinen Forschungen zugänglich.

Die Erkenntnis, dass in Deutschland eine weiterführende Forschung nicht möglich war, hatte ihn mit dem Prinzen in Kontakt gebracht. Dessen Angebot kam ihm sehr gelegen. Doch jetzt, da er kurz vor dem Durchbruch stand, drohten ihm dessen Kurzsichtigkeit und Ignoranz die Früchte seiner Arbeit zu rauben. Dieser Mensch war offensichtlich im Zeitalter der reisenden Händler mit ihren Kamelkarawanen stecken geblieben. Doch das sollte Aham jetzt nicht mehr kümmern.

Mit seinem Schlüssel öffnete er die Tür zur Forschungsabteilung. Nicht einmal der Prinz wusste, wie leicht der Sicherungsmechanismus durch den Handmonitor zu umgehen war. Tief sog er die angenehm kühle Luft ein und schlüpfte in seinen Labormantel.

Heute am Samstag war das Gebäude menschenleer. Niemand würde ihn stören und so konnte er in aller Ruhe seine Vorbereitungen treffen. Mindestens vierundzwanzig Stunden Zeit blieben ihm für sein Vorhaben. Dazu war niemand sonst notwendig. Er war sowieso der Einzige, der die komplizierte Logistik in allen Einzelheiten kannte. Dass er sich stets um alles selbst gekümmert hatte, kam ihm nun zugute. Nicht nur die problemlosen Transporte von der CZECHMED hierher hatte er geplant, auch die ersten Kontakte zu den zukünftigen Kunden hatte er überwacht.

Zufrieden tastete er nach dem kleinen silberfarbenen Gegenstand in seiner Tasche. Der Computervirus hatte zwar die Hauptrechneranlage komplett zerstört, aber die wichtigsten Daten waren auf dem USB-Stick gespeichert.

Vielleicht, dachte er, erweist sich sogar die Zerstörung aller Speicherbestände in den Laborcomputern als ein Vorteil für mich. Niemand würde etwas rekonstruieren können, dessen war er gewiss.

Die ersten Abschlagszahlungen der weltweiten Interessenten für seine Kunstwerke waren bereits erfolgt und würden in seine Tasche fließen. Allein das Versprechen, etwas Einmaliges und noch nie da Gewesenes zu erhalten, hatte diesen Kunden genügt. Die Wege des Geldes waren verschlungen. Auf Umwegen über Banken in Zürich, Frankfurt, New York und Jerusalem war es nach Dubai geflossen. Diskret, für niemanden nachvollziehbar, auch nicht für den Prinzen. Mit dem Geld würde er sich in Ägypten sein eigenes Forschungslabor einrichten. Er war sicher, dass man ihn in seiner Heimat mit offenen Armen empfangen würde.

Leise öffnete er die Tür zu dem angrenzenden Raum. Noch schliefen seine Puppen in ihrem schützenden Kokon aus Seide und warteten auf ihre Metamorphose. Ihre Verwandlung für die Ewigkeit lag in seinen Händen. Die letzten Stunden, die ihm zur Verfügung standen, wollte er bestmöglichst nutzen. Er lächelte siegesgewiss. Den Charterflug für sich und seine kostbare Fracht hatte er für den morgigen Abend arrangiert.

Sollte sich der Prinz doch hier in Dubai mit seinen Kamelstuten beschäftigen und mit ihnen glücklich werden.

Er schob den Laborwagen mit der Mischanlage direkt neben das Dialysegerät. Die milchig-wässerige Flüssigkeit aus verschiedenen Kunststoffpolymeren musste bis zu ihrer Verarbeitung ständig gerührt werden. Erst wenn der Austausch abgeschlossen war, wenn in den haardünnen Kapillargefäßen der Verdrängungsvorgang stattgefunden hatte, würde der Prozess der Umwandlung beginnen. Aham sah förmlich, wie sich die kurzen Kunstoffmoleküle zu langen Ketten verbanden. Wie sie ein belastbares Netzwerk bildeten. Er sah sie wachsen wie biologisches Gewebe, das über eine faszinierende Kombination aus Formbarkeit und Stabilität verfügte. Ein Schöpfungsakt, wie ihn nur der Allmächtige, der Schöpfer der Natur, beherrschte.

Die Männer und Frauen, die vor Jahrtausenden in seinem Heimatland ähnliche Ergebnisse angestrebt hatten, mochten nichts von organischer Chemie verstanden haben, doch ihr Wissen um ätherische Öle, natürliche Pflanzenharze und deren Schutzwirkung gegen den fleischlichen Zerfall hatten ihm während seiner Forschungsarbeit gezeigt, dass sie ähnlichen Zukunftsvisionen gefolgt waren wie er. Aber er war einen Riesenschritt weiter gekommen.

Aham verband den Ausgangsstutzen des Zehn-Litergefäßes mit der Dialysemaschine. Fasziniert beobachtete er, wie dunkelrotes Blut durch die rotierenden Schlauchpumpen verdrängt wurde und dem milchigen Saft Platz machte. Die gallertartige weißliche Flüssigkeit erinnerte ihn an männliches Sperma, das zusammen mit der richtigen Verbindung etwas vollkommen Neues erschuf. Er sah sich in die Geschichte eingehen, weil es ihm gelungen war, ein Kunstwerk zu gestalten, das noch nie zuvor existiert hatte. Anders als die vertrockneten Mumien seiner Vorfahren würden seine Geschöpfe auch noch in kommenden Jahrhunderten die Blüte und Frische jugendlicher Schönheit ausstrahlen. Das Insulin tötete sie nicht. Es bewahrte das Leben. Eine magische Substanz, die diese Wandlung ermöglichte. Die Wandlung von der Sterblichkeit zur Unsterblichkeit.

Vorsichtig öffnete er den verschlossenen Sarkophag, faltete mehrere Lagen der Seidentücher auf und legte den nackten Körper frei. Die vollen Brüste des Mädchens hoben und senkten sich im Rhythmus der Herz-Lunge-Maschine. Andächtig, fast wie im Gebet, betrachtete er diese absolute Makellosigkeit. Unwillkürlich glitten seine Hände sacht über ihre helle Haut, die sich zart und verletzlich anfühlte.

Wieder spürte er die verhaltene Wut. Der Prinz, aber auch die anderen Interessenten, hatten überhaupt nicht erkannt, was das wirkliche Ziel seiner jahrelangen Bemühungen war. Ihn interessierte es nur am Rande, dass seine ersten Kunstwerke weiblicher Natur waren. Es war vielmehr die wundervolle Möglichkeit, das Sterben eines Menschen anzuhalten, das ihn faszinierte. Dabei folgte er seinen Erfahrungen, die er bei seinen Tierexperimenten in Heidelberg gewonnen hatte. Bei weiblichen Exemplaren lief der Austausch der Körperflüssigkeiten schneller und vollständiger ab, deshalb waren seine ersten Exponate Frauen. Doch über das Stadium des Experimentierens war er inzwischen längst hinaus. Wenn er erst in Ägypten war, würde er sofort mit dem Plastinieren männlicher Körper beginnen. Vor seinen Augen entstand das Bild eines Jünglings, der gleich seinen Schwestern den Weg zur Unvergänglichkeit beschreiten würde. Waren doch, bis auf wenige Ausnahmen, die gottgleichen Pharaonenkönige Männer gewesen.

Er zog die Hand wieder zurück und verfolgte, wie

die Flüssigkeit in dem überdimensionalen Glaszylinder langsam sank und in den Körper der jungen Frau eindrang. In wenigen Stunden würde das Kunstharz alle Muskeln und Organe durchdrungen haben.

Mit einer zärtlichen Bewegung bedeckte er den Körper des Mädchens mit dem Seidenlaken. Nur das Gesicht ließ er frei. Ohne jemals zu altern würde ihr Körper Jahrhunderte in ewiger Jugend überdauern.

Es sollte jedoch nicht in Vergessenheit geraten, wer ihr zu dieser Reise in die ewig währende Jugend verholfen hatte. Er prüfte, an welchem Handgelenk des Mädchens sich das Orchideen-Tattoo befand und zog die Manschette darüber. Ein Kabel verband das magnetische Futter der Kompresse mit seinem Computer.

Dieser Laborcomputer hatte den Angriff der unbekannten Hacker schadenfrei überstanden, weil er nicht mit der Zentraleinheit vernetzt gewesen war. Er startete das Programm, indem er den Codenamen eintippte. Anschließend füllte er die Spalten des Eingabefensters mit Altersangabe und Gewicht, das er nach einem kurzen Blick auf das reglos daliegende Wesen schätzte. Hier war eine Abweichung nicht so entscheidend. Ganz anders als bei den Zahlen, die das Mischungsverhältnis und die Zusammensetzung der milchigen Flüssigkeit definierten. Darunter setzte er seinen Namen.

Schließlich startete er die Übertragung der Werte. Erleichtert lehnte er sich zurück, als der sich vorwärts bewegende Balken auf dem Monitor den Datentransfer signalisierte. In wenigen Minuten würden die magnetischen Metallpartikel, die mit der Farbe des Tattoos tief in die Haut der Frau eingedrungen waren, die Daten aus dem Computer gespeichert haben.

Die Orchideenblüte fungierte als Speichermedium, das seinem Kunstwerk für immer die unverwechselbare Identität des Künstlers aufprägen würde. Diese Errungenschaft, auf die er besonders stolz war, hatte er sorgfältig vor dem Prinzen geheim gehalten. Er hatte nur darauf bestanden, dass beim Setzen der Tattoos ausschließlich die von ihm entwickelte Farbe benutzt wurde.

Ein Lächeln stahl sich in sein Gesicht, als er daran dachte, dass der Prinz glaubte, das Orchideen-Tattoo sei lediglich eine Art Firmenstempel. Ein Händler wie er konnte allenfalls in den Kategorien eines Spielzeugverkäufers denken, wusste nichts über Kulturen und Entwicklungsepochen, deren Zeichen und Symbole über Zeiträume erhalten werden mussten, welche die Spanne eines menschlichen Lebens weit überschritten.

Als der Vorgang abgeschlossen war, löste Aham die Manschette und schloss den Sarkophag. In diesem Moment ließ ihn ein Geräusch im Nebenraum zusammenzucken.

Frankfurt/Heidelberg

Der Motor des Porsche dröhnte wie ein Düsentriebwerk unter voller Belastung. Sein Röhren durchdrang das Heulen des Fahrtwindes und das auf- und abschwellende Jaulen der Sirene. Die Autos vor ihnen glichen einer aufgescheuchten Karnickelherde, die ihr Heil in der Flucht vor einem hetzenden Hund suchte und nach rechts und links auswich.

Das Flackern des Blaulichtes auf dem Dach konnte Aisha nur ahnen. Sie warf einen vorsichtigen Blick zwischen den Lehnen der beiden Vordersitze hindurch auf die Armaturenanzeige. Die Nadel des Tachometers stand unbewegt bei knapp dreihundert Stundenkilometern. Die dunklen Hände des Sheriffs hielten das Leder bezogene Lenkrad fest umschlossen. Jedes Mal, wenn sie ein Auto überholten, war ein scharfes Zischen zu hören. Offensichtlich hatte der Sheriff Spaß an diesem Höllentempo.

»Was wollt ihr eigentlich in Heidelberg?«, schrie Aisha durch den Lärm hindurch. Sie war froh, dass sie hinten saß, auch wenn es dort ziemlich eng war. Covacz, der auf dem Beifahrersitz saß, drehte den Kopf zur Seite. Auch er musste beinahe schreien, um sich verständlich zu machen.

»Die Kollegen in Prag sind in den Unterlagen der CZECHMED auf einen Namen gestoßen, der uns weiterhelfen könnte.«

»Was für einen Namen?«

Sie konnte Covacz' Antwort nicht verstehen. Mit kreischenden Reifen hatte der Porsche die enge Kurve der Abfahrt genommen und hielt jetzt hinter einem Streifenwagen, der mit rotierendem Blaulicht am Straßenrand wartete.

Auf ein Blinkzeichen des Sheriffs hin setzte er sich in Bewegung und lotste sie durch die Stadt. Aisha atmete auf, als es mit stark gedrosseltem Tempo durch die engen Gassen ging. Endlich konnte sie einen Blick auf die Umgebung werfen, ohne dass ihr schlecht wurde. Als sie den Neckar überquerten, verschwand die mächtige Ruine des Schlosses unter dem Dach des Sportwagens.

Wenige Minuten später hielt der Porsche neben dem Streifenwagen und sie kroch hinter den beiden Männern aus dem Wagen. Sie war nass geschwitzt, ihre Hose klebte am Hintern fest wie eine zweite Haut. Zögernd blieb sie neben dem Sportwagen stehen. Sie hatte keine Ahnung, was sie hier erwartete.

Covacz und der Sheriff wechselten einige Worte mit der Besatzung des Polizeifahrzeuges. Die Fahrerin, eine ansehnliche Blondine, stieg aus und schlenderte auf Aisha zu.

»Geile Dienstfahrzeuge habt ihr in Frankfurt«, sagte sie mit einer Mischung aus Bewunderung und Spott und zeigte auf den knallgelben Sportwagen. Dann neigte sie sich zu Aishas Ohr.

»Wie hast du es eigentlich geschafft, in die Covacz-Truppe aufgenommen zu werden?« Sie musterte Aisha von oben bis unten, die ahnte, was in dem Kopf der Polizeibeamtin vor sich ging.

»Ich bin nicht …«, wollte sie zu ihrer Verteidigung anheben.

»Worauf wartest du, Babe?«, rief ihr der Sheriff zu, der bereits mit Covacz am Eingang des Gebäudes stand.

Was ging es diese Kommissarin mit den drei Sternen auf der Uniformjacke überhaupt an, wer sie war und in welchem Verhältnis sie zu Covacz stand? Sie warf der etwa gleichaltrigen Frau einen entschuldigenden Blick zu und stieg die Stufen hinauf.

»Lass dich bloß nicht aufhalten, Babe«, hörte sie die Kommissarin hinter sich sagen.

»Professor Hawelka. Institut für Veterinärmedizin«, las sie auf der Glastür, die ihr Covacz aufhielt. Wenig später standen sie im Büro des Institutsleiters.

Aishas Verwirrung wurde immer größer. Was wollten

Covacz und der Sheriff bei einem Tiermediziner? Überhaupt, weshalb hatten die beiden sie auf diese Wahnsinnsfahrt mitgenommen?

»Die Kollegen haben uns ja bereits angemeldet«, sagte Covacz, nachdem er sich ausgewiesen hatte. »Ich möchte die Personalunterlagen Ihrer wissenschaftlichen Mitarbeiter der vergangenen fünf Jahre sehen. Außerdem brauche ich eine Information, auf welchen Gebieten Ihre Mitarbeiter geforscht haben«, kam er sofort zur Sache.

Aisha war über seinen kurz angebundenen, regelrecht unhöflichen Tonfall erstaunt. Sie wunderte sich nicht über die Reaktion von Professor Hawelka, dessen eben noch freundliches Begrüßungslächeln schlagartig verschwand.

»Ohne einen richterlichen Durchsuchungsbeschluss sehe ich keinerlei Veranlassung, Ihnen Einsicht in vertrauliche Unterlagen zu gewähren. Sie überschreiten Ihre Befugnisse, Herr Hauptkommissar Covacz«, sagte er steif, während er sich über das weiße Ziegenbärtchen strich.

»Ich verstehe Ihren Unmut, Herr Professor, aber wir haben es ziemlich eilig«, sagte Covacz kalt und gab dem Sheriff einen Wink.

Der zog sein Handy aus der Tasche und wählte eine einprogrammierte Nummer. »Ja, Herr Richter, wir sind jetzt im Institut. Wenn Sie so freundlich wären und Herrn Professor Hawelka die Situation erklären würden.« Er hielt dem Institutsleiter das Telefon entgegen.

Der Professor wusste offensichtlich nicht, was er von alldem halten sollte.

»Der zuständige Richter am Oberlandesgericht in Stuttgart«, sagte Covacz und zeigte auf das Handy.

»Stuttgart? Ich dachte, Sie kämen aus Frankfurt?«, antwortete der Professor. Die Selbstsicherheit war aus seiner Stimme verschwunden.

»Für diesen Fall ist das Oberlandesgericht Stuttgart zuständig«, erklärte Covacz knapp.

Aisha spürte, wie schwer es ihm fiel, seine Ungeduld zu zähmen.

Der Professor griff zögerlich nach dem Handy und hob es ans Ohr. Das Telefonat war ziemlich schnell beendet.

»Haben Sie einen Namen? Dann kämen wir schneller ans Ziel«, sagte der Institutsleiter, während er dem Sheriff das Handy zurückgab. Nun quoll er beinahe über vor Hilfsbereitschaft.

Covacz überlässt nichts dem Zufall, dachte Aisha. Auf sämtliche Eventualitäten ist er bestens vorbereitet.

»Dr. Aham«, beantwortete der Sheriff die Frage. »Einen Vornamen haben wir leider nicht. Aber das sollte kein Problem sein. So häufig ist der Name in unseren Breitengraden nicht.«

Über Professor Hawelkas Gesicht ging ein Leuchten. »Oh, ich erinnere mich sehr gut an Dr. Aham. Ein äußerst fähiger Mann. Er war leider nicht lange genug bei uns, damit das Institut von seinen Forschungsergebnissen hätte profitieren können. Wahrscheinlich, weil seine Möglichkeiten hier allzu eingeschränkt waren.« Er schnaufte. »Zu viele Verordnungen. Da ist keine freie Forschungsarbeit mehr möglich.«

Covacz und der Sheriff reagierten nicht.

»Ich glaube, er ging nach Prag. Von dort hat er mir einmal eine Karte geschrieben. Aber das ist nun auch schon wieder eine ganze Weile her.«

Der Sheriff nickte. »Zuletzt war er in Dubai.«

»Und was wollen Sie über ihn wissen?«, fragte der Professor.

»Ein paar Hintergründe über seine Arbeitsgebiete«, sagte Covacz knapp.

Professor Hawelka fuhr sich über das weiße, streng nach hinten gekämmte Haar, durch das die rosa Kopfhaut schimmerte. »Wie gesagt, sein Weggang war ein echter Verlust für unser Institut. Dr. Aham kannte sich gut mit der alten Balsamierungstechnik der Ägypter aus. Hier bei uns in Heidelberg hat er an zwei Forschungsprojekten gearbeitet. Unter anderem hat er auch metallhaltige Farbstoffe entwickelt, die im Körper als programmierbare Magnetspeicher funktionieren. Was wunderbar für das problemlose Markieren von Wildtieren geeignet wäre. Noch wird dies ziemlich umständlich mit Funksendern gemacht, die man ihnen unter die Haut implantiert, um deren Wanderwege zu beobachten.«

Aisha bemerkte, wie sich Covacz und der Sheriff einen bedeutungsvollen Blick zuwarfen.

»Könnte man einen solchen Farbstoff auch auf menschliche Haut auftragen? Als Tattoo?«, fragte der Sheriff.

»Selbstverständlich, auch wenn ich nicht wüsste, welchem Zweck das dienen sollte«, beantwortete Hawelka die Frage ohne Argwohn.

»Sie erwähnten zwei Forschungsprojekte, an denen Dr. Aham beteiligt war. Worum ging es bei dem anderen?«, wollte Covacz wissen.

»Das ist ebenfalls eine hochinteressante Materie. Da ging es um polymere Kunststoffe und deren Austauschbarkeit mit Gewebeflüssigkeiten. Wirklich schade, dass er nicht bei uns geblieben ist, wir mussten leider nach seinem Weggang beide Projekte einstellen, obwohl sie eine große Zukunft verhießen.«

Sein Blick wechselte zwischen Covacz, dem Sheriff und Aisha hin und her. »Vielleicht hatten Sie ja Gelegenheit, die Ausstellung ›Körperwelten‹ von Professor von Hagens zu sehen. Von ihm stammen die Ursprünge dieses Verfahrens, das Dr. Aham weiter entwickeln wollte.«

»Ich war in der Ausstellung«, beeilte sich Aisha zu sagen. Sie hatte damals den Auftrag bekommen, darüber zu schreiben. Es war einer ihrer ersten größeren Berichte gewesen. Sie erinnerte sich daran, wie sie mit äußerst widersprüchlichen Gefühlen zwischen den effektvoll dekorierten menschlichen Exponaten herumgegangen war. Nicht eine Sekunde hatte sie sich von dem Gedanken lösen können, dass es sich bei den Ausstellungsstücken um menschliche Wesen handelte. Menschen, die einmal ein ganz normales Leben geführt hatten. Besonders in Erinnerung geblieben war ihr der geöffnete Bauch einer Schwangeren mit dem ungeborenen Kind darin. Sie sah noch genau vor sich, wie der kleine Daumen des etwa sieben Monate alten Fötus in einer Bewegung erstarrt war, als solle er zum Nuckeln in den Mund gesteckt werden. Während sie die einzelnen Exponate betrachtete, hatte sie sich immer wieder die Frage gestellt, wie sie es empfinden würde, einem Menschen, den sie gut gekannt oder vielleicht sogar geliebt hatte, als ein derartiges Betrachtungsobjekt wiederzubegegnen. Da nutzte es nichts, dass man ausdrücklich betonte, alle Körperteile und Ganzkörperplastinate stammten von Freiwilligen, die zu ihren Lebzeiten ihr Einverständnis gegeben hatten. Noch immer sträubten sich ihre Nackenhaare, wenn sie daran dachte. Diesen Empfindungen hätte sie in ihrem Artikel gern mehr Raum gegeben, doch Winkler, ihr Redakteur, hatte all dies wieder herausgestrichen. Seine Forderung lautete, ausführlicher über den naturwissenschaftlichen Aspekt der Körperkonservierung zu berichten.

»Dann wissen Sie ja, wovon ich spreche«, sagte Professor Hawelka zu ihr gewandt. »Wissenschaftlich betrachtet, ist die Plastination etwas sehr Faszinierendes und noch nie da gewesenes. Sozusagen der Sieg des Menschen über den Verfall. Bei dieser Technik wird jegliche Verwesung und Austrocknung vollkommen verhindert. Das Plastinat ist nichts Ekelhaftes, sondern etwas sehr Ästhetisches. Ein erstarrtes Wesen, das sich der Unvergänglichkeit genähert hat.« Diese Worte sprach er fast ehrfurchtsvoll aus.

Mit einem Mal überfiel Aisha eine dunkle Ahnung. Eine Vorstellung, so bizarr, dass sie den Gedanken sofort wieder beiseite schob. Sie sah, dass Covacz sich eine Zigarette aus der Packung nahm und sie zwischen die Lippen schob. Er wird doch hier nicht anfangen zu rauchen, dachte sie, während sie versuchte, sich weiter auf Professor Hawelkas Ausführungen zu konzentrieren.

»Wir hier im Veterinärmedizinischen Institut setzen dieses Verfahren zur Herstellung von Tierpräparaten ein. Vor allem bei Tierarten, die vom Aussterben bedroht sind und von denen wir auf diese Weise ein reales, beinahe naturgetreues Abbild erhalten können.« Er unterbrach sich und schien einen Moment nachzudenken. Dann fuhr er im Brustton der Überzeugung fort: »Was heißt beinahe. Unsere Plastinate sind fast echter als die Wirklichkeit.«

Die dunkle Ahnung kam wieder, vergrößerte sich immer mehr und verdichtete sich zu etwas Unfassbarem.

Der Professor musterte sie aufmerksam. »Sie glauben mir nicht?«

»Doch«, krächzte sie und hatte das Gefühl, keine Luft mehr zu bekommen.

Der Professor bückte sich, um einen Gegenstand emporzuheben, den er auf seinem Schreibtisch platzierte. »Hier, sehen Sie selbst. Ein Demonstrationsobjekt, das noch von Dr. Aham stammt.«

Die Katze glich Tarzan aufs Haar. Der Rücken war zu einem Buckel geformt und ein weißer Fleck zierte die Brust. Nur die weißen Stiefelchen an Tarzans Pfoten fehlten.

»Noch nicht einmal die Haare gehen aus, obwohl dieses Plastinat schon mehrere Jahre alt ist«, schwärmte der Professor und strich dem erstarrten Tier mit einer zärtlichen Geste über das Fell. Mit leichtem Druck bog er den Rücken gerade, winkelte die Beine an und brachte das Tier in eine liegende Position, die völlig natürlich wirkte. Es sah aus, als ob die Katze jeden Moment das Mäulchen zu einem herzhaften Gähnen aufreißen würde. Nur die erstarrten gelben Augen schienen wehmutsvoll in eine zurückliegende lebendige Vergangenheit zu blicken.

In diesem Moment wurde die bloße Ahnung zur schrecklichen Gewissheit. Voller Entsetzen suchte sie Covacz' Blick. Die Zigarette hing unangezündet zwischen seinen blass aussehenden Lippen. Ihr fiel auf, dass seine Gesichtshaut schon während der Fahrt fahl gewirkt hatte. Schlagartig wurde ihr klar, dass er die furchtbare Wahrheit bereits vorher geahnt haben musste.

Dubai

Der Mann mit dem Turban hob den Kopf und lauschte in die Nacht. Irgendetwas schien anders als sonst. Weit entfernt meinte er ein fremdes Geräusch auszumachen, das er nicht einordnen konnte. Er richtete sich auf, aber außer dem leichten Singen des Windes, der die Sandkörner über die Kämme der Dünen trieb, war nichts zu hören.

Schon lange hatte er vergessen, wie viele Nächte er im Freien verbracht hatte, um das steinerne Gebäude zu beobachten. Diesen Klotz mitten in der Wüste, der hier nicht hingehörte. Seit dem Tod seines Sohnes hatte sich sein Leben dem einer Sanddüne angeglichen. Nur selten betrat er das kleine Haus seines Onkels, wo er seine Wasser- und Nahrungsvorräte auffüllte, um wieder auf einen seiner Beobachtungsposten zurückzukehren. Ohne Fragen zu stellen, gab ihm der Onkel jedes Mal das Gewünschte und ließ ihn gewähren.

Dort im Sandmeer ertrug er die glühende Hitze des Tages und erfrischte sich an der Kühle des Nachtwindes. Geduldig den geeigneten Moment abwartend, den Tod seines Sohnes zu rächen.

Leben für Leben, so verlangte es das Gesetz.

Sein ganzes Tun und Trachten hatte nur noch ein einziges Ziel. Zeitlos bewegte er sich mit den Gestirnen und dem Wind. Ließ sich vorwärts treiben, ohne zu fragen, wohin. Sein Wind war die Rache.

Jetzt war sein Blick starr auf das Gebäude vor ihm gerichtet. Die rote Blume mit dem blauen Schriftzug darunter ragte in den schwarzen Himmel wie eine giftige Blüte, die sich nur des Nachts öffnete.

Der Allbarmherzige hatte ihm ein Zeichen gegeben. Die Stunde war gekommen. Mit geschlossenen Augen lauschte er in die leise atmende Nacht. Erst vor wenigen Minuten hatte sich das Hallentor geöffnet, die schwarze Limousine verschlungen und sich wieder geschlossen.

Es war das Fahrzeug des Prinzen.

Als er die Augen wieder öffnete, meinte er, das Brennen der roten Blüte sei intensiver geworden. Geradeso, als bezöge sie ihre Lebensenergie aus dem Bösen, das der Prinz ausstrahlte.

Da war wieder das fremde Geräusch. Witternd hob er den Kopf. Wop, wop, wop, ertönte es von fern, bevor es hinter einer Düne verhallte.

Noch immer hatte er nicht herausgefunden, was hinter den großen Toren des Gebäudes vor sich ging. Für seine Rache war dies bedeutungslos.

Wop, wop, wop. Wieder vernahm er den fernen, fremdartigen Klang, der sich in die Nachtluft hineinsog. Vielleicht kam das Geräusch von einem der kleinen Düsenjets, die er öfter von seinem Versteck aus beobachtet hatte und die auf dem Rollfeld landeten. Große Paletten wurden ausgeladen und mit einer solchen Vorsicht behandelt, als seien die Gegenstände darauf hochexplosiv.

Ob es Waffen waren, die von hier ihren Weg zu den Kämpfern an die verschiedenen Fronten fanden? So wie man ihn und seine Leute früher belieferte, als er noch in den Bergen Afghanistans kämpfte? Vielleicht waren es auch Raketen, die einen einzelnen Mann in die Lage versetzten, einen Panzer oder Helikopter zu zerstören.

Aber was kümmerte ihn das? Der Allmächtige hatte den Mann, der seinen Sohn auf dem Gewissen hatte, heute hierher geführt. In nächtelanger Arbeit hatte er ein getarntes Schlupfloch durch den unüberwindlich scheinenden Zaun angelegt.

Wop, wop, wop. Mit einem Mal drang das Geräusch ungehindert über die Dünenkämme. Feine Schwingungen, die näher kamen, beinahe verstummten, um gleich darauf wieder anzuschwellen. Er konnte den seltsamen Geruch riechen, den der heiße Wind mit sich trug. Sofort duckte er sich. Es war der Geruch von Gefahr, der sich zusammen mit dem Geräusch der Kampfhubschrauber tief in seine Erinnerung eingegraben hatte.

Vorsichtig richtete er sich wieder auf. Vielleicht war das ein weiteres Zeichen, das ihm gesandt wurde. Schnell griff er nach dem Beutel mit seiner Ausrüstung. Eines der Hallentore wurde geöffnet. Ein Lichtstrahl drang heraus, dem ein Schattenumriss folgte. Kurz leuchtete ein Lichtpünktchen durch die Dunkelheit. Ein schwacher Geruch von Tabakrauch erreichte ihn in seinem Versteck.

Der Mann vor dem Hallentor schien weder die Gefahr zu spüren noch das Geräusch zu hören. Mitsamt dem Lichtstrahl verschwand er im Inneren des Gebäudes.

Wop, wop, wop. Jetzt mischte sich ein Brummen unter den auf- und abschwellenden Ton. Ein leises Heulen kam hinzu und dann sah er sie. Dunkle Schatten, knapp über den Dünenkämmen. Sie flogen langsam, schwebten heran, die Bordkanonen und Raketen auf die Fabrik gerichtet. Drei Helikopter. Nur hinter den Pilotenkanzeln glomm ein diffuses Licht.

Geduckt glitt er den Hang der Düne hinunter. Den Karabiner hatte er geschultert. Seine Finger pressten die Zündkapsel in den weichen Sprengstoff. Der Zeitzünder war eingestellt, er musste nur noch aktiviert werden. Dicke Lederhandschuhe schützten seine Hände, als er den präparierten Stacheldraht zur Seite schob. Es würde nur wenige Minuten dauern. Aufgewirbelter Sand brannte in seinem Gesicht und zwang ihn, die Augen zusammenzukneifen, als sich die Hubschrauber dicht am Gebäude herabsenkten. Noch bevor die Räder den Boden berührten, sprangen Männer heraus. Die Gesichter unter den Helmen waren von schwarzen Masken verdeckt.

Das Hallentor flog auf, Licht strömte heraus. Während die Männer in das Gebäude stürmten, nahm er überrascht wahr, dass sie unterschiedliche Uniformen trugen. Eine davon, wüstenfarbig, kannte er. Das waren Einsatztruppen aus Dubai. Die anderen, ganz in schwarz, waren ihm fremd. Doch warum trugen die Hubschrauber kein Nationalitätszeichen? Das schien ihm merkwürdig.

Er verharrte erneut und legte die Sprengladung neben sich in den Sand. Sie war nicht größer als der Schädel eines Mannes. Dennoch würde ihre vernichtende Detonationskraft einen großen Teil des Gebäudes zerstören und den Rest in Brand stecken.

Dicht an den Wüstenboden gepresst beobachtete er, wie die uniformierten Männer die Torwächter an der Wand aufstellten, entwaffneten und durchsuchten. Die Rotoren der Hubschrauber waren zum Stillstand gekommen, aber die Triebwerke liefen noch mit niedrigem Schub. Offensichtlich hatte dieses Kommando nur einen Einsatz von wenigen Minuten geplant. Das, und die seltsamen Uniformen, ließen auf eine verdeckte Operation schließen.

Jetzt wurde ein Mann im weißen Kittel aus dem Gebäude gezerrt. Anders als die Wächter setzte er sich heftig zur Wehr. Es gelang ihm sogar, sich loszureißen. Wie die Flügel einer Nachtmotte flatterte der Kittel um seinen Körper, als er quer über das Rollfeld rannte.

Noch dichter duckte der Mann mit dem Turban seinen Körper in die Kuhle unter dem Zaun. Fast automatisch glitt der Karabiner in seine Hände. Dass der Mann im Kittel um sein Leben lief, erkannte er an den abgehackten Bewegungen äußerster Anstrengung.

Ein Uniformierter trat aus dem Schatten des Hubschraubers. Das kurze Aufflammen eines Mündungsfeuers zeigte, dass er geschossen hatte. Der Mann im Kittel sackte zusammen.

Ihre Waffen sind mit Schalldämpfern ausgestattet, dachte der Mann mit dem Turban.

Gleichzeitig war er erleichtert. Der Flüchtende hätte ihn und sein Vorhaben in Gefahr gebracht. Er schob den Gurt seiner Schnellfeuerwaffe wieder über die Schulter. Ein weiterer Mann in schwarzer Uniform sprang aus dem Hubschrauber und folgte dem Schützen. Sie beugten sich über das Bündel unter dem weißen Kittel und untersuchten es. Gemeinsam hoben sie den Toten hoch und trugen ihn in Richtung des Gebäudes. Der zuletzt gekommene benutzte nur den rechten Arm, der andere schien unbeweglich zu sein.

Das ist der richtige Augenblick, dachte der Mann mit dem Turban und schob sich vorwärts. Die Geschehnisse haben sie abgelenkt. Sie werden mich nicht bemerken. Den Turban legte er ab. Er war zu auffällig.

Unbehelligt erreichte er das Hallentor. Keiner der durcheinander laufenden Soldaten nahm Notiz von ihm. Sein geschwärztes Gesicht glich ihren Masken. Der Allmächtige war mit ihm, das spürte er.

Nur wenige Minuten benötigte er, um einen geeigneten Ort zu finden. Er drückte auf den Knopf des Zeitzünders. Draußen vor dem Tor verschmolz sein Körper mit den Wellen des Sandes. Einer Wüstenschlange gleich wand er sich unter dem Zaun und dem Stacheldrahtverhau hindurch.

Er drehte sich nicht um, als er das dumpfe Krachen der Explosion vernahm, sondern erklomm gewandt den Kamm der Düne. Erst jetzt wandte er den Blick zurück. Das Hallentor glich dem aufgerissen Maul eines Ungeheuers, das seinen glühenden Atem in die Nacht spie.

Wabernde Feuerwolken und schwarzer Qualm quollen heraus. In wenigen Minuten würde der Brandbeschleuniger das Innere des Gebäudes auffressen und nichts als fettigen Ruß hinterlassen. Die schwarzen Gestalten, deren Silhouetten sich vor dem Flammeninferno bewegten, kümmerten ihn nicht. Auch nicht der brennende Helikopter.

Er schritt schnell aus, atmete tief die heiße Nachtluft ein. Das Gesetz der Blutrache war erfüllt.

Königstein

Die letzten Nächte hatte sie schlecht geschlafen. Unruhig hatte sie sich im Bett hin und hergewälzt und sich Sorgen um Tarzan gemacht. Spurlos war er verschwunden. Merkwürdig, wie schnell man sich an ein Tier gewöhnen konnte. Sie vermisste seinen weichen, felligen Körper, der sich an ihre Beine schmiegte, sobald sie die Wohnungstür aufschloss. Aber auch an diesem Abend war sein Platz auf dem Sofa leer geblieben.

Die Wagners hatten eifrig nach ihm gesucht, doch niemand aus der Nachbarschaft konnte einen Hinweis geben.

Dann endlich mitten in der Nacht weckte sie ein forderndes Maunzen aus unruhigem Halbschlaf. Zerzaust und mit einem blutigen Ohr stand der Kater vor ihrem Bett. Er machte einen Buckel und schien sie anzugrinsen. Einen Moment erschrak sie furchtbar. Er sah aus wie die plastinierte Katze aus Professor Hawelkas Labor. Doch dann merkte sie, dass sie nicht mehr träumte. Schlaftrunken tappte sie in die Küche und füllte seinen Napf, auf den er sich gierig stürzte.

Die ganze Zeit beobachtete sie ihn, glücklich darüber, dass er zurück nach Hause gekommen war. Erst nachdem er alles aufgefressen hatte, ließ er zu, dass sie seine Wunden reinigte. Dabei sah er sie erwartungsvoll an, als erwarte er Lob für eine Heldentat. Als die Erinnerung an die unnatürlichen gelben Augen von Professor Hawelkas Katzenplastinat erneut in ihr aufstieg, drückte sie Tarzan zärtlich an sich.

Um vier Uhr morgens kroch sie todmüde ins Bett. Zu ihren Füßen schnurrte der Kater. Beruhigt schlief sie ein.

Am frühen Nachmittag des nächsten Tages steuerte sie ihren Benz nach Hochheim am Main. Sie mied die Autobahn und durchquerte auf der Landstraße Wicker. Hier begann der Rheingau. Doch sie hatte keinen Blick für die schnurgeraden Rebstockreihen der berühmten Lage »Königin Victoria Berg«, aus der angeblich das englische Königshaus seine Rieslingweine bezog. Das helle Grün der frischen Austriebe nahm Aisha nur am Rande wahr. Sie brauchte Zeit. Sie musste nachdenken.

Das Weingut Bach war ein gepflegtes Fachwerkhaus. Der Torbogen zum Innenhof stand weit offen. »Gutsweinverkauf« verhieß ein Schild. Aisha stellte den Mercedes am Straßenrand ab. Aus den hinteren Gebäuden klangen Arbeitsgeräusche. Als sie den Innenhof betrat, rollte ihr ein Ball vor die Füße. Sie bückte sich und hob ihn auf. Ein Junge mit Zahnlücke grinste sie an. Geschickt fing er den Ball auf und kickte ihn dem anderen Jungen zu. Dem Aussehen nach war das sein älterer Bruder.

»Ist eure Mutter da?«, fragte sie und zeigte auf das Gebäude, das den Innenhof abschloss.

Die beiden Jungs nickten.

Zögernd trat sie durch die offen stehende Tür. Das Klirren und Scheppern von Glas wurde lauter.

»Frau Bach?«, rief sie. »Hallo?«

Weißes Neonlicht erhellte den gekalkten Raum. Vor den Wänden stapelten sich Holzpaletten. Leere Weinflaschen waren in grüne Kunststofffolie gehüllt, die meterhohe Blöcke formten. Der geflieste Boden war feucht, aber blitzsauber. Ein Hauch gäriger Luft verriet den Inhalt der glänzenden Edelstahltanks.

Eine Frau in mittleren Jahren kam durch die halb offene Tür und sah sie fragend an. »Wollen Sie Wein kaufen?«

Über einer Jeans und einem dicken Wollpullover trug sie eine blaue Winzerschürze. Um den Kopf hatte sie ein Tuch gebunden. Ihre Hände steckten in Gummihandschuhen.

Aisha schüttelte den Kopf. »Aisha Khan vom Frankfurter Tagesjournal. Wir hatten miteinander telefoniert.«

Sofort veränderte sich der Gesichtsausdruck von Frau Bach. »Ach so, ja ...« Sie strich sich mit einer hilflosen Geste über das Tuch, unter dem eine helle Haarlocke in die Stirn sprang. »Wir sind gerade beim Weinabfüllen.« Vage zeigte sie in den hinteren Teil des Gebäudes.

»Komme ich ungelegen?«, fragte Aisha.

»Nein, nein. Warten Sie einen kleinen Moment. Das geht auch mal eine Weile ohne mich. Muss ja.« Sie verschwand und kam kurz darauf wieder zurück.

»Kommen Sie doch mit ins Winzerstübchen, da können wir in Ruhe reden.«

Aisha folgte ihr quer über den Hof in die rustikal eingerichtete Probierstube. Die beiden Jungs waren nicht mehr zu sehen.

»Darf ich Ihnen einen Schluck Wein anbieten?«, fragte Frau Bach, nachdem sie die Gummihandschuhe ausgezogen hatte und zeigte auf einen großen Kühlschrank.

»Danke, nein. Ich möchte Sie auch gar nicht lange aufhalten.«

Die Frau setzte sich ihr gegenüber auf die gepolsterte Eckbank. Aisha wusste nicht so recht, wo sie anfangen sollte. Ihr Blick wanderte durch den Raum. Auf dem Tisch lag eine rotweiß karierte Decke. An den Wänden hingen Trinksprüche. Das Pendel einer altertümlichen Uhr schwang mit lautem Ticken hin und her. Sie erschrak, als der Gong die Zeit verkündete. Vier hallende Schläge, deren letzter vibrierend nachklang.

»Zunächst möchte ich Ihnen sagen, wie Leid mir alles tut, was mit Vanessa passiert ist«, sagte Aisha leise.

Die Frau nickte und sah auf die karierte Tischdecke. »Haben Sie sie gekannt?«, fragte sie nach einer Weile.

»Ich habe sie auf dem Schönheitswettbewerb gesehen, als sie zur Miss Hessen gekürt wurde«, antwortete Aisha. »Gekannt ist wohl zu viel gesagt.«

Wieder nickte die Frau. »Ja, das ist es wohl«, sagte sie dann und faltete die Hände. »Verstehen kann ich es nicht.« Sie betrachtete ihre Hände. Sie waren rissig und abgearbeitet. »Mein Mann hat Vanessa vergöttert. Obwohl sie kurz vor dem Abitur stand, hat er ihr alles Mögliche erlaubt. Sie konnte ihren Vater regelrecht um den Finger wickeln. Das hat sie ganz genau gewusst. Er hat ihr erlaubt, an all diesen Wettbewerben teilzunehmen.« Sie presste die Lippen zusammen und schwieg. Dann sah sie Aisha an. »Nicht, dass sie denken, ich würde ihm die Schuld an allem geben«, sagte sie auf einmal heftig. »Das sicher nicht. Aber wenn es nach mir gegangen wäre, hätte sie erst die Schule beendet und eine vernünftige Ausbildung gemacht. Dann hätte man immer noch weitersehen können.« Sie seufzte. »Allerdings, Vanessa hätte ohnehin gemacht, was sie wollte. Das hat sie immer getan.«

Jetzt lächelte die Frau in schmerzlicher Erinnerung. »Ich glaube, die Sturheit hat sie von mir geerbt. Das mit dem Modeln hatte sie sich in den Kopf gesetzt. Das war nicht mehr aus ihr rauszukriegen. Sie wollte sich die Welt anschauen. Davon hat sie immer geschwärmt. Und sie war so hübsch. Sie hätte es bestimmt weit gebracht. Ja, das glaub ich ganz sicher.«

Die Frau redete und redete. Vielleicht, um zu vermeiden, dass über das gesprochen wurde, was man Vanessa angetan hatte. Wie die anderen Mädchen war sie zunächst nach Prag gelockt worden. Was dort in den Räumen der Firma CZECHMED mit ihnen geschehen war, konnte anhand der beschlagnahmten Computer-Festplatten nachvollzogen werden, auf denen alles haarklein dokumentiert war. Die Auswertung hatte ziemlich lange gedauert. Bis man sich schließlich ein lückenloses Bild machen konnte.

Erst waren die Mädchen mit Insulin voll gepumpt worden. Mit einer genau bemessenen Dosis, die sie nicht tötete, aber in einen komatösen Zustand versetzte. Während des Transportes von Prag nach Dubai hatten medizinische Geräte ihre Körperfunktionen aufrechterhalten. Diese Geräte, deren Umhüllungen von keinem Zollbeamten geöffnet wurden, waren gleichzeitig eine perfekte Tarnung gewesen.

Mitten in der Wüste musste es eine Anlage mit eigenem Landeplatz für die angeheuerten Charterflugzeuge gegeben haben. Dort wurden die Mädchen hingebracht. In den Labors dieser Anlage hatte man sie schließlich von Wissenschaftlern einbalsamieren und plastinieren lassen. Als lebensechte Puppen sollten sie an einen ausgewählten Kundenstamm verkauft werden. An Männer, die bereit waren, für diesen Besitz ein Vermögen auszugeben. Jedoch der Anschlag eines unbekannten Attentäters hatte die Fabrikanlage in Dubai vollständig zerstört. Die sterblichen Überreste von dreizehn Mädchen waren im Wüstensand verweht. Vanessa Bach war eine von ihnen gewesen.

In den Zeitungen hatte nur ein Bruchteil des wahren Ausmaßes gestanden. Auch Winkler war strikt dagegen gewesen, alle grausigen Details beim Namen zu nennen.

»Wie geht es Ihnen?«, fragte Aisha.

Frau Bach schüttelte unwirsch den Kopf. »Es muss ja weitergehen. Ich kann mich nicht in die Ecke setzen und heulen. Wer soll denn die ganze Arbeit hier machen?« Dann stützte sie den Kopf in die Hände.

»Das Gute ist, man kommt erst gar nicht zum Nachdenken. Aber wenn die Buben nicht wären, dann ...« Sie sprach nicht weiter.

»Das wirklich Schlimme ist, dass es kein Grab gibt«, sagte sie nach einer Weile. Nun traten doch Tränen in ihre Augen, die sie mit einer heftigen Bewegung abwischte. »Der Besuch von Herrn Covacz hat mir ein wenig geholfen.«

Aisha horchte auf. Frau Bach zog ein Taschentuch aus der Schürze und schnäuzte sich. »Wissen Sie, was er uns mitgebracht hat? Eine kleine Flasche voller Sand. ›Das ist Sand aus der Wüste, in der Ihre Tochter begraben ist‹, hat er gesagt.« Die Frau versuchte ein Lächeln, dabei rann ihr eine einzelne Träne über die Wange. »Die Flasche liegt unter dem kleinen Stein im Garten, den ich für Vanessa aufgestellt habe. Manchmal am Abend gehe ich hin und rede mit ihr«, sagte sie. »Sie kann mich bestimmt hören.«

Epilog

Es war merkwürdig, Mirko wieder zu sehen. Die Fremdheit zwischen ihnen beiden schien unüberwindbar. Sie hatten nur ein paar Höflichkeitsfloskeln ausgetauscht. Nichts weiter. Das war es dann gewesen.

Die Geschehnisse auf dem Leuchtturm waren in weite Ferne gerückt. Fast so, als ob alles nur ein Traum gewesen wäre. Und doch. Wenn Mirko damals nicht so viel Vertrauen zu ihr gefasst hätte, wer weiß, ob all das ans Tageslicht gekommen wäre, was sie jetzt mit Sicherheit wussten.

»Vielleicht hast du Lust, mich in Prag zu besuchen«, sagte er, während er ihr einen Abschiedskuss auf die Wange hauchte. »Gerade im Frühling ist es dort wunderschön.«

»Ja, warum nicht«, sagte sie leise. Einen kurzen Moment hielt er sie fest. Dann ließ er sie los und drehte sich zu der schwarzen Mercedes-Limousine um. Ein neues Modell, auf dem Heck eine CD Plakette, die es als diplomatisches Fahrzeug auswies.

»Vielen Dank für alles, Aisha.« Er lächelte schwach, bevor er neben dem Fahrer einstieg.

»Ich hab dir zu danken«, flüsterte sie, obwohl ihr klar war, dass er sie nicht mehr hören konnte.

Als der Wagen startete, glitt die hintere Scheibe nach unten. Die blonde Frau mit dem schönen Gesicht streckte ihren Kopf heraus und rief etwas auf Polnisch, das Aisha nicht verstand. Ihre hellen blauen Augen leuchteten auf, als sie das Kind auf ihrem Schoß an sich drückte und es zärtlich auf die Wangen küsste.

Die kleine Anastasia würde es gut haben. Daran hatte niemand einen Zweifel. Es waren einige bürokratische

Hürden zu bewältigen gewesen, aber Frau Steinbrecher hatte alles in ihrer Macht stehende getan, damit das Kind bei seinen Großeltern aufwachsen konnte. Und für Marysias Eltern würde Anastasia einen Teil des Schmerzes lindern.

Wenigstens hat ihre Familie ein Grab, an dem sie ihre Tochter besuchen konnte. Nicht wie Vanessa Bachs Eltern, denen von ihrer Tochter nichts geblieben war als ein Fläschchen Wüstensand unter dem Grabstein im Garten.

Diese Geste Covacz' hatte sie tief berührt. Mirkos Besuch hatte sie vor ihm geheim gehalten. Vielleicht wusste Covacz davon. So wie er immer über alles Wesentliche informiert war. Aber er hatte sie nicht darauf angesprochen.

In letzter Zeit hatten sie sich fast täglich getroffen, um über die Ereignisse in Prag und Dubai zu reden und nach Erklärungsmöglichkeiten zu suchen. Manches hatte Aisha nicht verstanden. Auch nicht, weshalb Marysia eines derart gewaltsamen Todes sterben musste.

Übrig geblieben waren schließlich zwei verschiedene mögliche Erklärungen. Nachdem sie lange darüber gegrübelt hatte, glaubte Aisha, dass sich die Kunden ausnahmslos makellose Mädchen gewünscht hatten. Unversehrte Körper, die Jungfräulichkeit vortäuschten. Eine Kaiserschnittnarbe hatte Marysia für diese Zwecke unbrauchbar gemacht.

Der Sheriff hatte sich Aishas Überzeugung angeschlossen. Covacz hingegen vertrat die These, Marysia sei aus dem System ausgebrochen, weil sie des Kindes wegen ihre Pläne mit der Modelkarriere aufgegeben hatte.

Doch gleich, was die wahren Beweggründe waren.

Marysia war eine Gefahr für die Organisation der Puppenjäger geworden. Deshalb hatte man sie beseitigt.

Noch einmal hob Aisha die Hand zum Abschied, als die Limousine mit sanftem Schnurren anfuhr. Sie blieb stehen und sah dem Fahrzeug noch nach, als es schon längst verschwunden war.

Abschiedsszenen auf Parkplätzen sollten verboten werden, dachte sie, sie machen einen immer traurig. Dann gab sie sich einen Ruck und ging zu ihrem eigenen Wagen, der auf dem hinteren Teil des Parkplatzes stand. Auf dem Weg dorthin warf sie einen kurzen Blick auf das Krankenhaus, in dem Marysias Tochter die ersten Wochen ihres Lebens verbracht hatte. Hinter einem der Fenster befand sich Frau Steinbrechers Büro. Dort, wo auf dem Schreibtisch der Professorin eine kleine Tonskulptur stand, die jeden Betrachter daran erinnerte, wie kostbar und schützenswert das Leben war.

Das Gebäude glänzte im Licht der frühlingshaften Morgensonne. In den Büschen und Sträuchern ringsum war das erste helle Grün zu sehen. Nicht mehr lange, dann würde alles wieder zu neuem Leben erwachen, würde austreiben und blühen, wie in jedem Frühling.

Sie kramte nach ihrem Schlüssel. Als sie den Kopf hob, sah sie Covacz neben ihrem Mercedes stehen. Er lächelte ihr entgegen.

ENDE

Nachbemerkung

Diese Geschichte ist eine Fiktion, die der Fantasie der beiden Autoren entsprungen ist. Das bedeutet vor allem, dass keine der darin vorkommenden Personen in Wirklichkeit existiert. Übereinstimmungen zwischen Romanfiguren und lebenden Personen sind rein zufällig.

Die Stadt Frankfurt am Main bildet die Kulisse für diesen Roman. Erwähnt werden typische Schauplätze, wie die Schwanheimer Brücke, der Römer mit dem Kaisersaal, sowie der Industriepark Höchst und der Bolongaropalast. Hier haben sich die Autoren die künstlerische Freiheit erlaubt, bestimmte Örtlichkeiten der Struktur des Romans anzupassen. Folglich wird man im Bolongaropalast vergeblich nach einem Hinweis auf das OEK, der im Roman genannten Spezialeinheit der Polizei, suchen.

Ähnliches gilt für die Handlungsorte in den Städten Prag, Dubai und Stettin sowie der Ostsee-Region. Der Ort Othmarsdorf ist rein fiktiv.

Das im Roman beschriebene Verfahren zum Einsatz neuer Kunststoffe ist ebenfalls ein Fantasieprodukt. Bei den Andeutungen dieser Methode wurde jedoch auf etablierte und allgemein zugängliche naturwissenschaftliche Grundlagen zurückgegriffen.

Den Autoren liegt es fern, eine ethische Bewertung vorzunehmen.

Dank

Unser Dank gilt all jenen Personen, die durch ihr Engagement dazu beigetragen haben, diesen Roman zu ermöglichen und zu einem guten Abschluss zu bringen. Allen voran unserem Verleger Armin Gmeiner und unserer Lektorin Claudia Senghaas.

Ein besonderer Dank gebührt auch dem IT-Berater Andreas Brandenburger, der dafür gesorgt hat, dass sich unsere Vorstellungen von Computerviren und Trojanern nicht allzu weit von der Wirklichkeit entfernt haben.

Nicht zuletzt möchten wir unserer Agentin Petra Hermanns danken, die den Roman in seinen verschiedenen Stadien mitverfolgt und uns stets ermutigt und unterstützt hat.

Gabriele Keiser
Wolfgang Polifka

im August 2005

Weitere Krimis finden Sie auf den folgenden Seiten und im Internet: www.gmeiner-verlag.de

Peter Wark
Epizentrum

'7 Seiten, 11 x 18 cm, Paperback.
'BN 3-89977-665-8. € 9,90.

nge Geologen der Universität Tü-
ngen machen im Hohenzollern-
aben bei Albstadt einen grausigen
ınd: Sie entdecken in einem Plas-
ksack Teile einer verwesten Leiche,
e offenbar schon lange dort gelegen
.t. Der einheimische Journalist Jörg
althaner erfährt durch Zufall da-
n, doch auf seine Nachfragen zeigt
:h die Polizei seltsam zugeknöpft.
althaner beginnt auf eigene Faust
recherchieren. Da ereignet sich ein
eiterer Todesfall und plötzlich inte-
ssiert sich auch das Landeskriminal
nt in Stuttgart für den Fall ...

Manfred Bomm
Schusslinie

229 Seiten, 11 x 18 cm, Paperback.
ISBN 3-89977-664-X. € 9,90.

Deutschland muss 2006 im eigenen Land Fußballweltmeister werden! Dass man dies nicht dem Zufall überlassen darf, darüber sind sich einige Wirtschaftsbosse und Politiker in Berlin längst einig und im Hintergrund werden Fäden gesponnen, die bis in die schwäbische Provinz reichen. So findet sich auch Kriminalkommissar August Häberle bei seinen Ermittlungen um einen mysteriösen Mordfall in einem Geflecht aus Erpressung und Intrigen wieder ...

Klaus Erfmeyer
Karrieresprung

229 Seiten, 11 x 18 cm, Paperback.
ISBN 3-89977-670-4. € 9,90.

Junganwalt Stefan Knobel erhält kurz nach seinem Eintritt in eine renommierte Dortmunder Anwaltskanzlei die Chance, den wichtigsten Mandanten der Kanzlei, den Industriellen Tassilo Rosenboom, zu vertreten. Rosenboom, von den Fähigkeiten Knobels überzeugt, überträgt ihm bald die Vertretung in Prozessen, deren Sinn sich der Anwalt nicht erschließen kann. Doch Knobel kommt seinem Mandanten auf die Spur. Unversehens wird er in einen Mord verwickelt und plötzlich erkennt er, dass er selbst von dem Verbrechen profitieren könnte ...

Fritjof Karnani
Takeover

278 Seiten, 11 x 18 cm, Paperback.
ISBN 3-89977-663-1. € 9,90.

Ferry Ranco hat als Computerexp te der ersten Stunde ein internatio agierendes Internet-Unternehm aufgebaut. Als Hacker die Sicherhei systeme seines Zentralcomputers Berlin durchbrechen und in das cherheitssystem des Bundeskanzl amtes einzudringen versuchen, si er sein Lebenswerk bedroht. Zusa men mit der Internet-Expertin Jud macht er sich auf die Suche nach d Tätern. Bald stellen sie fest, dass fenbar ein Syndikat aus gut orga sierten Kriminellen Information aus dem Internet filtert, um dar Handel zu treiben. Als Ferry und dith erste Beweise für die Existe dieses Syndikates finden, wird der Suche blutiger Ernst: Die Jä werden zu Gejagten!

Ihre Meinung ist gefragt!

Mitmachen und gewinnen

Als der Spezialist für Themen-Krimis mit Lokalkolo
möchten wir Ihnen immer beste Unterhaltung bieten. S
können uns dabei unterstützen, indem Sie uns Ihre Meinu
zu den Gmeiner-Krimis sagen!

Füllen Sie den Fragebogen auf www.gmeiner-verlag.de a
und nehmen Sie automatisch am großen Jahresgewinnspiel te
Es warten »spannende« Buchpreise aus der Gmeiner-Krim
Bibliothek auf Sie!

KRIMI IM GMEINER-VERLAG

Das neue Krimijournal ist da!

2 x jährlich das Neueste
aus der Gmeiner-Krimi-Bibliothek

KRIMI Journal

Endlich ist sie wieder da

Krimipreisträgerin Uta-Maria Heim

Bundestrainer Jürgen Klinsmann in Gefahr?

Der Krimi zur Fußball-WM 2006 in Deutschland

ISBN 3-89977-950-9
kostenlos

In jeder Ausgabe:

- Vorstellung der Neuerscheinungen
- Hintergrundinformationen zu den Themen der Krimis
- Interviews mit den Autoren und Porträts

Allgemeine Krimi-Infos (aktuelle Krimi-Trends, Krimi-Portale im Internet, Veranstaltungen etc.)
Die Gmeiner-Krimi-Bibliothek (Gesamtverzeichnis der Gmeiner-Krimis)
Großes Gewinnspiel mit »spannenden« Buchpreisen

Erhältlich in jeder Buchhandlung oder direkt beim:

Gmeiner-Verlag
Im Ehnried 5
88605 Meßkirch
Tel. 0 75 75/20 95-0
www.gmeiner-verlag.de

KRIMI IM GMEINER-VERLAG

Alle Gmeiner-Autoren und ihre Krimis auf einen Blic

Anthologien: Grenzfälle (2005) • Spekulatius • Streifschüsse (2003)
Artmeier, H.: Katzenhöhle (2005) • Schlangentanz • Drachenfrau (2004)
Baecker, H.-P.: Rachegelüste (2005)
Beck, S.: Einzelkämpfer (2005)
Bekker, A.: Münster-Wölfe (2005)
Bomm, M.: Schusslinie (2006) • Mordloch • Trugschluss (2005) • Irrflug • Himmelsfelsen (2004)
Bosch van den, J.: Wassertod • Wintertod (2005)
Buttler, M.: Abendfrieden (2005) • Herzraub (2004)
Danz, E.: Osterfeuer (2006)
Emme, P.: Heurigenpassion (2006) Schnitzelfarce • Pastetenlust (2005)
Erfmeyer, K.: Karrieresprung (2006)
Franzinger, B.: Wolfsfalle • Dinotod (2005) • Ohnmacht (2004) • Goldrausch (2004) • Pilzsaison (2003)
Gardener, E.: Lebenshunger (2005)
Gokeler, S.: Supergau (2003)
Graf, E.: Löwenriss • Nashornfieber (2005)
Haug, G.: Gössenjagd (2004) • Hüttenzauber (2003) • Finale (2002) • Tauberschwarz (2002) • Höllenfahrt (2001) • Todesstoß (2001) • Sturmwarnung (2000) • Riffhaie (1999) • Tiefenrausch (1998)
Heim, Uta-Maria: Dreckskind (2006)
Heinzlmeier, A.: Bankrott (2006) • Todessturz (2005)
Karnani, F.: Takeover (2006)
Keiser/Polifka: Puppenjäger (2006)
Klewe, S.: Kinderspiel (2005) • Schattenriss (2004)
Klingler, E.: Königsdrama (2006)

Klugmann, N.: Schlüsselgewalt (20(• Rebenblut (2003)
Kohl, E.: Zugzwang (2006)
Koppitz, R. C.: Machtrausch (200
Kramer, V.: Todesgeheimnis (2006 Rachesommer (2005)
Kronenberg, S.: Flammenpferd Pferdemörder (2005)
Lebek, H.: Karteileichen (2006) • T desschläger (2005)
Leix, B.: Zuckerblut • Buchecke (2005)
Mainka, M.: Satanszeichen (2005)
Matt, G. / Nimmerrichter, Schmerzgrenze (2004) • Maib (2003)
Misko, M.: Winzertochter • Kin blut (2005)
Nonnenmacher, H.: Scherlo (2003)
Puhlfürst, C.: Dunkelhaft (2006) • seskälte • Leichenstarre (2005)
Schmöe, F.: Fratzenmond (20 • Kirchweihmord • Maskensp (2005)
Schröder, A.: Mordswut (2005 Mordsliebe (2004)
Schwab, E.: Großeinsatz (2005)
Schwarz, M.: Maienfrost • Dän nenspiel (2005) • Grabeskälte (20
Stapf, C.: Wasserfälle (2002)
Steinhauer, F.: Racheakt (2006)
Thadewaldt/Bauer: Kreuzkö (2006)
Valdorf, L.: Großstadtsumpf (200
Wark, P.: Epizentrum (2006) • B longlühen (2003) • Absturz (200 Versandet (2002) • Machenschaf (2002) • Albtraum (2001)
Wilkenloh, W.: Hätschelkind (20